W0392600

KNAUR

JOSEPH
KNOX

DRECKIGER SCHNEE

THRILLER

Aus dem Englischen
von Andrea O'Brien

KNAUR

Die englische Originalausgabe erschien 2017
unter dem Titel »Sirens« bei Doubleday,
an imprint of Transworld Publishers, Großbritannien.

Besuchen Sie uns im Internet:
www.knaur.de

FSC
www.fsc.org
MIX
Papier aus verantwortungsvollen Quellen
FSC® C083411

Deutsche Erstausgabe September 2018

Redaktion: Viola Eigenberz
Covergestaltung: ZERO Werbeagentur, München
Coverabbildung: FinePic/shutterstock
Satz: Adobe InDesign im Verlag
Druck und Bindung: CPI books GmbH, Leck
ISBN 978-3-426-52210-3

2 4 5 3 1

The past is now part of my future,
the present is well out of hand

Joy Division, Heart and Soul

Danach landete ich wieder beim Nachtdienst. Bei Tageslicht war mir offenbar nicht mehr zu trauen. Also nahm ich um vier Uhr morgens Anrufe entgegen, stand auf menschenleeren Rolltreppen und schaltete mein Hirn auf Durchzug. Darin war ich richtig gut. So kam es, dass mich einige Monate später der Anblick der Atemwolke vor meinem Gesicht überraschte. Schon wieder November.

»Bei dem Scheißwetter geh ich nicht raus«, verkündete Sutty und rutschte tiefer in den Sitz. In den letzten Tagen hatte sich Hagel mit Schneeregen abgewechselt. Heute goss es in Strömen, glitzernde Regenfluten wuschen die Straßen sauber. Das hatten sie auch bitter nötig. Mein Kollege reichte mir die Zeitung, damit ich sie mir beim Aussteigen zum Schutz über den Kopf halten konnte.

Der Geschäftsführer eines Gebrauchtwarenladens für wohltätige Zwecke hatte uns gerufen. Sein Mund bewegte sich. Anscheinend wollte er, dass wir die Obdachlosen vertrieben, die im Eingang vor dem Laden ihr Nachtquartier bezogen hatten. Das schien mir irgendwie unlogisch, was möglicherweise daran lag, dass ich ihm nicht richtig zuhörte. Seine Nasenhaare, rabenschwarz und verklebt, erinnerten mich an Hitlers Bärtchen. Mit Blick auf das schlafende Pärchen vor der Tür wies ich den Geschäftsführer darauf hin, dass er wegen solcher Lappalien gefälligst nicht die Polizei belästigen sollte, und trottete durch den Regen zurück zur Streife.

Zur Strafe für seine Weigerung auszusteigen drückte ich Sutty die klatschnasse *Gazette* in die Hand, was mir einen bösen Blick einbrachte.

»Hast du das gesehen?«, fragte er und zeigte auf eine triefend herabhängende Seite. »So will niemand vor die Hunde gehen.«

Obwohl das Foto und der Artikel vom Regen verwaschen waren, erkannte ich sie. Eine der drei jungen Frauen, mit denen ich im vergangenen Jahr zu tun gehabt hatte. Dreiundzwanzig Jahre alt, behauptete der Vorspann. Zweiundzwanzig, als ich sie kannte. Ich blickte aus dem Fenster auf den November, der mal wieder Einzug hielt. Sie war die Letzte von ihnen. Mit einem Räuspern lehnte Sutty sich zu mir rüber.

»Mal ehrlich«, sagte er im Totengräberton. »Was ist da eigentlich los gewesen?«

Ich hielt seinem Blick stand. »Da fragst du den Falschen.«

Ich wusste nur, wie alles begonnen hatte. Vor einem Jahr, als mich die drei Schläge trafen und es so viele Gründe gegeben hatte, mich in die Sache reinziehen zu lassen. Nicht erklären konnte ich ihm die drei Frauen, fast noch Mädchen, die kurz in mein Leben getreten und es für kurze Zeit verändert hatten. Er würde es nicht verstehen, ihr Lachen, ihre Empörung, ihre Geheimnisse. Den Rest der Nacht beobachtete ich die Menschen auf der Straße, die Mädchen und Frauen, und bildete mir ein, das Leben zu sehen, das sie nicht mehr führen konnten.

In den frühen Morgenstunden kehrte ich heim, schenkte mir was zu trinken ein und ließ mich aufs Sofa fallen. Ich drehte so lange am Radio herum, bis es sich nicht länger aufschieben ließ. Nachdem ich den Artikel noch einmal durchgelesen hatte, dachte ich zum ersten Mal seit Monaten ernsthaft darüber nach.

»Du machst mich fertig«, hatte sie gesagt.

Was ist da eigentlich los gewesen?

Teil I

UNKNOWN PLEASURES

KAPITEL 1

Bei meinem Anblick wechselte das junge Pärchen die Straßenseite. Bei irgendwem klirrten Münzen in der Hosentasche.

Mit dem Gesicht im Rinnstein sieht man vertraute Straßen mit neuen Augen, und es dauerte eine Weile, bis ich wusste, wo ich lag. Der Gehweg war schockgefrostet. Tief hängender Nebel verschleierte die Sicht und veränderte alles, was er berührte. Ein Freitagabend wie jeder andere, doch die Stadt wirkte verwischt und glanzlos.

Als ich auf die Uhr sehen wollte, stellte ich fest, dass mein linker Arm taub war. Das Glas war zerbrochen. Angenommen, sie war bei meinem Sturz stehen geblieben und ich hatte nur ein paar Minuten hier gelegen, bliebe mir also noch über eine Stunde. Ich könnte mich locker umziehen und früh genug in der Bar auftauchen, um die Übergabe mitzukriegen. Mühsam zog ich mich an einer Mauer hoch. Mein Gesicht schmerzte, mein Hirn schwappte völlig losgelöst in meinem Schädel herum und löschte dabei wichtige Dinge wie PIN-Nummern und die Namen meiner früheren Schulfreunde.

Das Paar verschwand im Nebel. Trotz sozialer Medien, Überwachungskameras und staatlicher Kontrolle ist es in unserer Welt immer noch möglich abzutauchen, wenn man es darauf anlegt. Auch, wenn nicht. Vor ungefähr einem Monat war die Geschichte durchgesickert.

Vor einem Monat war ich verschwunden.

Ich betastete meinen Hinterkopf, wo mir jemand einen Schlag versetzt hatte. Richtig heftig. Die Geldbörse steckte noch in meiner Hosentasche, also hatte man mich nicht ausgeraubt. Es war eine Warnung gewesen. Obwohl die Straße menschenleer war, fühlte ich mich von tausend Augen beobachtet.

Plötzlich geriet alles so stark ins Wanken, dass ich mich an einer Straßenlaterne festhalten musste. Mit geschlossenen Augen ging ich weiter, ohne einen Gedanken an die Hindernisse zu verschwenden, die mir im Weg stehen könnten.

Als ich um die Ecke bog, stand ich auf einmal in der Back Piccadilly mit ihren müden Ziegelfassaden und den außen verlaufenden Feuertreppen, die sich zu beiden Seiten der schmalen Straße aufrichteten wie in einem klaustrophobischen Albtraum. Nostalgie trieb mich durch diese Straßen, in deren Pfützen sich das Mondlicht spiegelte. Am Ende gab es ein Café, das die ganze Nacht geöffnet hatte. In meinem früheren Leben hatte ich dort viel Zeit verbracht. Doch das war schon Jahre her, und die Stadt hatte sich sehr verändert. Heute würde ich dort sicher keine bekannten Gesichter treffen.

Ich war schon ein paar Schritte gegangen, als hinter mir ein Motor aufbrüllte, nur um kurz darauf in ein sonores Brummen zu verfallen. In der schmalen Gasse wurde es hell, ein verzerrter Schatten fiel vor mir auf den Boden.

Dürrer, als ich ihn in Erinnerung hatte.

Über die Schulter hinweg blickte ich direkt ins grelle Scheinwerferlicht. Der Wagen lauerte an der Straßenmündung. *Hier gibt's nix zu sehen.* Ich wandte mich ab und ging weiter. Auf halbem Weg bewegte sich der Lichtstrahl zitternd vorwärts. Sie folgten mir.

Der Motor heulte auf, der Wagen war dicht hinter mir, nur ein paar Schritte. Da wurde mir klar, dass ich nie ganz verschwunden war. Ich spürte förmlich, wie sich die Scheinwerfer in meinen Rücken brannten, aber ich wollte mich nicht umdrehen. Wollte nicht wissen, wer am Steuer saß.

Also quetschte ich mich in einen Eingang, um den Wagen vorbeizulassen. Dort verharrte ich eine Weile. Im grellen Licht erkannte ich einen BMW, schwarz glänzend, chromverziert. Die Nacht füllte meine Lunge, in meinen Adern sang das Blut. Das Fenster fuhr herunter, doch ich erkannte kein Gesicht.

»Detective Constable Waits?«, fragte ein Mann.

»Wer will das wissen?«

Auf dem Beifahrersitz lachte eine Frau.

»Wir stellen hier die Fragen, Kumpel. Steig ein.«

KAPITEL 2

Der Regen prasselte aufs Dach und zog Grimassen auf der Windschutzscheibe. Meine Venen fühlten sich abgenutzt an, völlig ausgeleiert. Um mich bei Laune zu halten, ballte ich die Hand zur Faust und dachte an das Speed in meiner Manteltasche.

»Also stimmen die Gerüchte?«, fragte der Fahrer, als hätte er meine Gedanken gelesen. Ende vierzig, breite Schultern, die er bei jeder Gelegenheit kreisen ließ wie ein Mittelgewicht. Er trug eine anthrazitfarbene, maßgeschneiderte Anzugjacke, die nahezu perfekt zu seinem Haar passte. Wenn er in den Rückspiegel blickte, tat er dies lässig, als wäre ich gar nicht da. Die Frau hatte ihr straßenköterblondes Haar zu einem praktischen Pferdeschwanz zusammengebunden.

Ich schwieg.

Hockte frierend in nassen Klamotten auf dem Rücksitz und biss die Zähne zusammen, damit sie nicht klapperten. Außer dem stumm geschalteten Polizeifunkempfänger kam alles an dieser Karosse direkt aus dem Autohaus. Es roch nach Designerparfüm mit Vanillenote, aber die Marke war mir unbekannt. Sie passte allerdings weder zum Fahrer noch zur Beifahrerin, denn es duftete nach Reichtum, nach Jugend.

Wir entfernten uns rasch von dort, wo ich gerade noch gestanden hatte. Weg vom Nachtleben, dem grellen Licht. Vorbei an leerstehenden Läden, den nach und nach verschwindenden Geschäften. Den riesigen, leeren Gebäuden. Der sterbenden Einkaufsstraße.

»Was will er?«, fragte ich.

Der Mann sah mich im Rückspiegel an. »Hab ihn nicht gefragt.«

Wir bogen auf die Deansgate ab, diese über einen Kilometer lange Querachse durch Manchester, an der man alles fand, vom exklusiven Gourmettempel bis zur Suppenküche für Obdachlose.

»Wo ist er?«

»Beetham Tower.«

Ich glaube, da habe ich geflucht.

»Schon mal da gewesen, hm?«, fragte die Frau.

Beetham Tower, das höchste Gebäude außerhalb Londons, war einer von mehreren für die Stadt geplanten Wolkenkratzern. Die Türme sollten, einer größer als der andere, wie eine riesige nach oben verlaufende Kurve aus stumpfem Metall immer weiter in die Höhe wachsen. Die Bauunternehmer hatten sich riesige Summen aus dem Verkauf kleiner, überteuerter Einzimmerapartments an Singles erhofft, an denen im Gegensatz zu anderen Dingen in dieser Stadt kein Mangel herrschte. Aber sie hatten ein Wolkenkuckucksheim gebaut. Die Wirtschaftskrise sorgte dafür, dass die Besitzer, die Investoren und die Bauunternehmen alles verloren. Die Suizidrate unter Männern stieg ein wenig an, aber ansonsten ging alles weiter wie vorher.

Mittlerweile dienten die meisten dieser baufälligen Wohntürme als Quelle für wiederverwertbare Baumaterialien. Die anderen verfielen weiter, auf den nackten Fundamenten sammelte sich Regenwasser, Metallstreben rosteten darin vor sich hin wie schwärende Wunden.

Während der dreijährigen Bauphase hatte es Zeiten gegeben, als man nicht wusste, ob Beetham Tower je fertig würde. Doch das Gebäude wurde hochgezogen, allen Widrigkeiten zum Trotz, und jetzt ragte es wie ein Stinkefinger in den Himmel über der Stadt.

Wir verließen Deansgate und fuhren auf den hochhauseigenen Parkplatz. Ein strahlender Angestellter des Parkdienstes, der in seiner Uniform aussah wie Frank Sinatra, linste durchs Seitenfenster. Doch als er den Fahrer erkannte, erstarb sein Lächeln, und er winkte uns nach unten zur Tiefgarage durch.

KAPITEL 3

Beetham Tower beherbergt ein Hilton Hotel, Apartments und ganz oben einige wenige exklusive Penthouse-Suiten.

Obwohl der Bau selbst stromlinienförmig gestaltet war, hatte man den vierstöckigen Annex im unteren Teil sehr viel breiter gebaut, um dort den Ballsaal, das Schwimmbad und die feist grinsenden Söhne und Töchter der oberen zwei Prozent unterzubringen. Die Wände der Lobby mit dazugehöriger Bar waren fast ausschließlich aus Spiegelglas, sodass jeder, der nach draußen schauen wollte, mit dem Anblick des eigenen Konterfeis belohnt wurde.

Ich war schon mal hier gewesen.

Letztes Jahr hatte ich Beetham Tower das erste Mal besucht, nach dem Tod einer jungen Frau, die aus einem Fenster im neunzehnten Stock gestürzt war. Dasa Ruzicka war eine minderjährige Prostituierte aus Tschechien gewesen. Ihr Vater hatte sie mit vierzehn Jahren an einen Menschenhändler aus der Gegend verschachert, und man hatte sie quer durch Europa bis hierher gebracht. Es war ein Leichtes, Mädchen wie sie aus ihren Dörfern zu entführen, weil sie so oft verschwanden. Bei so vielen Vermissten ging das Einzelschicksal glatt unter. Doch es gab noch einen anderen, viel elementareren Grund für ihre Entführung.

Dasa war eine echte Schönheit gewesen, keine von diesen abgemagerten Mädchen, wie man sie heutzutage an jeder Straßenecke zu sehen bekam. Sie gab dem Wort wieder eine Bedeutung. Ihr klarer Teint war perfekt für die Sexarbeit, denn er wirkte trotz der traurigen Schmuddeligkeit dieser Existenz stets rein und unberührt. Frauen und Mädchen waren zum Ficken da und zum Verprügeln, so lautete die frustrierende Bilanz meiner Arbeit. Oder man warf sie einfach aus dem Fenster. Anmut als unkalkulierbares Risiko. Was sagte das über uns aus?

Dasa hatte sich garantiert nicht selbst mit solcher Wucht aus dem Fenster gestürzt. Doch im Hotelzimmer hatte niemand gewohnt. Ich hatte Gäste und Personal stundenlang festgehalten und jeden verhört, der mit seiner Schlüsselkarte Zugang zur betreffenden Etage gehabt hatte. Nachdem sich aber mehrere Geldleute beschwert hatten, schickte man einen Detective Inspector zu meiner Ablösung. Ich zeigte ihm das leere Zimmer im neunzehnten Stock und versuchte, ihm die Situation klarzumachen.

Weil er offenbar nichts davon wissen wollte, trat ich den Rückzug an, den Blick jedoch fest aufs Fenster und die darunterliegende Stadt gerichtet. Als der Mann kapierte, was ich vorhatte, brüllte er, ich solle stehen bleiben. Aber ich lief weiter, allein schon, um seinen Gesichtsausdruck zu sehen, wenn ich mit Karacho gegen die Scheibe bretterte. Leider stellte er sich mir in den Weg.

Das war der zweite von drei Schlägen gegen mich gewesen, die mir schließlich eine Schlagzeile in der Zeitung bescherten. Und meinen Ruf zerstörten. So komplett, dass ich den einzigen Job annahm, der mir noch blieb.

Dasas Tod wurde zum Selbstmord erklärt.

Beetham Tower hatte ich seitdem nie mehr betreten.

KAPITEL 4

Detective Sergeant Conway«, sagte die Polizistin und streckte mir die Hand entgegen.

Ihr Kollege sprach mit der Empfangsdame, während ich in der Lobby wartete. Für einen, der vermutlich beim Special Branch arbeitete, verhielt er sich ein bisschen zu ungezwungen. Eine laut lachende Gruppe Männer im Smoking kam durch die eindrucksvolle Drehtür. Sie tanzten unter einem Kronleuchter vom Ausmaß eines Familienwagens. Während ich DS Conway ansah, wünschte ich innerlich, er möge auf die Typen herabsausen.

Sie machte eine Kopfbewegung zu ihrem Partner. »Was hat er gegen Sie?«, fragte sie. Doch als der Mann sich vom Empfang abwandte und zu uns zurückkehrte, straffte sie die Schultern und tat, als wäre nichts gewesen.

Der Aufzug zu den Penthouse-Suiten brauchte ewig. Sie befanden sich in einem Bereich des Towers, den ich noch nie betreten hatte. Der Mann benutzte eine Schlüsselkarte, die uns Zugang zu den höheren Sphären verschaffte. Aus dem Lautsprecher schallte eine Billigversion von »My Heart Will Go On«, verklang und begann von vorn. Wie alles in diesem Gebäude war auch der Lift mit Spiegeln und hochglänzendem Chrom ausgekleidet.

Ich betrachtete meine Schuhe.

Im fünfundvierzigsten Stock hielt der Lift und öffnete seine Türen mit einem prahlerischen Zischlaut. Die automatisierte Oberlehrerinnenstimme hatte ihren Satz noch nicht beendet, als der Mann mich am Arm packte und auf den Flur zerrte.

Wir marschierten über einen langen, geschmackvoll minimalistisch gestalteten Korridor. Detective Sergeant Conway ließen wir zurück. Nachdem wir die beiden einzigen Apartments auf diesem Stockwerk passiert hatten, kamen wir an eine kahle, schwarze Eingangstür. Der Mann zog seine Karte durch das Lesegerät und schob mich in die Lounge eines geräumigen, anonymen Domizils.

Die Medien hatten damals ausführlich über die Penthouse-Suiten berichtet. Nur für Superreiche. Die Suite selbst war ihren Preis nicht wert, aber darum ging es auch gar nicht. Man bezahlte für das Privileg, fünfhundert Meter über der Erde zu wohnen. Eine einzigartige Gelegenheit, sich über Millionen zu erheben oder sie zu sich aufblicken zu lassen, wenn die Eitelkeit groß genug war.

In der Lounge war es dunkel, die City zu ihren Füßen inszenierte die Beleuchtung. Drei der vier Wände bestanden aus riesigen Fenstern, die einen spektakulären Panoramablick auf die Stadt boten.

»Nehmen Sie Platz«, sagte der Mann in Anthrazit. Ich blieb stehen. »Wie Sie wollen. Er ist gleich bei Ihnen.« Mit diesen Worten machte er auf dem Absatz kehrt und verschwand in Richtung Ausgang. Die Tür öffnete er gerade weit genug, dass er durchpasste, dann schloss er sie leise hinter sich.

Diskretion.

Kaum war sie ins Schloss gefallen, folgte ich ihm und presste mein Auge gegen den Spion. Da der Korridor menschenleer war, fragte ich mich, wie er so schnell hatte verschwinden können. Kurz überlegte ich sogar, ob er in die Hocke gegangen war, damit ich ihn nicht sehen konnte, verwarf den Gedanken aber rasch als absurd.

»Wir sind allein, Waits, falls Sie sich deswegen sorgen.«

Ich fuhr herum. Die Stimme gehörte zu einem Mann, der sich als dunkler Umriss gegen die leuchtende Stadt abzeichnete.

»Wer hat Ihnen denn die Beule verpasst?«, fragte er mit unverwechselbarem Oxbridge-Akzent.

Ich betastete meine Stirn. »Zur rechten Zeit am rechten Ort gewesen.«

»Und ich dachte schon, Detective Kernick hätte was gegen Sie.«

»Ja, er wirkte ziemlich enttäuscht, dass ihm jemand zuvorgekommen ist.«

»Schien mir auch so.« Der Mann trat ins trübe Licht und grinste. »Ich sollte mich vorstellen. David Rossiter, MP.«

Ich trat auf ihn zu. Er war groß und respekteinflößend. Mitte vierzig, maßgeschneiderter Anzug, verbindlich wie ein guter Politiker. Mit dem festen Griff eines Mannes, der täglich mit Menschen zu tun hatte, umschloss er meine Finger mit beiden Händen. Seine Haut war warm, doch sein Ehering fühlte sich kalt an.

»Nehmen Sie Platz«, sagte er. Also setzte ich mich hin, und nach kurzem Zögern tat er es mir gleich. »Interessant.«

»Was meinen Sie, Mr Rossiter?«

»Ich habe auf den Platz zu meiner Linken gezeigt, aber Sie haben den rechten gewählt – bitte nennen Sie mich David.« Als ich mir ein Lächeln abrang, verspürte ich einen dumpfen Schmerz zwischen den Augen. »Sie fragen sich vermutlich, warum ich Sie hergebeten habe, Aidan.«

»Waits«, sagte ich. »Vermutlich nicht aus privatem Anlass.«

»Gut, dann eben Waits. Interessieren Sie sich für Politik?«

»Nur, wenn's sein muss.«

Er lächelte erneut. Dabei sah er mir genau in die Augen und vermittelte mir das Gefühl, ich hätte ihn auf besonders kluge Weise amüsiert. Ich hatte ihn auf Titelseiten gesehen, wo er Kriegsverbrechern mit derselben Miene die Hand schüttelte.

»Ich bilde mir gar nicht ein, dass Sie mich erkennen.«

»Sie sind David Rossiter, MP.«

»Und was wissen Sie über meine Karriere?«, sagte er mit besonderer Sorgfalt für das letzte Wort.

»Was in den Zeitungen steht.«

»Sie sollten nicht alles glauben, was Sie dort lesen, Detective Aidan Waits, wenn es von jemandem heißt, er sei korrupt.«

Ich ignorierte seinen Seitenhieb. »Ihr Vater hatte einen Sitz im Parlament und für den Rest seines Lebens ausgesorgt. Doch Sie waren idealistischer. Als Ihr Bruder sich in die Politik stürzte, zockten Sie noch als Anwalt die Leute ab. Sie haben jung geheiratet, und der Plan ging auf. Aber wahrscheinlich ist es für einen Mann kein Problem, sich mit einer Wodkaerbin zu verstehen.«

Wieder dieses Lächeln.

»Sie sind zu einem seltsamen Zeitpunkt in die Politik eingestiegen. Die Torys waren schon vier Jahre nicht mehr an der Macht gewesen, und das ging auch die nächsten vier Jahre nach Ihrem Eintritt so weiter. Doch Sie haben die alten Haudegen wieder salonfähig gemacht. Haben sich einen Dreck um das Parteiprogramm geschert und sich für die Homoehe, Frauenrecht und so was ausgesprochen. Sogar für die Einwanderung. Progressiv genug, um ins Kabinett zu kommen. Niemand war überrascht, als man Sie zum Justizminister ernannte, wo Sie doch ohnehin Jurist waren. Wahrscheinlich ist es auch nicht schlecht, dass Sie treuer Ehemann und Vater von zwei hübschen Töchtern sind.«

»Sie sollten meine Biografie schreiben«, sagte er, senkte aber beim Anblick meiner zitternden Hände die Stimme. Ohne sich etwas anmerken zu lassen, erhob er sich, trat an die Bar und schenkte uns zwei große Gläser Cognac ein.

»Danke«, sagte ich.

»Und wohin tendieren Sie politisch?«, fragte er und ließ sich wieder in den Sessel sinken.

»Ich schwanke noch irgendwo dazwischen.«

»Also unentschieden?«

»Politik erscheint mir zu vage für die Probleme, mit denen ich es täglich zu tun habe.«

Er trank einen Schluck, ließ den Cognac kurz im Mund, bevor er ihn herunterschluckte. »Die Welt retten, aber einen Menschen nach dem anderen?« Ich nickte. »Da ist vielleicht sogar was dran.« Er rutschte in seinem Sessel herum. »Wenn ich Ihnen also von einem Menschen erzähle, der dringend der Rettung bedarf?«

»Würde ich Ihnen antworten, dass es dafür Bessere gibt als mich.«

»Dass ich den Medien nicht glaube, hatte ich schon erwähnt, oder?«

Ich trank einen Schluck. »In dem Fall würde ich mein Bestes geben. Aber das ist auch nicht mehr, als Detective Anthrazit unten in der Lobby tun würde. Wahrscheinlich sogar weniger.«

Die Antwort schien ihm zu gefallen.

»Wenn ich ehrlich bin, Waits, sind Sie der Einzige, der mir helfen kann. Sagt Ihnen der Name Zain Carver was?«

Ich schwieg.

»Heute Morgen«, fuhr er fort, »habe ich mit Ihrem Vorgesetzten geredet. Parrs heißt er, ein ganz famoser Bursche.«

»Wieso erfahre ich das erst jetzt?«

»Weil Sie abgetaucht sind. Detective Kernick hat ein paar Stunden damit verbracht, Sie aufzustöbern.«

»Na, wie gut, dass er so diskret vorgegangen ist. Sein BMW war die perfekte Tarnung.«

»Tut mir leid. Die Leute vom Special Branch haben sich zu sehr daran gewöhnt, bei den Reichen nicht aufzufallen.«

»Wie praktisch, dass ich bei den Armen nicht auffalle.«

»Deswegen sind Sie ja hier.«

»Bevor ich mit Ihnen über Carver rede, muss ich bei Superintendent Parrs um Erlaubnis bitten.«

Rossiter überlegte kurz, dann zückte er sein Handy und hielt es mir hin.

»Mir wäre es lieber, wenn Sie ihn anrufen.«

Er grinste, wählte die Nummer aus seiner Liste und wartete. Parrs war sofort dran, wie immer.

»Hab Ihren Burschen Waits hier sitzen«, sagte Rossiter. »Passt wie Faust aufs Auge. Sehr authentisch. Trinkt sogar im Dienst. Redet aber erst mit mir, wenn Sie's ihm erlauben.« Wieder hielt er mir das Handy hin. Diesmal nahm ich es.

»Sir.«

»Waits«, knurrte Parrs mit seinem schottischen Akzent. »Sie stehen dem Minister in vollem Umfang zur Verfügung. Wir unterhalten uns morgen.« Damit war das Gespräch beendet. Ich gab Rossiter sein Telefon zurück.

»Zain Carver«, sagte er.

»Drogendealer.«

»Und was hat er mit Ihnen zu tun?«, fragte Rossiter.

»Ein schwaches Glied in der Kette, wenn ich Glück habe.«

»Sie sollen sich an ihn ranwanzen?«

»Ich hab das Gefühl, meine Aufgabe ändert sich gerade.«

Rossiter schwieg.

»Falls Carver Erfolg haben sollte, liegt das daran, dass er ein Sonderling ist. Ein Geschäftsmann unter Hooligans. Ich soll ausloten, inwieweit wir das ausnutzen können.«

»Inwiefern ausnutzen?«

»Auf dreierlei Art. Wenn wir genug Druck ausüben, plaudert er vielleicht mit uns über die anderen Drogendealer. Er ist weder der Größte noch der Beste, aber auf diese Weise kann er jemandem weiter oben so richtig in die Parade fahren. Alternativ könnte er uns vielleicht verraten, welche Polizisten sich von ihm bestechen lassen. Am interessantesten wäre es, wenn er sich nur als Strohmann herausstellen würde.«

»Strohmann? Für wen?«

»Es könnte ein Dutzend Leute über ihm geben, von denen wir noch nie gehört haben.«

»Sie machen mich neugierig. Was springt für Sie dabei raus? Jetzt, wo man Ihren Namen schon durch den Dreck gezogen hat ...«

»Mein Name stand noch nie für viel. Wieso bin ich hier, Mr Rossiter?«

Als er trank, klirrten seine Zähne gegen das Glas.

»Was wissen Sie über meine Tochter? Meine jüngste, Isabelle?«

»Sehr hübsch und sehr jung. Achtzehn, neunzehn?«

»Sie ist siebzehn. Und mit diesem Carver verbandelt.«

»Also minderjährig. Lassen Sie sie von einer Streife abholen.«

»Das hat Superintendent Parrs auch schon vorgeschlagen. Ich fürchte, die Sache erfordert etwas mehr Fingerspitzengefühl.« Rund um uns herum platschten fette Regentropfen auf die Fenster. Sekundenlang konnte ich jeden einzelnen erkennen, doch dann prasselten sie immer schneller herunter, bis das Zimmer in ein verschwommenes Grau gehüllt war. Ich wartete. »Ein belesener Bursche wie Sie kann sich vielleicht noch an die Zeiten erinnern, als Isabelle das letzte Mal in den Nachrichten war.«

»Sie erlitt einen Zusammenbruch«, sagte ich. »Erschöpfung.«

Rossiter bewegte keine Miene.

»Selbstmordversuch?«

Er nickte. »Isabelle leidet unter Depressionen. Die hat sie unter anderem von ihrer Mutter geerbt. Es hatte schon mehrere Versuche gegeben, aber keiner so heftig wie der letzte. Zu viel Blut, zu viel Aufregung, um die Sache aus der Presse rauszuhalten. Also haben wir sie mit Erschöpfung abgespeist.« Er starrte auf einen Punkt zu meiner Rechten, als würde er das Ganze noch einmal durchleben. »Ich bin höchstpersönlich bei den Herausgebern angetrabt und habe sie angefleht, nichts darüber zu veröffentlichen.«

»Verstehe«, sagte ich.

»Tun Sie das?«, fragte er, bevor er seinen Ton wieder im Griff hatte und die nächste Frage hinterherschickte. »Können Sie sich was Schlimmeres vorstellen als eine Tochter, die sich ein Messer in den Hals sticht?« Ich schüttelte den Kopf. »Eine Tochter, die einen dafür hasst, dass man sie gerettet hat.« Rossiter leerte sein Glas. »Sie hat mit mir gesprochen, Waits. Mir erklärt, dass sie ihre Krankheit verstehe, sich klar sei, dass es in ihrem Leben immer wieder dunkle Momente geben werde. Und dann behauptet, dass es sich in diesem Fall nicht um einen solchen gehandelt habe. Sie sei bei klarem Verstand gewesen und würde mir nie verzeihen, dass ich den Krankenwagen gerufen habe.«

»Man muss schon tief fallen, um als Tochter eines hochrangigen Politikers bei jemandem wie Zain Carver zu landen.«

»Tief gefallen ist sie ganz sicher«, erwiderte Rossiter. »Ich glaube, sie hat diese Leute durch eine Freundin kennengelernt. Soweit ich weiß, wohnt sie seit einem Monat bei ihnen in Fairview.«

»Seit einem Monat?« Rossiter antwortete nicht. Fairview. So hieß das Anwesen von Zain Carver. Ein großzügiges viktorianisches Haus mit Garten im Süden der Stadt, einer Gegend, wo viele junge Leute und Studenten lebten. Fairview war für seine Hauspartys berüchtigt, die alle aus der Szene anlockten, vom Uni-Schwarm bis zum Provinz-Promi. »Keine Ahnung, was Parrs Ihnen erzählt hat, aber ich habe die Anweisung, mich am

Rande des Geschehens aufzuhalten. Ich habe Geldübergaben gesehen und mit kleineren Dealern gesoffen, aber …«

»Und das haben Sie ja bis jetzt richtig prima hinbekommen«, stichelte er. »Ab heute gelten andere Regeln. Jetzt geht's ans Eingemachte. Machen Sie sich die Hände schmutzig. Nehmen Sie Kontakt mit den wichtigen Leuten auf.«

»Und Ihre Tochter?«

»Ich will nicht, dass die Polizei sie nach Hause bringt. Das ist mir zu riskant.«

»Mit Verlaub, Sir. Die Presse hat schon einmal auf Sie gehört, dann wird sie es auch wieder tun. Außerdem, wo ist der Skandal?«

»Skandal?«, fragte er. »Ich würde meinen Job sofort aufgeben, wenn ich sie damit wiederbekäme.« Das nahm ich ihm sogar ab, aber ich hätte es als Warnung verstehen sollen. Er redete über seine Tochter, als wäre sie bereits tot. Rossiter erlangte die Fassung wieder. »Ich will sie nicht dazu bringen, dass sie sich noch mal verletzt. Verstehen Sie?« Hätte ich sein Gesicht besser sehen können, hätte ich ihn vielleicht tatsächlich verstanden.

Weil wir aber im Dunkeln saßen, zuckte ich nur die Achseln.

»Sie sind jung. Warten Sie's nur ab. Für Ihre Kinder würden Sie alles tun.«

»Was soll ich für Ihres tun?«

Er zögerte, als hätte er noch nicht so richtig drüber nachgedacht. »Können Sie richtig nah an sie herankommen? Nachschauen, ob es ihr gut geht?«

»Oder sie einfach fragen.«

»Es wäre mir lieber, wenn Sie nicht mit ihr in Kontakt treten würden.«

»Sie machen es mir aber nicht gerade leicht, Mr Rossiter.«

»Ich will meine Tochter nicht gegen ihren Willen nach Hause bringen. Und ganz bestimmt nicht mithilfe der Polizei.«

»Davon würde sie gar nichts mitbekommen«, erklärte ich. »Selbst die Leute vom Special Branch unten in der Lobby haben keinen Plan, was hier abgeht.« Rossiter schwieg. »Das sind üble Typen.«

»In was ist sie da reingeraten? Sex?« Das Wort kam ihm nicht leicht über die Lippen.

»Keine Ahnung, aber wohl eher nicht. Carver hält sich für einen Gentleman. Einen Geschäftsmann.«

»Das ist gut, oder?«

»Kommt drauf an, was für Geschäftsleute Sie so kennen. Ich halte es für gefährlich. Es gibt verschiedene Möglichkeiten, eine Frau auszubeuten, besonders, wenn sie einen berühmten Namen hat. Es gibt in dieser Stadt genügend Dealer, die sie mies behandeln würden. Aber dann wäre sie schon längst wieder zu Hause und in Therapie, egal, wie sehr sie Sie hasst.«

Er bemühte sich sichtlich, nicht auf meinen Seitenhieb zu reagieren. »Aber Zain Carver?«

»Er ist anders. Deshalb ist die Wahrscheinlichkeit umso höher, dass er genau weiß, wer sie ist. Vermutlich macht er auf Charmeoffensive. Der Mann verkauft Eight und …«

»Eight?«

»Heroin«, erklärte ich. »H ist der achte Buchstabe im Alphabet. Ein cooler Markenname, der sich auch noch unschuldig anhört, wenn man ihn auf der Straße oder in Clubs verwendet.«

»Völlig absurd. Isabelle hat Probleme, aber sie würde nie …«

»Das würde niemand von uns. Bis wir es doch tun. Außerdem befinden wir uns in einer Studentenstadt. Carver hat mit Partydrogen gut verdient. Weiß er also, dass Isabelle Ihre Tochter ist?«

»Möglich.« Rossiter schluckte. »Obwohl sie sich meist deswegen schämt.«

»Selbst wenn. Er spielt ein gefährliches Spiel, denn er kann nicht wissen, ob Sie sie nicht wieder nach Hause holen.«

»Hm«, sagte Rossiter und spielte mit seinem Ehering herum.

»Ist sie schon mal abgehauen?«

»Ja, aber nur, um auf meine Kosten im Luxushotel zu übernachten.«

»Und haben Sie ein aktuelles Foto von ihr?«

Rossiter griff in seine Brusttasche, zog ein Bild heraus und gab es mir. Dabei hielt er schützend die Hände darüber, als handelte es sich um eine brennende Kerze, die jeden Moment verlöschen könnte. Isabelle war ein blasses, hübsches Mädchen mit stumpfem blonden Haar und intelligenten blauen Augen. Auf dem Bild starrte sie auf einen Punkt direkt über der Kamera. Auf den Fotografen, dachte ich.

»Hören Sie«, sagte er. »Die Bemerkung über Ihre Arbeit mit den Kleindealern tut mir leid. Sie stehen sicher unter enormem Druck.«

Wir schwiegen eine Weile.

»Brauchen Sie sonst noch was von mir?«

»Den Namen der Person, die Isabelle bei Carver eingeführt hat.«

»Die kenne ich nicht. Tut mir leid.«

»Die?«

»Den, die, ich weiß es nicht.«

»Vielleicht kann Ihre Frau …?«

»Alexa ist sehr krank. Ich möchte sie nicht damit belasten.«

»Verstehe. Und woher kommt Ihr plötzliches Interesse?«

Rossiter sah mich entgeistert an.

»Isabelle ist doch schon seit einem Monat nicht mehr hier.«

»Gut beobachtet«, sagte er und ließ die Kiefermuskeln spielen. »Ich verrate Ihnen jetzt mal was. Momentan kämpfe ich an zwei Fronten, Waits. Alexa hat auch Depressionen. Unsere Beziehung ist schon seit Längerem … angespannt. Leider ist Isabelle dabei irgendwie untergegangen.«

»Wie kann ich Sie erreichen?«

Er reichte mir eine kunstvoll geprägte Visitenkarte. Abwesend befingerte ich die Erhebungen und Vertiefungen.

»Unter dieser Nummer erreichen Sie mich Tag und Nacht.«

»Gut. Danke für den Cognac. Ich melde mich.«

Als ich ging, war er noch tiefer ins Sofa gerutscht, er sah abgezehrt aus, kummervoll.

KAPITEL 5

R*ubik's* war eine dieser höhlenartigen Bars, die im Laufe eines Abends zum Club mutierten. Als die Bar noch ehrlich war, hatte sie der *Hacienda* ernsthaft Konkurrenz gemacht und dem Who's Who der Postpunk-Bands eine Bühne geboten. Doch das war schon lange vorbei. Die Bar lag an den Deansgate Locks und bot einen Blick über den Kanal, der quer durch die Stadt verlief. Zu den Öffnungszeiten war der Schankraum in rotes Licht getaucht, das keiner genauen Quelle zuzuordnen war. Diese größte Trinkhalle der Stadt bot locker Platz für mehrere tausend Gäste.

Vier Bars auf drei Etagen.

Seit drei Wochen hatte ich den Manager der größten Bar im Auge, ein kräftiger Typ mit modebewusst zur Schau gestelltem Dreitagebart, berechnend und wachsam. Besonders freitags, wenn er einem von Zain Carvers Leuten die Erlöse aus seinen Drogengeschäften übergab. Mittlerweile wusste ich, dass die Drogen an den Club geliefert und von diesem Manager an andere Bars in der Gegend weiterverteilt wurden.

Ganz geschmeidig.

Wo konnte man ein paar zugedröhnte Leute besser verstecken als in einer Horde Betrunkener? Für Zain Carver bot dieses Arrangement keinerlei Risiken, die trug nur der Manager. Sein Angebot war gut gemischt und beinhaltete Partydrogen aller Art. Jedes Produkt trug eine eigene Nummer. Koks war drei, Ecstasy fünf, Ket lief unter der Nummer elf. Die Kunden brauchten also nur die betreffende Anzahl Finger hochzuhalten und bekamen, was sie wollten, ohne den Namen der Droge ausgesprochen zu haben.

Der Schlüssel zu Zain Carvers Erfolg lag allerdings darin, dass er mehr mit einem Geschäftsmann als mit einem Straßengangster gemein hatte. Er lieferte einfach Ware aus und kassierte ein paar Tage später. Was seine doch sehr menschliche Verbindung zu Isabelle Rossiter umso ungewöhnlicher machte.

Heute war mal wieder Zahltag.

Wegen meines Treffens mit David Rossiter war ich zu spät dran und hatte die Geldübergabe verpasst, aber das war jetzt egal, denn mein Auftrag hatte sich geändert. Zeit für einen Frontalangriff.

Carvers Eintreiberin war leicht zu erkennen. In schwarzer Strumpfhose und schwarzen Stiefeletten stand sie an der Bar, wo sie wie immer einen großen Wodka pur bestellte, die pink geschminkten Lippen zu einem wattstarken Lächeln verzogen. Ihr langes kastanienbraunes Haar fiel über ihre antike Wildlederjacke, vermutlich älter als sie selbst. Sie war was Besonderes, erst Anfang zwanzig, bemühte sich allerdings darum, nicht aufzufallen.

Als ich ihr Glas umstieß, reagierte sie gelassen. Zwar riss sie kurz entnervt die Kulleraugen auf, beruhigte sich aber schnell wieder und bestellte sich, mit der unterkühlten Beherrschtheit, die vermutlich zu ihren Aufgaben gehörte, rasch einen neuen Wodka.

»Tut mir leid.«

»Kein Problem.«

»Du heißt Cath, oder?« Sie zögerte kurz, bevor sie sich zu mir umdrehte. »Wir haben uns auf einer von Zains Partys getroffen …«

»Tatsächlich.« Eine Feststellung.

»Na ja, nur kurz.«

In Wahrheit hatte ich sie ein-, zweimal mit Carver reden sehen, aber noch nie mit einem von beiden Kontakt gehabt. Die traurigen, unattraktiven Mauerblümchen hatten mir ihren Namen verraten. Sie redeten über sie, als wäre sie eine Berühmtheit. *Cath*, sagten sie, *ist eine seiner Lieblinge*. Auch sie hatte am Anfang zu den Mauerblümchen gehört und sich von den hinteren Reihen nach vorn vorgearbeitet, war vom Partygirl zur Partnerin aufgestiegen. Die anderen waren der Meinung, ihre Beharrlichkeit habe ihr zum Erfolg verholfen, und erhofften sich dasselbe, wenn sie nur eifrig genug um Aufmerksamkeit buhlten. Die Schlaueren unter ihnen kamen hoffentlich rechtzeitig darauf, dass sie auf verlorenem Posten kämpften.

Als der Manager ihr den frischen Wodka brachte, bedachte er mich mit einem bösen Blick. Eine Erinnerung blitzte auf und verschwand wieder. Irgendwo hatte ich ihn schon mal gesehen. Hatte er mich ebenfalls erkannt? Mit dem vollen Glas in der Hand wirkte Catherine jedenfalls ruhiger und lächelte mir sogar zu, und zwar so, dass es erheblich aufrichtiger aussah als das Schauspielerinnengrinsen, das sie vorher aufgesetzt hatte. Diese junge Frau beherrschte ihre Rolle perfekt und wirkte darin authentisch genug, dass man sie ihr abnahm. Sogar wenn sie von einer Sekunde auf die nächste die Maske tauschte, hielt man keine von beiden für eine Täuschung.

»Ja«, sagte sie auf einmal, »jetzt erinnere ich mich wieder …«

»Ich zahl das«, sagte ich.

»Wenn du einem Mädel das nächste Mal das Glas umwirfst, nur um sie auf einen Drink einzuladen, suchst du dir am besten eine aus, die nicht auf Kosten des Hauses säuft.«

Mit diesen Worten wandte sie sich ab.

»Sonst hättest du doch nie mit mir geredet.«

Sie fuhr herum. »Ich hätte es auf einen Versuch ankommen lassen. Das Veilchen steht dir. Sorgt dafür, dass dein Gesicht nicht verschwindet.«

»Sobald es verblasst, besorge ich mir Nachschub.«

»Soso. Sag mal …«

»Aidan.«

»Aidan.« Ihr Lächeln erlosch. »Willst du wirklich Ärger?« Ich schwieg. »Ich frag nur, damit du dich nicht unbeabsichtigt in die Scheiße reitest.« Sie sah vielsagend in Richtung Manager. Ich folgte ihrem Blick. Der Mann stand mit verschränkten Armen über der breiten Brust hinterm Tresen und beobachtete uns.

»Nee, kein Interesse.«

»Dann geb ich dir jetzt mal einen Rat.« Sie trat näher an mich heran. »Verschwinde. Spar dir das nächste Veilchen.«

»Wie du schon sagtest, ohne würde mein Gesicht verschwinden.«

Ihr Blick wanderte erneut zum Manager. »Verschwinden wäre keine schlechte Idee, Schätzchen.«

»Sorry, wollte dich nicht belästigen.«

Der Barmanager schien zufrieden und bediente eine Gruppe junger Frauen. Catherine trank einen großen Schluck und stellte das Glas auf den Tresen. Sie schob diskret eine Karte darunter.

»Ich hätte dir ja gern angeboten, mich mal auf einen Drink einzuladen …« Ihr Grinsen war breit und verzerrt, aber ich hatte den Eindruck, dass sie mich einen kurzen Augenblick hinter alle ihre Masken schauen ließ.

»Wahrscheinlich würde ich ihn nur wieder umstoßen. Gute Nacht.«

Sie marschierte mit langen, grazilen Schritten davon.

Rasch steckte ich die Karte ein und wartete noch ein bisschen, ehe ich den Club verließ, um zu meinem gemieteten Zimmer zurückzukehren. Ich warf die kaputte Armbanduhr in den Müll, tankte ein bisschen Speed und zog mich um.

KAPITEL 6

Den dritten Schlag hatte ich mir selbst zuzuschreiben. Danach musste ich dankbar sein, überhaupt noch was tun zu dürfen, und sei es, Eintreibern durch die Bars zu folgen.

Wochenlang hatte ich mir Friedhofsschichten erschlichen, erbettelt, erschummelt, gegen Tagschichten eingetauscht. Es war mir eine Lust, dabei zuzusehen, wie sich die mir so bekannte Stadt zwischen neun Uhr abends und fünf Uhr morgens komplett verwandelte. Die Smileys, tagsüber von Kinderhand an Fenster gemalt, wurden nachts von Neonlicht durchstochen.

Mir gefielen die Nachtmenschen.

Sie waren jung und betrunken und verliebt. Die Mädchen waren elektrisch aufgeladen, die Jungs im Imponiermodus. Die Transen, Goths, Schwulen und Lesben eroberten die Nacht, malten die Einkaufsstraße wieder bunt an und riefen einander Worte zu, deren Bedeutung ich nicht kannte. Und es funktionierte. Ich blieb fast nüchtern, hielt mich fast an die Regeln.

Wenn mein Chef nicht gewesen wäre. Detective Inspector Peter Sutcliffe. Ja, so heißt er tatsächlich. Mit dem Namen war sein Schicksal vermutlich schon vorgezeichnet. Vielleicht hatte man ihn als Kind damit gemobbt. Kein Wunder, wenn man einen der schlimmsten Verbrecher des Landes zum Namensvetter hat. Jedenfalls trug er den Namen eines Scheißkerls und wurde ihm voll gerecht. Sie nannten ihn Sutty, was klang wie *sooty*, das englische Wort für rußig. Sein Spitzname schützte ihn nicht nur vor Verwechslungen, sondern war auch ein Witz.

Sutty war leichenblass und allergisch gegen Sonnenlicht.

Von ihm lernte ich eine Menge, aber nicht nur Gutes. Eine Weile genoss ich die Friedhofsschichten, hing meinem romantisch verzerrten Bild vom Nachtleben nach, doch es dauerte nicht lange, bis die Realität mich einholte. Ich wusste nichts über die Vampire, Dealer, die nur nachts unterwegs waren, und hatte keine Ahnung von den Gangs, was sie verkauften und wie sie sich unterschieden. Die Einzigen, die ich auf Anhieb erkannte, waren die *Grinser*, die ihren Namen dem Umstand zu verdanken hatten, dass Dealer ihnen zur Strafe für verspätete Zahlungen oder zu freches Auftreten rechts und links in die Mundwinkel geschnitten hatten.

Sutty erkannte *Rushboys* oder *Whalleys* schon an ihrem um Aufmerksamkeit heischenden Pfeifen. Sutty sah sofort, wenn sich ein *Burnsider* zu weit nach Süden verirrt hatte. Er zeigte mir die Eintreiberinnen, Sirenen genannt, die von Club zu Club wanderten. Dieser Mann hatte geradezu übernatürliche Antennen für Konfliktsituationen. Es war Sonntagmorgen, aber noch nicht lange, ungefähr zwei oder drei Uhr, als wir an der Oxford Road im Einsatz waren. Auf dieser Straße, die Studentenwohnungen mit dem Unigelände und die Uni mit der Innenstadt verband, gab es Licht und Schatten. Prostituierte und Freier, Dealer und Junkies.

Außerdem führt die Oxford Road zu einer der berühmtesten Fressmeilen der Stadt. Spezialitäten aus Pakistan, Bangladesch, Kaschmir, hunderte Restaurants, Tür an Tür, so weit das Auge reicht. Eine florierende, lebendige und bunte muslimische Gemeinschaft. Der unsere Aufmerksamkeit galt, weil sie einer besonderen Masche Vorschub leistete.

»Das Kopftuchding«, nannte Sutty das. Junge Frauen in Burkas, auf dieser Straße zu jeder Tages- und Nachtzeit ein völlig normaler Anblick, die ihr Gewand aber zur Tarnung nutzten. Es war bekannt, dass Dealer sie als Kuriere einsetzten, und einige der nervö-

seren männlichen Kuriere hatten sich in letzter Zeit ebenfalls eine Burka zugelegt. Das regte Sutty tierisch auf. *Vermutlich dunkelhäutig. Vermutlich drogenabhängig.* Ein perfektes Feindbild.

Wir tranken gerade Kaffee an einem Straßenkiosk, der die ganze Nacht geöffnet hatte, und er rauchte eine Zigarette, als er mich in die Rippen stieß und eine Kopfbewegung in Richtung Straße machte.

»Das ist unser Mädchen.«

»Was? Wo?«

Er wies auf eine schmächtige Frau in schwarzer Burka auf der gegenüberliegenden Straßenseite.

»Sieht aus wie eine Frau auf dem Heimweg.«

»Ach, komm!«, sagte er und bahnte sich mit allgemeingültiger Geste einen Weg durch den Verkehr. Ich folgte ihm. Er überholte die Frau, baute sich vor ihr auf, und als sie ihm ausweichen wollte, hob er warnend die Hand.

»Allahu akbar«, keuchte er.

Die Frau sah ihn schweigend an.

»Komm schon, Kopftuch runter!«, sagte Sutty.

Die Frau sah sich hektisch um. Wie ein Tier in der Falle. Schließlich nahm sie das schwarze Kopfteil ab. Ihr Haar war schütter, fahl und strohig. Sie war weiß und eindeutig drogensüchtig, ihr bleicher Teint derselbe wie Suttys. Als ich näher kam, erkannte ich die länglichen Narben an beiden Seiten ihres Mundes. Man hatte sie gebrandmarkt.

»Grins nicht so dämlich!«, scherzte Sutty und lachte über seinen eigenen Witz. Die Frau verzog keine Miene. »Zeigst du mir mal, was du da in der Hand hast, Schätzchen?« Zögernd streckte die Frau die rechte, zur Faust geballte Hand aus und öffnete sie: zwei schweißdurchtränkte, zerknüllte Zehn-Pfund-Scheine. Sutty nahm sie ihr ab, sagte »Danke schön« und wandte sich zum Gehen.

Sie blickte entgeistert auf ihre leere Hand, dann auf mich.

»Sir!«, rief ich Sutty hinterher. Meine Stimme klang schwach. »Sir ...«, wiederholte ich. Als er nicht reagierte, brüllte ich: »SUTCLIFFE!«

Da blieb er endlich stehen und sah mich ausdruckslos an.

»Das kannst du nicht bringen«, sagte ich. Zuerst rührte er sich nicht vom Fleck, stand stocksteif im Passantenstrom. Dann nickte er, kramte das Geld aus der Hosentasche und drückte es ihr in die Hand. Dann packte er mich am Arm und schubste mich gegen sie. »Durchsuch sie! Los! Das ist ein Befehl!«

Zögernd befolgte ich seine Anweisungen. Die Leute machten einen großen Bogen um Sutty. Die Frau öffnete ihre Hand erneut und zeigte mir die Geldscheine, doch jetzt lag ein Tütchen Koks dazwischen, das vorher nicht da gewesen war. Sutty trat einen Schritt vor und tat ganz überrascht.

Mit einem missbilligenden Kopfschütteln nahm er sie in den Polizeigriff und legte ihr Handschellen an. Als er sie unsanft zur Streife bugsierte, bedachte er mich mit einem bösen Grinsen.

»Wie gut, dass ich ihr das Geld zurückgegeben habe, hm?«

Auf dem Rücksitz fing sie an zu weinen. Wir lieferten sie auf der Wache ab und überließen sie und das Koks dem zuständigen Beamten. Ich hielt mich nicht lange mit Schuldgefühlen auf. Am nächsten Tag marschierte ich ins Polizeipräsidium am Central Park, meldete mich an und fuhr mit dem Lift in den fünften Stock. Mein Code verschaffte mir Zugang zum gesicherten Bereich der Asservatenkammer, wo Drogen in Schließfächern aufbewahrt wurden. Ich nahm das Koks und tauschte es gegen Körperpuder. Damit wäre die Sache erledigt gewesen. Leider hatte sich Superintendent Parrs just an diesem Tag in den Kopf gesetzt, die Schließfächer zu inspizieren. Ich weiß noch genau, wie mir das Blut in den Ohren rauschte, als ich über den Flur zum Lift zurückkehrte.

Da ertönte eine brüchige, raue Stimme. »Moment mal, Detective Constable …«

Ich wusste sofort, dass ich erledigt war. Zwei Stunden saß ich voller Angst vor Parrs Büro. Als er mich endlich hereinbat, fiel mir auf, dass wir noch nie zuvor ein Wort gewechselt hatten. Er forderte mich auf, Platz zu nehmen, und tat dann das, was ich als Parrs-typisches Verhalten erkennen sollte.

Er schwieg.

Wir saßen stumm herum, bis ich es nicht mehr aushielt und ihm meine Geschichte erzählte. Dass meine Karriere im Eimer war, bevor sie überhaupt begonnen hatte, erwähnte ich ebenfalls. Er widersprach meiner Einschätzung nicht, sondern lehnte sich auf dem Stuhl zurück, um über das Gehörte nachzudenken. Doch dabei wirkte er nicht ganz uninteressiert. Glaube ich zumindest.

Dieser schottische Akzent …

»Regeln gelten für die anderen, Waits?«

»Sutcliffe …«

»Den knöpf ich mir schon vor. Hab da mal in Ihre Akte geschaut. Gar nicht so übel, bis auf Ihre Tendenz, den Einzelkämpfer zu geben. Vielleicht sind Sie genau der Richtige.«

»Sir?«

»Damit wir uns verstehen, mein Junge. Ich gebe Ihnen zwei Möglichkeiten. Unter uns gesagt, rate ich Ihnen dringend zur ersten.« Ich wartete. »Ich kann Sie fristlos rauswerfen. Anklage erheben, Sie vor Gericht bringen und in den Knast stecken. Außerdem kann ich die Presse informieren und denen verraten, dass Sie Dreck am Stecken haben. Danach wird Sie niemand mehr einstellen.«

»Und die zweite Möglichkeit?«

»Sie können was für mich erledigen. Die Nachricht von Ihrer Schandtat hat hier wahrscheinlich schon die Runde gemacht. Bis heute Mittag pfeifen's die Spatzen von den Dächern. Das könnte sich als Glücksfall erweisen.«

»Wie das?«

Parrs beugte sich vor. »Ich brauche jemanden, der als korrupt gilt.«

Er erklärte mir seinen Plan.

Es sei ein offenes Geheimnis, dass Zain Carver Polizisten bezahle. Jahrelang seien Beweise verschwunden, Razzien ins Leere gelaufen. Meine Aufgabe bestehe darin, seine Informanten ausfindig zu machen. Dafür müsse ich schmutziger aussehen als sie, falsche Informationen durchsickern lassen und den Informanten eine Falle stellen.

»Egal, was Sie machen«, fuhr er fort, »bis zur Verhandlung sind Sie suspendiert. Sie legen alle Fälle nieder. Bis dahin können Sie sich frei bewegen und mit Kriminellen verkehren, wie Sie wollen.« Er grinste verschlagen. »Wenn Sie für mich arbeiten und Ihre Sache gut machen, sorge ich dafür, dass die Vorwürfe gegen Sie verschwinden.«

»Und Sie raten mir zur ersten Möglichkeit?«

»Die erste beendet Ihre Karriere. Die zweite vielleicht Ihr Leben.«

»Bis wann muss ich mich entscheiden?«

»Ich mache Ihnen einen Vorschlag. Ich notiere mir jetzt mal, was gegen Sie vorliegt.« Parrs klickte mit seinem Kugelschreiber herum. »Wenn Sie nicht in den Bau wollen, sorgen Sie dafür, dass ich nicht bis zum Ende komme.«

Die erste Option war mies, aber so richtig Angst machte mir die Vorstellung, im Gefängnis zu landen. Ich war in einem Heim aufgewachsen und hatte genug von Schlafsälen, Schulkantinen und Sperrstunden. Parrs schrieb schnell, und als ich die Worte auf Papier geschrieben sah – Konspiration, Korruption –, wurde mir klar, dass mir eigentlich keine Wahl blieb.

»Ich mach's.«

Es gab nichts zu verlieren, dachte ich. Zuerst gefiel mir die Vorstellung sogar, ins Drogengeschäft abzutauchen. Superintendent Parrs hatte eine geradezu paranoide Angst, dass ich auffliegen könnte, und außer mir wussten nur noch drei andere von meinem Undercover-Einsatz.

Ich kündigte meine Wohnung und lagerte meine Sachen ein. Dann zog ich ins Stadtzentrum. Mitten ins Gewimmel, wo ich von Bar zu Bar ziehen und die Organisation verfolgen konnte. Ich überlegte mir lange, was ich den Leuten aus meinem alten Leben sagen könnte, aber als ich meiner Bettbeziehung erklärte, dass ich eine Weile verschwinden würde, lachte sie nur.

»Verschwinden?«, sagte sie, während sie ihre Sachen in die Tasche stopfte. »Du warst doch nie richtig hier.«

Ich erschien nicht mehr zum Dienst. Mich gab's nicht mehr. Sie informierten die Presse, und alle glaubten, was sie über mich in der Zeitung lasen.

Der korrupte Detective Aidan Waits.

Mein Verstand lief auf Hochtouren, stellte Verbindungen her. Ich spielte mit der Karte herum, die Catherine mir in der Bar hinterlassen hatte. Eine Einladung zur After-Party in Fairview. Zain Carvers Anwesen. Ich könnte noch in dieser Nacht dort auftauchen und Isabelle Rossiter beschatten.

Ich schnappte mir eine Flasche Wein und zog mir die Lederjacke über. Das Speed hob meine Stimmung sofort. Kurz blieb ich am Fenster stehen, atmete tief durch und betrachtete die nicht enden wollenden Häuserreihen.

Erleuchtete Fenster starrten aus fünfzig Stockwerken.

KAPITEL 7

Ich hämmerte an die Tür und wartete.

Bässe wummerten wie ein Puls durchs Haus. Die Fenster ratterten, das gesamte Gebäude schien zu erzittern und sich langsam auf mich zuzubewegen. Die mächtige Geräuschkulisse zog Fremde an, die sich allerdings nicht trauten, an die Tür zu klopfen, und sich stattdessen vor dem Haus zusammengerottet hatten und mir mit Blicken folgten, als wäre ich ihr Leittier.

Fairview befand sich zwischen West Didsbury und Withington, zwei der wohlhabendsten Viertel der Stadt. Das Anwesen wirkte wie der Ahne eines vornehmen Villengeschlechts, dem das Feinste gerade recht war. Ich schlug mit dem Boden der Rotweinflasche gegen die Tür.

Eine junge Frau in schwarzem Abendkleid öffnete. Ihr Gesicht war krankenbleich, ihr Haar naturrot. Sie sagte etwas, das aber in der Musik unterging. Die schwarz umrandeten Augen, das zeitlose Kleid und die lautlos geformten Worte verliehen ihr etwas Ikonenhaftes, das mich an die Stars der Stummfilme aus den Zwanzigerjahren erinnerte. Ich sah sie entgeistert an. Sie war diese Reaktion offenbar gewohnt, denn sie nahm mir Catherines Einladung aus der Hand und bat mich ins Haus.

Als ich eintrat, hatte ich das Gefühl, die Luft hätte sich verfestigt, denn vor mir tobte ein Tollhaus, vollgestopft mit lachenden, tanzenden, schwitzenden, knutschenden Leuten. Als ich der Rothaarigen danken wollte, bemerkte ich, dass sie die Tür bereits wieder verriegelt und ihre offenbar durch mich unterbrochene Unterhaltung mit einem anderen fortgesetzt hatte. Wie erwartet fiel ich mit meinen dreißig Jahren unter lauter Zwanzigjährigen auf wie ein bunter Hund.

Catherine war nirgends zu sehen, aber ein anderes Mädchen fiel mir ins Auge. Sie stand etwas abseits und wirkte ziemlich fehl am Platz. Ihr punkiges, weißblondes Haar harmonierte trotz der künstlichen Farbe mit ihrem hübschen Gesicht. Sie hatte die zierliche Figur einer Siebzehnjährigen, bemühte sich aber, mit ihrem Look älter auszusehen. Sie stierte mit leerem Blick in die Runde und kaute gedankenverloren auf einer Strähne herum, während die älteren Jungs auf dicke Hose machten und sie mit wissenden Blicken taxierten.

Isabelle Rossiter.

Sie trug einen dünnen, ausgefransten Schal, an dem sie permanent herumspielte, als müsste sie sich vergewissern, dass er nicht verrutscht war. Wie ihr Vater sagte, hatte sie sich ein Messer in den Hals gestochen, also wollte sie vermutlich die Narbe bedecken.

Ich murmelte etwas, um mich bei der Rothaarigen fürs Reinlassen zu bedanken, und warf ihr einen schmachtenden Blick zu. Sie nahm's mit der Gelassenheit der Schönen, die jeden Tag ein Schlachtfeld der gebrochenen Herzen hinterlassen. Ich trat aus dem Eingang und nickte Isabelle Rossiter freundlich zu.

Im Flur herrschte ein infernalisches Gedränge. Ich trank einen Schluck aus der Flasche und schob mich durch die Horde zugedröhnter Zwanzigjähriger. Manche sahen mich aus glasigen Augen an, waren wahrscheinlich schon auf Eight, doch die treibende Kraft an diesem Abend war eindeutig Ecstasy. Fünf, wie sie es nannten. Da ich mir ohnehin schon vorkam wie Falschgeld, verzichtete ich darauf, mich zum Tanzen zu den anderen in den Nebenraum zu gesellen. Das nervige Gedränge im Flur ermüdete mich, aber nach oben führte kein Weg. Unter dem Ansturm der zumeist zu Paaren zusammengeschlossenen

Gäste, die für Klo, Dusche, Schlafzimmer oder Sex anstanden, waren die Stufen nicht mehr zu erkennen.

»Krieg ich 'nen Schluck«, nuschelte mir ein Mädchen ins Ohr.

Als mein Blick auf den blassen Porzellanteint mit den weißen Zähnen und dem weißblonden Schopf fiel, musste ich an das Foto denken, das ihr Vater mir gegeben hatte. Isabelle Rossiter war dünner geworden, aber darin unterschied sie sich nicht wesentlich von den anderen Mädchen im Raum. Sie waren zwar zwischen fünf oder zehn Jahre älter, aber alle hatten eine ähnliche Figur. Bis zur Perfektion gehungert, aufs Nötigste heruntergefeilt.

»Klar«, sagte ich und reichte ihr die Flasche. Nachdem sie sie halb leer getrunken und ihren Mund abgewischt hatte, war ihr Interesse an mir auch schon wieder erloschen. Stattdessen sah sie sich im Raum um, als erwartete sie dort Zuschauer. Als uns das Gedränge einander wieder näher brachte und sie mich genauer betrachtete, machte sich auf ihrem Gesicht Enttäuschung breit.

»Was machst du hier?«, fragte sie laut, um die Musik zu übertönen. Eine ziemlich direkte Frage. Ich passte weder vom Alter noch vom Typ her auf diese Party, und zwischen diesen jungen, energiegeladenen, bunten jungen Menschen fiel ich in meinen dunklen Klamotten umso mehr auf.

»Ich dachte, du könntest was zu trinken gebrauchen.«

Sie schenkte mir ein Zahnpastalächeln. »Woher kennst du Sarah Jane?«

»Sarah Jane?«

»Die Rothaarige, der du gerade noch zu Füßen lagst.«

»Ich hab sie heute zum ersten Mal getroffen.«

»Sie lässt nur Leute rein, die sie kennt.«

»Ja, ich werde oft verwechselt.«

»Verwechselt?« Sie musterte mich eingehend. »Hast du deswegen ein blaues Auge?«

»Genau.«

»Soso«, sagte sie und genehmigte sich noch einen Schluck aus meiner Flasche. Immer wieder rempelten uns Leute an, und wir kamen einander für kurze Zeit sehr nahe. »Ich wette, das hast du dir nur angemalt, damit du gefährlich aussiehst.«

»Wieso sollte ich mir die Mühe machen? Ich tauche lieber auf Partys auf und beleidige den stärksten Typen, den ich finden kann.«

Sie sah mich fragend an. »Hast du Zain schon getroffen?«

Wir standen so dicht beieinander, dass sich unsere Lippen fast berührten. Ich schob mein Gesicht an ihren Hals, damit sie mich besser verstand.

»Ist der heute hier?«

»Keine Ahnung, hab ihn noch nicht gesehen.«

»Aber du kennst ihn, oder?«

»Hmm«, sagte sie mit unbeweglicher Miene.

»Weil, wenn das stimmt, was man sich so erzählt, würde ich nicht nur mit einem blauen Auge davonkommen.«

»Woher kennst du Sarah Jane noch mal?«

»Wie gesagt, ich kenn sie nicht.«

Isabelle trat einen Schritt zurück. »Was willst du dann hier?«

»Nette Mädchen kennenlernen.«

»Zain und nette Mädchen geht gar nicht.«

»Und was ist mit dir?«

Sie verzog angewidert das Gesicht. Ich hatte eindeutig zu dick aufgetragen. »Als ich hier aufschlug, war ich alles andere als nett, und jetzt bin ich auch nicht besser drauf.«

»Noch schlimmer?«

Als sie sich abwandte, zog ich ihr die Flasche aus der Hand.

»Die wollte ich aber«, sagte sie.

»Tja, Pech gehabt.«

»Ach, komm … du kannst mir zumindest was ausgeben.«

Ich nickte, trank.

Sie neigte den Kopf zur Seite und setzte eine gelangweilte Miene auf. »Ich blas dir auch einen.« Als wir wieder dichter aneinandergeschoben wurden, meinte ich zu erkennen, dass sie rot angelaufen war. Ich drückte ihr die Flasche in die Hand und ging auf Abstand.

»Die gibt's umsonst.«

Sie zögerte. »Tut mir leid«, sagte sie dann mit einem verlegenen Grinsen. »Keine Ahnung, was heute mit mir los ist.« Mit diesen Worten verschwand sie in der Menge.

Ich ließ mich im Strom der Partygäste von Zimmer zu Zimmer treiben. Nur eine Tür war verschlossen. Was wohl dahinter abging? Weder die rothaarige Sarah Jane noch Isabelle Rossiter bekam ich an diesem Abend noch einmal zu sehen. Soweit ich das beurteilen konnte, waren Carver und Catherine gar nicht erst erschienen. Mich beschlich das seltsame Gefühl, dass sie den Abend gemeinsam irgendwo anders verbrachten und das ganze Theater hier nur für mich inszeniert hatten. In welche Scheiße hatte Parrs mich da nur reingeritten?

KAPITEL 8

Am Samstag erwachte ich früh. Der letzte Oktobertag. Ich kramte David Rossiters Visitenkarte hervor und hätte die elfstellige Nummer fast zu Ende gewählt, als ich die Idee verwarf. Stattdessen rief ich jemand anderen an. Superintendent Parrs war sofort am Apparat.

»Waits«, knurrte er. Parrs beantwortete Telefonate immer auf dieselbe Weise. Als hätte er den Apparat schon vor dem Anruf wütend angefunkelt und nur darauf gewartet, deinen Namen auf dem Display zu sehen. Seine Stimme klang wie ein sonores Brummen mit leicht schottischem Einschlag.

»Sir.«

»Wie lief's mit Rossiter?«

»Junior oder Senior?«

»Senior zuerst.«

»Wir haben Cognac getrunken. Ich war überrascht. Vor allem, dass Sie nicht da waren.«

»Hm«, sagte er. »Das haben die Oberen so beschlossen. Der Minister und unsere geliebte Frau Chief Superintendent.«

»Wieso? Was hatte sie dagegen?«

»Ihrer Meinung nach würde meine Anwesenheit der Sache einen offiziellen Anstrich verleihen. Sie legt großen Wert darauf, dass beide Ermittlungsstränge getrennt bleiben, auch um den Fall nicht zu kompromittieren.«

»Gut so.«

»Hm«, sagte Parrs. Wenn er über Chief Superintendent Chase sprach, schwang bei ihm stets ein skeptischer Unterton mit, und dafür war ich dankbar, denn ansonsten war der Mann ein Buch mit sieben Siegeln. Vermutlich hatte Chase die Affäre Rossiter auf Parrs abgewälzt, und er ärgerte sich schwarz. Der Umstand, dass der Befehl von einer Frau stammte, machte es nur noch schlimmer.

Er unterbrach meine Gedanken. »Machen Sie sich ja keine Illusionen darüber, für wen Sie arbeiten und wo Ihre Prioritäten liegen, Sie hätten ohnehin in den nächsten Wochen mit der Organisation Kontakt aufnehmen müssen. Nur deshalb war ich einverstanden.«

»Alles klar.«

»Sie waren gestern Abend im Haus?«

Ohne seine Miene zu sehen, war es mir unmöglich einzuschätzen, ob dies eine Frage oder eine Feststellung war.

»Sir.«

»Und?«

»Und kein Carver.«

»Drogen?«

»Ja, ein paar. Aber nichts Hartes.«

»Und Isabelle Rossiter?«

»Sie war da. Mr. Rossiter hat mich gebeten, Abstand zu halten, aber ihr ging es offenbar gut.« Ich dachte daran, wie sie mir die Flasche aus der Hand genommen hatte, und ich war froh, Parrs nicht ins Gesicht lügen zu müssen.

»Wohnt sie dort?«

»Ja, soweit ich das erkennen konnte. Ich wollte den Minister schon anrufen, aber ich dachte, ich sollte das vielleicht vorher mit Ihnen absprechen.«

»Sie informieren ihn bitte umfassend, aber erst, wenn ich Ihnen gesagt habe, worüber. Es reicht, wenn er ungefähr Bescheid weiß. Haben Sie schon Zeitung gelesen?«

»Nein, noch nicht.«

»Natürlich nicht. Würde mich wundern, wenn Sie heute schon geduscht und sich rasiert hätten. Ende des Jahres wollte ich einen neuen Aufruf im Fall Greenlaw starten, und zwar sobald Sie Kontakt zur Organisation aufgenommen haben. Da wir etwas früher dran sind, habe ich die Sache vorgezogen. Der Aufruf steht heute in den *Evening News*. Anfang nächster Woche wiederholen sie das Ganze.« Trotz ihres Namens gab es von der Zeitung auch eine Morgenausgabe. Ich musste mich beeilen, wenn ich sie noch lesen wollte.

»Was nehmen Sie als Anlass für den Aufruf?«

»Zehn Jahre seit ihrem Verschwinden. Ungefähr.«

Er atmete schwer in den Hörer. Ich hatte das Gefühl, dass Parrs' wahres Interesse nicht den Drogen, sondern der verschwundenen Joanna Greenlaw galt. Ein berühmter ungeklärter Fall mit Verbindung zur Organisation.

»Ist ihre Familie involviert?«

»Die gibt es nicht. Hat mit fünfzehn ein Kind gekriegt, aber zur Adoption freigegeben. Ich will wissen, wie Zain Carver auf den Aufruf reagiert. Wenn er keine Regung zeigt, provozieren Sie eine.«

»Werd's versuchen.«

»Ich will, dass er wegen der Sache so richtig nervös wird«, betonte Parrs. Offenbar war ihm mein Risiko egal. Wahrscheinlich amüsierte es ihn sogar, dass er mich damit großer Gefahr aussetzte. Er hatte ja auch nichts zu verlieren. »Abgesehen davon gehen Sie nach Plan vor.«

»Sir.«

»Sonst noch was?«

Ich dachte daran, wie Isabelle mit ihrer Weinflasche in der Hand errötet war, und verspürte auf einmal keine Lust, auch sie noch an den Erpresser auszuliefern.

»Nein, das wäre alles.«

KAPITEL 9

Der Aufruf im Fall Greenlaw war Parrs' Lieblingsprojekt. Dass er allerdings gerade jetzt einen Stein in das fein austarierte Biotop der Organisation warf, wo ich sie genauer unter die Lupe nahm, gehörte nicht zu unserer Abmachung und verwandelte meinen Undercover-Einsatz in ein Himmelfahrtskommando.

Joanna Greenlaw war fast schon zu einer urbanen Legende geworden. Anfang 2000 hatte sie sich als Eintreiberin für Zain Carver verdingt. Seine erste Sirene. In die Annalen der Polizeigeschichte ging sie ein, weil sie sich bereit erklärt hatte, gegen Carver auszusagen. Unter den alten Hasen galt ihr Name immer noch als Symbol für einen unlösbaren Fall.

»Scheiße, den kriegst du nie, Kumpel. Da bräuchtest du schon Joanna Greenlaw.«

Ich stieg aus dem Bett, zog mich an und ergatterte noch eine Ausgabe der *Evening News*. Der Aufruf war nicht zu übersehen:

Die Polizei bittet um sachdienliche Hinweise im Fall der verschwundenen Joanna Greenlaw.

Zehn Jahre. Der Artikel nannte Greenlaw eine beliebte, damals sechsundzwanzigjährige junge Frau mit Verbindungen zur kriminellen Unterwelt. Kurz vor ihrem Verschwinden habe sie ein neues Leben beginnen wollen. Die Wahrheit war allerdings etwas komplizierter.

Die Organisation war Joannas Idee gewesen. Vorher war Carver lediglich als Kleinkrimineller und Gelegenheitsdealer in Erscheinung getreten. Mit der Organisation änderte sich dies. Sie operierte auf eine für den chaotischen Drogenmarkt der Stadt völlig neue Weise: professionell und strategisch. Doch leider wollte Carver mehr. Und wo er auf Expansion drängte, wurde es blutig. Als dabei eine befreundete Eintreiberin starb, wandte sich Joanna an die Polizei.

Man stellte sie unter einfachen Polizeischutz, was billiger war als das Zeugenschutzprogramm, und brachte sie in einem der leerstehenden Reihenhäuser in der Thursfield Street in Salford unter. Unbewohnt und isoliert, die Straße nicht mal für ein Neubauprojekt oder zum Renovieren geeignet, aber ideal, um jemanden zu verstecken.

Weil man die Operation nicht an die große Glocke hängte, reichte das Budget nicht für eine permanente Bewachung, aber gelegentlich kam jemand vorbei, um nach dem Rechten zu sehen. Als einer dieser Polizisten nach seiner Schicht vor dem Haus stand und sich auch nach wiederholtem Klopfen niemand rührte, trat er die Tür ein. Jemand hatte die Schwelle mit schwarz-weißer Farbe bemalt.

Ich betrachtete das Foto neben dem Aufruf in der Zeitung. Joanna hatte dunkle Naturlocken und trug einen langen Pullover über schwarzen Leggings. Sie sah aus wie eine Kunststudentin. Ihre Miene war irgendwo zwischen freundlich und grimmig gefangen. Sie stand in einem Wohnzimmer neben einem Kamin und drückte sich an die Wand, als wollte sie dahinter verschwinden.

Zehn Jahre.

Der Polizist durchsuchte das Haus, aber sie war verschwunden, mit Koffer und Klamotten.

Nach unserem heutigen Wissensstand war Joanna Greenlaw danach nie wieder aufgetaucht. Ich persönlich wollte gar nicht wissen, was Zain Carver damit zu tun gehabt hatte.

KAPITEL 10

Die folgende Woche über setzte ich die langweilige Überwachungsaktion fort, die ich im vergangenen Monat begonnen hatte. Ich hing in Bars ab und versuchte einzuschätzen, wie weit der Arm der Organisation reichte. Meist genoss ich diese Zeit allein an der Theke, aber die Party am Freitag hatte mich ziemlich beeindruckt. Ich wollte teilhaben an diesem Leben, so sein wie die Leute auf der Party und vor allem wie diejenigen, die hätten da sein sollen. Klar, dieses doppelte Spiel war aufregend, aber es war mehr als das. Es kam mir vor, als könnte ich etwas Versäumtes nachholen.

Am Montag gab ich David Rossiter ein telefonisches Update über das Wohlergehen seiner Tochter, doch er wollte mich unbedingt persönlich im Penthouse auf einen Kaffee treffen, damit ich ihm meine Eindrücke schilderte.

»In einer Stunde«, sagte ich.

»Gut, ich schicke einen Wagen.«

Erst als ich auflegte, fragte ich mich, woher er meine Adresse hatte. Zehn Minuten später hielt ein schwarzer BMW vor der Tür. Detective Kernick, diesmal ohne Begleitung. Schweigend brachte er mich zum Beetham Tower und begleitete mich in den Aufzug, der uns mit dem üblichen Gedudel nach oben brachte. Bei der Vorstellung, bald wieder im fünfundvierzigsten Stock zu sein, überlief mich ein Prickeln. Detective Kernick brachte mich über den Flur zur bekannten Penthouse-Suite, öffnete die Tür und schloss sie wieder hinter mir. Er blieb draußen.

Das trübe, winterliche Licht tauchte den Raum in Sepia. Dieses Mal erwartete David Rossiter mich bereits in der

Lounge. Sogar im Sessel machte er einen imposanten Eindruck. Erst als Kernick die Tür geschlossen hatte, begrüßte er mich.

»Waits«, sagte er und erhob sich, um mir die Hand zu schütteln.

»Mr Rossiter.«

»Bitte nehmen Sie Platz.«

»Ich kann Ihnen nicht viel sagen.«

»Das entscheide ich.«

»Also, nach unserem Treffen am Freitag war ich in einer Bar bei den Locks. Seit ungefähr einem Monat überwache ich einen Mann, von dem ich glaube, dass er für die Organisation arbeitet.«

»Wie heißt die Bar?«

»Das kann ich Ihnen nicht sagen.«

Er sah mich ungläubig an.

»Wie ich es verstehe, bin ich hier, um Ihnen einen Gefallen zu tun. Meine Arbeit ist Teil einer aktiven Ermittlung, deshalb kann ich Ihnen keine genaueren Auskünfte …«

Er runzelte die Stirn. »Gut. Weiter.«

»Freitags wird's außerdem interessant, weil Carver dann Geld eintreibt.«

»Eintreiben? Wie?«

»Er hat zu diesem Zweck mehrere junge Frauen engagiert, die so tun, als würden sie um die Häuser ziehen. Sie quatschen und flirten mit dem Personal, holen aber in Wahrheit das Geld ab und fahren dann mit dem Taxi zurück zu Carvers Haus.«

»Ist das nicht riskant?«

»Nicht, wenn einem das Taxiunternehmen gehört. Nach unserem Treffen bin ich mit einem dieser Mädchen ins Gespräch gekommen und habe von ihr eine Einladung zu Carvers Party bekommen, die fast jeden Freitag bei ihm zu Hause stattfindet. Drogen, DJs, Dancing und so weiter.«

»Drogen?«

»Überwiegend Ecstasy.«

»Und Isabelle?«

»Wirkte ganz okay.«

»Okay?«

»Wie eine junge Frau, die sich amüsiert.« Das ging zwar haarscharf an der Wahrheit vorbei, aber nichts von dem, was ich gesehen hatte, rechtfertigte eine weitere Überwachung. Und es gab auch nichts, was ihr Vater unbedingt wissen musste. Rossiter schwieg eine Weile.

»Ist das Ihre Einschätzung?«, fragte er schließlich.

»Nein. Ich teile Ihnen lediglich mit, was ich gesehen habe.«

»Da haben Sie leider recht.« Er sah mich eindringlich an. »Das reicht mir nicht, Waits. Woher wollen Sie wissen, was für Isabelle wichtig ist? Für mich wichtig ist? Ich will alles hören, dann entscheide ich. Sie glauben wohl, Sie wüssten, was Sie tun, aber Sie sind noch jung. Ihnen wird nicht alles auffallen, und Sie werden nicht immer erkennen, was wichtig ist.«

»Mit Verlaub, Sir …«

»Genug davon. Ich will die Fakten.«

Wir starrten uns schweigend an.

»Warum legen Sie Ihren Ehering ab, Mr Rossiter?«

Ein Wimpernschlag.

»Wie bitte?«

»Ihr Ehering. Warum legen Sie ihn ab?«

Er legte die Finger an die Schläfen. »Ich habe keine Ahnung, worauf Sie …«

»Als ich Ihnen gestern die Hand gegeben habe, war der Ring kalt, ihre Haut aber warm. Heute wieder. In Zukunft sollten Sie den Ring in der Hosentasche aufbewahren, wenn Sie ihn abnehmen, und nicht in der Manteltasche, besonders an kalten Tagen wie heute. So vermeiden Sie peinliche Fragen.«

»Was soll das werden?«

»Ein Detail, das mir aufgefallen ist.«

Wieder schwiegen wir uns an. Rossiter stierte auf einen Punkt über meiner Schulter, sodass mich das Gefühl beschlich, irgendwo hinter mir stehe noch jemand. Doch ich blieb reglos sitzen. Schließlich sah er mir ins Gesicht und lächelte kalt.

»Das ist alles.«

KAPITEL 11

Die interessanteren Aufgaben meiner Arbeit teilte ich mir gut ein. Doch je näher der Freitag rückte, desto langsamer verging die Zeit, und ich konnte es kaum erwarten, mich endlich wieder ins Getümmel zu stürzen. Nur *Rubik's*, die Bar bei den Locks, übte einen vergleichbaren Reiz auf mich aus.

Ich beobachtete das Personal, verfolgte jede Bewegung.

Hier befand sich der zentrale Umschlagplatz für Carvers Organisation, und der Barmanager spielte dabei eine zentrale Rolle. Eines Abends saß ich mit einem Buch am Tresen, trank Bier und beobachtete ihn. Bei allem, was er tat, vom Cocktailmixen bis zum Trinkgeldeinsacken, schien er von Hass getrieben. Doch das war nicht alles.

Er kam mir irgendwie bekannt vor.

Als ich endlich wusste, woher, begab ich mich zum St. Peter's Square. Die Zentralbibliothek hebt sich als mächtiges, von römischer Architektur inspiriertes kreisförmiges Gebäude von den umstehenden grauen Büroblocks ab und ist nach einer vierjährigen Renovierungsphase kürzlich wiedereröffnet worden, daher fand ich das Zeitungsarchiv erst auf genaueres Nachfragen.

Ich quälte mich durch endlose Seiten und Artikel der *Evening News*, bis ich endlich fand, wonach ich gesucht hatte. Ein Foto des Managers ohne Bart, breit grinsend auf den Stufen zum Gerichtsgebäude. Ich konnte den Schweiß unter seinem billigen Anzug förmlich riechen. Er sah aus, als hätte er gerade die Dart-Meisterschaft gewonnen.

SMITHSON FREIGESPROCHEN

Glen Smithson, der Barmanager, hatte wegen Vergewaltigung der achtzehnjährigen Eleanor Carroll vor Gericht gestanden. Die junge Frau war zum Beginn ihres Studiums aus Irland in die Stadt gezogen. Trotz seines umfangreichen Vorstrafenregisters, unter anderem wegen Diebstahls, häuslicher Gewalt und Handels mit Rohypnol, war Glen Smithson nicht verurteilt worden. Der Prozess war geplatzt, und der Richter hatte sich die Polizisten vorgeknöpft, denen er »Kontaminierung und Manipulierung von mangelhaften Beweisen« vorwarf. Zwischen den Zeilen las ich, dass man die Zeugin vermutlich eingeschüchtert hatte. Jedenfalls zog sie die Anzeige zurück, verließ die Universität und kehrte nach Irland zurück.

Die Organisation in Reinform.

Ich saß lange vor dem Foto.

Bisher hatte ich in diesem Fall lauter charismatische Persönlichkeiten getroffen, die zwar in einem zwielichtigen Unternehmen arbeiteten, aber eben letztlich ihren Job erledigten. Nur der Barmanager war dabei vom Hass getrieben. Interessant.

KAPITEL 12

November. Fairview. Freitagabend. Dieselben Wummerbässe drangen durch die Mauern auf die Straße. Dieselbe Rotte Draußengebliebener lungerte vor dem Haus herum. Nachdem ich beim ersten Mal so einfach rein- und rausgekommen war, ging mir jetzt die Düse. Zu Hause hatte ich mir eine Pille eingeworfen und gerade eben noch mal nachgelegt. Diesmal musste ich nicht klopfen, denn jemand öffnete mir automatisch und schwungvoll die Tür. Sarah Jane, rote Korkenzieherlocken, bleiche Haut unter einem weiteren schwarzen Kleid, stand vor mir und nickte mir zu, als wollte sie sagen: *Ich erinnere mich an dich*. Mehr nicht.

Um ehrlich zu sein, hatte ihre Schönheit etwas Grausames. Sie war wie jemand, an den man sich kurz vor dem Tod erinnert und sich fragt, warum man beim ersten Kennenlernen so wenig von diesem Mut hatte, den man immer zur falschen Zeit aufbrachte, für Menschen, die's nicht wert waren.

Ich trat ein, und sie schloss rasch die Tür hinter mir. Diesmal war es noch voller. In jedem Winkel tobte das pralle Leben, sogar die Wände schienen zu schwitzen. Als ich mich umdrehte, um Sarah Jane zu danken, sah ich, warum.

Zain Carver war anwesend.

Er stand neben ihr, voller Charme und kühler, präziser Bosheit. Mit Mitte dreißig war Carver zwar der älteste Mann im Raum, doch als vermögender Drogenhändler machte er diese Diskrepanz leicht wieder wett. Er trug lässige Designerklamotten wie der Chef eines Hip-Hop-Start-ups. Carver war dunkelhäutig und besaß ein strahlendes Lächeln. Obwohl ihm das Haus gehörte, war er zu groß dafür und musste im Flur den Kopf einziehen. Es sah aus, als würde er die Decke stützen, doch genau das gefiel ihm vermutlich. Er hatte Fairview zusammen mit ein paar Immobilien und einem Jahresgehalt von seinen Eltern geerbt, daher hatte er es gar nicht nötig, in kriminellen Kreisen zu verkehren, aber wahrscheinlich tat er es gerade deshalb. Der Reiz des Ungewohnten.

Sarah Jane hatte sich mir halb zugewandt und wollte gerade den Mund aufmachen, als Carver sie unterbrach.

»Hab ich's dir nicht gesagt?« Sein Akzent entlarvte ihn sofort als jemanden, der in einem besseren Viertel aufgewachsen war.

Sie drehte sich abrupt zu ihm um und redete schnell und leise auf ihn ein, doch er hörte nur mit halbem Ohr zu, denn seine Aufmerksamkeit galt eher den Nachrichten auf seinem Smartphone. Irgendwie hatte mein Eintreffen die Atmosphäre verändert, und ich dachte kurz darüber nach, gleich wieder zu verschwinden. Doch schließlich entschied ich mich dagegen und tastete mich stattdessen ins Getümmel vor.

Nach einer Weile entdeckte ich Sarah Jane wieder. Neben dem gallegelben Selbstbräuner-Teint der anderen Mädchen sah ihre Haut noch blasser und ebenmäßiger aus. Mit enigmatisch entrückter Lässigkeit glitt sie durch die Menge.

Ich rief ihren Namen, aber sie reagierte nicht. Als ich ihr folgen wollte, versetzte mir jemand von hinten einen Stoß, und ich stürzte geradewegs in eine Gruppe Partygäste. Beim Aufrappeln fiel mein Blick auf Zain Carver, der sich offenbar durch die Menge rempelte, um Sarah Jane zu folgen.

Ich wollte ihn an der Schulter packen, aber eine Pranke hielt mich unsanft zurück. Sie gehörte zu einem Bullenbeißer, der Gift und Galle spuckte, weil ich ihm angeblich das Bier aus der Hand geschlagen hatte. Danny Gripe, Zain Carvers Vollstrecker.

Bei seinen Freunden unter dem Namen Grip bekannt.

Er stieß mich zur Seite. »Was soll der Scheiß?«

Aus der Nähe sah Grip ziemlich skurril aus. Seine Augen schienen aus den Höhlen zu quellen, der linke Arm wirkte magerer als der rechte, und sein Schädel wies mehrere kahle Stellen auf. Er ließ den Blick mit übertriebener Mimik zwischen seinem am Boden liegenden Glas und mir hin- und herwandern, als bestaunte er das Wunder der Schwerkraft.

»Was der Scheiß soll, will ich wissen!«

Ich schwieg, denn mir fiel keine passende Antwort ein. Als Grip mich erneut anstieß, prustete ich los. Sein Mund verkrampfte sich zu einer faltigen Wutwulst, und er ballte die gute Hand zur Faust. Die anderen Gäste hielten ihn zurück, obwohl es für eine handfeste Prügelei viel zu eng war.

Mir blieben zwei Möglichkeiten: abhauen oder Sarah Jane und Carver folgen. Es hieß, Carver könne Frauen verschwinden lassen. Zögernd wandte ich mich um und drängelte mich in die Richtung weiter, in die die beiden verschwunden waren.

Vor der geschlossenen Terrassentür in der Küche drängten sich um die zehn Personen und unterhielten sich gedämpft. Hier war die Musik deutlich leiser. Offenbar war das zerstrittene Pärchen kurz zuvor an ihnen vorbeigerauscht, denn als ich ans Fenster trat, konnte ich am Ende des Gartens noch ihre Umrisse erkennen. Zwischen den beiden flogen die Fetzen. Ich konnte sie zwar nicht hören, aber die Atemwölkchen in der eisigen Nachtluft sprachen für sich. Neben Sarah Janes zierlicher Gestalt wirkte Carvers Silhouette geradezu riesenhaft. Ich befürchtete das Schlimmste.

»Raus hier, Leute! Gönnt Zain mal ein bisschen Privatsphäre.«

Bei Erwähnung dieses Namens verzogen sich die meisten ohne weitere Aufforderung in den Flur. Ein besonders steifes Exemplar fixierte mich allerdings mit Kreuzblick und meinte bewundernd: »Was macht'n der da draußen?«

»Seiner Liebsten einen Heiratsantrag, du Honk«, sagte ich. »Wonach sieht es denn aus?« Der Typ schnaufte gekränkt.

Mein Gesicht, das sich in der Scheibe spiegelte, rahmte die mittlerweile zu einem zweiköpfigen Ungeheuer verschmolzenen Silhouetten der beiden Streitenden, die sich allerdings bald wieder voneinander trennten. Ich drückte mich fester gegen die Scheibe und wollte schon die Tür öffnen, als einer dem anderen eins überbriet.

Danach standen sie einander reglos gegenüber. Beide stießen erregte Atemwölkchen in die eisige Novembernacht, die sich in der Luft verbanden, schienen sich aber schnell wieder zu beruhigen, der Atem kam langsamer, weniger dicht, bis er nicht mehr zu sehen war.

Ich richtete den Blick auf das Spiegelbild im Fenster. In meinem Gesicht standen weder Sorge noch Schrecken. Nur Interesse.

Als ich mich abwandte, entdeckte ich zu meiner Überraschung, dass Isabelle Rossiter mich beobachtet hatte. Sie lehnte an der Wand, eine Flasche Wein in der Hand. Meine interessierte Miene war ihr offenbar nicht entgangen. Ihr neonblondes Haar strahlte im Küchenlicht.

»Hello again.«

»Ach, hi«, sagte sie, als hätte sie mich gerade erst bemerkt, und driftete lässig auf mich zu. Sie machte eine Kopfbewegung in Richtung Garten. »Manchmal sind die beiden richtig gut füreinander«, sagte sie.

»Was soll daran gut sein?«

Sie zuckte die Achseln. »Er bringt sie zum Lachen.«

»Kommt das so selten vor?«

»Hast du's schon hingekriegt?«

»Nee. Ich bin noch mit dir beschäftigt.«

»Ja, lachen wär nicht schlecht. Und was machen wir jetzt?«

»Kommt drauf an.«

»Worauf?«

»Auf deinen Geburtstag.«

Sie zog die Braue hoch wie ihr Vater.

»Ich interessiere mich für Astrologie«, sagte ich.

»Wir passen sicher gut zusammen.«

»Meinst du? Wie heißt du eigentlich?«

»Mann, bist du altmodisch. Wie langweilig.« Sie grinste. »Du brauchst nur meine Nummer.«

Ihr Humor gefiel mir. Als ich mich abwenden wollte, griff sie nach meiner Hand und ließ die coole Maske fallen.

»Ich heiße Isabelle.«

»Drei Silben? Das kann ich mir nicht merken.«

Endlich lächelte sie. »Meine Freunde nennen mich Izzy.«

»Freunde?«, fragte ich und sah wieder hinaus in den Garten. Carver und Sarah Jane marschierten mit ausdruckslosen Mienen aufs Haus zu. Mein Spiegelbild starrte mich an, hatte aber das Interesse verloren. Es war zu Grausamkeiten aufgelegt. »So wie die beiden?«

Sie zog mich an der Hand. »Woher kennst du Sarah Jane?«

»Ich kenne sie nicht. Hab ich dir doch schon gesagt.«

»Und ich hab dir gesagt, dass sie keine Fremden reinlässt.« Sie reichte mir die Flasche. »Die schulde ich dir wohl. Fürs letzte Mal.« Ich lächelte schwach und stürzte mich wieder ins Getümmel.

Sie lässt keine Fremden rein.

Ob sie mich damit warnen wollte? Es ging nur langsam voran, aber irgendwann hatte ich die Haustür erreicht. Da spürte ich eine große, warme Hand auf der Schulter. Zain Carver, mit blutiger Nase, sah mir direkt in die Augen. Dann machte er eine ruckartige Kopfbewegung in Richtung Küche und beugte sich zu mir vor.

»Auf ein Wort, Bruder«, flüsterte er.

KAPITEL 13

Carver glitt mühelos durch die Partymeute, was wohl eher seinem Ruf als seiner Stärke geschuldet war. Mich bedachten die Gäste eher mit besorgten Blicken. Alle wussten mittlerweile, dass Sarah Jane ihm eine blutige Nase verpasst hatte. Musik dröhnte aus dem Nebenzimmer, doch ich hörte sie kaum. Carver marschierte auf die Küche zu. Ich holte tief Luft und folgte ihm.

Isabelle war verschwunden. Aber Carver und ich waren nicht allein, Grip erwartete uns bereits. Er sah aus wie eine Leiche, die man mit einem Stromstoß wiedererweckt hatte. Hier, im Küchenlicht, erkannte ich, dass sein linker Arm tatsächlicher magerer war als der rechte, aber es kam noch schlimmer. Seine ganze linke Körperhälfte war irgendwie verzogen und geschrumpft, und er hatte die entzündeten Augen schmerzhaft weit aufgerissen.

»Das ist er«, sagte er.

»Tür zu«, sagte Carver, ohne einen von uns anzusehen. Mit schweißfeuchten Händen griff ich nach der Türklinke und blockierte mir damit einen von zwei Fluchtwegen. Dass mein Hirn aus Leibeskräften »Nein« schrie, versuchte ich, dabei so gut wie möglich zu ignorieren. Die Musik war kaum noch zu hören.

»Der Scheißkerl hat mir fast eins in die Fresse gehauen.«

»Du hast Grip bedroht?«

»Nee, hab ich nicht.«

Grip rotzte in die Spüle. Sein linker Arm führte offenbar ein Eigenleben, denn er schlackerte wie angenäht an seinem Körper herum.

»Ach. Und Grip lügt?«

»Nein. Er ist nur verwirrt. Passiert ihm bestimmt öfter.«

Grip wollte sich gerade auf mich stürzen, doch dann änderte er die Meinung, grapschte sich stattdessen die Weinflasche und zerschlug sie an der Wand. Das scharfe Ende hielt er mir vor die Nase und sagte: »Laber ruhig weiter Scheiße.« Auf dem Boden bildete sich eine mit Glassplittern garnierte Rotweinpfütze.

Carver warf ihm einen Blick zu. »War sicher ein Unfall. Dieser Typ hier …«

»Aidan«, unterbrach ich.

»Aidan war umsichtig genug, die Küche zu räumen, während ich mich mit Sarah …«, er feixte und suchte nach dem richtigen Wort, »… *unterhalten* habe.«

Grip lief wutrot an, hielt sich aber zurück. Man konnte seinen Kopf förmlich rauchen sehen, während er in seinem Wortschatz nach einer passenden Bezeichnung für mich suchte. Die zerschlagene Weinflasche hielt er immer noch in der Hand.

»Wo ist Sarah Jane?«, fragte ich.

Carver nickte Grip zu, der mir auf dem Weg zur Tür noch einmal die Schulter in die Seite rammte und dann verschwand.

Als wir allein waren, lehnte Carver sich an die Arbeitsplatte, zog sein Handy heraus und scrollte durch seine Nachrichten. Gelegentlich tippte er kurze Antworten, dann scrollte er weiter. Einige Minuten vergingen, bevor er das Wort ergriff. Dabei sah er mich nicht an.

»Was soll die Frage nach Sarah Jane?«

Ich wollte gerade antworten, doch er unterbrach mich sofort.

»Wieso hängst du im *Rubik's* rum? Und wieso erzählst du Cath, du wärst schon mal hier gewesen?«

»War ich doch.«

»Ach, kommmm.« Er grinste. »Letzten Freitag, als du es ihr weismachen wolltest, stimmte das noch nicht.«

Ich schwieg.

»Du bist aufgefallen, Aid.« Seine Aufmerksamkeit galt immer noch den Nachrichten. »Und nicht nur Cath, nicht nur im *Rubik's*. Die Leute im *Hex* erzählen mir, du wärst sieben Mal dort aufgeschlagen, innerhalb von zwei Wochen. Genauso wie im *Basement*. Im *Whistlestop* hatten sie dich auf dem Überwachungsvideo.« Die letzten drei waren kleinere Läden, aber alle gehörten der Organisation. Sie waren Teil eines Netzwerks, das von den Locks und der Innenstadt bis zum Northern Quarter reichte. Carver warf mir einen raschen Blick zu, bevor er sich wieder dem Handy widmete. »Mysteriöser Weißer. Du entwickelst dich zu einem meiner besten Kunden.«

»Dachte, so komme ich besser an Sie ran.«

»*Fake it til you make it?* Funktioniert bei mir nicht, Bruder. Ich hab Cath gesagt, sie soll dir eine Einladung zustecken, wo du doch so scharf darauf bist.«

»Wieso?«

»Du tauchst ständig auf. Bist richtig hartnäckig.« Carver zuckte die Achseln. »Wollte mal hören, was du so zu sagen hast. Aber zackig, ich hab hundert ungelesene Nachrichten hier.«

»Ich bin eigentlich niemand …«

»Die Bullen stehen noch eine Stufe unter niemand. Detective Waits, korrekt?« Er studierte einen Punkt über meinen Schultern. Als ich mich umdrehte, sah ich dort Grip, der auf der Terrasse rauchte, die Weinflasche immer noch in der Hand. Er zwinkerte mir zu. Sah richtig schmerzhaft aus. Mir lief der Schweiß über den Rücken und sammelte sich an meinem Hosenbund. Wieder schrie mein Hirn: *Lauf!* Carver lachte. »Keine Panik, Bruder. Ich lese die Zeitungen. Und hier kommt keiner rein, den ich nicht kenne.«

»Sie kennen mich nicht.«

»Drogen aus der Asservatenkammer geklaut? Bestechungsgelder angenommen? Das reicht mir. Du klingst wie ein Polizist nach meiner Nase. Außer einer Sache. Sie haben dich ausgemustert. *Suspendiert bis zum Abschluss weiterer Untersuchungen*«, las er aus einem Online-Artikel auf seinem Handy vor. Als er weiterscrollte, verzog er das Gesicht. »Auf dem Foto hier bist du aber gar nicht gut getroffen, Aid«, sagte er, und seine Augen wurden schmal. »Immerhin hattest du noch kein Veilchen.«

»Sie haben mich noch nicht ausgemustert.«

»Aber so gut wie, und ich hab genug Freunde. Manche sind sogar noch im Dienst. Wenn du also sonst nichts zu bieten hast …«

»Haben Sie auch Freunde beim Geisterkommando, das gegen Sie ermittelt?« Das weckte Carvers Aufmerksamkeit. »Oder solche, die überhaupt wissen, was ein Geisterkommando ist?«

»Ich höre.«

»Eine inoffizielle Ermittlung gegen korrupte Polizisten.«

»Inoffziell?«

»Mit speziellen Befugnissen und besonderem Fokus auf diejenigen unter uns, die Beweise neutralisieren und Polizeieinsätze verraten.«

Carver schwieg.

»Klingt, als wären einige Ihrer Freunde betroffen.«

»Wieso wissen die dann nichts davon?«

»Streng geheim. Nur mit älteren Leuten besetzt.«

Das entlockte ihm ein Grinsen. »Warum sollten ein paar Tattergreise, die Jagd auf korrupte Bullen machen, es ausgerechnet auf mich abgesehen haben?«

»Weil Sie ständig im Lotto gewinnen, Zain. Und zwar schon seit zehn Jahren.«

Er nickte Grip zu, der immer noch draußen herumstand. Der drehte sich um und marschierte in den Garten. Carver schnappte sich ein Bier und trat an die Terrassentür.

Irgendwas an ihm bereitete mir großes Unbehagen, und es lag nicht an seiner Größe. Er bewegte sich wie ein Schauspieler auf der Bühne, der sich seines Publikums sicher und seiner Wirkung stets bewusst war. Niedrige Decken, Lichtverhältnisse, Handys waren seine Requisiten, die ihn je nach gewünschtem Effekt großartiger oder kleiner wirken ließen. Sogar seinen Akzent passte er an den jeweiligen Gesprächspartner an. Doch das war nicht alles. Bestimmte Aspekte seines Gegenübers nahm er auf und spiegelte sie. Das lakonische Phlegma Sarah Janes oder die kontrollierte Aggression Grips. Im Umgang mit mir wurde er undurchsichtig und geheimnisvoll. Ich kam mir vor wie in einem Spiegelkabinett.

»Vielleicht hab ich einfach nur Glück, Bruder. Wie soll ich das erklären?«

»Ja, die Frage haben sich die Ermittler sicher auch schon gestellt. Wie kann Zain Carver uns seine Glückssträhne erklären, wenn sie vorbei ist?«

»Was macht dich zum Botschafter?«

Wir hatten unsere Stimmen mittlerweile gedämpft. »Ich mach hier nicht auf korrupt, weil ich das nicht bin. Aber wie Sie schon gemerkt haben«, ich zeigte auf sein Handy, »habe ich ein schlechtes Image. Man hat das Ende meiner Karriere öffentlich gemacht, und da habe ich mich gefragt, ob ich mein Wissen nicht irgendwie vergolden kann. Die Sache ist riesig und betrifft Leute mit viel Geld. Also habe ich an Sie gedacht.«

»Wenn dieses Geisterkommando so geheim ist, wieso weißt du dann darüber Bescheid?«

»Weil es mich dahin gebracht hat, wo ich heute bin.«

»Du warst dabei?« Als ich schwieg, startete er einen neuen Versuch. »Nein«, sagte er lachend. »Sie haben dich erwischt!«

»Genau. Sie hatten die Gelegenheit, mich hochzunehmen, haben es aber nicht getan. Ob ich was aus der Asservatenkammer genommen habe oder auch nicht, hätte man mir also gar nicht nachweisen können. Konnten sie auch nicht. Ich durfte nur mit einem Mal nicht mehr in den fünften Stock.«

»Also hat es jemand rausgekriegt.«

»Nein, jemand hat mir eine Falle gestellt. Man hat mich verhört. Der zuständige Bulle kam von außerhalb und las alles von einem Skript ab – erstes Warnsignal: Sie wollten nicht verraten, wer vor Ort für die Ermittlungen zuständig war. Ihre Fragen zielten auf finanzielle Schwierigkeiten ab, auf Beteiligte, Erpressung – zweites Warnsignal: Sie hatten bereits einen Steckbrief vorbereitet. Das, worum es ihnen ging, hätte schlimmere Folgen haben sollen als eine Kündigung. Gefängnis. Aber als sie kapierten, dass ich nicht ihr Mann war, haben sie mich ohne Erklärung versetzt – drittes Warnsignal: Sie wollten kein Aufsehen erregen. Und die ganze Zeit über habe ich mich gefragt, wer die Macht hat, mich zu erwischen, meinen Zugang zu beschränken und die Sache zu vertuschen. Wieso machten sie sich überhaupt die ganze Mühe?«

Carver steckte sein Handy weg. Ich hatte seine ungeteilte Aufmerksamkeit.

»Dafür gab es nur eine Erklärung: Ich war in eine Falle getappt, die sie für einen anderen, viel größeren Betrüger ausgelegt hatten. Mit meiner offiziellen Festnahme würden sie diese Person zum Abtauchen zwingen. Also hat man mich versetzt und mir ein paar Wochen später diese fadenscheinigen Anschuldigungen aufgetischt. Dieselben, die Sie jetzt in der Zeitung lesen.«

»Und daraus schließt du mal eben auf ein Geisterkommando?«

»Nein, besser: Ich habe das Kommando sogar gesehen. Mir war klar, dass die Sache von ganz oben ausging und von Central

Park aus dirigiert wurde. Also habe ich ein paar Tage aufgepasst, wer im Präsidium so ein und aus ging. Hab viele Namen von meiner Liste gestrichen, einige hinzugefügt. Dann hab ich Derek Wright entdeckt.«

»Muss ich den kennen?«

»Chief Inspector. Offiziell seit März im Ruhestand, trabte aber im Oktober immer noch brav ins Büro. Dann sah ich Redgrave, noch so einer, der eigentlich schon in Pension sein sollte. Und dazu Tillman. Alle waren offiziell nicht mehr im Dienst, schlichen sich aber täglich durch die Hintertür ins Gebäude. Deshalb wissen Ihre Freunde auch nichts darüber.«

»Und womit sollen die Alten deiner Meinung nach ihre Arbeitszeit verbringen?«

»Mit alten Fällen, in denen sie nach Mustern suchen und die notwendigen Maßnahmen ergreifen. Ich wette, dass bei allen eingestellten Ermittlungen gegen Zain Carver stets dieselben Detectives ermittelt haben.« Ich legte eine strategische Pause ein, bevor ich weitermachte. »Und wenn sie das erst rausgefunden haben, geht es nur noch darum, diese Leute so richtig unter Druck zu setzen, ihnen klarzumachen, wer sie im Knast zum Lover haben wird. Man wird dafür sorgen, dass Ihre sogenannten Freunde Sie mit Fehlinformationen versorgen, und dann ist's vorbei mit den Lottogewinnen.«

Carver rieb sich das Kinn. Das war eine schlechte Angewohnheit von mir, und ich fragte mich, ob ich sie ihm unfreiwillig offenbart hatte.

»Wieso sollte ich dir glauben?«, fragte er. »Man hat dich rausgeworfen, du brauchst Geld …«

»Wie Sie wollen. Aber wenn Sie einen Freund bei der Polizei haben, kann der das meiste von dem, was ich Ihnen erzählt habe, leicht bestätigen.«

»Und wie?«

»Wenn dieser Freund zwischen fünf und sechs Uhr nachmittags vor dem Präsidium steht, wird er Wright, Redgrave und Tillman aus dem Ostausgang kommen sehen.«

»Jeden Tag?«

»Dienstags bis freitags, soweit ich das bis jetzt rauskriegen konnte. Wright und Tillman kommen normalerweise zwischen acht und neun morgens, Redgrave, wann er will.«

Carver ließ erkennen, dass er darüber nachdachte. »Und was springt für dich dabei raus?«

»Was ist mit Sarah Jane passiert?« Ich wollte besorgt klingen und das Gespräch aufs Persönliche lenken, aber er musterte mich, als wollte er sagen: Für wen hältst du dich eigentlich? Ich hielt seinem Blick stand. Eine Weile blieben wir so stehen, bis er schließlich losprustete.

»Meinst du, dass ich sie hinten im Garten in Zement gegossen hab, oder was?«

»Auch ich les die Zeitung.«

Sein Lächeln erlosch, und er trat nah an mich heran. »Willst du hier jetzt ernsthaft mit Joanna ankommen?« Ich schwieg, aber er rempelte mich an. »Hm?« Der Wutausbruch war nicht echt, wahrscheinlich wollte er mir nur drohen.

»Wie gesagt, ich kann hier nicht wie ein korrupter Polizist auftreten, denn das bin ich nicht. Für einen Geschäftsmann würde ich natürlich sofort arbeiten. Aber für einen Mörder? Da bin ich mir nicht sicher.«

»Sarah Jane ist abgehauen, um sich wieder einzukriegen, aber sie kommt bald zurück.« Er zögerte. »An manchen Tagen denke ich, dass auch Joanna gleich wiederkommt. Ich habe den Aufruf nicht durchgelesen, aber ich bin froh, dass sich da was bewegt. Sie hätte nie in Vergessenheit geraten dürfen. Ich habe immer an sie gedacht.«

»Was ist mit ihr passiert?«

Er schaute mich düster an. Dann vibrierte sein Handy, und er kramte es aus der Tasche. »Wright, Redgrave und Tillman?« Ich nickte. »Komm nächste Woche wieder. Wenn was dran ist, werde ich mich erkenntlich zeigen.« Er nahm den Anruf entgegen, und ich wandte mich zum Gehen, doch dann sagte er laut: »Ich meine das ernst, weißt du.« Das klang aufrichtig, aber ich wusste nicht, ob er mit mir sprach oder mit dem Anrufer.

KAPITEL 14

An diesem Abend bekam ich Carver nicht mehr zu Gesicht, und als die Musik kurze Zeit später verklang, sackten die Gäste auf der Stelle zusammen, als hätte man auch bei ihnen den Stecker gezogen. Der Boden war mit Partyleichen bedeckt. So erleichtert war ich über den Ausgang meines Treffens, dass ich mir erst mal einen kräftigen Schluck aus Isabelles Weinflasche genehmigte. Da die Treppe mittlerweile wieder begehbar war, beschloss ich, mich in den ersten Stock vorzuwagen. Mit jeder Stufe wurde ich ruhiger. Statt des unerbittlichen Beats aus den Boxen schrillte mir nun ein belebender Pfeifton in den Ohren.

Ich hielt mich rechts und kam schon bald an ein parfümiertes Bad. Auf dem zugeklappten Toilettendeckel saß eine schemenhafte, aber eindeutig weibliche Gestalt, vornübergebeugt, den Kopf in den Händen, wie auf einem Infoposter für ungewünschte Schwangerschaften. Als ich das Licht einschaltete, erkannte ich eine sehr elende Isabelle Rossiter, jenseits von Gut und Böse, aber wenigstens immer noch atmend. Als ich sie herunterhob und auf den Boden setzte, stellte ich fest, dass sie federleicht war. Ich wusch zwei schmutzige Gläser, füllte sie mit Leitungswasser und flößte es ihr ein. Sie schaute mich an und driftete dann wieder ab. Auch ich war nicht mehr ganz auf der Höhe, und jetzt, wo ich neben ihr am Boden saß, drehte sich auf einmal alles, und zwar wie in Zeitlupe. Es war, als täte sich unter mir ein gähnendes Loch auf.

Der Wein.

Die schulde ich dir wohl. Fürs letzte Mal.

Die Wirkung war die eines starken Beruhigungsmittels. Rohypnol oder GHB. Hoffentlich hatte ich nicht so viel intus, dass es mich komplett wegschießen würde. Ich kam schwebend auf die Beine und glaubte, mich dabei lachen zu hören.

Isabelle hatte den Kopf wieder in die Hände gelegt. Zerzauster Punk-Pixie, nackte Beine. Mit dem bunten Nagellack auf ihren Fußnägeln sah sie aus wie ein kleines Mädchen. Als ich mich zu ihr herunterbeugte, um sie wachzurütteln, sah ich, dass ihr Schal verrutscht war.

Ich schob ihr den Kopf in den Nacken.

Die Narbe war größer als erwartet. Und dunkler, wenn man bedachte, dass sie schon seit einem Jahr verheilt war. Zwei tiefe Schnitte, die sich im Zickzack über ihre Kehle zogen, in der Mitte durch eine schwächere Linie verbunden. Bei ihrem Suizidversuch hatte sie sich ein Messer in den Hals gerammt, es quer über ihre Kehle gezogen und sich so einen zweiten, tieferen Schnitt zugefügt.

Ich bedeckte die Verletzung sorgfältig mit den ausgefransten Enden des Schals, dann wickelte ich sie in ein dickes, trockenes Handtuch ein, knipste das Licht aus und verließ das Bad.

Als mich erneut der Schwindel packte, steuerte ich das nächstbeste Zimmer an und wartete, bis sich meine Augen an die Dunkelheit gewöhnt hatten. Das Zimmer war geräumig, mit einem Doppelbett an der gegenüberliegenden Wand und einigen schnarchenden Pärchen auf dem Teppich. Ich stieg über sie hinweg zum Bett, auf dem ein schnarchender Mann lag. Den verfrachtete ich auf den Boden und ließ mich schließlich zitternd und völlig fertig auf der Matratze nieder. Mein Körper bebte unter meinem pumpenden Puls, und alles drehte sich.

Die Zeit raste vor und zurück, keine Ahnung, ob eine Stunde oder eine Minute vergangen war, als plötzlich die Tür aufflog.

Ein paar Bierleichen rollten sich brummelnd aus dem Lichtstrahl. Als die Tür wieder zuklappte, stellte ich mich schlafend.

Im Zimmer war es dunkel.

Vorsichtig und leichtfüßig tappte jemand aufs Bett zu, legte sich hin und kuschelte sich eng an mich. Sie roch nach Zigaretten und frischer Luft, doch ich spürte, dass sie schwitzte.

»Hello again«, flüsterte Catherine mir ins Ohr.

In den Wirren meiner Wahrnehmung war ihre Stimme wie ein Anker. Unsere Finger fanden sich in der Dunkelheit, sie legte meine Hand auf ihren Schenkel und schob sie langsam weiter nach oben. Zwischen ihren Beinen war es warm, und ich merkte schnell, dass sie kein Höschen trug. »Immer noch auf Ärger aus?«, fragte sie lachend. Es klang wunderbar. Ihr leises Keuchen erregte mich. Sie knöpfte meine Hose auf und tastete sich vor. Schon da kam mir unsere Begegnung wie eine Erinnerung vor. Wie etwas, das mir jemand vor langer Zeit erzählt hatte. Als ich Minuten später kam, bedeckte sie mein Gesicht und meinen Nacken mit zarten Küssen.

Irgendwo dazwischen meinte ich, den Namen *Zain* zu hören.

Lange lag ich wach, völlig erschöpft, und lauschte meinem schweren Atem. Meine Bemühungen, leiser durch den Mund zu atmen, blieben ohne Wirkung. Schließlich ging mir auf, dass das Geräusch nicht von mir kam, sondern von jemandem auf der anderen Seite des Zimmers. Irgendwann fiel ich in einen tiefen, traumlosen Schlaf.

Als mich das durch die Vorhänge hereinströmende Licht weckte, fuhr ich so rasch hoch, dass mir gleich wieder schwindelig wurde. Aus Erfahrung wusste ich allerdings, dass es nicht so schlimm war, solange sich alles im Uhrzeigersinn drehte. Ein Blick zur Seite verriet mir, dass das Bett leer war. Catherine war verschwunden, nur ihr Geruch hing noch am Kissen. Wankend tastete ich mich hinaus. Im Haus ertönten zwar bereits die ersten Lebenszeichen, aber auf dem Flur und auf der Treppe war niemand zu sehen. Auf dem Weg nach unten hörte ich hinter einer Tür gedämpfte Stimmen.

»*Sheldon White?*«, sagte eines der Mädchen. Der Name war mir kein Begriff, aber irgendwas an ihrer Stimme kam mir bekannt vor.

Sie hatte Angst.

Klar, ich hätte reingehen und mich dazugesellen können, aber zu dem Zeitpunkt dachte ich nicht, dass ein One-Night-Stand dafür ausreichte. Ich dachte ohnehin nicht viel. Also öffnete ich die Haustür, froh, niemandem begegnet zu sein.

Auf Carvers Treppenabsatz prangte ein ziemlich üppiger Vogelschiss. Schwarz auf weiß, feucht glänzend. Ich stieg drüber weg und marschierte hinaus in den Novembermorgen.

KAPITEL 15

Du liebe Güte! Wie sehen Sie denn aus?«, bemerkte Parrs und wies auf einen Stuhl. Eine rhetorische Frage am Montagmorgen. Sein schottischer Akzent fiel noch aus dem Rahmen, ansonsten hatte er sich perfekt an seine Umgebung angepasst. Eine graue Eminenz – im wahrsten Sinne des Wortes. Haar und Kleidung waren in dem Augenblick vorzeitig gealtert, als man ihn auf den Chefsessel hob. Das passte zu ihm, schien auf ein nachdenkliches Wesen hinzudeuten. Wir trafen uns in einem schmierigen Restaurant in der Nähe der Oxford Road, damit ich mein Gesicht nicht auf dem Präsidium zeigen musste.

Ich schob ihm die Zeitung hin.

Parrs schlug sie auf und las.

Minutenlang stierte er mit gerunzelter Stirn auf meinen Bericht.

Die geschönte Fassung.

Meinen Drogenkonsum hatte ich ausgelassen, genau wie den One-Night-Stand und Isabelles wachkomaähnlichen Rausch. Hätte jemand gefragt, hätte ich ihm weisgemacht, es sei zu ihrem Schutz geschehen. In Wahrheit wusste ich damals wohl selbst nicht genau, was ich damit bezweckte. Vielleicht traute ich Parrs einfach nicht. Genauso wenig wie David Rossiter, MP.

Obwohl seit der letzten Party ein Wochenende vergangen war, war ich immer noch aufgedreht. Das summende Neonlicht, der brummende Dunstabzug – in meinen Ohren klangen sie wie Synthesizer. Endlich war Parrs fertig und schaute mich über die Zeitung hinweg an. Da erst bemerkte ich, dass ich die ganze Zeit über mit dem Fuß gegen das Stuhlbein gehämmert hatte, und hörte sofort damit auf. Er bohrte den Zeigefinger ins Papier und las die so markierte Zeile erneut.

»Was halten Sie von Carver?«, fragte er, als hätte er schon dreimal nach einer Antwort verlangt.

»Charismatischer Typ. Hat ganz sicher Freunde bei der Polizei. Bei der Geschichte mit dem Geisterkommando hatte ich seine volle Aufmerksamkeit.«

»Und? Hat er angebissen?«

»Wenn er Wright, Redgrave und Tillman ein paarmal aus dem Gebäude kommen sieht, ist die Sache geritzt.«

»Wer wohnt in Fairview?«

Ich sah über die Schulter hinweg zur Tür. Wir waren die einzigen Gäste.

»Carver und Grip mit ziemlicher Sicherheit. Catherine, Sarah Jane und Isabelle vermutlich auch. Aber der Barmanager nicht.«

»Und Freitagabend?«

»Wie immer. Im Haus passiert nichts richtig Schlimmes, aber die Stimmung ist irgendwie mies. Schlechte Atmosphäre.«

»Die ganzen Geschichten in der Zeitung über die verschwundene Ex vom Boss«, sagte Parrs mit schadenfrohem Grinsen. »Haben Sie versucht, Carver über Joanna Greenlaw auszuquetschen?«

»Ich glaube, ich hab damit einen Nerv getroffen. Hat ziemlich heftig drauf reagiert.«

»Ach ja?«

»Aber nicht wie erwartet. Er meinte, er hätte es nicht gelesen, wäre aber froh, dass was passiert. Meinte, man hätte Joanna Greenlaw nicht so schnell vergessen dürfen.«

»Was meinen Sie dazu?«

»Es klang ehrlich, aber bei Carver ist auch immer ein bisschen Show dabei.«

»Gibt's einen Hinweis, dass er mehr weiß?«

»Nein.« Ich fragte mich, ob Parrs mir tatsächlich reinen Wein eingeschenkt hatte. »Hat mir erzählt, dass er manchmal immer noch denkt, sie würde gleich reinspaziert kommen. Er geht davon aus, dass sie vor zehn Jahren verschwunden ist. Der Aufruf hat einen Nerv getroffen, aber ...«

»Sie meinen, da steckt mehr dahinter?«

»Vielleicht ist Carver immer so auf der Hut, doch ich hatte den Eindruck, dass bei ihm gerade schärfere Sicherheitsvorkehrungen herrschen.«

»Hm«, sagte Parrs.

»Außerdem habe ich den Namen Sheldon White gehört.«

Parrs sah mich an. »Wer hat den erwähnt?«

»Eines der Mädchen in Fairview.«

Schweigend faltete er die Zeitung mit meinem Bericht zusammen. Als er endlich das Wort ergriff, klang seine Stimme tiefer als sonst.

»Sheldon White ist der Geist der vergangenen Weihnacht, Junge. War damals der große Macker bei den Leuten aus der Burnside. Hat gerade seine sieben Jahre abgesessen.«

»Aha.«

Parrs' Augen funkelten. »Außerdem war er einer der Verdächtigen im Fall Joanna Greenlaw.« Er schnaubte. »Denen geht der Arsch auf Grundeis, sonst würden sie nicht über Sheldon White reden.«

»Warum erfahre ich das erst jetzt?«

Parrs hatte meine Gegenwart offenbar fast vergessen. »Sie konzentrieren sich gefälligst auf Carver.«

»Wenn die Sache funktionieren soll, muss ich alles wissen.«

»Hier bestimme immer noch ich, Freundchen«, zischte er.

»Wenn's Ihnen nicht passt, können Sie's auch lassen. Dann wandern Sie mit den anderen in den Bau.« Nach seinem Ausbruch widmete er sich wieder der Zeitung. »Isabelle Rossiter. Was ist mit ihr?«, fragte er schließlich, als wäre nichts gewesen.

Ich hämmerte schon wieder mit dem Fuß gegen das Stuhlbein. *Reiß dich zusammen!*

»Ist ziemlich durcheinander, aber auch nicht schlimmer als andere Siebzehnjährige.«

»Siebzehn«, murmelte Parrs und rieb sich das Gesicht. »Haben Sie eine Ahnung, was sie da treibt?«

»Carver schart immer ein paar junge Mädchen um sich. Wahrscheinlich wird sie sich bald den anderen anschließen und in den Bars Geld eintreiben. Passt in sein Beuteschema.«

»Schein und Sein, mein Lieber. Wirkt sie stabil?«

»Stabiler als ich in dem Alter.«

»Das klingt aber nicht gerade vertrauenerweckend.«

»Ich habe mir die Narbe an ihrem Hals angesehen. Das war kein einfacher Schrei nach Hilfe.«

»Hmm«, sagte Parrs desinteressiert. »Wann gehen Sie zurück?« Er wollte mehr. Am liebsten hätte er mich gleich wieder in Fairview abgesetzt.

»Carver hat mich auf die nächste Party eingeladen.«

»Aha. Das Freitagsabkommen«, sagte er grinsend.

Wenn Parrs lächelte, zogen sich seine Augenfalten zusammen wie Haifischkiemen.

»Dann finde ich raus, was sein Mann vom Geisterkommando hält.«

Er musterte mich eindringlich. »Machen Sie bloß nicht zu viel Wind um diesen Scheiß mit Isabelle Rossiter. Ihre Majestät Chief Superintendent Chase kann mit ihren Titten wackeln, wie sie will, aber von einer kleinen Schlampe lasse ich mir nicht die Ermittlungen versauen. Sie konzentrieren sich auf die Organisation.«

Dieser Scheiß mit Isabelle Rossiter. »Jawoll, Sir«, sagte ich.

»Und jetzt mal ehrlich, mein Junge …«

Wieder musste ich mein Bein zur Ruhe zwingen.

»… nehmen Sie Drogen?«

»Nein.«

Bevor der Kellner unsere Bestellung aufnehmen konnte, war ich bereits gegangen.

KAPITEL 16

Erst als ich überprüft hatte, ob die Klotür verriegelt war, legte ich mir eine Linie auf den Handrücken. Mittwochabend, dieselbe Tour durch die Bars wie die Woche davor, immer auf den Spuren der Organisation, genau aufgepasst, wer mit wem. Gerade befand ich mich im *Basement*, einer düsteren, unterirdischen Bar mit klebrigem Boden.

Als ich aus dem Klo kam, brannte mir der Schlund, und es stank nach Speed. Alles bewegte sich schneller, aber das lag vielleicht daran, dass ich plötzlich Sarah Jane entdeckt hatte. Tiefrotes Haar, umwerfend geschnittenes Kleid. Sie hatte heute Schicht. In *Rubik's* hatte ich sie noch nie gesehen, offenbar war sie nur in den kleineren Bars an den Rändern des Netzwerks im Einsatz.

»Hi«, sagte ich, als sie sich vom Mann hinterm Tresen abwandte, doch sie beachtete mich kaum, sondern marschierte geradewegs die Treppe zur Straße hinauf. Vermutlich hätte sie mich sowieso ignoriert, aber ich fragte mich trotzdem, ob Carver sie eingeweiht hatte.

Das Geisterkommando.

Wright, Redgrave und Tillman waren letzte Woche wie die Wettermännchen im Polizeipräsidium ein und aus gegangen. Dem von Carver bezahlten Polizisten blieb nichts anderes übrig, als das Treiben geduldig zu beobachten und meine Angaben letztlich zu bestätigen. Aber ob mein Plan aufgegangen war, würde ich erst am Freitag erfahren. Auf der nächsten Party. Wenn ich ihr Vertrauen gewonnen hätte, wäre der Grundstock für unsere verdeckte Ermittlung gelegt.

Die ganze Sache war ziemlich aufregend. Obwohl ich die Organisation nicht mit dem Aufklärungseifer Parrs' verfolgte, erschloss sich mir allmählich der Reiz dieser Ermittlung. Joanna Greenlaws Verschwinden vor zehn Jahren. Zain Carvers Pseudo-Imperium. Seine Bars und seine Mädchen. Die Sirenen. Isabelle Rossiter, im Bann dieser Scheinwelt. Und dann kam auch noch Sheldon White mit seinem Rachedurst ins Spiel. Schatten der Vergangenheit.

Wäre mein Plan aufgegangen, hätte man unsere Zielperson innerhalb einer Woche eingebuchtet, und ich wäre wieder an meinen Arbeitsplatz zurückgekehrt, beschädigter Ruf hin oder her. Zain Carver wäre aus dem Spiel gewesen, seine Bars dicht und die Mädchen in alle Winde zerstreut. Wer weiß, was Isabelle dann gemacht hätte.

Immer wieder kehre ich in Gedanken zu diesem Augenblick zurück. Dem letzten Moment, bevor ich die Kontrolle verlor. Hätte es geklappt, wäre alles einfacher gewesen – und weniger tragisch. Möglicherweise hätte ich sogar ein paar Menschen das Leben gerettet.

Ich kippte ein Bier, um meine Kehle zu besänftigen. Das Speed machte mich zum Superhelden, ich war unberührbar, überall auf einmal, ein echter Macher. Menschen waren nur Objekte, aus weiter Ferne betrachtet. Erleuchtete Fenster, die aus einem Hochhaus starrten.

KAPITEL 17

Die nächsten Tage verbrachte ich ohne Kontakt zur Organisation. Und fühlte mich richtig einsam. Ich war in ihren Bann geraten, und es zog mich nach Fairview. Als endlich der Freitag gekommen war und ich auf Carvers Haus zumarschierte, konnte ich es kaum erwarten. Ohne sie auch nur eines Blickes zu würdigen, zog ich an den Draußengebliebenen und ewigen Verlierern vorbei auf die wummernde Ungewissheit zu. Ich hatte keine Ahnung, was mich erwartete.

Sarah Jane öffnete und trat wortlos zur Seite, um mich reinzulassen. Sie mied meinen Blick. Hinter ihrer nackten Schulter tobte wiederum das pralle Leben, heiß und laut. Stroboskoplicht blitzte im Takt der Bässe. Ich trat ein, und sie schlug der Gruppe hinter mir die Tür vor der Nase zu.

»Hi!«, sagte ich laut. »So sieht man …«

Bevor ich noch weiterplaudern konnte, fuhr sie mir in die Parade. »Er will dich sehen.«

Hinter ihr entdeckte ich Catherine in der Menge, ihr langes kastanienbraunes Haar vor der weißen Wand. Ich musste an unsere gemeinsame Nacht zurückdenken, die mir mittlerweile völlig unwirklich erschien. Sie unterhielt sich mit einem Mann, der mir den Rücken zukehrte. Im Flackerlicht konnte ich sie immer nur sekundenlang sehen. Als sie mich entdeckte, war sie offenbar überrascht.

»Hey!« Sarah Jane schnippte vor meinem Gesicht mit den Fingern.

»Wohlan. Ich folge dir«, sagte ich.

Es war mühsam, ihr durch die Menge hinterherzukommen. Zu viele Menschen, zu wenig Raum. Für Sarah Jane machten sie zwar Platz, als wäre sie eine Königin, aber ich profitierte nicht davon. Im Flackerlicht wirkte jede Bewegung wie in Zeitlupe, als hätte jemand eine Reihe Schnappschüsse hintereinander montiert. Immer hielt ich über die Schulter hinweg nach Catherine Ausschau. Der Mann unterhielt sich noch mit ihr, aber sie sah mich an. Irgendwas wollte sie mir mitteilen.

»Pass auf, wo du hinlatschst«, knurrte Grip und rempelte mich unsanft an. Als ich ihn ansah, schnipste er mit dem Finger gegen meine Stirn und grinste so breit, dass ihm dabei die Unterlippe aufplatzte und ein dünner Blutstrahl übers Kinn lief. Unterdessen war Sarah Jane schon weitergegangen, also drängelte ich mich bis zur Küche durch, wo ich sie gerade noch an der Tür erwischte. Es war heiß wie in einem Hexenkessel, und mir lief der Schweiß übers Gesicht, doch sie ließ das alles offenbar kalt.

Isabelle Rossiter lehnte allein im Türrahmen. Sie trug denselben ausgefransten Schal, kultivierte denselben Punk-Look wie immer, den Blick auf ihre abgetretenen Doc Martens gerichtet. Als sie mich hinter Sarah Jane entdeckte, funkelte sie mich wütend an.

»Ach! Und ich dachte, du kennst sie nicht?«, rief sie.

Ich marschierte an ihr vorbei in die Küche und schloss die Tür hinter mir. Im Zimmer war alles gedämpft, das Licht und auch die Musik. Zain Carver stand genau an derselben Stelle wie eine Woche zuvor, an die Arbeitsplatte gelehnt, den Blick auf sein Handy gerichtet. Neben ihm standen ein edler Cognac und zwei Gläser bereit. Als er die Nachricht zu Ende gelesen hatte, richtete er den Blick auf Sarah Jane.

»Lass uns mal ’ne Minute allein, Süße.«

[illegible]

[illegible]

[illegible] EUR

[illegible] EUR

[illegible]

Mit diesen Worten wandte er sich wieder dem Handy zu. Sie bedachte ihn mit einem süffisanten Lächeln und verschwand.

»Siehst du«, sagte er schließlich zu mir, »quicklebendig.«

»Weiß sie Bescheid?«

»Von mir nicht. Wieso?«

»Weil sie mir die kalte Schulter zeigt.«

»Gratuliere, Mann. Das liegt ein paar Grad über ihrer Normaltemperatur.« Carver tippte eine Nachricht.

»Hennessy?«, fragte er mich dann.

»Logisch.«

Er legte das Handy beiseite, brach das Flaschensiegel und schenkte uns großzügig ein. Das Glas, von feinster Qualität, schmiegte sich in meine Hand.

»Auf neue Freunde«, sagte er, und wir stießen grinsend an. Cognac. Diese Marke hatte ich noch nie getrunken, aber sie mundete mir sehr. Der edle Tropfen schürte ein altes Feuer in mir, das ich lange verglüht geglaubt hatte.

Carver musterte mich. »Wright, Redgrave und Tillman. Haben sich letzte Woche auf dem Polizeipräsidium ein Stelldichein gegeben.«

»Was hält Ihr Mann davon?«

»Genug, um dich noch mal ins Haus zu lassen, Aid. Er hat *diskrete Erkundigungen* eingezogen.« Carver verstellte die Stimme, als wollte er den Sprecher nachäffen, doch ich erkannte ihn nicht. »Er ist mit einer Verwaltungsangestellten im sechsten Stock befreundet. Deine Leute haben ein Konferenzzimmer in Beschlag genommen, und zwar dauerhaft. 6.21A. Die Frau konnte nicht herausfinden, wer das organisiert hat, aber die Reservierung lautet auf ›Komitee zur Erhaltung des Parks Road Monument‹.«

»Drei ranghohe Ex-Bullen, die sich um ein Kriegerdenkmal kümmern?«

»Hehe«, lachte Carver. »Dafür bräuchten sie mindestens fünf von diesen Wichsern. Mein Mann weiß zwar nicht alles, aber er hat es selbst erkannt. Hat von sich aus was von Geisterkommando gefaselt.«

»Macht er sich Sorgen?«

Carver widmete sich wieder seinem Handy, das während unserer Unterhaltung permanent vibriert hatte. Offenbar bekam er ständig Nachrichten geschickt. Seine Nachricht an mich lautete allerdings, dass er mit mir fertig war.

»Hab ja gesagt, dass ich mich revanchieren würde, Bro, also sag an. Der Hennessy gehört schon mal dir.«

»Wenn das so ist …« Ich füllte unsere Gläser. »Zehn?«

»Nee, echt nicht. Versuch's noch mal.«

Ich trank. *Glühte.* »Sieben.«

»Okay, also fünf.« Carver lächelte. »Wende dich an Grip.«

»Ich hab das dumpfe Gefühl, dass der mich nicht mag.«

»Der mag niemanden. Ist das wichtig?«

»Wenn er mir das Leben schwer macht, schon.«

»Macht er nicht«, sagte Carver, in sein Handy vertieft. »Er weiß Bescheid.«

»Und was jetzt?«, fragte ich nach einer Weile.

Carver runzelte die Stirn. »Das willst du gar nicht wissen.«

Mit dieser Antwort wollte er mich sicher animieren, ihm weitere Informationen zu liefern, was ich prompt tat. Natürlich gegen Bezahlung.

Mein Pitch. »Ich hätte da noch mehr.«

»Ach ja?«

»Ein paar Insider-Tipps über das Geisterkommando. Sind aber mehr wert als fünf.«

»Schieß los.«

»Wieso siedeln sie eine solche Op ausgerechnet im Präsidium an?« Achselzucken. »Direkter Zugang zu den Akten.«

»Das läuft doch heute alles über Computer.«

»Irgendwer hat sie dort im Haus. Genauer gesagt, dort im Zimmer. Und zwar hinter verschlossener Tür, sodass niemand anderes darauf Zugriff hat. Sie benutzen weder das Netzwerk der Polizei noch die Abteilungslaufwerke. Zu auffällig, zu sichtbar, zu öffentlich.«

»Und?«

»Aller Wahrscheinlichkeit nach befindet sich alles, was sie gegen Sie, mich und Ihren Mann in der Hand haben, in diesem Zimmer. Vermutlich auf einer gesonderten, externen Festplatte.« Carver legte sein Handy zur Seite. Ich hatte seine volle Aufmerksamkeit. »Löscht man diese Daten, ist die Sache vom Tisch.«

»Wie?«

»Bevor ich zu Ihnen kam, habe ich das Büro zwei Wochen lang observiert. Montags war nie jemand von denen dort, kein Wright, kein Redgrave, kein Tillman. Was meldet Ihr Mann? Hat er sie montags dort gesehen?«

Carver dachte nach. »Nein, nie.«

»Ihr Mann muss nur ins Zimmer kommen.«

»Klar, Kinderspiel. Sonst noch was?«

»Sie verstecken sich mitten im Polizeigebäude. Wir wissen, wo das Zimmer ist und wann sie nicht da sind. Sie können die Tür abschließen, aber mehr Sicherheitsmaßnahmen gehen nicht, sonst erregen sie Aufmerksamkeit. Außerdem, wer sollte sich für Unterlagen des Komitees zur Erhaltung des Parks Road Monument interessieren, das sich zu allem Überfluss noch im sechsten Stock befindet?« Ich hatte ihn an der Angel. »Ihr Mann könnte Montag ins Zimmer einbrechen.«

»Hm.«

»Vielleicht geht er diesen Montag rein, vielleicht nächsten.«

Carver sah mich an. »Das ist möglicherweise mehr wert als fünf.«

Wir unterhielten uns noch eine Weile und leerten unsere Gläser. Carver war zwar noch unentschieden, aber bester Laune. Irgendwann schickte er mich zurück auf die Party, bestand aber darauf, dass ich den Hennessy mitnahm. Minutenschnell erfreute ich mich immenser Beliebtheit. Grip kam zu mir rüber, schweißüberströmt und ungelenk, als schmerzte ihn jeder Schritt. In der Hand hielt er eine Plastiktüte, die er mir mit unwilligem Grunzen übergab. Dann humpelte er zurück in die Menge. In der Tüte lag Geld, fünf gleich große Stapel mit Fünfzig-Pfund-Noten. Ich bekam das dicke Bündel gerade so in meine Jackentasche.

Dann suchte ich nach Isabelle. Lief da was zwischen ihr und Sarah Jane? Als sie uns zusammen gesehen hatte, wirkte sie irgendwie enttäuscht. Parrs' desinteressierte Haltung machte mir Sorgen. *Dieser Scheiß mit Isabelle Rossiter.* Selbst ihr Vater hatte ihre Abwesenheit erst nach einem Monat bemerkt. Lass sie nicht verschwinden, dachte ich.

»Grund zum Feiern?«, fragte Catherine mit einer Kopfbewegung in Richtung Flasche.

»Jeden Tag.« Ich drückte sie ihr in die Hand und erntete ein Lächeln. Das erste echte, das ich seit Langem gesehen hatte. Es reichte bis zu den Augen und war in diesem Haus unpassend. Genauso wie für uns. Sie trank, schauderte und gab mir die Flasche zurück.

»Ist mir ein bisschen zu stark.«

Ich kramte nach dem Geld. »Wenn du Schwäche suchst, hab ich eine für dich.«

»Soso.« Wieder dieses Lächeln.

»Na, ich könnte dir zumindest ein wenig die Zeit vertreiben.«

»Oder aus Versehen mit Absicht meinen Drink verschütten.«

»Das tut mir immer noch leid.«

»Vergiss es. So bin ich wenigstens Neil entkommen.«

»Neil?«

»Manager bei *Rubik's* – der meint, er kann über mich bestimmen. Macht bei allen Mädchen den Duschvorhang …«

»Duschvorhang?«

»Klebt an ihnen dran.«

»Der Typ mit den Designerstoppeln?«

»Genau der. Sieht immer aus, als hätte er die Nacht durchgemacht, weil er einen Mordfall lösen musste oder so was.« Ich lachte. *Neil.* Also benutzte Glen Smithson, der fast verurteilte Vergewaltiger, einen anderen Namen. Gut zu wissen. »Die meisten Typen trauen sich nicht, uns anzuquatschen.«

»Da bin ich aber froh.«

»Ach ja? Wieso hast du meinen Drink umgeworfen, Aidan?«

»Ich wollte dich kennenlernen.«

»Und nicht zufällig Zain?«

»Dich zuerst.« Da erst merkte ich, dass ich die Wahrheit sagte.

Sie tätschelte mir die Brust und sah mir tief in die Augen. »Dann vertreib mir mal die Zeit …« Bei ihr klang das wie eine Aufforderung zur Mutprobe.

»Wenn wir fertig sind, wirst du dich fragen, wo sie geblieben ist.« Wir tranken noch ein bisschen, drifteten durch die Menge, bis wir unversehens im oberen Stockwerk landeten. Während ich sie küsste, glaubte ich daran, dass ich mich ändern könnte. Mein Leben. Als wir uns voneinander lösten, war alles noch beim Alten. Aber es war erträglich, zumindest in dem Augenblick. Sie war bei mir. Sie lachte und stieß mich weg, als sie meinen Blick deutete. Wir küssten uns erneut.

Ungefähr eine Stunde später verließ ich das Haus. Als ich die Tür hinter mir schloss, spürte ich etwas Feuchtes unter meinen Fingern. Schwarz-weiß, wie der Vogelschiss, den ich ein paar

Tage zuvor auf der Türschwelle entdeckt hatte. Aber ich konnte keine Vögel sehen, und als ich daran roch, stellte ich fest, dass es sich um Farbe handelte. Ich wischte meine Hand an einem Blatt ab und marschierte davon.

Gegen Mitternacht kam ich nach Hause, ein wunderbares Wattegefühl im Hirn. Ich trank ein bisschen Wasser, warf zwei Schmerztabletten ein und setzte mich aufs Bett. Da erst sah ich, dass ich eine neue Nachricht hatte. Von einer unbekannten Nummer.

Zain weiß Bescheid.

KAPITEL 18

Am nächsten Morgen stand ich früh auf. Beim Duschen entdeckte ich einen schwarz-weißen, eingetrockneten Farbfleck auf dem Finger. Ich musste an den Vogelschiss auf der Türschwelle denken. Und an Joanna Greenlaws Verschwinden.

Jemand hatte die Schwelle mit schwarz-weißer Farbe bemalt.

Ich griff zum Handy. Meine Fragen waren was für Experten, und davon kannte ich nur einen. Seufzend wählte ich Suttys Nummer. Seit der Festnahme der Burka-Frau hatte ich ihn nicht mehr gesehen. Soweit er informiert war, hatte ich Drogen aus der Asservatenkammer gestohlen und war deswegen suspendiert worden. Wenn er immer noch Nachtschichten hatte, würde ich ihn mit dem Anruf aus dem Bett klingeln.

Seine Antwort klang wie ein Gurgeln. »Jurgh.«

»Sutty.«

»Jurgh.«

»Ich bin's. Waits.«

»Waits?« Schlagartig war der Mann wach. »Scheiße Mann, was willst du denn von mir?«

»Deine Hilfe.«

»Haha, da rufst du mich an? Nach der Nummer, die du da abgezogen hast?«

»Ich weiß.«

»Wahrscheinlich dürfen wir gar nicht miteinander reden. Wenn du vor Gericht landest, sage ich gegen dich aus. Und zwar mit Vergnügen.«

»Schon klar. Würde dich auch nicht belästigen, wenn's nicht dringend wär …«

»Ich hab keine Kohle und auch keine Zeit, also verpiss …«

»Es geht nicht um Geld, sondern um Gang-Tags.« Da war er erst mal still, aber ich wusste, dass er neugierig geworden war. »Du bist der Einzige, der sich mit dem Zeug auskennt.«

»Wofür willst du das wissen?«

»Privat. Security.«

»Bezahlt?«

»Hundert die Stunde.« Er schnaubte verächtlich. »Zweihundert. Mehr geht nicht«, sagte ich.

Er schmatzte nachdenklich. »Wo?«, fragte er schließlich.

»Wir könnten uns im *Temple* treffen.« Eine umgebaute unterirdische Toilettenanlage, die dem Sänger einer stadtbekannten Band gehörte. Ein Kenner der Szene, deshalb hatte er das zwielichtige Ambiente und die niedrigen Preise erhalten. *The Temple* war Suttys Lieblingsbar.

»Bring die Kohle mit«, sagte er und legte auf.

KAPITEL 19

Als ich die Treppen zum *Temple* hinabstieg, gewöhnten sich meine Augen nur langsam an die Dunkelheit. Der Laden war schon immer eng gewesen, hatte aber die beste Jukebox der Stadt. Heute lief *Exile on Main Street*. Sutty saß schon an der Bar. Als er mich sah, exte er sein Guinness und knallte das Glas auf den Tresen.

»Noch zwei«, sagte er zur Bedienung. »Er zahlt.« Ich setzte mich neben ihn, drückte dem Mädchen das Geld in die Hand und trank einen Schluck.

»Wie läuft's?«

»Kohle«, sagte Sutty und kratzte sich genüsslich am ganzen Körper. Ich zog das Geld aus der Tasche und schob es ihm hin. Es stammte aus den fünftausend, die Carver mir gezahlt hatte. Vier Fünfzig-Pfund-Scheine.

Sutty zählte zweimal nach. »Gut. Leg los.«

»Joanna Greenlaw«, sagte ich.

»Was hat das, bitte, mit Security zu tun?«

»Hintergrund. Damals haben sie was auf der Türschwelle entdeckt.«

»Schwarz-weiße Farbe. Das alte Burnsider-Tag.«

»Also …«

»Also Scheiß drauf. Hätte jeder sein können. Die haben das damals zwar untersucht, aber so ein Farbklecks ist nicht gerade eine heiße Spur.«

»Was wissen wir über die Burnsiders?«

»Alles.« Sutty zuckte die Achseln. »Burnside Estate war ein Industriepark ein paar Meilen nördlich von hier, am Irwell.« Er trank gierig, jetzt offenbar ganz in seinem Element. »Praktischerweise grenzten alle Anlagen an den Fluss, so konnten sie die ganze Ware mit dem Boot hin- und hertransportieren. Aber in den Achtzigern, als die Firmen von hier abzogen, haben sie alles dichtgemacht. Danach war Burnside das Dreckloch, das wir bis heute kennen.«

»War noch nie da.«

»Spar's dir. Abbruchreife Lagerhallen. Junkies, Nutten, Obdachlose.«

»Was ist mit den Burnsiders?«

»Ende Gelände. Halten sich gerade so mit Tar über Wasser.«

»Tar?«

»Ja. Black Tar ist billig, aber riskant. Infektionen, Amputationen und so weiter.«

»Und was ist mit der Farbe?«

»Das war mal. Damals wollten sie damit ihr Territorium markieren. Heute haben sie keins mehr.«

»Wieso nicht?«

»Mein Auftraggeber findet ständig schwarz-weiße Farbe auf seiner Türschwelle. Irgendwie kam mir das bekannt vor.« Ich zögerte. »Und ich dachte, ich könnte ihm ein paar Scheine aus dem Kreuz leiern, für dich, sozusagen als Entschuldigung …«

Sutty zog die Nase hoch. »Da malt ihm wahrscheinlich jemand einen Zebrastreifen auf die Türschwelle. Die Burnsiders waren es jedenfalls nicht. Die sind erledigt. Klappe zu, Affe tot.«

»Wer hat sie fertiggemacht?«

»Zain Carver. Hat vor zehn Jahren angefangen, mit den großen Jungs zu spielen. Es ist nie so richtig zur Sache gegangen, aber die Junkies haben schnell gemerkt, wie der Hase läuft. Eight ist purer als Black Tar, und der Preis stimmt auch. Außerdem schlitzt dir keiner ein Grinsen ins Gesicht, wenn du zu spät zahlst. Carver hat den Handel sozusagen gentrifiziert. Die Burnsiders haben ausgedient. Und ihr Tag auch.«

Ich trank mein Guinness und dachte darüber nach. Das Tag konnte trotz allem relevant sein. Besonders, wenn jemand damit die guten alten Zeiten heraufbeschwören wollte. Aber irgendwie passte das alles nicht zu rivalisierenden Banden, denn es hatte meines Wissens keinerlei Drohungen oder Gewalt gegeben. Das Ganze schien eher persönlich zu sein und mit Joanna Greenlaws Verschwinden zu tun zu haben.

»Und wo wir uns gerade ausquatschen«, sagte Sutty und zog einen Umschlag aus der Tasche, »das hier ist auf dem Revier für dich abgegeben worden. Sorry, aber ich musste es leider aufmachen ...« Ich nahm den Umschlag und zog einen Brief heraus. Das Papier war abgegriffen, offenbar mehrmals gefaltet, gelesen und herumgereicht worden. Als ich die Unterschrift entdeckte, musste ich schlucken. Dann schob ich den Brief zurück ins Kuvert und steckte es in die Tasche.

»Schon komisch.« Sutty zog die Nase hoch und griente. »Du hast mir doch erzählt, dass du im Heim aufgewachsen bist.«

Ich ignorierte seinen Seitenhieb. »Sagt dir der Name Sheldon White irgendwas?«

Das lenkte ihn ab. »Klar, aber der ist im Bau ...«

»Nicht mehr. Ist seit Kurzem wieder auf freiem Fuß.«

»Ach, echt?« Das brachte ihn zum Nachdenken. »Vergiss, was ich dir gerade erzählt hab. Für die Burnsiders könnte sich jetzt einiges ändern.«

KAPITEL 20

Ich schloss auf und hängte meine Jacke an den Haken. Der Brief steckte in der Tasche, aber ich holte ihn nicht noch einmal aus dem Kuvert.

Der erste Schlag gegen mich war meine Herkunft. Wer ich war, wo ich zur Welt gekommen war. Das Älterwerden hatte mir immer große Freude bereitet, weil ich mich mit jeder Sekunde von meiner Kindheit entfernte. Dachte ich zumindest. Später, als Parrs mich an der Angel hatte, wurde mir klar, dass es für mich kein Entrinnen gab. Meine Kindheit war nur die Vorbereitung auf einen Riesenwitz, die Pointe kam im dritten Akt.

Meine Mutter hatte uns nicht gewollt.

Das erzählte ich allerdings niemandem. Auch damals nicht, als ich noch etwas hätte ändern können. Und mit den Jahren habe ich es einfach vergessen. Von meiner Kindheit weiß ich fast nichts mehr. Es gibt Leute, die können stundenlang in Jugenderinnerungen schwelgen, und ein oder zwei Anekdoten aus dieser Zeit hat fast jeder auf Lager. Für mich liegt das alles sehr weit zurück, und es gibt Tage, da kann es nicht weit genug sein. Doch wenn man Teile seines Lebens ausblendet, tut man nicht nur sich selbst keinen Gefallen, sondern auch den anderen Menschen unrecht, die es nicht verdient haben, vergessen zu werden. Ein Freund, dem das Lächeln erstirbt, wenn er merkt, dass man die gemeinsamen Erlebnisse nicht mehr parat hat.

Ich hatte meine kleine Schwester fast vergessen.

In meinem Kopf habe ich ein klares Bild von ihr, doch es hat nichts mit der Realität zu tun. Es zeigt meine Schwester als pausbäckiges, schmuddeliges Kleinkind. Ihr fleckiges Kleid und die ungleich hochgezogenen Kniestrümpfe sagen alles über sie aus. Sie war ein kleiner Wildfang, immer auf Abenteuer aus, nie zimperlich. Hellwach und mutig. Aber still für ihr Alter, nachdenklich. Ihre Stirn war immer heiß. Wenn ich mir die Hände daran wärmte, blickte sie nicht mal auf, sondern machte einfach mit dem weiter, was sie gerade auseinander- oder wieder zusammenbaute, ein kleiner, konzentrierter Lockenkopf.

Und ich weiß noch, wie sie zusammenzuckte, wenn sich Erwachsene in ihrer Umgebung zu hektisch bewegten. Wenn mir diese Erinnerung hochkam, lief ich schon mal gegen Türen oder blieb mitten auf der Straße stehen. Vielleicht stand ich gerade unter der Dusche, fand mich dann unversehens auf dem Boden hockend wieder, den Kopf in den Händen vergraben. Ich konnte diesen Brief nicht lesen. Das war der erste Schlag gegen mich. Meine Herkunft. Wer ich war, wo ich zur Welt gekommen war.

KAPITEL 21

Mein nächster Anruf galt Superintendent Parrs.

»Es geht los.«

»Montag?«

»Zimmer 6.21A. Sein Mann wird das wahrscheinlich diese Woche überprüfen und sich auf einen Einbruch in der Folgewoche vorbereiten, wenn er zufrieden ist.«

»Dafür werde ich schon sorgen. Gut gemacht, mein Junge. Gibt's sonst noch was zu berichten?«

Ich dachte an Sarah Janes eisige Geringschätzung. Isabelles Missbilligung. Ihr Verschwinden von der Party. Grips Grinsefratze, Catherines aufrichtiges Lächeln. *Alles könnte sich ändern.* Ich dachte an meine Unterhaltung mit Sutty. Die Farbe, das Geld. Fünftausend in bar. Mehr, als ich je besessen hatte. Jetzt lag es in einer Garage, zusammen mit den anderen mageren Überresten aus meinem alten Leben, die ich vorübergehend dort eingelagert hatte. Nur so lange, bis der Auftrag erledigt wäre. Dann fiel mir die anonyme Nachricht ein.

Zain weiß Bescheid.

»Nein, nichts«, sagte ich.

Teil II

SUBSTANCE

KAPITEL 1

Samstag. Ultraviolette Beleuchtung in der Kabine. Ist bei allen Bars im Zentrum so, denn Drogensüchtige können bei diesem Licht ihre Venen nicht finden und sich folglich auch keinen Schuss setzen. *Rubik's* war keine Ausnahme. Es gab natürlich ganz Harte, die die Stelle draußen mit einem Filzstift markierten. Wenn sie danach mit marmorierten Augäpfeln wieder rauskamen, sahen die Kreuzchen auf ihren Unterarmen aus wie blutige Küsschen auf einer Karte.

Ich vergewisserte mich, dass die Tür abgeschlossen war, dann stellte ich mich auf den Klositz. Mithilfe eines mitgebrachten Schraubendrehers entfernte ich die Lampenfassung. Seit Wochen hatte ich Smithson, den Barmanager, nun schon beobachtet. Obwohl die Putzkolonne hier jeden Tag alles blinkblank scheuerte, verbrachte der gute Mann eine Menge Zeit auf der Toilette. Ich schob den Arm in das Loch in der Decke und tastete die Öffnung ab.

Lauter kleine Packungen.

Die erste, die ich rauszog, enthielt Koks. Dazu kamen drei Sorten Pillen und ein Reißverschlussbeutel mit schussfertig abgepacktem Heroin. Ich stopfte fast alles zurück, schraubte die Fassung wieder an und kletterte vom Klositz.

Vorsichtig legte ich mir eine Linie Koks auf den Handrücken. Mein Arm zitterte. Dann schloss ich die Augen, atmete tief durch und spannte jeden Muskel an, um mich wieder unter Kontrolle zu bekommen. Als ich die Augen wieder aufschlug, fiel mein Blick auf ein Graffito über dem Wasserkasten.

Forget the night ahead.

Eine volle Minute stierte ich auf den Spruch, dann schüttete ich das Koks ganz vorsichtig zurück in die Tüte.

Ich spülte, schloss die Tür auf und ging.

Die Bar erwachte gerade aus ihrer letzten Trübsalsstunde und bereitete sich auf die glücklichere Zukunft vor. Feierabendtrinker und ihre Freunde mischten sich unter die Tagessäufer. Catherine stand an der Theke und bestellte das Übliche: ein großes Glas Wodka pur. Ihr kastanienbraunes Haar fiel ihr offen über die Schultern und beschleunigte mal eben allen Männern im Raum den Puls.

Isabelle Rossiter war bei ihr.

Es war das erste Mal, dass ich die beiden zusammen sah. Ich fragte mich, ob Catherine die Freundin gewesen war, die Isabelle in die Organisation eingeführt hatte. Hoffentlich nicht. Plötzlich ging mir auf, dass ich gegen Catherine arbeitete und sie vermutlich ins Gefängnis brachte. Ich entdeckte mein Spiegelbild im Bier und schob es weg. Als ich Isabelle dabei beobachtete, wie sie, die Finger an der Kehle, schüchtern mit dem breitschultrigen Mann hinterm Tresen flirtete, musste ich an die Schlagzeile denken.

SMITHSON FREIGESPROCHEN

Smithson sagte etwas, das Catherines Aufmerksamkeit erregte, dann brach zwischen den beiden ein Streit aus. Irgendwann stellte sich Catherine sogar vor Isabelle, als wollte sie sie schützen.

»Jetzt ist Schluss!«, hörte ich sie sagen.

Irgendwann gelang es Isabelle, sie zu beruhigen, und man einigte sich offenbar. Catherine ließ die beiden am Tresen stehen und setzte sich an einen Ecktisch. Der Barmanager erteilte der anderen Bedienung eine Anweisung, trat hinter der Theke hervor und verschwand nach draußen. Isabelle wartete kurz, bevor sie ihm folgte, wobei sie eine Menge gierige Blicke auf sich zog. Ich behielt Catherine im Auge, aber sie blieb sitzen.

Die Bedienung, eine muntere, blonde Australierin, vermutlich Studentin, kümmerte sich um drei Bestellungen gleichzeitig, als ich an den Tresen trat.

»Einen vierfachen Wodka, bitte.«

»Versuch's mal mit was Legalem.«

»Sie hat einen«, sagte ich und wies auf Catherine. Die Blonde sah kurz zu ihr rüber, dann grinste sie mich an.

»Die ist was Besonderes, Schätzchen. Du nicht.«

»Dann nehme ich Jameson mit Soda.« Ich gab ihr Trinkgeld, sorgte dafür, dass Catherine mich sah, und setzte mich dann mit dem Rücken zu ihr an einen Tisch in der Nähe. Während ich mich fragte, wie ich weitermachen sollte, schrammte hinter mir ein Stuhl über den Boden. Kurz darauf ertönte das typische Klackern von Stöckelschuhen. Als meine linke Hand wieder zu zittern begann, ärgerte ich mich, dass ich nicht vorher was eingeworfen hatte.

»Aidan«, sagte Catherine. Ich betrachtete die Person hinter den schwarzen Wildlederpumps, dem knallengen Rock, dem weit ausgeschnittenen Top und dem langen Haar. Die junge Frau, die ich erst seit ein paar Wochen kannte. Als sich unsere Blicke trafen, kam es mir wie ein Wunder vor.

»Cath.«

Sie lächelte. »Immer noch auf ein blaues Auge aus, wie ich sehe.«

»Ja, ich taste mich langsam ran. Willst du mir dabei helfen?«

Sie holte ihren Drink von Nachbartisch.

»Und wer kommt bis jetzt infrage?«

»Eine Zeit lang dachte ich, Carver würde mir den Gefallen tun, aber der Zug ist abgefahren.«

»Ach, da kommt bestimmt bald der nächste.« Ich spürte, dass sie immer noch sauer war wegen der Sache mit Smithson und Isabelle, denn unsere Unterhaltung war angespannt. »Was hältst du so von ihm?«, fragte sie.

»Zain? Gibt gute Partys.«

»Mehr nicht?«

»Ich kenne den Mann kaum.«

»Er redet mit dir, darauf kannst du dir schon was einbilden ...«

»Was hältst du denn von ihm?«

Sie ging nicht auf meinen Versuch ein, das Thema zu wechseln. »Wieso lungerst du die ganze Zeit bei uns rum, Aid?« Wir hatten zweimal miteinander geschlafen, aber ihr war offenbar aufgefallen, dass sie nichts über mich wusste.

»Ich brauche einen Job. Darum ging's bei meinem Gespräch mit Zain am Freitag.«

»Willst du eins von seinen Mädels werden?«

»So denkst du über dich?«

»Über mich denke ich nicht viel nach.« Sie zögerte. »Aber ich gehöre niemandem, falls du das wissen wolltest.«

»Nicht mal denen, die dich bezahlen?«

»Nicht mal denen, die mich ficken.«

Der blonden Bedienung fiel ein Tablett mit Gläsern aus der Hand, und ein lautes Scheppern erklang, woraufhin einige Gäste laut losgrölten.

»Das find ich immer so beschissen«, bemerkte ich.

»Gläser zerdeppern?«

»Nein, sich lustig machen, wenn jemand einen Fehler macht.«

»Fehler?«

»Ich meinte nicht ...«

»Nein.« Sie drückte mir die Hand. »Ich habe dir eine Gelegenheit geboten, aber du hast das Thema gewechselt. Egal.«

Sie schnappte sich ihre Sachen und erhob sich. »Gute Nacht, Aidan.« Normalerweise kriege ich von Frauen nur ein Sparlächeln, als würden sie sich das richtige für einen anderen aufbewahren. Catherine war anders.

Ihr Lächeln war immer ehrlich. Ich habe immer gelogen.

Ich wollte sie festhalten, aber sie ging energisch davon. Dann wandte sie sich noch einmal zu mir um. »Bleibst du hier?«, fragte sie.

»Glaube schon«, erwiderte ich in der Hoffnung, sie würde sich wieder setzen.

»Könntest du meiner Freundin ausrichten, dass ich schon gegangen bin?«

»Das blonde Mädchen?«

Sie nickte. »Genau. Ich schlage vor, du schaust dich woanders nach einem Job um. In dir steckt mehr als das.« Mit diesen Worten drehte sie sich um und verschwand. Das war eine der wenigen Gelegenheiten gewesen, ein ehrliches Gespräch zu führen. Ich hätte etwas anderes sagen sollen, dachte ich, was Besseres.

Nach ungefähr einer Stunde kehrte Isabelle Rossiter zurück. Ihr Rock war nach oben gerutscht, und ihr erster Weg führte auf die Toilette. Der Barmanager war schon fünf Minuten vorher reingekommen. Wie jeder andere Mann im Raum verfolgte er jede ihrer Bewegungen. Als sie aus dem Klo kam, sah sie sich verlegen um, dann ließ sie sich an einer Bar nieder, an der ihr neuer Freund nicht bediente.

Ich nahm an, dass er ihr nach ihrem Was-auch-immer da draußen gesagt hatte, sie solle sich verpissen.

Die australische Kellnerin ignorierte sie geschickt, um nicht in Konflikt mit dem Jugendschutzgesetz zu geraten, was Isabelle offenbar richtig peinlich war. Nach ein paar Minuten schlich sie mit leerem Lächeln um den Tresen herum. Sie wischte sich die Nase ab, zog ihr Handy hervor und tat, als würde sie etwas lesen. Obwohl es hier eher kühl war, schwitzte sie leicht. Wahrscheinlich war sie auf Sendung.

Der Barmanager amüsierte sich gerade mit einem Gast, als er sie durch die Menge auf ihn zukommen sah und sich betont abwandte. Er rief der Kellnerin etwas zu und verschwand nach hinten. Isabelle sah aus wie ein Kind, das im Supermarkt nach seiner Mama sucht.

Der Gast wandte sich ihr zu, das Gesicht herzinfarktverdächtig rot und vom Alkohol aufgedunsen. Er ließ den Arm vom Tresen fallen, sodass seine Finger ihre Oberschenkel berührten. Als sie verwundert zu ihm aufschaute, hielt er sich die Hand hinters Ohr und sagte etwas. Sie war siebzehn, er Ende fünfzig. Ihr Gesicht verdüsterte sich, und sie trat kopfschüttelnd zurück. »Nein«, sagte sie mit dem üblichen Sparlächeln. »Danke.«

Sie würde es schon überleben, dachte ich. Ich war auch mal jung und glaubte, Geld und Sex wären das einzig Wahre. Mit vorsichtigen Bewegungen schwebte sie davon, doch der rotgesichtige Kerl drehte sich um und zog ihr den Rock hoch. Sie strich ihn wieder glatt und setzte ihren Weg unbeirrt fort. Die Meute grölte.

Ich hielt den Blick starr auf den Whiskey gerichtet, mit meinem verzerrten Spiegelbild konfrontiert. Doch irgendwann erhob ich mich, ganz langsam, als wollte ich ihr Zeit geben zu verschwinden, bevor ich nach draußen kam. Aber sie stand noch immer auf dem Gehsteig und sah ihrer Atemwolke nach.

»Isabelle«, sagte ich. Sie sah auf und knipste ein bühnenreifes Lächeln an. Obwohl sie mich offensichtlich nicht sofort erkannte, strahlte sie weiter. Sie griff nach ihrer Handtasche. »Wir sind uns auf Zains Party begegnet …«

»Ach! Der Astrologe«, sagte sie und trat einen Schritt auf mich zu. »Was geht?«

»Nicht viel. Ehrlich gesagt, bin ich froh, dich hier zu treffen.« Ihre Miene wurde ernst. »Ich soll dir von Cath ausrichten, dass sie schon gegangen ist.«

»Oh«, sagte Isabelle. Sie wirkte gekränkt. Dann schnitt sie eine Grimasse, um ihre Verlegenheit zu überspielen. Es war mir unangenehm, sie so unter Druck zu setzen, aber mir blieb nichts anderes übrig. »Mein Freund hat mich auch hängen lassen, aber ich würde gern noch was trinken. Kommst du mit? Geht auf mich …«

Nach kurzem Zögern lief sie an mir vorbei zurück in die Bar. Sie sah aus, als würde sie eine Rolle spielen.

KAPITEL 2

Wir taumelten von der Tanzfläche, aber die Nachwehen der Musik hatten uns noch voll im Griff. Der Abend ging auf mich, Isabelle war in Hochstimmung, sie bog sich vor Lachen, kicherte unkontrolliert und schlug sich die Hand vor den Mund, um die Fassung wiederzuerlangen. Ihr abgeplatzter orangefarbener Nagellack passte genau zu ihrem Lippenstift. Immer wieder wanderte ihr Blick über meine Schulter, und mir wurde klar, dass sie für jemanden eine Show abzog.

Catherines Ecktisch war noch immer leer, denn die letzte Runde war bereits eingeläutet worden, und die meisten standen entweder an der Bar oder tummelten sich auf der Tanzfläche. Selbst Caths halbleerer Drink stand noch dort. Um diese Zeit fanden sich die Paare für die Nacht zusammen. Isabelle lehnte sich auf dem Stuhl zurück und beobachtete die Jungs und Mädels, die nach und nach die Bar verließen, manche Arm in Arm, andere mit versteinerten Mienen.

»Ich frage mich, welche sich gerade erst kennengelernt haben und welche von ihnen schon länger zusammen sind«, sagte sie schließlich.

»Diejenigen, die die Hände nicht voneinander lassen können, haben sich gerade erst kennengelernt, und diejenigen, die sich anschweigen, kennen sich schon länger.«

Sie spielte mit ihrem Drink und bemühte sich um Lässigkeit. »Wie Zain und Sarah?«

Ich betrachtete sie genauer. Seit wir uns an den Tisch gesetzt hatten, versuchte sie, ihr Zittern unter Kontrolle zu bekommen. Ich fragte mich, was sie wohl eingeworfen hatte und ob es dasselbe Zeug war, das ich in Fairview probiert hatte.

»Izzy, die Flasche Wein, die du mir letzte Woche gegeben hast – wo hattest du die her?«

Sie dachte nach. »Keine Ahnung. Von Neil vielleicht?«

Also hatte er ihr was in den Drink gemixt. Offenbar ahnte sie meine nächste Frage und dachte krampfhaft über eine gute Antwort nach. Mit konzentriertem Blick zog sie eine Zigarette aus der Schachtel, als wäre das Rauchen in Bars nie verboten worden. Aber sie zitterte so stark, dass ich ihr beim Anstecken helfen musste. Sie zog und blies mir den Rauch ins Gesicht.

»Du magst Zain nicht besonders, stimmt's?«

»Stimmt.«

»Wieso nicht?«

»Er ist ein User.« Sie sah mich fragend an. »Nicht Drogen«, erklärte ich, »Menschen.«

»Er nutzt Menschen nicht so aus wie du«, sagte sie. Ich wollte lächeln, aber die Präzision ihrer Beobachtung verschlug mir die Sprache. Scharfsichtig wie ein Röntgengerät. »Du nutzt deine Nachteile. Genau wie ich.«

»Welche Nachteile hast du?«

Sie tat, als hätte sie mich nicht gehört, wippte mit dem Kopf im Takt der Musik. Eine schrille Lasershow. *Going wild for the night.*

»Ich liebe diesen Song«, erklärte sie. Ich wartete immer noch auf ihre Antwort. »Ich bin nicht besonders beliebt. Du auch nicht.« Zähneklappernd zog sie an der Zigarette. »Das ist gar nicht schlecht. Dann können wir uns von hinten an sie ranschleichen.«

»An wen schleichen wir uns ran? Zain Carver?«

Sie blickte dem Rauch nach. »Er ist mal was anderes …«

»Anders als was?«

»Praktikum machen, Job suchen.«

»Ach so, du willst ein Jahr aussteigen?«

»Wieso nicht?«

»Am Ende verlierst du vielleicht alles.«

»No future«, imitierte sie Johnny Rottens Leierstimme. Wir lachten. »Du hast recht. Ich sollte mit Leuten meines Alters mit dem Rucksack durch irgendeine Ödnis pilgern.«

Ich stieß mit ihr an. »Der Drogenhandel erscheint mir auf einmal richtig attraktiv.«

»Du bist gar nicht so übel, Typ. Die anderen erzählen mir immer, ich sollte nach Hause gehen.«

»Wer denn zum Beispiel?«

»Zain, Cathy, Grip. Alle.«

»Wo ist zu Hause, Izzy?«

»Will nicht drüber reden …«

»Was hat dich überhaupt hierhergebracht?«, fragte ich, und sie sah mich entgeistert an. »Du passt überhaupt nicht rein.«

»Wieso nicht?«

»Weil du aussiehst wie eine Tochter aus reichem Hause.«

»Fick dich!«, spuckte sie. »Du siehst aus wie'n armer Wichser.«

»Deshalb bin ich hier gelandet.«

Sie schmorte eine Weile im eigenen Saft. »Ich hatte die Schnauze voll von den ganzen Magersüchtigen um mich rum. Und von den Jungs, die meine Hand halten und mir Gedichte schreiben wollten …«

»Kann ich verstehen. Auf Isabelle reimt sich auch nicht viel.«

»Nee«, sagte sie, »stimmt.«

»Die werden auch mal erwachsen«, sagte ich, »und dann wird's besser.«

»Ist das so bei Leuten, wenn sie erwachsen sind?« Ich schwieg. Als sie die Asche über den Tisch schnipste, erwischte sie mich am Arm. »Du hast gestern Abend mit Zain gequatscht. Hast du ihn da auch einen *User* genannt?«

»Nee, das kam irgendwie nicht zur Sprache.«

»Was wollte er von dir?«

»Einen Rat.«

»Echt?«

»Er will sein Haus streichen lassen und hat mich gefragt, ob Pastellgrün zu seinen verträumten Augen passt.«

»Du hast gesagt, er ist ein User …«

»Ach komm, lass uns das Thema wechseln.«

»Nee«, sagte sie. »Erzähl mir, wen er ausnutzt.«

Ich schwieg. Irgendwann erkannte sie wohl etwas in meinem Blick, das sie aufregte.

»Fick dich!«, wiederholte sie, diesmal mit Nachdruck, und drückte die Zigarette auf der Tischplatte aus. Am Filterstück klebte ihr orangefarbener Lippenstift. »Ich entscheide selbst.« Als sie ihren Schal zurechtzog, musste ich an die Narbe denken. Ich wandte mich ab und sah direkt in die Augen des Barmanagers, der mich mit totem Blick fixierte. Freigesprochen, weil Beweise verschwunden waren. Wein mit Zusatzstoffen. Heute Abend hätte er kein leichtes Spiel, denn ich war auch noch da.

Ich winkte ihm zu.

Isabelle hob Catherines Glas an die Lippen und trank den übrigen Wodka. Keiner von uns zuckte mit der Wimper. Doch als sie zwei Drittel intus hatte, legte ich ihr die Hand auf den Arm.

»Das reicht!«, sagte ich. Zwei Fremde in der Menge. Unser Schweigen ohrenbetäubend.

»Jetzt schau dir das an«, sagte sie schließlich, »wir sind genau wie die echten Paare.«

Mittlerweile war das bittere Ende gekommen, das grelle Licht entblößte uns. Männer und Frauen, so lebendig in der coolen Dunkelheit, wirkten ausgelatscht und erschlagen. Die Musik, diese große Stütze, die alles zusammenhielt, abgebaut und weggetragen. Nun herrschte nichts als tote Leere. Der Barmanager wuselte um die Tische herum und sammelte Gläser ein. Immer noch stierte er mich mit seinen eingefallenen, aschgrauen Augen an. Als er näher kam, bemerkte ich erst, wie abgezehrt und hart sein Gesicht war.

»Wir machen jetzt zu«, sagte er und knallte seine Kiste mit halbleeren Gläsern auf den Tisch. Isabelle bekam Nasenbluten, zog eine Puderdose aus der Tasche und betrachtete sich im Spiegel. »Du wartest auf mich«, sagte er zu ihr. Sie errötete, sah zu ihm auf und nickte leicht.

»Ich werde sie nach Hause bringen«, sagte ich leichthin.

»Wieso das?«

»Weil man nie weiß, wer sich nachts so rumtreibt.«

»Belästigt der dich?«, fragte er Isabelle. Sie sah mich lange an. Erschöpft. Irgendwo in ihrem Blick lauerte das Comedown, aber sie benahm sich trotzdem seltsam, als hätte sie Angst vor ihm.

»Ja«, sagte sie kleinlaut. »Er geht mir auf die Nerven.«

Der Barmanager wischte sich über die Nase und ließ den Kopf kreisen. Dann grinste er. Er hob eine Seite der Kiste an und stieß alles mit Wucht nach oben. Sämtliche Gläser und Flaschen kamen auf einmal angeflogen. Ich war über und über mit Scherben und Bier bedeckt, von irgendwoher floss Blut dazu und vermischte sich mit der Flüssigkeit, die mir die Beine hinunterlief. Isabelle versank in ihrem Stuhl. Jemand zog scharf die Luft ein. Unterhaltungen verstummten. Eine Gruppe Männer johlte. Ein paar Verstrahlte blieben auf dem Weg zur Tür stehen und sahen zu uns herüber.

»Das tut mir aber leid«, sagte der Barmanager, immer noch grinsend. Er zog ein Taschentuch aus der Hose und tupfte in meinem Gesicht herum. Er stieß mir die Schulter hart in die Brust, wobei sich sein Namensschild in mein Schlüsselbein bohrte.

Als ich wieder zu Atem gekommen war, rappelte ich mich auf, hinter mir fiel der Stuhl um. Ich spürte eine scharfe Glasscherbe im Gesicht.

»Neil«, sagte die Kellnerin. Sie stand direkt hinter ihm und hatte ihm zur Beruhigung die Hand auf den Arm gelegt. Ich taumelte vor, doch Neil stieß mich zurück. Mittlerweile hatte sich eine größere Zuschauermenge angesammelt, manche lachten und feuerten uns an. Ich kam mir schäbig vor. Betrunken.

»Sorry«, sagte Isabelle, die fast über meinen Stuhl gestolpert war, als ich an zehn oder mehr funkelnden Augenpaaren vorbei zur Toilette wankte.

»Warte draußen«, hörte ich Neil zu ihr sagen.

Als ich eintrat, blutig, bierbesudelt und stinkend, unterbrachen die beiden dort herumstehenden Männer ihre Unterhaltung, tauschten Blicke und machten die Biege. Ich dachte an Isabelle, ihre kleinlaute Stimme, und dann an Smithson mit breitem Grinsen auf den Stufen vorm Gericht. Im Spiegel starrte mir eine rotgesichtige, zitternde Fratze entgegen.

Ohne Zögern kehrte ich dorthin zurück, wo diese Nacht begonnen hatte. Die erste Kabine. Ich stellte mich auf den Klositz und riss die Lampenfassung von der Decke. Ein ganzer Teil des Putzes kam mit, mehrere Tütchen mit Drogen ploppten auf den Boden. Eines nach dem anderen riss ich sie auf und ließ den Inhalt ins Klo rieseln. Dann spülte ich alles runter, bis nur noch ein paar Pillen auf dem Wasser tanzten. Nachdem ich ein letztes Mal abgezogen hatte, machte ich den Abmarsch.

Als die Klotür aufflog, wusste ich sofort, dass er mir gefolgt war. Langsam wandte ich mich um, die Lichter zogen Streifen, die wie Geister wirkten. Der Barmanager marschierte schnurstracks auf mich zu und stieß mich gegen die Wand. Mein Schlüsselbein kreischte gequält.

Er packte mich an der Kehle und drückte zu.

»Sie gehört mir«, zischte er und stierte mich an. Mir schwanden langsam die Sinne, aber er stand so dicht vor mir, dass ich seine Wodkafahne riechen konnte. Er schlug mir ins Gesicht, wieder und wieder. Als er erneut ausholte, nickte ich, und er ließ los.

Er betrachtete sich im Spiegel und ließ die Schulter kreisen. Dann sah er mich zusammenzucken und lachte. Zufrieden mit seinem Aussehen, lieferte er sich einen bühnenreifen Abgang, doch bei jeder seiner Bewegungen war klar, dass er es sich jederzeit anders überlegen und mich umbringen könnte. Ich ließ ihn gehen. Erst als er die Hand schon an der Klinke und die Tür geöffnet hatte, machte ich den Mund auf.

»Glen«, sagte ich.

Er fuhr herum. »Was hast du gesagt, Wichser?«

Die Tür fiel ins Schloss.

»Glen.«

»Wer nennt mich so?«, sagte er, den Blick fest auf mich gerichtet. »Welches Arschloch mich so nennt, will ich wissen, verdammte Scheiße?«

»So heißt du doch, oder? Glen Smithson.« Er trat zwei Schritte vor und stieß mich wieder gegen die Wand.

Ich bekam keine Luft mehr.

»Ich heiße Neil«, sagte er und hielt mir sein Namensschild vors Gesicht. »Merk dir das.«

»War wohl 'n Versehen«, sagte ich. »Ich dachte, du wärst der Typ aus der Zeitung …«

Glen Smithson schlug mich so heftig, dass ich fast ohnmächtig wurde. Als ich an der Wand heruntersackte, flackerte das Licht. Ich lag am Boden und japste nach Luft. Smithson stand über mir, keuchend. Dann ging er in die Hocke und erklärte mir, er würde mich killen, wenn ich nicht verschwinde.

Das glaubte ich ihm aufs Wort.

»Verpiss dich«, sagte er und kickte mich in Richtung Tür. Ich zog mich an der Klinke hoch. Als ich mich umdrehte, stand er unter dem Flackerlicht wie ein übernatürliches Wesen. Ich schlich mich hinaus, schweißgebadet und bierdurchtränkt.

Die riesige, künstlich beleuchtete Trinkhalle war leer. Zitternd schnappte ich mir den nächstbesten Stuhl und zog ihn hinter mir her zum Klo. Als ich hereinkam, stand Smithson vor dem Spiegel und kämmte sich.

»Was?«, fragte er.

»Ich glaube, deine UV-Lampe hat 'nen Wackelkontakt.«

Er stierte mich an, bis er meine Andeutung verstanden hatte. Langsam bewegte er sich auf die Kabine zu, in der ich vorher die Drogen gefunden hatte. Er stieß die Tür auf und blickte verständnislos auf die heruntergerissene Lampenfassung. Dann klappte ihm die Kinnlade herunter.

Ich wünschte, ich hätte sein Gesicht gesehen, als er die leeren Tütchen entdeckte und die in Scheiße und Pisse dümpelnden Pillen. Er wusste genau, was Zain Carver mit den Gliedmaßen derjenigen veranstaltete, die seine Ware verloren.

Aber ich ging hinaus und schob den Stuhl unter die Klinke. Als ich durch die leergefegte Kneipe schlenderte, hörte ich Smithson immer wieder die Schulter gegen die Tür rammen. Das Krachen hallte durch den leeren Raum, regelmäßig und tief wie der Herzschlag des Wesens, das uns verschlungen hat. Ich schob mich durch den Notausgang. Frische Novemberluft, so kalt, dass einem das Bier und der Schweiß auf den Klamotten gefror.

Isabelle stand unter der Straßenlaterne, in blaues Licht getaucht. Als sie mich erkannte, wich sie einen Schritt zurück und stolperte über ein Schlagloch.

KAPITEL 3

Wasnlos?«, lallte sie. Ich packte sie am Arm und zog sie zum nächsten Taxistand. »Was machsdu da?«

Ihre Schuhe schlurrten über den Boden. Kurz vorm Taxi wand sie sich aus meinem Griff, und ich ließ sie los. Sie fiel in sich zusammen wie ein nasser Sack. Ich war froh, dass sie nicht mit Smithson nach Hause gegangen war. Sie schlief neben mir auf dem Rücksitz ein. Der Taxifahrer zwinkerte mir im Rückspiegel grinsend zu.

»Gut gemacht«, sagte er.

Nach der Szene in der Bar war ich fest entschlossen, sie in ihr Elternhaus zurückzubringen, und es war mir egal, was Rossiter dazu sagen würde. Ich wühlte in ihrer Tasche nach einem Ausweis oder einer Adresse. Wir befanden uns auf dem Weg zu Rossiters Wahlkreis. Sie bewegte sich immer wieder, und als ich sie genauer ansah, gelang ihr etwas Unglaubliches: Sie verwandelte sich in das Mädchen auf dem Foto.

Ich brauchte kein Passwort, um in den ausgehenden Nachrichten auf ihrem Handy nachzusehen. Und da war sie auch schon, eine Nachricht, an meine Nummer geschickt.

Zain weiß Bescheid.

Zweimal hatte sie mir erklärt, dass sie niemanden ins Haus ließen, den sie nicht kannten. Ich fragte mich, wie weit das ging. War diese Nachricht ein Scherz, eine Warnung oder eine besonders ausgefeilte Manipulation? Hatte Carver meine Nummer herausbekommen? Sie Isabelle zugesteckt? Ihr Handy benutzt? In ihren Fotos fand ich nur Bilder von nächtlichen Feiern mit den anderen Mitgliedern der Organisation. Offenbar hatte sie auch Sprachnachrichten, aber als Isabelle sich im Schlaf umdrehte, stopfte ich das Handy schnell wieder in ihre Tasche.

Da entdeckte ich das Geld.

In dem Moment konnte ich nichts weiter tun, weil der Fahrer Isabelle nicht aus den Augen ließ, doch als der Verkehr dichter wurde, stellte er den Rückspiegel wieder so ein, dass er ihr nicht mehr unter den Rock glotzen konnte. Hunderte Pfund in Zehner- und Zwanziger-Scheinen, dicke Bündel, zusammengerollt und mit roten Gummibändern fixiert. Sie war mit dem Barmanager verschwunden, um ihn abzukassieren.

Ich starrte aus dem Fenster. Neonlicht zog in Striemen vorbei wie ein Versprechen, dann betrachtete ich die schlafende Isabelle, ein Spiegelbild in der Scheibe.

»Könnten Sie hier halten?«, fragte ich. Der Fahrer blinkte und fuhr an den Straßenrand. »Ich glaube, wir müssen zurück.«

KAPITEL 4

Es war schon nach Mitternacht, als wir in Fairview aufschlugen. Auf der Straße war alles ruhig. Als ich mich vorbeugte, um den Fahrer zu bezahlen, sah ich die Erektion, die sich gegen seine speckige Jeans bäumte. Auf der Suche nach der Geldtasche strich er darüber.

»Hab kein Wechselgeld«, behauptete er.

Ich nickte und zerrte Isabelle aus dem Wagen. »Könnten Sie kurz warten?«

Er musterte Isabelle, jenseits von Gut und Böse, und zwinkerte mir zu. »Logisch, Kumpel.«

Ich zog meine Jacke aus und legte sie ihr um die Schultern. Als ich mich dem Haus zuwandte, stützte ich sie immer noch. Die Nacht schien endlos. Die nächstgelegene Laterne war ausgebrannt, doch sogar in der tiefen Dunkelheit bemerkte ich, dass man uns beobachtete.

Zwei Zigaretten glühten in den Schatten am Ende des Gartenwegs. Eigentlich wollte ich Isabelle allein ins Haus schicken, um Carver nicht zu verärgern, doch jetzt, wo wir hier waren, bekam ich Zweifel an dieser Strategie. Nachdem einer der Beobachter seine Kippe ausgetreten hatte, wurde er prompt von der Dunkelheit verschluckt.

Hinter mir ließ jemand seinen Motor an, und ich sah mein Taxi langsam weiterfahren. Nach ein paar Metern blieb es stehen. Im Licht der Scheinwerfer erkannte ich eine an der Mauer zusammengesackte Gestalt. Eine Frau. Als der Fahrer neben ihr hielt, sah sie zu ihm auf und lachte über etwas, das er ihr offenbar durchs heruntergekurbelte Seitenfenster zugerufen hatte, dann rappelte sie sich auf und lehnte sich an den Wagen. Nach einer kurzen Unterhaltung umrundete sie das Taxi und stieg auf der Beifahrerseite ein. Der Fahrer wendete und brauste davon. Nun war es wieder stockfinster.

Wichser!

Als ich mich wieder dem Haus zuwandte, stellte ich fest, dass auch die zweite Zigarette nicht mehr glühte. Isabelle hing mir immer noch am Arm. Entschlossen marschierte ich zum Eingang hinauf und hämmerte an die Tür.

In dieser Nacht war es ruhig im Haus, nicht wie bei meinen letzten beiden Malen. Nur der Wind war zu hören, er rauschte in den Bäumen. Ich registrierte, wie mir das Adrenalin ins Blut schoss und mich wieder zu einem Menschen machte, spürte mein Schlüsselbein, wo der Barmanager mir sein Namensschild in die Haut gerammt hatte, und Isabelles Fliegengewicht. Ich lehnte mich an die Tür und verlor mich in Gedanken. Das Geräusch des Riegels ließ mich zusammenfahren.

Die Tür flog auf, und Sarah Jane starrte uns an. Ihr rotes Haar war feucht und fiel ihr wild über die Schultern, die darunter nur noch bleicher wirkten. Wahrscheinlich hatte sie vor dem Zubettgehen geduscht. Erst da ging mir auf, dass ich auf Catherine gehofft hatte. Sarah Janes Blick wanderte von der noch immer komatösen Isabelle zu mir, als wäre ich der Inbegriff aller Männerschweine auf diesem Planeten.

»Was ist passiert?«

»Wenn sie Glück hat, kann sie sich an nichts erinnern.«

»Bis jetzt hat sie noch nie Glück gehabt. Bring sie rein.«

Sarah Jane trat zur Seite, ich trug Isabelle hinein und stieß die Tür mit der Schulter zu. Die Geräusche hallten durchs Haus wie ein Echo der letzten Party. Ohne Gäste wirkte alles ziemlich zivilisiert, es gab sogar Ölgemälde, Ornamente und weiß gekalkte Holzstühle im Flur.

»Hier lang«, sagte Sarah Jane zögernd. Sie schloss die nächstbeste Tür auf, und wir traten in ein aufgeräumtes, schwach beleuchtetes Arbeitszimmer. Die letzten beiden Male war dieses Zimmer verschlossen gewesen, der Zutritt strikt untersagt. Ich legte Isabelle auf dem Ledersofa ab. Sie rührte sich, wachte aber nicht auf.

»Hast du ein Glas Wasser?«, fragte ich.

Zuerst rührte sich Sarah Jane nicht vom Fleck, doch dann machte sie auf dem Absatz kehrt und verließ das Zimmer. Sie wirkte irgendwie verändert. Als sie zurückkehrte, hatte sie Wasser und Schmerztabletten dabei.

»Keine Pillen. Ich weiß nicht, was sie eingeworfen hat.«

Sarah Jane betrachtete meine biergetränkten Klamotten mit kritischem Blick.

»Ich hab sie so gefunden.«

Jetzt wusste ich, was anders war. Sarah Jane war nicht geschminkt, sah aber umso entwaffnender aus. Ohne Eyeliner wirkten ihre Wimpern zart und lang, der perfekte Rahmen für ihre grünen Augen, viel wirkungsvoller, irgendwie intimer, und das wusste sie auch.

Ich stützte Isabelles Kopf und half ihr zum zweiten Mal in dieser Woche beim Trinken. Ich zog das Geld aus ihrer Tasche und nickte Sarah Jane zu. Wir verließen das Zimmer.

»Wo war sie? Oder besser, wo hast du sie gefunden?«

»In dieser Bar. *Rubik's*. Bei den Locks.«

»Gut, dass du ihre Sachen mitgebracht hast ...«

»Ja, wo sie doch so schwer waren«, sagte ich mit Blick aufs Geld. Sie sah mich an, während sie das Geld befingerte. Dann atmete sie tief durch.

»Wieso hast du es hergebracht?«

»Weil's mir nicht gehört.«

»Was ist mit ihr?«

»Sie gehört mir auch nicht.«

»Leider.«

»Ist sie hier nicht willkommen?«

»Das habe ich nicht behauptet.«

»Aber fast.«

»Irgendwie haben wir eine magische Anziehungskraft auf Streuner …«

Ich hatte das Gefühl, sie bezog sich eher auf mich als auf Isabelle. »Tja, dann zieh ich am besten Leine.«

»Wir haben uns gar nicht richtig vorgestellt …«, sagte sie mit Blick aufs Geld.

Ich streckte ihr die Hand entgegen. »Aidan.« Sie berührte meine Fingerspitzen und ließ sofort wieder los. Ihre Haut war kalt. Ich fragte mich, ob sie wohl gerade noch vor der Tür gestanden und geraucht hatte, und wenn ja, mit wem.

»Ich bin Sarah Jane.« Das sagte sie, als ginge es um einen verhassten Job.

»Muss Zain über das hier Bescheid wissen, Sarah?«

»Was meinst du?«

»Dass wir sie damit in die Scheiße reiten könnten.«

»Sie kennt das doch schon. Teenager. Treibt sich nächtelang mit fremden Männern rum.«

»Fremde Männer?«

»Du bist nicht ihr Erster, Aidan. Außerdem wanzt du dich doch schon seit Wochen an uns ran. Soll ich Zain erzählen, dass du ihm die Kohle gesichert hast?«

»Mach dir wegen mir keine Umstände.«

»Nee, wegen dir würde ich das auch nicht tun, Detective.« Ich sah sie an. »Keine Sorge. Ich bin die Einzige, die Bescheid weiß.« Abgesehen von Zain und Grip. Zain hatte was anderes behauptet. Entweder hatte er Sarah in der Zwischenzeit ins Bild gesetzt, oder sie hatte es selbst herausgefunden.

»Hast du mir eine Nachricht von Isabelles Handy geschickt?« Sie grinste, aber nur, um mich auf Abstand zu halten. Verbundenheit ging anders. »Wie bist du an meine Nummer gekommen?«

»Ich finde, du solltest jetzt abhauen.«

»Ich finde, du hast recht.« Aus dem Nebenzimmer drangen Geräusche, offenbar kam Isabelle wieder zu sich. »Sollte sie nicht zu Hause sein? In ihrem echten Zuhause, meine ich.«

»Da hat sie auch Ärger. Manche Mädchen ziehen Scheiße magisch an.«

»Wie mitfühlend von dir.«

»Sie wäre nicht hier, wenn ich kein Mitgefühl hätte. So …«, sagte sie und marschierte an mir vorbei zur Tür, »wolltest du nicht gehen?«

»Stimmt. Draußen ist es bestimmt wärmer als hier. Hab hier vorhin jemanden gesehen, der mir bekannt vorkam.«

»Ach ja?«

»Ja, einen Burnsider.«

»Was?« Sie trat einen Schritt auf mich zu.

»Was glaubst du, wer das war, Sarah? Vielleicht Sheldon White?« Ich wollte sehen, wie sie auf diesen Namen reagierte.

»Kenn ich nicht. Wer soll das sein?«, fragte sie wenig überzeugend. Ich öffnete die Tür und trat hinaus in die Dunkelheit. Dann wandte ich mich noch einmal zu ihr um.

»Er ist der Typ, der Zains Ex-Freundin hat verschwinden lassen. An deiner Stelle würde ich ihn im Auge behalten.« Der Wind rauschte in den Bäumen, irgendwo in der Ferne heulte eine Krankenwagensirene.

»Nimm sie mit«, rief Sarah Jane mir hinterher.

»Du hast doch gerade …«

»Sie hat ein Zimmer um die Ecke«, sagte sie und schrieb mir die Adresse auf. »Außerdem ist sie viel zu jung für dich, Detective. An deiner Stelle würde ich das im Auge behalten.«

»Danke«, sagte ich, als sie mir den Zettel in die Hand drückte. Selbst diese hastig hingekritzelte Adresse war klar und sauber geschrieben. Das passte zu ihr. Ich ging wieder ins Haus, um Isabelle zu holen, die sich auf der Couch bewegte, ihre Augen waren geschlossen. Ob sie uns belauscht hatte?

Als wir schon fast auf der Straße waren, blieb ich noch einmal stehen und drehte mich um. Aus einem Fenster im oberen Stockwerk kam bläuliches Licht, wahrscheinlich von einem Handy. Trotz meiner großspurigen Worte hoffte ich natürlich, dass Carver meine Heldentat mitbekommen hatte.

KAPITEL 5

Isabelle war in einem auffällig hässlichen Betonklotz untergebracht, den man wohl mal als Bürogebäude gebaut, nach dem Immobiliencrash aber hastig zum Wohnblock umfunktioniert hatte. Über dem Eingang prangte ein in roten Krakellettern hingesprühter Spruch:

FERMEZ LA FUCKING BOUCHE

Eine riesige, mit dörrgrasfarbenem Teppich ausgelegte Treppe führte zu den oberen Stockwerken. Isabelle hatte den Arm immer noch um meinen Hals geschlungen, aber sie stand, und ihre Füße schlurrten über den Boden. Auf dem Weg nach oben drangen gelegentlich Stimmen aus den Apartments, ansonsten war nur das Dauersirren der Neonröhren zu hören.

Sie hauste in einer beschissenen kleinen Absteige. Als ich das Licht anknipste, erstrahlte eine nackte Glühbirne in der Mitte der Decke. Sie war zu grell für das kleine Zimmer und hinterließ fiese Sonnenflecken auf meiner Netzhaut, die auch nicht verschwanden, als ich wegsah und heftig blinzelte. Es handelte sich um ein sogenanntes Studio-Apartment, also Wohnzimmer mit Schlafsofa und Bad.

Ich bettete Isabelle aufs Sofa und tummelte mich geschäftig, um meine Präsenz in ihrer Wohnung zu rechtfertigen. Ein paar Klamotten hingen auf Bügeln in der Ecke, helle Sommerkleider, die ungetragen aussahen. Ein schäbiger Schreibtisch und ein gardinenverdunkeltes Fenster. Im Bad standen ein paar Kosmetikartikel, daneben hing ein Handtuch mit der Aufschrift *SMILE* in grellgelben Lettern. Wenn das kein Sarkasmus war.

Ich stieß auf eine Flasche Wodka, mischte etwas Wasser dazu und setzte mich in die Ecke, von wo aus ich sowohl Isabelle als auch die Tür im Visier hatte. Die Behausung war unangemessen aufgeräumt. Kaum etwas deutete darauf hin, dass hier jemand lebte, und schon gar keine Siebzehnjährige, die schon seit einem Monat neben der Spur war. Das Zimmer löste eine Erinnerung in mir aus.

Das Penthouse ihres Vaters.

Abgesehen von ihrer sterilen Anonymität hätten die beiden Unterkünfte kaum unterschiedlicher sein können. Doch in ihrer unpersönlichen Profillosigkeit waren die beiden Wohnungen nahezu identisch. Jahrelang hatte ich Behausungen von Verbrechensopfern durchkämmt, unschuldigen Menschen, die nichts zu verbergen hatten. Normalerweise waren sie voller Dinge, die sich im Laufe ihres Lebens angesammelt hatten, Ausdruck ihrer Persönlichkeit. Anders in dieser Wohnung. Hier bekam ich das Gefühl, bei jemandem zu sein, der etwas verbrochen hatte.

Wie in Rossiters Penthouse-Suite.

Dank des Wodkas war ich wieder munter und machte mich daran, die Wohnung genauer in Augenschein zu nehmen. Das einzig Interessante hier war ein Ikea-Schreibtisch, den Isabelle an die gegenüberliegende Wand geschoben hatte, so weit wie möglich von der Tür entfernt. Das Möbel war lieblos zusammengezimmert worden und bereitete seiner Besitzerin offensichtlich keinerlei Freude.

Isabelle schlief immer noch.

Ich fand zwar kein Tagebuch oder Notizheft, aber dafür ein paar Fotos. Mehrere Stapel hochglänzender Schwarz-Weiß-Aufnahmen, von einem hochwertigen Drucker ausgespuckt.

Sie zeigten eine verborgene Seite von Isabelle Rossiter, als hätte ein Teil von ihr an einer Gabelung den Weg ins Glück und der andere Teil den Weg ins Verderben gewählt.

Ich warf einen raschen Blick über die Schulter.

Welten lagen zwischen dem Mädchen auf den Fotos, kichernd, im Kreise ihrer Freundinnen, bei Jungen untergehakt, und dem magersüchtigen Gestell auf dem Sofa. Trotzdem war ich froh um die Freude, die sie offenbar zu irgendeinem Zeitpunkt ihres Lebens verspürt hatte.

Wohin war sie bloß verschwunden?

In der untersten Schublade klirrte etwas. Scherben eines zerbrochenen Spiegels. Ich schob sie vorsichtig herum, erwartete Pulverreste oder vielleicht einen Strohhalm, doch zu meiner Überraschung klebte an einigen Stellen Blut. Außerdem stammten die Scherben von mehr als einem Spiegel, es handelte sich mindestens um drei oder vier Exemplare.

Isabelle hatte offenbar einen letzten Blick auf die Fotos geworfen, auf die Person, die sie mal gewesen war, und sich dann abgewandt. Dieses Mädchen war nicht zufällig aus ihrem alten Leben verschwunden. Zum ersten Mal kam mir der Gedanke, dass sie vielleicht mehr als nur ein paar Luxusprobleme in die Flucht getrieben hatten.

Wieder dachte ich ans Handy. Mit angehaltenem Atem durchquerte ich das Zimmer und fischte es vorsichtig aus ihrer Tasche. Ich verzog mich ins Bad, schloss sachte die Tür und hörte ihre Mailbox ab.

Eine neue Nachricht, heute.

Pause, jemand holte Luft, dann eine Stimme.

Dieser unverwechselbare Oxbridge-Akzent.

»Isabelle, ich wünschte, du würdest rangehen. Ich weiß schon, dass ich der Letzte bin, mit dem du reden willst, aber wir müssen uns unterhalten. Die Polizei war hier und hat Fragen gestellt. Wo du bist, wollten sie

wissen. Sie haben Zain Carver erwähnt. Meinten, er sei in Drogengeschäfte verwickelt. Isabelle, ich kann dich beschützen, aber bitte ruf mich an.« Schweigen. Dann: »*Du weißt, dass ich dich lieb habe.«*

David Rossiter, der seiner Tochter Lügenmärchen auftischte und sie dazu bewegen wollte, wieder nach Hause zurückzukehren. Ich war überrascht, seine Stimme zu hören. Er hatte mir weisgemacht, er hätte keine Kontaktmöglichkeit. Ich legte auf und öffnete die Tür.

Isabelle stand barfuß neben dem Sofa. Verwuschelte Punkmähne, verschmierter Eyeliner. Ihre Absätze waren zwar nicht besonders hoch gewesen, aber ohne sie wirkte sie erheblich kleiner. Diese zierliche Person, barfuß, sah auf einmal furchtbar jung aus.

Ihr Blick wanderte auf das Handy in meinen Fingern. »Was machst du da?«

Ich legte das Gerät auf den Boden. »Ich habe dich nach Hause gebracht, Izzy. Mir war langweilig.« Erst da sah ich, dass sie ihre Schlüssel umklammerte und den längsten wie ein Messer auf mich gerichtet hatte.

»Langweile dich bitte woanders.«

»Klar«, sagte ich und tastete mich an der Wand entlang in Richtung Tür. »Sorry«, sagte ich auf der Schwelle.

»Ich weiß, dass du für ihn arbeitest.«

Ich drehte mich um und sah sie an. Ihr Schal hatte sich gelöst und gab den Blick auf ihre vernarbte Kehle frei. Sie hatte schon einen Selbstmordversuch hinter sich. Danach war sie von zu Hause abgehauen, hatte Drogen genommen und was mit einem älteren Mann angefangen. Es war nicht zu übersehen: der offene Schal um ihren verletzten Hals, die kleinlaute Stimme, diese grauenhafte Absteige, ihre kalten, blau angelaufenen Füße mit dem abgeplatzten Nagellack. Sie war siebzehn Jahre alt und kämpfte mit den Tränen.

»Izzy …«

»Hau ab.«

»Können wir darüber reden? Morgen?« Sie tänzelte auf den Fußballen und musterte mich eindringlich. Das erste Morgenlicht sickerte durch die Nylonvorhänge.

»Wenn du nicht vorher mit ihm redest.«

»Er wird nie erfahren, dass ich hier war.«

»Ich hatte noch nie ein Geheimnis vor ihm.« Auf einmal fiel sie in sich zusammen, als stünde sie kurz vor einer Panikattacke. Kleinlaut fuhr sie fort: »Er bezahlt meine Freunde dafür, dass sie ihm verraten, was sie mit mir angestellt haben. Er füllt sie ab und filmt sie. Manchmal spielt er es mir vor.« Sie holte tief Atem. »Er weiß alles.«

»Er wird nie erfahren, dass ich hier war«, wiederholte ich. Weil ich wollte, dass sie sich sicher fühlte, ging ich hinaus und schloss die Tür hinter mir.

»Du kannst wiederkommen«, sagte sie leise.

Ich war nicht sicher, wie bald sie mich wiedersehen wollte, deshalb verharrte ich im Flur, die Hand an der Tür, und lauschte. So, wie es sich anhörte, ließ sie sich wieder aufs Sofa fallen und atmete laut. Nach einigen Minuten ging ihr Atem allerdings schon wieder schneller. Sie lachte, dann weinte sie. Als ich schließlich ging, tat sie beides gleichzeitig. Ich fragte mich, ob es an den Drogen lag, die sie eingeworfen hatte, oder weil sie beim Aufwachen einen Fremden in ihrer Wohnung angetroffen hatte. Ihre Behauptung, ihr Vater würde sie überwachen, wollte ich einfach nicht glauben. Sie klang paranoid, hatte wohl Halluzinationen.

Mit dem Nachtbus kehrte ich in meine Wohnung zurück und fiel völlig erschöpft ins Bett. Allerdings konnte ich nicht schlafen und hielt stundenlang Rossiters Karte in den Händen, bevor ich ihn schließlich anrief. Schon nach dem zweiten Klingeln war er dran.

»Waits.«

»Wir müssen reden.«

»Ich schicke einen Wagen«, sagte Rossiter. Als ich so dasaß und auf das Klopfen wartete, fiel mir der Spruch aus der Bar wieder ein.

Forget the night ahead.

KAPITEL 6

Gedanken über Familien schwirrten mir durch den Kopf, abwesende Eltern, Geheimnisse und Lügen. In meiner Tasche steckte der Brief, den Sutty mir gegeben hatte. Ich legte ihn auf den Tisch, konnte ihn aber immer noch nicht lesen. Isabelle Rossiter und ich hatten viel mehr gemeinsam, als ich dachte. Als ich meine Familie verlassen hatte, traute ich niemandem mehr.

The Oaks war der Name eines ausgedehnten viktorianischen Anwesens, das mittlerweile leer stand, mit Brettern vernagelt und von kleineren Bränden gezeichnet. Die Erwachsenen waren namenlose, gesichtslose Gestalten, die ich nicht auseinanderhalten konnte. Bei unserer Einweisung war ich acht, meine Schwester fünf Jahre alt. Ich war völlig verängstigt, und meine Wangen glühten, weil ich auf Annies verwirrte Fragen keine Antworten wusste.

Im Schlafsaal war ich nur einer von vielen Jungen, die dasselbe Schicksal erlitten hatten. Alle waren ungefähr im selben Alter und frisch eingewiesen. Wenn ich jetzt zurückblicke, wird mir klar, dass ihre unterschiedlichen Wesenszüge – still, verstockt, unverschämt oder gewalttätig – nur Ausdruck dessen waren, was wir alle fühlten: Angst. Meine Art, damit umzugehen, lag irgendwo dazwischen.

Ich beobachtete das Geschehen und ließ mir von niemandem in die Karten schauen.

Man hatte uns nicht gestattet, persönliche Gegenstände mitzunehmen, deshalb betrachtete ich Informationen über mein früheres Leben als eine Art Währung. Nicht wertvoll, aber das letzte bisschen Eigentum, das ich hütete wie einen Schatz. Nur im Notfall zu verwenden. Diese schlechte Angewohnheit bin ich nie richtig losgeworden.

Annie und ich schliefen in getrennten Sälen, doch tagsüber waren wir unzertrennlich. Ich passte gut auf sie auf. Beobachtete sie heimlich beim Spielen. Vor ihren Fragen fürchtete ich mich am meisten. Wann wir wieder nach Hause gehen würden. Und wo unsere Mutter sei. Und ich hatte Angst, dass sie mir mehr über ihre Träume erzählen würde.

Es dauerte nicht lange, bis sie erste Versuche anstellten, uns in einer Familie unterzubringen. Das wurde uns natürlich nie so explizit erklärt. Die Vorstellung, einem Kind zu sagen, dass es für seine neuen Eltern posieren solle, war wohl selbst den Betreuern zu verabscheuungswürdig. Also hieß es einfach, wir bekämen Besuch von ein paar netten Leuten und hätten uns zu benehmen.

In Wahrheit kapierten die meisten Kinder sofort, was anlag, und sogar in unserem Alter merkten wir recht schnell, welche Kinder zuerst ausgewählt wurden und welche nicht. Natürlich wollte man Geschwister nicht trennen, aber mal ehrlich, wer hatte schon so viel Platz in Haus und Herz?

Ich kann mich noch daran erinnern, wie ich über den langen Flur zum Büro des Direktors schlich. Nervös war ich, ungeduldig mit meiner Schwester. Sie fummelte ständig an ihren Klamotten herum, denn sie wusste nicht, wie wichtig dieses Treffen war. Eine dieser namenlosen, gesichtslosen Frauen führte uns durchs Büro in ein Hinterzimmer. Dort roch es nach Möbelpolitur, die Oberflächen glänzten holzbraun. An einer Wand stand ein eindrucksvolles Bücherregal, gegenüber davon ein massiver Schreibtisch. Dazwischen war ein Fenster mit Blick über das Anwesen, daneben ein Chesterfield-Sofa. Auf diesem Sofa saß ein junges Paar, beide adrett gekleidet, als wären sie auf dem Weg zur Kirche.

Als wir eintraten, erhoben sie sich.

Die Dame strahlte Annie mit solcher Begeisterung an, dass ich überzeugt war, sie kannte sie. Doch als sie mich entdeckte, erstarb ihr Lächeln. Wir beantworteten ein paar einfache Fragen: Leibgerichte und Lieblingsspiele.

Schließlich wies uns die namenlose Frau an, spielen zu gehen. Annie schlurfte mit einem Seufzer zur Spielkiste und kippte sie um. Dann stieg sie über die Spielsachen hinweg und inspizierte das Sammelsurium, als gehörte das zu ihrem Beruf. Ihre kleine, konzentriert gerunzelte Stirn signalisierte der Umwelt, dass es ihr egal war, wer sie dabei beobachtete.

Ich spähte zu dem jungen Paar hinüber.

Beide strahlten.

Annie machte offenbar alles richtig.

Rasch trat ich an ihre Seite und machte mich mit Eifer daran, mit ihr zu spielen, damit wir unzertrennlich wirkten. Als wir Auf Wiedersehen sagten, drückte ich meine Schwester fest an mich. Noch Tage nach dieser Begegnung war ich nervös, doch das Paar kehrte nie zurück.

Abwesende Eltern, dachte ich. Geheimnisse und Lügen.

KAPITEL 7

Ich war bereits wach, als es klopfte. Der Regen prasselte aufs Dach wie tausend Absätze auf Kopfsteinpflaster. Vor der Tür stand Detective Kernick. Er glotzte über meine Schulter hinweg ins Apartment. Ein Blick genügte ihm offenbar, denn er machte auf dem Absatz kehrt, ohne mich anzusehen.

Ich folgte ihm zum Wagen, und wir fuhren wieder über die Deansgate zum Beetham Tower. Der Morgen dämmerte schon, doch das Hochhaus war noch in einen dichten Regenschleier gehüllt, was der Skyline der Stadt vorübergehend Harmonie bescherte. Wieder brachte uns der Aufzug in den fünfundvierzigsten Stock, doch irgendetwas war anders. Kernick begleitete mich über den Flur zu Rossiters Suite, benutzte seine Schlüsselkarte und bedeutete mir einzutreten. Er selbst blieb draußen.

Rossiter saß wiederum im Sessel. Er ließ mich eine geschlagene Minute stehen, während er ein Papier auf seinem Schoß las und sich gelegentlich die Schläfe rieb. Am Ende angekommen, wendete er das Blatt mit spitzen Fingern, um sich der Rückseite zuzuwenden.

Die Wolken, die ich von unten gesehen hatte, umklammerten das Gebäude und schluckten alles Licht. Das Zimmer war nur durch eine Lampe auf dem Couchtisch erleuchtet. Trotzdem konnte ich erkennen, dass die Rückseite leer war. Rossiter legte das Papier zurück auf den Schoß und fing an, es ein zweites Mal zu lesen.

»Gut, dann komme ich später wieder.«

»Setzen Sie sich«, sagte Rossiter, ohne aufzuschauen. Ich

folgte seiner Aufforderung. Der Mann zupfte an seinen Manschetten herum, als erwarte man ihn bereits woanders.

»Sie haben sich ja richtig ins Zeug gelegt.«

Ich ignorierte seinen Sarkasmus. »Ich fürchte, die Dinge sind etwas aus dem Ruder gelaufen.«

»Die Ermittlungen?«

»Ihre Tochter.«

»Ach ja?«

»Hatte ich Ihnen Carvers Geschäftsmodell schon erklärt?«

»Ja, in groben Zügen«, sagte er gelangweilt. »Drogen in Kneipen und Clubs, Mädchen, die das Geld eintreiben.«

»Ich glaube, Isabelle treibt für ihn ein.«

»Glauben Sie.«

»Weiß ich.«

»Sie haben mir gesagt, Sie wüssten nur, was Sie selbst gesehen haben. Haben Sie sie gesehen oder nicht?«

»Aus der Ferne.«

»Ferne«, wiederholte er und sah mich zum ersten Mal direkt an. »Erzählen Sie weiter.«

»Mehr gibt es nicht zu erzählen. Der Rest ist Teil einer noch nicht abgeschlossenen Untersuchung, die nichts mit Ihrer Tochter zu tun hat.«

»Lassen Sie mich raten. Sie befindet sich in einer prekären Situation. So prekär, dass man sie nicht zu schnell aus der Sache rausholen sollte.«

»Im Gegenteil. Man sollte sie sofort rausholen, auch wenn sie sich mit Händen und Füßen dagegen wehrt. Am besten heute noch.« Rossiter schwieg. »Egal, welche Probleme Sie miteinander haben, Sie können sie doch sicher irgendwo unterbringen. Bei Freunden oder Verwandten?«

»Ist das alles?«

»Was wollen Sie denn noch hören?«

»Ich dachte, Sie wollten sich das Beste für zuletzt aufsparen.«

»Ich habe Ihre Tochter gesehen, Mr Rossiter, und bin davon ausgegangen, dass es Sie interessiert.«

»Ach, kommen Sie schon, Waits. Sie haben erheblich mehr getan, als sie zu sehen.«

Ich schwieg.

Zwischen uns auf dem Glastisch lag ein brauner Umschlag. Rossiter schob ihn rüber. *I.R. 30. Oktober* stand darauf.

»Machen Sie auf.«

Ich schob den Umschlag zurück. »Machen Sie's doch selbst.«

Er schnaubte theatralisch, eine Art einstudierte Grille, die man oft in Debattierclubs sieht. Dann legte er ein entwaffnendes Lächeln obendrauf und riss das Kuvert auf.

Es enthielt Fotos.

Er warf sie mir zu, sie schlidderten über den Tisch bis kurz vor meine Knie. Unscharfe Farbaufnahmen. Der Schweißfilm auf Isabelles Haut aber war deutlich zu erkennen.

Die Bilder zeigten uns beide auf der ersten Hausparty. Auf dem ersten, im überfüllten Flur entstanden, hielt ich sie eng umschlungen, und wir sahen einander tief in die Augen. Auf dem zweiten reichte ich Isabelle eine Flasche. Das dritte zeigte sie beim Trinken. Auf den folgenden Aufnahmen kamen wir uns stückweise näher, bis wir miteinander verschmolzen.

Unsere Lippen berührten sich fast.

Rossiter lauerte unter gesenkten Lidern auf meine Reaktion. Irgendwann ließ er sich tief in den Sessel sinken, als wollte er den größtmöglichen Abstand zu mir halten, und brach das Schweigen.

»Haben Sie was dazu zu sagen?«

»Es ist …«

»Nicht so, wie's aussieht? Ersparen Sie mir den Scheiß, Waits.« Er kramte eine Zigarette aus der Tasche und zündete sie an. »Warum beginnen Sie nicht einfach noch mal von vorn? Und diesmal will ich alles hören.«

Ich erhob mich, ging zur Tür und riss sie auf. Detective Kernick stand noch immer davor. Ich schlug sie ihm vor der Nase zu, dann kehrte ich wieder auf meinen Platz zurück.

KAPITEL 8

Als ich das Penthouse verließ, wurde es schon wieder dunkel. Zwischen Morgennebel und Abenddämmerung hatte es so gut wie kein Tageslicht gegeben. Detective Kernick war verschwunden, also fuhr ich allein mit dem Lift ins Erdgeschoss und begab mich zum Taxistand in der Deansgate. Dem Fahrer nannte ich Isabelles Adresse. Einerseits schien sie mir bei der Organisation besser aufgehoben als zu Hause, andererseits wusste ich genau, dass sie in Gefahr war. Es musste noch eine Möglichkeit geben.

Der Mond hing über der Stadt, als ich vor ihrem Haus aus dem Taxi stieg und mich fragte, ob ich sie überhaupt noch in ihrem Apartment antreffen würde. Die Haustür war unverschlossen, der Eingangsbereich war leer, also gelangte ich in den dritten Stock, ohne jemandem zu begegnen. Hinter einigen Türen hörte ich Stimmen und im Korridor das vertraute Sirren der Neonröhren.

Als ich über ihre Wohnungstür strich und unter meinen Fingern die Narbung des Holzes spürte, erinnerte ich mich an die letzte, bittere Nacht. Da fiel mir auf, dass die Tür nur angelehnt war, und ich schob sie auf.

Sofort schlug mir der saure Geruch von Sex entgegen.

Isabelle lag nackt auf dem Teppich, den starren Blick auf den Eingang gerichtet. In ihrem Arm steckte eine Spritze. Das sonst so strahlende, weißblonde Haar sah irgendwie stumpf aus.

Sie war still, reglos, tot.

Die ganze linke Körperhälfte hatte sich blau verfärbt. An manchen Stellen waren im verzweigten Netz der Adern Einsprengsel zu erkennen, die diese Wirkung erzeugten. Der Arm mit der Nadel war dunkler und der Bereich rund um die Einstichstelle fast schwarz. Ich versetzte der Tür einen heftigen Tritt und eilte an ihre Seite.

»Izzy …«

Über ihrer Stirn hielt ich kurz inne, bevor ich sie schließlich berührte. Der Schweiß auf ihrer Haut war kalt. Ohne nachzudenken, hastete ich auf den Korridor zurück und schloss die Tür hinter mir. Erst da bekam ich weiche Knie und ließ mich langsam zu Boden sinken, um einen klaren Gedanken zu fassen.

Ihren Schweiß wischte ich mir an der Hose ab.

An einer Überdosis stirbt niemand mehr. Schmutzige Spritzen, üble Dealer, geschenkt, aber an einer Überdosis? Ich sollte wieder zurückgehen und sie wachrütteln. Einen Krankenwagen rufen und sie unter die Dusche stellen. Aber ich stand einfach nur da. Die Zeit raste, und irgendwann ertönten Schritte auf den Stufen.

Panik erfasste mich. Ich rappelte mich auf, stellte mich vor Isabelles Tür und rief ihren Namen. Hoffentlich würde die Person einfach weitergehen. Doch das Gegenteil war der Fall. Die Schritte wurden lauter, und ich hämmerte gegen die Tür. Im Augenwinkel erhaschte ich einen Blick auf einen Schatten, der sich den Flur entlang auf mich zubewegte. Als die Person näher kam, richtete ich meine Konzentration wieder auf die Tür. Sie blieb hinter mir stehen.

»Hi«, sagte Catherine. »Ist sie zu Hause?«

Ich wandte mich um. »Macht nicht auf.«

Catherine zog eine Grimasse. »Komm schon, Izzy, du faule Socke. Aufwachen!« Zweimal hämmerte sie gegen die Tür und grinste mich mit Genugtuung an, als sie sich einen Spalt öffnete. Ich hielt sie nicht auf, als sie an mir vorbeistürmte. Erst ihr lautes Aufstöhnen holte mich in die Wirklichkeit zurück. Ich folgte ihr und schloss die Tür hinter uns.

KAPITEL 9

Catherine schlug sich die Hände vors Gesicht. Dabei war sie so selbstvergessen, dass ich mir vorkam wie ein Spanner oder jemand, der sich an der Trauer anderer ergötzt.

Ich ging neben Isabelle in die Hocke und fühlte ihr überflüssigerweise den Puls. Meine Fingerspitzen waren feucht und kribbelten so stark, dass mein Tastsinn gestört war. Vorsichtig ließ ich ihren Arm auf den Boden gleiten, als fürchtete ich, sie aufzuwecken. Isabelle starrte mich mit ihrem letzten Ausdruck an, der nichts mit der Glückseligkeit zu tun hatte, den man gemeinhin mit einem goldenen Schuss verband.

In ihrem Gesicht stand der blanke Horror.

Sie hatte die Zähne fest zusammengebissen, und ihre Gesichtsmuskeln waren zu einer Maske verkrampft. Als ich ihr über die Lider fuhr, glaubte ich, einen kurzen Widerstand zu spüren, als wäre ihr Wille noch lebendig. Minutenlang verharrten wir so, bis Catherine sich schließlich räusperte, als wollte sie etwas sagen. Stattdessen strich sie ihre Kleidung glatt und ging ruhig ins Bad, den Blick von der toten Isabelle abgewandt. Hinter der verschlossenen Tür hörte ich sie würgen.

Mein Blick wanderte über Isabelles nackten Körper. Emotionslos betrachtete ich ihre Haut, die blau angelaufene linke Körperhälfte, doch als ich die Narbe an ihrer Kehle sah, schossen mir Tränen in die Augen. Als sie noch lebte, hatte sie sie so sorgfältig verdeckt. Ihre Rippen standen hervor wie die Gitterstäbe eines Vogelkäfigs. Ihre Nacktheit, Schönheit, Jugend – all das war Ausdruck von etwas, das ich nicht verstand. Eine finale, boshafte Tirade gegen das Leben.

No future.

Ihr linker Arm war so dunkel verfärbt, dass ich nicht erkennen konnte, ob es noch weitere Einstichstellen gab. Rechts fand ich jedenfalls keine. Ihre Knie waren angewinkelt und nach rechts gefallen. Ich meinte, auf ihren Beinen eine Art Ausschlag zu erkennen …

Die Spülung ging, Catherine kam aus dem Bad, hellbraune Mascaraspuren auf den Wangen. Sie wischte sich mit einem Handtuch über den Mund und war so unsicher auf den Beinen, dass sie sich an der Wand entlangtasten musste. Ich war sicher, dass sie noch immer unter Schock stand. Als sie mich neben Isabelle sitzen sah, blieb sie stehen.

»Wieso bist du hier?«, fragte sie, den Blick auf den Eingang gerichtet. Keine Chance, dachte ich. Offenbar glaubte sie, ich hätte ihre Freundin umgebracht, und überlegte fieberhaft, ob sie es rechtzeitig bis zur Tür schaffen würde.

»Ich habe sie gestern Nacht nach Hause gebracht. Sie hat mich gebeten, heute zurückzukommen.«

Catherine nickte, doch sie glaubte mir nicht. »Ich muss los«, sagte sie und marschierte durchs Zimmer.

Ich stellte mich ihr in den Weg.

»Wieso bist du hier?«, wollte ich wissen.

»Wir waren heute im Einsatz. Kohle eintreiben.«

»Wann hast du das letzte Mal mit ihr gesprochen?«

»Letzte Nacht im *Rubik's*.« Sie bemühte sich um einen vorwurfsfreien Ton. »Bevor du ihr ausrichten solltest, dass ich gegangen bin.«

»Worum ging es bei deinem Streit mit dem Barmanager?« Sie sah mich überrascht an. »Ich habe euch beobachtet. ›Jetzt ist Schluss‹, hast du gesagt. Schluss womit?«

»Mit Alkohol wahrscheinlich. Wir hatten genug getankt.«

»Catherine.«

Sie zuckte die Achseln. »Er hat sich an sie rangewanzt.«

»War das das erste Mal?«

»Keine Ahnung. Neil mag sie jung, aber es gibt eine Grenze. Zain würde ihn umbringen, wenn er das wüsste.«

Ich dachte an Smithson. An die Drogen, die ich weggespült und ihn damit womöglich in den Untergrund gedrängt hatte.

»Woher hatte sie das Zeug?«

»Weiß ich nicht. Zain erlaubt uns nicht ...«

»Der Typ ist ein echter Heiliger. Woher?«

»Weiß ich wirklich nicht.«

Ich kramte mein Handy hervor.

»Keine Polizei«, sagte Catherine. »Wir kümmern uns selbst darum.«

»Mädchen wie Isabelle verschwinden nicht so einfach.«

»Ist aber schon passiert. Als sie von zu Hause abgehauen ist.«

Ich begann zu wählen.

Catherine legte mir die Hand auf den Arm. »Wir können es anonym machen, wenn wir nicht mehr hier sind ...«

»Die finden uns, darauf kannst du dich verlassen.« Ich hielt sie mir vom Leib, während ich dem Mann in der Notrufzentrale mitteilte, dass wir eine Tote gefunden hätten, ein junges Mädchen, offenbar an einer Überdosis gestorben. Ich nannte ihm die Adresse. Fog Lane. Als er weitere Fragen stellte, beendete ich das Gespräch. Mir war klar, dass jetzt alles rauskommen würde, was ich Parrs und Rossiter verheimlicht hatte.

Als ich Catherine erblickte, die aussah, als würde sie gleich noch mal kotzen, ging ich zum Kühlschrank und holte den Wodka vom Vorabend heraus. Ich trank drei brennende Schlucke, dann reichte ich ihr die Flasche.

»Trink das.«

»Geht nicht.«

»Danach ist dir besser.«

»Geht aber nicht.«

Ich senkte den Kopf und sah ihr in die Augen.

»Nicht mehr …«

»Was?«

Als sie antwortete, kam es mir vor, als wäre sie auf einmal ganz weit weg. »Ich bin schwanger«, sagte sie leise.

In meinem Kopf pochte es. Ein scharfer Schmerz zog mir durchs Schlüsselbein, mein blaues Auge wummerte dumpf. Ich stand stocksteif da, die Hände zu Fäusten geballt, und wartete, bis es vorbei war.

»Was?«

»Ich bin …«

»Sicher?«

Sie sah mich an. Dann kramte sie einen Schwangerschaftstest aus der Tasche. Ich hielt ihn ans Licht. Positiv.

Schweigend gab ich ihn zurück.

»Die erste Nacht in Fairview …«

Keiner von uns beendete den Satz.

»Und was machst du jetzt?«

»Ach? Wie wär's mit *wir?*«, fragte sie. »Es wahrscheinlich im Gefängnis zur Welt bringen.«

In der Ferne leierten die ersten Polizeisirenen. Welche Fragen würden sie ihr stellen? Und wie würde sie antworten? Hass loderte in mir auf. Auf mich. Auf Catherine. Ich wünschte, ich hätte diese Leute nie kennengelernt. Sie löste sich von mir und ging an Isabelles Leiche vorbei zum Sofa.

»Nein«, rief ich und zog sie wieder hoch. »Du musst hier weg!«

»Sie sind doch schon da.«

Ungeachtet ihres Protests zerrte ich sie hinter mir her durch den Flur aufs Treppenhaus zu. Als ich hinuntersah, entdeckte ich zwei Polizisten, bereits auf dem Weg nach oben. Wir machten kehrt und hasteten an Isabelles Wohnung vorbei Richtung Feuertreppe.

Ich drückte den Riegel hinunter.

Die Tür gab den Weg zu einer schwarzen Hintertreppe frei. Der Feueralarm schrillte los. Kreischend, spitz. Catherine ging allein weiter. Nach ein paar Schritten drehte sie sich noch einmal zu mir um. In der Dunkelheit konnte ich ihren Ausdruck nicht erkennen. Sie war nur noch ein Umriss.

Aber sie zögerte. »Das Bad«, sagte sie. »Schau im Bad nach.«

»Geh zu Carver. Sag ihm, er soll in Fairview aufräumen. Die Bullen werden eine Razzia machen.« Catherine drückte mir die Hand und verschwand in der Tiefe. Ich schloss die Tür und marschierte zurück zu Isabelles Wohnung. Der Feueralarm hatte die Bewohner aufgeschreckt, einige streckten den Kopf zur Tür heraus.

Atemlos stand ich vor der Wohnung, als die ersten Männer die Treppe heraufkamen. Ich schlüpfte hinein und hoffte auf ein paar Sekunden, um mich zu sammeln, bevor sie mich fanden.

Isabelle sah ich nur an, um nicht über sie zu stolpern. Zitternd hastete ich durch die Wohnung, wischte Fingerabdrücke von der Flasche.

Dann fiel mir ihr Handy ein.

Ihre Nachricht an mich.

Zain weiß Bescheid.

In ihrer Tasche war es nicht. Es lag auch nicht in der Wohnung. Ich schlich ins Bad. Der Alarm war so laut, dass ich das Schrillen im Kopf hörte.

Mein Spiegelbild ließ mich zusammenzucken. Ein Riss ging durch die Mitte, offenbar hatte jemand auf das Glas eingehämmert. Quer darüber stand eine Botschaft, mit dickem roten Lippenstift geschrieben:

Niemand darf es erfahren.

Ich stand da wie vom Donner gerührt. Letzte Nacht war das noch nicht da gewesen. Und jetzt war Isabelle tot, ihr Handy verschwunden. Jemand hatte etwas auf ihren Spiegel geschrieben. Ich war so in Gedanken vertieft, dass ich die Polizisten gar nicht kommen hörte. Als sie mich schließlich fanden, stand ich noch immer vor dem beschmierten Spiegel. Mein Gesicht, zersplittert wie in einem Kaleidoskop, die Worte quer darüber.

Ein Uniformierter stand im Türrahmen. Er sagte etwas, das ich wegen des Lärms nicht verstand. Stattdessen versuchte ich mich im Lippenlesen, was mir allerdings nicht gelang. Frustriert wandte ich mich ab.

Niemand darf es erfahren.

Ich brüllte. Wollte die Alarmglocke übertönen, schlug mit voller Wucht auf den Spiegel ein, auf dass er in tausend Stücke zerbrach. Alles, um Catherine einen Vorsprung zu verschaffen. Als der Polizist auf mich zustürmte, schlug ich wie wild um mich. Er bekam mich an den Handgelenken zu fassen. Es schrillte immer noch in meinem Kopf. Ich kämpfte, bis seine Kollegin reinkam.

Sie sah mir in die Augen und redete ruhig auf mich ein. Sie kam mir irgendwie bekannt vor. Erst nach einer Weile merkte ich, dass mir ihr Gesichtsausdruck vertraut war.

Sah aus wie Mitleid.

Ich gab mich geschlagen und sank in die Arme des Polizisten. Seine Kollegin hob ungerührt ihren Schlagstock. Sie redete immer noch ruhig auf mich ein, als wollte sie mir einen harmlosen Vorgang erklären. Dann schlug sie mir mit großer Präzision zwischen die Augen. Der Stock krachte gegen meine Schädeldecke, und ich sackte erleichtert zusammen.

Als der zweite Schlag kam, wurde alles schwarz.

KAPITEL 10

Rauschen. Gequetschtes Knistern aus einem Funkgerät. *Aidan.*

Jemand rief meinen Namen, aber ich wollte nicht zugeben, dass ich so hieß. Ich spürte, wie man mich wegtrug, und fragte mich, ob es Isabelle auch so gegangen war. Ob sie noch mitbekommen hatte, dass wir sie fanden, und dann allmählich zu einer anderen Frequenz übergegangen war.

Knistern und Knacken.

Es füllte mir den Kopf, doch irgendwann wurde daraus das wunderbare Blubbern und Quietschen eines Radios bei der Sendersuche. Ich erwachte in der beigefarbenen Hysterie des Royal Infirmary Hospital.

In meinem Kopf tobte der Vernichtungsschmerz.

Superintendent Parrs stand neben dem Bett, sein Gesicht grau, die Augen rot, und stierte die Wand an. Als er merkte, dass ich langsam zu mir kam, beobachtete er mich eine Weile, dann rief er jemandem über die Schulter hinweg etwas zu und wandte sich wieder ab. Der Polizist, der mich an den Handgelenken gepackt hatte, stand in der Zimmerecke, die Arme fest verschränkt. In beiden Nasenlöchern steckten Tampons. Offenbar hatte ich ihn voll erwischt. Er sah gequält aus, als müsste er sich sehr beherrschen, mir nicht die Fresse zu polieren.

Sein Blick war starr auf mich gerichtet.

Als Parrs das Wort ergriff, bewegte sich der Polizist von der Wand weg und schob sich, die Arme immer noch verschränkt, durch die Schwingtür hinaus auf den Flur. Er kehrte nicht zurück.

Irgendwann marschierte ein asiatischer Arzt ins Zimmer, als wäre sein Beruf das Geilste, was ihm passieren konnte. Sein ganzes Leben lag noch vor ihm. Er hatte blendende Laune und das passende Lächeln dazu. Seine Zähne strahlten so weiß, dass sie garantiert gebleicht waren.

»Könnten Sie das ein bisschen runterdimmen?«, fragte ich. Der Mann leuchtete mir rücksichtslos mit seiner Lampe in die Augen, dann streckte er mir den Stinkefinger hin und fragte, wie viele ich erkennen konnte.

»Nur einen.«

»Dem geht's gut«, befand der Arzt, machte auf dem Absatz kehrt und rauschte ab.

Parrs sah mich finster an. »Wollen Sie mir was beichten, mein Junge?«

Beim Kopfschütteln durchfuhr mich ein heftiger Schmerz. »Sie war schon tot. Haben Sie was gefunden?«

»Mein Büro. Morgen früh.«

Auch das Nicken tat weh.

Parrs schenkte mir einen mitleidigen Blick und zog von dannen.

Lange lag ich da und lauschte den eigenwilligen Kadenzen des Gebäudes, stellte mir die Menschen vor, deren Stimmen an mir vorbeirauschten. Es war alles so unwirklich. Catherine war schwanger. Damit hatte ich meine Arbeit und mich vollständig kompromittiert und war meinem schlechten Ruf gerecht geworden. Doch ich war zu betäubt, um einen klaren Gedanken zu fassen. Sie musste schreckliche Angst haben. Als sie es mir erzählte, hätte ich sie fast die nächstbeste Treppe hinuntergestoßen. Wieder durchfuhr mich eine Welle des Selbsthasses. Schließlich hievte ich mich aus dem Bett, stellte meine Füße auf den Boden und suchte meine Sachen zusammen.

KAPITEL 11

Detective Kernick und seine straßenköterblonde Kollegin DS Conway warteten draußen schon auf mich. Kernick musterte mich scharf und musste sich offenbar schwer beherrschen, keinen Spruch abzulassen. Stattdessen schüttelte er den Kopf und begleitete mich zu seinem Wagen.

Mir schwirrte der Kopf. Alles war taub. Tumb und wirr. Als ich sie Samstagnacht verlassen hatte, war sie noch am Leben gewesen. Am Sonntag um fünf Uhr nachmittags war sie bereits tot. Irgendwann dazwischen hatte sie Sex. Jemand hatte ihr eine Botschaft auf dem Spiegel hinterlassen und ihn dann zertrümmert. Ihr Handy war verschwunden. Sie hatte Eight gespritzt. Und war gestorben.

Wir fuhren in ein hässliches Gewerbegebiet am Stadtrand und quartierten uns in einer billigen Absteige ein. Ich war keine Minute unbewacht. Kernick bemühte sich, es mir schonend beizubringen: »Wir wollen doch nicht, dass du den leichtesten Ausweg nimmst, oder?«

Wir schliefen bei Beleuchtung. Gern würde ich an dieser Stelle behaupten, dass ich vor Trauer und Scham die ganze Nacht kein Auge zubekam. In Wahrheit war ich völlig erschöpft, ausgehungert und wie ausgehöhlt von den stechenden Schmerzen in meinem Kopf. Ich träumte vom Verkehr. Als ich wieder erwachte, schmerzte mir der Kiefer. Wahrscheinlich hatte ich so laut geknirscht, dass ich Kernick geweckt hatte. Er saß am Bettrand und musterte mich verstört. Als ich seinen Blick erwiderte, sah er weg.

»Kaffee?«, fragte er.

Beim Frühstück las ich die Zeitung. Montag, 16. November. Isabelle dominierte die gesamte Titelseite des Revolverblattes, das Kernick angeschleppt hatte.

ISABELLE ROSSITER STIRBT MIT 17

Leben mit berüchtigtem Drogenboss

»Gefährliches, destruktives Sexleben«

Psychische Probleme

Irgendwo dazwischen ein Foto von David Rossiter, das sicher aus dem Archiv stammte, ihn aber mit düsterer, besorgter Miene zeigte. Darunter stand: MP und Tochter führten »trauriges, getrenntes Leben«.

Auf Seite vier ging die Story weiter. Der Umstand, dass David Rossiter Justizminister war, wurde gleich sechs Mal erwähnt. Dazu ein paar aufgeblähte Eckpunkte aus dem Leben der Familie Rossiter: Mutter Millionenerbin, Vater international bekannter Politiker, Isabelle ein intelligentes, hübsches Mädchen.

Jemand, der den Rossiters nahestand, wusste allerdings was anderes zu berichten. Es hieß, die Familie sei durch psychische Krankheiten und Unglück gezeichnet. Trotz des Reichtums sei man nie zufrieden gewesen. Als ich den Blick hob, sah ich, dass Kernick mich die ganze Zeit über studiert hatte. Ich ging unter die Dusche. Lange stand ich reglos unter dem heißen Wasser, bis jemand an die Tür hämmerte.

KAPITEL 12

Wir parkten ein paar Straßen vom Polizeirevier entfernt und gingen den Rest des Wegs zu Fuß. Warum, bemerkte ich erst, als wir näher kamen. Dutzende sensationsgeile Reporter und Fotografen bombardierten Neuankömmlinge mit Fragen und filmten Passanten. Schon aus der Ferne die immer gleichen Worte:

»Sex?«

»Drogen?«

»Selbstmord?«

Wir betraten das Präsidium durch den Südeingang. Noch nie zuvor hatte ich hier Angst verspürt. Alle hingen am Telefon. Andere Apparate klingelten ins Leere. Uniformierte sprengten durch die Türen, es ging zu wie im Taubenschlag. Man geleitete mich in den Aufzug zum vierten Stock. Superintendent Parrs' Büro. Dass ich eigentlich als verdeckter Ermittler arbeitete, interessierte niemanden mehr. Während wir uns an ihrem Empfangstresen vorbeimanövrierten, hatte Parrs' supergestresste Sekretärin schon drei Anrufer abgewimmelt. Detective Kernick brachte mich bis zur Tür und klopfte sogar für mich.

»Herein!«

Kernick schob die Tür auf. »Waits«, sagte er.

Parrs saß bereits mit dem Rücken zum Fenster hinterm Schreibtisch. Er sah noch abgezehrter aus als sonst, das Kinn spitz wie ein Pfeil. Vor ihm standen zwei Telefone, und beide blinkten. Auf jeder Leitung befanden sich Anrufer in der Warteschleife.

»Danke«, sagte er, als ich eintrat.

Kernick schloss die Tür hinter uns.

Vor Parrs saß David Rossiter, das Gesicht verquollen und übernächtigt, der Anzug zerknittert. Der oberste Hemdknopf war geöffnet. Ohne Krawatte wirkte er richtig unnatürlich.

Als ich hereinkam, sprang er auf und verzog sich in die hinterste Ecke. Sogar in seiner Trauer setzte er sich von anderen ab. Er hatte die Schultern hochgezogen, als wollte er sich wegducken, kleiner machen. Ich wusste bereits, dass ihm dieser theatralische Politikergestus in Fleisch und Blut übergegangen war und er vermutlich gar nicht auf den Effekt abzielte.

Auf dem dritten Stuhl saß ein Mann, den ich nicht kannte, doch er verströmte die seriöse Souveränität eines hervorragenden Anwalts. Der Mann war Anfang dreißig, älter als ich, wirkte aber deutlich jünger. Unter seinen Augen lagen keine Schatten, keine Falte verunstaltete sein Gesicht, und seine Frisur saß perfekt. Er sah aus, als wäre er jeden Abend um neun im Bett. Neben ihm kam ich mir billig und ausgelutscht vor.

Parrs richtete die blutunterlaufenen Augen auf mich. »Setzen Sie sich«, sagte er. Ich folgte seiner Anweisung. Weder Rossiter noch der andere Mann schenkten mir Beachtung. »Erzählen Sie, was passiert ist.«

»Sie war tot, als ich in die Wohnung kam.«

»Sie hatten einen Schlüssel?«

»Als ich geklopft habe, war die Tür schon offen.«

Der dritte Mann im Zimmer atmete laut aus.

»Detective Constable Waits, das hier ist Christopher Tully«, sagte Parrs. »Mr Rossiters Anwalt.«

»Mr Rossiters Freund«, sagte Tully, »und Anwalt.«

Ich nickte ihm zu, aber er sah stur geradeaus. Aus Respekt vor Rossiter, der gramgebeugt an der Wand lehnte, sprachen wir alle in gedämpftem Ton.

»Fangen wir ganz von vorn an«, sagte Parrs. »Wieso waren Sie überhaupt dort?«

»Wie Sie bereits wissen, bat mich Mr Rossiter darum, ein Auge auf seine Tochter zu halten.« Rossiter wandte sich von der Wand ab, sagte aber nichts. »Ich hatte sie am Abend zuvor gesehen. Sie war betrunken, also habe ich sie nach Haus gebracht.« Mir war klar, wie das klang. Plötzlich herrschte Stille. Die Art Stille, die entsteht, wenn Dinge nicht ausgesprochen werden, das Widerwärtige aber mitten im Raum steht. Ich bemühte mich eifrig, die Stille zu unterbrechen. »Als ich gehen wollte, hat sie mich gebeten, am nächsten Abend wiederzukommen. Was ich auch gemacht habe. Und da habe ich sie gefunden.«

»Warum wollte sie, dass Sie zurückkommen?«

»Sie wollte mir was erzählen.«

»Was?«

Ich spürte Rossiters bohrenden Blick. Die Stille schwoll erneut an, drohte uns zu ersticken.

»Keine Ahnung.«

»Lügen Sie mich ja nicht an, mein Junge«, sagte Parrs.

Ich sah ihn an, blieb aber stumm.

»Nun gut«, sagte er. »Sprechen wir über das, was wir wissen.« Er hatte ein Blatt mit Notizen vor sich, sprach aber frei. »Gestern wurde Isabelle Rossiter tot in ihrer Mietwohnung in der Fog Lane aufgefunden. Ihr Anruf«, er nickte mir zu, »ging um siebzehn Uhr zwanzig ein. Am Tatort wurde eine Spritze gefunden, die vermutlich ein Opiat enthielt. Die Tests sind noch nicht abgeschlossen, aber wahrscheinlich hat die Injektion dieser Substanz zu ihrem Tod geführt. Es gab Hinweise auf kürzlich stattgefundenen Geschlechtsverkehr.« Er hielt inne. »Also, worüber wollte sie mit Ihnen sprechen?«

Ich schwieg.

Tully sah mich an und ergriff das Wort. »Detective, falls Sie auf Mr Rossiters Gefühle Rücksicht nehmen wollen, können

Sie das gleich mal vergessen. Ich glaube, ich trete ihm nicht zu nahe, wenn ich Ihnen versichere, dass ihm seine Ehre, sein Ruf und sogar seine Gefühle egal sind, wenn Sie uns sagen können, was mit Isabelle geschehen ist.«

»Kann ich aber nicht.«

Er sah mich finster an. »Superintendent Parrs hat uns erklärt, dass die Rechtsmedizin und forensische Untersuchung Zeit brauchen, und das akzeptieren wir auch. Wir haben die Vermutung, dass die Drogen in der Spritze zu ihrem Tod geführt haben. Was wir nicht haben, ist der Lieferant. Was wir auch nicht haben, ist der Grund. Sie behaupten, Isabelle hätte getrunken. Wissen Sie, ob sie Drogen nahm?«

»Eight jedenfalls nicht.«

Tully blickte fragend in die Runde. »Eight?«

»Heroin«, erklärte Rossiter düster. Das war der erste Satz, den er seit meiner Ankunft gesagt hatte.

Tully tat, als wäre er verwirrt. »Also gehen Sie davon aus, dass sie kein Heroin nahm. Aber andere Sachen?«

Ich sah Parrs an. Seine unergründlichen roten Augen.

»Sie trank, hat manchmal Pillen eingeworfen, rebellierte eben.«

»Rebellierte?«, fragte Tully.

»Sie war eine Jugendliche.«

»Eine Jugendliche, genau. Und da ist Ihnen nicht eingefallen, sie aus den Fängen eines Drogendealers zu befreien, der doppelt so alt war wie sie?«

»Ich war kurz davor, sie wieder nach Hause zu bringen«, sagte ich zu Rossiter gewandt. »Am Abend vor ihrem Tod war ich schon auf halbem Weg zu Ihnen.« Er sah mich an, sein Schutzschild kurz vergessen. Der Vater, nicht der Politiker, nicht die öffentliche Person.

»Was ist passiert?«

»Ich habe Geld in ihrer Tasche gefunden.«

Zuerst herrschte Schweigen, dann sprachen alle durcheinander. »Was für Geld, Waits?«

»Von der Organisation. Sie hat als Eintreiberin gearbeitet.«

Aus Rossiters Kehle drang ein erstickter Schrei. Dann drehte er sich wieder zur Wand.

»Verzeihung«, sagte Tully, »aber reden wir hier von Drogengeld?«

Ich nickte, mied aber die Blicke der anderen.

»Also hat der Justizminister Sie gebeten, seine siebzehnjährige Tochter aus einer üblen Lage zu befreien. Sie haben sie beim Trinken beobachtet, beim Drogennehmen, ja sogar beim Eintreiben von Drogengeld – also beim *Rebellieren*, wie Sie das so schön nennen – und haben nichts unternommen?« Er ließ mir einen Moment Zeit, das Gesagte zu verarbeiten. »Das haben Sie ja richtig prima hinbekommen, Waits.«

»Es war nicht meine Aufgabe, sie zu befreien.«

»Ach, stimmt ja!«, erwiderte er mit falschem Enthusiasmus. »Laut Mr Rossiter sollten Sie sich von seiner Tochter fernhalten, korrekt? Denn so, wie sich die Angelegenheit jetzt darstellt, standen Sie beide sich ziemlich nahe. Unprofessionell nahe, um genau zu sein.«

Ich sah Rossiter an.

Dachte an die Fotos.

»Sie hat meine Nähe gesucht …«

»Sie hat Ihre Nähe gesucht, und Sie haben sie nicht abgewiesen.«

»Wenn ich sie ignoriert hätte, wäre das wohl ziemlich komisch rübergekommen.«

»Niemand hat von Ihnen verlangt, sie zu ignorieren.«

»Beides geht nicht. Sie können mir nicht vorwerfen, dass ich mit ihr geredet habe, und sich gleichzeitig darüber aufregen, dass ich sie nicht überredet habe zu gehen.«

»Ich versuche nur zu erklären, Waits, dass Sie sich hätten kümmern können, nachdem Sie ja ohnehin schon Kontakt zu ihr hatten: Wieso haben Sie sie da nicht rausgeholt, obwohl Sie wussten, dass sie Drogen nimmt und Geld eintreibt?« Tullys Stimme war schriller geworden, aber als er den Blick von mir abwandte, fing er sich wieder. »Ich will Ihnen nur klarmachen, dass Isabelle offensichtlich Ihre Hilfe gebraucht hat«, sagte er leise.

»Das bringt uns nicht weiter«, sagte Parrs.

Tully sah Rossiter an, der uns immer noch den Rücken zukehrte. Sein Körper bebte leicht. Tully erhob sich, um seinen Freund zu trösten. »Vielleicht haben Sie recht«, sagte er. Als er Rossiter berührte, zuckte dieser zusammen und unterdrückte ein Schluchzen. Es klang wie ein Todesröcheln, der letzte Laut eines mächtigen Naturwesens kurz vorm Sterben.

Er schüttelte Tullys Hand ab, zog ein Taschentuch aus der Anzughose und trocknete sich die Augen. Einen Moment lang blieb er reglos stehen, dann begann er, seine Kleidung zurechtzuzupfen. Zuerst zog er die Ärmel gerade, dann rückte er den Kragen zurecht. Er richtete sich zu voller Größe auf, überragte die anderen im Zimmer locker um ein paar Zentimeter, und fixierte mich mit hasserfülltem Blick aus seiner versteinerten Miene.

»Sie haben da was gesagt, Waits. Sie haben Tully erzählt, er könne nicht beides haben.« Seine Stimme brach. »Ich … bin ihr Vater, und ich kann das durchaus. Es war Ihr Fehler, mit ihr zu reden. *Und* es war Ihr Fehler, sie nicht zu überreden, nach Hause zurückzukehren.« Mit diesen Worten marschierte er zur Tür. Als er sie aufriss, drangen die aggressiven Geräusche des Polizeipräsidiums ungefiltert ins Zimmer. »Die Welt retten, aber einen Menschen nach dem anderen? Einen Scheiß retten Sie!« Er verließ das Zimmer und schloss die Tür hinter sich.

Tully musterte mich böse, richtete sich aber an Parrs. »Wenn wir uns das nächste Mal treffen, Superintendent, zeigt Ihr Detective Constable vielleicht ein bisschen mehr Taktgefühl für die Trauernden.« Er packte seine Unterlagen zusammen. »Wissen Sie, als David mich in dieser Sache um Rat bat, habe ich Sie genauer unter die Lupe genommen, Waits. Daraufhin habe ich ihm gesagt, er soll die Finger von Ihnen lassen. Ihre Akte liest sich ja fast wie die Seite mit den Todesanzeigen.« Er war offenbar richtig enttäuscht, dass ich mich nicht weiter dazu äußerte. »Aber das geht Ihnen offenbar am Arsch vorbei«, bemerkte er schließlich.

Erst da machte ich den Mund auf.

»Sparen Sie sich die Mühe«, sagte Tully und lief mit einem großen Bogen an mir vorbei zur Tür, als wäre ich ansteckend. »Sie hören von uns«, warf er mir über die Schulter hinweg zu, bevor er Rossiter folgte. Der Schweißgeruch hitziger Aggression hing in der Luft.

Zuerst ergriff keiner von uns das Wort.

Parrs brach schließlich das Schweigen. »Nun gut«, sagte er. »Nichts Neues bedeutete also, dass die schlechten Nachrichten sich Zeit gelassen haben.« Er atmete tief durch, öffnete seinen Kragen und dehnte den Nacken. Erleichterung erfasste mich, als er eine Schublade aufzog, zwei Gläser und eine Flasche Whisky hervorholte. Allerdings schenkte er nur sich selbst etwas ein, während ich das zweite, leere Glas beäugte.

»Finger weg vom Alkohol, mein Junge«, sagte er. »Heute, morgen, nächste Woche. Ihre Fahne kann jeder riechen. Sie stecken schon tief genug in der Scheiße, mehr Ärger brauchen Sie nicht.« Er kippte den Whisky hinunter. »Und ich schon gar nicht.«

»Sir.«

»Jetzt mal ehrlich: Was hatten Sie da zu suchen?«

»Sie hat mich gebeten zurückzukommen.«

»Den Scheiß haben Sie schon erzählt. Warum?«

Ich überlegte kurz, ob ich Parrs ins Vertrauen ziehen sollte. Mir blieb wohl nichts anderes übrig.

»Sie hat angedeutet, dass ihr Vater sie missbraucht.« Superintendent Parrs legte langsam den Kopf in den Nacken. Als er mich wieder im Blick hatte, sprach er so leise, dass ich ihm die Worte von den Lippen ablesen musste.

»Hat sie irgendwas gesagt oder getan, um diese Andeutung zu untermauern?«

»Nein.«

Seine roten Augen fixierten mich. »Dann schlage ich vor, dass Sie das nie wieder laut sagen.«

»Ich …«

»Sie werden die Klappe halten! Nicht mal unter der Dusche werden Sie es vor sich hinsummen.«

»Sie ist vor irgendwas abgehauen.«

»Vor sich selbst«, befand Parrs. Er musterte mich einen Augenblick, dann zog er eine Akte aus der Schublade. Er schob sie mir hin, und ich schlug sie auf. Tatortfotos aus der Wohnung in der Fog Lane. Die meisten von Isabelles Leiche. »Fangen Sie bei Nummer sieben an.«

Ich blätterte die Bilder durch. Aufnahme Nummer sieben zeigte die Innenseite von Isabelles Oberschenkel. Was ich für einen Ausschlag gehalten hatte, war in Wahrheit ein Netz aus unzähligen kleinen Schnitten.

Feine, von eigener Hand zugefügte Schnitte, um genau zu sein.

Ich betrachtete die restlichen Bilder. Jeder Schnitt war tief ins weiche Fleisch ihres Oberschenkels eingedrungen. Die Verletzungen waren mit derartiger Präzision vorgenommen worden, dass ich vermutete, sie hatte sie sich zu unterschiedlichen Zeiten und mit einem sehr scharfen Instrument beigebracht. Da fiel mir der zerbrochene Spiegel in ihrer Schublade ein.

»Wie Schnitte auf einem Kerbholz«, sagte Parrs. Bei genauerem Hinsehen musste ich ihm zustimmen. Die Striche waren jeweils in Fünferblöcken in die Haut geritzt worden. Wie ein Gefangener, der seine abgesessenen Jahre an der Zellenwand markiert. Die meisten waren zu aufgeworfenen Narben verheilt.

»Was soll das bedeuten?«

»Dass sie psychisch krank war. Mehr wissen wir nicht.«

Ich zählte die Striche. Drei Fünferblocks und drei Striche. Achtzehn. Das letzte Bild war eine Nahaufnahme vom letzten Schnitt. Die Wunde war noch frisch, noch ein bisschen blutig. Ich hatte Isabelle gekannt, sie sogar gemocht, und ich war sicher, dass diese Verletzungen eine Bedeutung hatten.

Sie hatte also doch Tagebuch geführt.

Ich gab Parrs die Akte zurück, und er klappte sie zu. Für ihn war die Angelegenheit erledigt.

»Das Mädchen hatte eine dokumentierte psychische Krankheit. Selbstverletzung und manische Depression. Ich würde ihren Worten nicht zu viel Bedeutung beimessen.«

»Und das soll genug sein?«

»Sie war ein weiteres Opfer der Drogenkultur unserer Stadt. Daran ist nichts *genug*. Aber diese Gelegenheit müssen wir beim Schopf packen.«

Ich traute meinen Ohren nicht. »Welche Gelegenheit?«

Parrs grinste. »Tochter eines Parlamentsmitglieds stirbt in den Fängen eines Drogendealers.«

»Das Eight stammte nicht von Zain Carver.«

»Wieso nicht?«

»Weil er nicht im Gefängnis sterben will.«

»Schade eigentlich.«

»Er hat nichts damit zu tun.«

»Wieso sind Sie so sicher?«

»Weil seine Eintreiber kein Heroin nehmen dürfen. Gab es Kameras im Haus?«

»Ja, aber nicht eingeschaltet, soweit wir wissen.« Egoistischerweise war ich erleichtert. Es war zu spät, um die Sache mit Cath zu erklären. »Was ist mit ihren Freundinnen? Mit wem war sie zusammen?«, fragte Parrs.

»*Freundinnen* ist wohl zu viel gesagt. Sie war eine Mitläuferin, wollte ein bisschen Milieuluft schnuppern. Das war auch allen bekannt.«

»Und?«

»Trotzdem haben sie auf Isabelle aufgepasst, soweit ich das gesehen habe.«

»Was haben Sie gesehen?«

»Nicht viel.«

»Offenbar nicht. Ich hab was gegen Halbwahrheiten, mein Junge. Genauer gesagt, finde ich sie richtig scheiße. Tully will Sie wegen Verletzung der Sorgfaltspflicht und unangemessenem Verhalten drankriegen. Hoffentlich haben Sie keine Leichen im Keller.«

Ich dachte an die Fotos, wir beide dicht an dicht im engen, heißen Flur. *Unsere Lippen berührten sich fast.*

»Sie war minderjährig.«

»Schön, dass Sie das auch gemerkt haben.«

»Haben Sie ihr Handy gefunden?«

Er sah mich an. »Welches Handy?«

»Sie hatte eins. Als ich sie nach Hause gebracht habe, war es noch in ihrer Tasche.«

»Sicher?«

»Hundertpro.«

»Du liebe Güte«, sagte er und rieb sich das Gesicht. »Nein. Kein Handy. Haben Sie die Nummer?«

Ich dachte an ihre Nachricht.

Zain weiß Bescheid.

»Nein«, log ich. »Hat sie mir nie gegeben.« Die Lüge ging mir glatt über die Lippen, doch ich hatte das Gefühl, dass Parrs mir direkt ins Hirn sehen konnte.

»Ich kümmere mich drum.«

»Das könnte ich …«

»Finger weg, mein Junge.«

»Ich brauche noch ein paar Tage, um die Sache in Ordnung zu bringen.«

»Wie wollen Sie das denn bitte hinkriegen?«

»Ich bin ganz dicht dran an diesen Leuten …«

»Zu dicht«, bemerkte er. »In ein paar Tagen wird es einen Abschlussbericht geben. Bis dahin sollten Sie verschwinden.« Ich hatte ein schlechtes Gefühl dabei. Parrs war besessen von dem Gedanken, der Organisation das Handwerk zu legen. Isabelle war für ihn nur ein weiteres Opfer und als solches wunderbar geeignet für seinen Kampf gegen Carver, ob er nun Schuld hatte oder nicht.

»Sie wissen, dass die Ihnen nichts geben werden.«

»Verstehen Sie denn nicht, was hier passiert? Haben Sie nicht mitgekriegt, was da draußen los ist?« Er wies zur Tür. »Hier ist heute das teuerste Callcenter des Landes. Wenn Sie ganz viel Glück haben und ich Carver festnageln kann, dürfen Sie Ihren Job vielleicht behalten. Aber Sie kriegen nichts auf die Reihe. Wenn wir Carver nicht erwischen, wird Chief Superintendent Chase ein Bauernopfer verlangen.« Ich sah ihn an. »Wenn jemand ins Bett scheißt, Aidan, werden die Laken gewaschen.«

»So einfach ist das.«

»Einfach? *Einfach?* Sie hatten die Anweisung, ein paar Dreckschweine mit falschen Informationen zu füttern, und stattdessen haben Sie …«, er suchte nach den passenden Worten, »… ein verdammtes Improvisationstheater abgezogen.«

Ich schwieg.

»Special Branch musste Sie im wahrsten Sinne des Wortes aus der Gosse holen, Sie haben im Delirium tremens vor einem MP gestanden und sind hier mit einem blauen Auge aufgetaucht.«

»Ich war nicht im Delirium. Ich wurde im *Rubik's* zusammengeschlagen.«

»Ach, hören Sie doch auf!«

»Das stimmt aber. Bevor Rossiters Mann mich abgeholt hat. Ich bin erst in der Gosse wieder zu mir gekommen.«

»Sturzbesoffen. Sie hatten auch schon mal bessere Ausreden, mein Junge.«

Schweigen.

»Und was machen wir jetzt?«

»Wer ist *wir*, Aidan?«

»Was?«

»Wir. Wer ist *wir?*«

»Na, wir beide«, sagte ich verständnislos.

Er kratzte sich am Ohr und zog eine Schublade auf. Als er ein kleines Aufnahmegerät herauszog, wurde mir schlagartig klar, dass ich einen Fehler begangen hatte. Parrs fand die richtige Stelle und drückte auf Wiedergabe. Schwarze Flecken tanzten mir vor den Augen, das Blut rauschte mir in den Ohren. Mein Herz raste, als ich meiner eigenen Stimme lauschte.

»Polizei«, sagte ich. *»Fog Lane Nummer neunzehn. Grove Place, dritter Stock, Apartment 36.«* Mehr wollte ich nicht hören. *»Wir haben eine Leiche gefunden. Eine Jugendliche hat eine Überdosis genommen.«*

Parrs drückte die Stopptaste und fixierte mich. »Wer ist *wir?*« Ich dachte an Catherine. Die Fragen und ihre Antworten.

Als wäre sie auf einmal ganz weit weg. Ich bin schwanger.

Parrs hatte mich immer noch im Visier. »Hier geht es nicht um Selbstschutz, mein Junge. Nicht mal um richtig oder falsch. Ein junges Mädchen ist tot, und die ganze Welt schaut auf uns. Wer war mit Ihnen im Zimmer?«

Ich gab ihm keine Antwort.

»War es Carver?«

»Ich war allein.«

»Wenn Sie's damals nicht waren, dann sind Sie's jetzt auf alle Fälle. Sie sind suspendiert. Spätestens morgen früh will ich einen ausführlichen Bericht auf dem Schreibtisch haben. Nächste Woche Montag will ich Sie hier in meinem Büro sehen. Keine Sekunde früher. Und wenn ich rauskriege, dass Sie mir auch nur die kleinste Lüge aufgetischt haben, und sei es über die Farbe Ihrer Socken, dann sind Sie nicht nur Ihren Job los, sondern finden heraus, wie attraktiv die anderen Häftlinge Ihren Arsch finden. Das ist Ihre letzte Chance, mir zu sagen, was hier los ist.«

Als wäre sie auf einmal ganz weit weg.

Ich sah ihm direkt in die roten Augen.

»Nichts ist los.«

KAPITEL 13

Ziellos irrte ich durch die Stadt. Schlaflosigkeit war seit jeher ein Problem gewesen, das ich durch nächtliche Wanderungen hatte lindern können. Doch diesmal funktionierte es nicht. Egal wie weit ich lief, ich landete immer wieder in vertrauten Straßen.

Motorisches Gedächtnis.

Beim Anblick der Neonreklame meiner Stammkneipen musste ich an die Leute denken, mit denen ich nur fünf Jahre zuvor am Tresen gestanden hatte, damals, als ich noch geglaubt hatte, alles sei möglich.

Mein Verstand musste sich neu kalibrieren. Mit Isabelles Tod klarkommen. Ich fragte mich, was sie mir hatte erzählen wollen. Dachte an die achtzehn Schnitzer auf ihrem Oberschenkel. Für ihre Lebensjahre konnten die nicht stehen, dafür waren es zu viele. An den zerbrochenen Spiegel, die Nachricht, ihr fehlendes Handy. Und an Parrs, der ihren Tod bereits zu seinem Vorteil nutzte.

Beim Gedanken an Isabelle änderte ich plötzlich die Marschrichtung. Lief auf die Straße, direkt auf fahrende Autos zu. Doch wenn ich versuchte, die Erinnerung an Isabelle zu unterdrücken, schwappte mir Catherine ins Gedächtnis. Und das Kind. Ich hatte sie angelogen, hatte wegen ihr gelogen, Beweise zerstört und uns beide in eine unmögliche Lage gebracht. Wo sie wohl war? Ging es ihr schlechter als mir?

Immer wieder hatten Regenschauer die Straßen verschleiert, und unter den Straßenlaternen glänzten Pfützen wie Tore zu einer anderen Dimension. Meine Beine hatten mich heimgetragen. Zu meinem Apartment, gemietet als Teil meiner verdeckten Ermittlung.

Das ständig flackernde Licht im Flur, seit Tagen kurz vorm Durchbrennen, hatte schließlich den Geist aufgegeben. Im Dunkeln die Treppen hochzulaufen, war schwierig, aber die Aussicht auf mein Bett trieb mich weiter. Im ersten Stock blieb ich stehen. Meine Tür war angelehnt, rund um das Schloss ertastete ich zersplittertes Holz.

Sachte schob ich sie auf.

Selbst im trüben Licht der Straße erkannte ich, dass man mein Zimmer völlig auf den Kopf gestellt hatte. Das Sofa war zerfetzt, der Couchtisch zerschlagen, die wenigen Bücher, die ich mitgebracht hatte, aus dem Regal gezogen und in Stücke gerissen.

Ich riskierte einen Blick in die Kochnische.

Die Schubladen waren herausgezerrt worden, und der Inhalt lag überall verteilt. Was in den Schränken gestanden hatte – Päckchen, Teller, Gläser –, lag nun ausgeschüttet und zertrümmert am Boden. Ein Glück, dass sie mich nicht angetroffen hatten.

Angespannt tastete ich mich zum Schlafzimmer vor, überzeugt, den Eindringling noch dort vorzufinden. Sie hatten die Matratze aufgeschlitzt. Einmal quer durch, das Innere durchwühlt. Zuletzt traute ich mich ins Bad. Trotz der Dunkelheit erkannte ich, dass jemand den Spiegel zertrümmert hatte. Vorher hatte derjenige allerdings eine Botschaft in knallroten Lippenstiftlettern hinterlassen:

Niemand darf es erfahren

Gegen die Wand gelehnt, fragte ich mich, wer Isabelle diese Botschaft auf den Spiegel geschrieben hatte. Und warum hatte derjenige dasselbe bei mir getan? Welchen Feind hatte ich mit einer toten Siebzehnjährigen gemeinsam? Zain Carver konnte es nicht sein, das ergab keinen Sinn. Seine Schläger oder seine

Mädchen genauso wenig. Beim Gedanken an David Rossiter musste ich die Augen schließen, weil auf einmal so vieles auf mich einströmte.

Es zog. Hatte ich die Haustür hinter mir zugemacht? Doch, bestimmt.

Ganz sicher.

Als ich die Augen wieder aufschlug, hatten sie sich an die Dunkelheit gewöhnt, und ich trat einen Schritt vor. Der Luftzug wurde stärker, Straßenlärm drang von unten in die Wohnung. Ich huschte aus dem Bad durchs Schlafzimmer ins Wohnzimmer. Mit angehaltenem Atem schlich ich zur Tür und auf den Flur. Ich spähte hinunter.

Die Haustür stand offen.

Unten vor der Treppe lauerte eine Gestalt. In der Hand ein blitzendes Messer. Sekundenlang verharrten wir so, dann geschah alles auf einmal.

Die Gestalt glitt geräuschlos zur Tür hinaus, ich hastete die Stufen hinunter, ihr nach, schlug am Fuß der Treppe hin, rappelte mich wieder auf und rannte auf die Straße.

Der Schatten huschte um die Ecke, ich hinterher, direkt auf die Fahrbahn. Das Taxi konnte mir gerade noch ausweichen, dann packte mich jemand an der Schulter und zog mich auf den Gehweg. Ich stürzte so heftig, dass es mir kurz den Atem verschlug. Schließlich drehte ich mich auf den Rücken und betrachtete den Nachthimmel.

Jemand trat ins Licht der Straßenlaterne. Grip stand über mir, den Blick auf die Straßenecke gerichtet, hinter der die Gestalt verschwunden war. Er zog die Nase hoch, sah mich an und hielt mir die gute Hand hin, um mir aufzuhelfen.

»Hoch mit dir«, sagte er und geleitete mich zurück zur Wohnung. Ich beobachtete ihn schweigend. War er wirklich gerade erst gekommen?

KAPITEL 14

Ich würde dir ja was anbieten …«, sagte ich, als ich an ihm vorbei in die verwüstete Wohnung marschierte. Nachdem ich das Licht eingeschaltet hatte, bahnte ich mir mit knirschenden Schritten einen Weg durch die Scherben zum Sofa. Nur die Füllung an einer Armlehne hatte überlebt. Grip blieb im Türrahmen stehen. Mir war klar, dass ich die Wohnung nicht verlassen würde, wenn er es nicht wollte.

»Hast du einen Tipp, wie ich die Fußspuren vom Boden kriege?«

»Ein paar Spritzer Spiritus ins Wasser.« Er sah sich um. »Am besten gießt du die ganze Flasche aus und zündest die Bude an.«

»Prima Idee. Was machst du hier, Grip?«

»Haste den Wichser erkannt?«

»Nein.«

Er atmete geräuschvoll aus, gab seinen Beobachterposten auf, schaute kurz in die Kochnische und pfiff anerkennend. Dann lehnte er sich an die Wand und musterte mich. Er sah noch amorpher aus als bei unserem ersten Treffen, und das sollte was heißen. Damals war er mir vorgekommen wie ein lebender Toter. Jetzt sah er aus, als hätte man ihn aus mindestens vier verschiedenen Leichen zusammengeflickt. Und zwar im Dunkeln. Seine Kleidung passte nicht zusammen. Die Arme waren unterschiedlich dick und lang. Sein durchtrainierter Oberkörper thronte auf seltsam verkümmerten Beinchen. Die Gesichtshälften waren asymmetrisch. Er sah krank aus, erschöpft, aber unverwechselbar.

»Und du?«, fragte ich.

»Hä?«

»Hast du ihn erkannt?«

Wieder zog er die Nase hoch.

»Nö.«

»Was hast du hier zu suchen, Grip?« Er funkelte mich böse an. Hoppla. Ich war wohl etwas laut geworden.

»Wollte dich sehen«, sagte er.

»Ist gerade kein guter Zeitpunkt.«

»Geht uns allen so, Kumpel.«

»Hat dir auch jemand die Bude zertrümmert?«

Als sich seine Miene verfinsterte, fiel mir wieder ein, wer er war. Ich sah zu Boden und hoffte, er würde die Geste als Entschuldigung verstehen.

»Isabelle«, sagte er. Aus seinem Mund klang ihr Name seltsam. »Was ist passiert?«

»Das hat dir Cath doch sicher schon erzählt.«

»Ich will's aber von dir hören.«

»Ich hab sie nur gefunden. Die Polizei meint, es war eine Überdosis. Schlechter Stoff oder so was.«

»Polizei?«

»Hatten mich den ganzen Tag in der Mangel.«

Er grinste. »Wundert mich nicht.«

»Wieso?«

»Bin schon 'ne ganze Weile hier. Hab sie kommen und die Bude in aller Ruhe durchwühlen sehen. Logisch, dass die sich Zeit lassen, wo sie doch wussten, dasste so schnell nicht wiederkommst.«

Ich machte eine ausschweifende Handbewegung. »Die Polizei macht so was nicht.«

»Wenn du auf unserer Seite stehst, schon.« Grip wandte sich ab. »Vergiss nicht, zu wem du jetzt gehörst.«

»Bist du hier, um mich daran zu erinnern?«

»Nee. Ich bin hier, weil er dich sehen will. Keine Spielchen.«

»Danke für vorhin«, sagte ich. Er zog wieder die Nase hoch. »Ohne dich wär ich unter dem Taxi gelandet. Wer zieht dieses ganze Theater ab, Grip?«

»Hat alles angefangen, als du bei uns aufgetaucht bist.«

Die Antwort war nicht ernst gemeint, also wartete ich.

»Du weißt genau, wer dahintersteckt«, sagte er.

»Wieso jetzt?«

»Ist doch genau zehn Jahre her.«

»Was?«

»Joanna Greenlaw. Ist im November vor zehn Jahren verschwunden.«

KAPITEL 15

Im Wagen schwiegen wir. Grip fuhr ein überraschend gepflegtes, klassisches Muscle-Car: einen dunklen Mustang Fastback. So stark, stabil und kompakt wie sein Besitzer. Sogar Gorillas wollten Steve McQueen sein. Sicher musste er sich mit seinem verkürzten Arm sehr aufs Fahren konzentrieren, doch Grip wirkte trotzdem viel zu nervös und angespannt.

»Hast du den Typen in meiner Wohnung gesehen, Grip?«

Keine Antwort.

Wir parkten vor dem Haus und durchquerten den Garten zum Eingang. Aufgeregte Stimmen drangen durch die Tür, die allerdings sofort verstummten, als Grip auf eine bestimmte Weise klopfte. Erst als alles ruhig war, betrat er das Haus.

Carver saß auf dem Stuhl im Flur. Er hatte das Handy in den Fingern, war aber zur Abwechslung mal nicht damit beschäftigt.

Sarah Jane war auf halbem Weg nach oben stehen geblieben, um zu sehen, wer durch die Tür kam. Sie hatte dunkle Ringe unter den Augen. Als sie mich erblickte, stieß sie ein kurzes, wenig erfreutes Lachen aus, dann wandte sie sich ab und setzte ihren Weg fort.

Carver blickte auf.

»Was für eine Scheiße ist da gelaufen?«, fragte er. Oben knallte eine Tür zu. Sarah Janes Schlusspunkt. Sie war fertig mit uns.

»Das könnte ich dich auch fragen, Carver«, sagte ich.

Er schloss die Augen. »Cath meinte, du hättest sie gefunden?«

»Ja.«

»Und?«

»Und sie war nackt. Roch nach Sex. Nadel steckte noch im Arm.«

»Du hast sie in der Nacht davor nach Hause gebracht.« Er funkelte mich an. »Ich hab gesehen, wie du abgehauen bist.«

»Als ich gegangen bin, war sie noch okay.« Wenigstens das entsprach der Wahrheit.

»Sarah Jane hat dich gebeten, Izzy in ihre Wohnung zu bringen.«

»Sie sollte sich nicht die Schuld geben.«

»Haha! Macht sie auch nicht. In ihren Augen bist du der Böse. Warum bist du am nächsten Tag zurückgekommen? Als Cath sie besuchen wollte?« Während Carver mich ausquetschte, stierte Grip mich von der Seite an. Auf einmal beschlich mich ein ungutes Gefühl.

»Izzy hat mich darum gebeten. Sie wollte mir was erzählen.«

»Was?«

»Keine Ahnung«, sagte ich.

»Wieso sollte sie dich bitten, am nächsten Tag zurückzukommen, und sich dann einen goldenen Schuss setzen?«

»Ich bin mir nicht sicher, ob es ein goldener Schuss war. Mit dem Stoff stimmte was nicht. Ihr Arm war blau angelaufen. Außerdem weiß ich nicht, ob sie es freiwillig genommen hat.«

Carver schluckte, den Blick gesenkt.

»Blau?«, fragte Grip. »Dann hast du die Scheiße verbockt«, rief er und rammte Carver den Finger in die Brust.

»Nicht jetzt, Kumpel.«

»Wann denn dann?«

»Einfach nicht jetzt, okay?«

»Sie war noch ein Kind. Hätte gar nicht hier sein sollen, verdammte Kacke.«

»Ach ja? Und du hättest sie zurückgeschickt?«

Grip trat einen Schritt auf Carver zu, bekam sich aber rechtzeitig in den Griff. »Ich hätte den Mist, den sie sich in den Arm gejagt hat, schon längst in die Tonne getreten.« Mit einem letzten Blick auf seinen Boss marschierte er durch den Flur in die Küche und knallte die Tür lautstark hinter sich zu.

Carver erhob sich und ging nach nebenan in sein Büro.

»Willst du was trinken?«

Obwohl ich das Zimmer schon zum zweiten Mal betrat, konnte ich mich erst jetzt genauer umsehen. Sein Schreibtisch dominierte den Raum. Ein edles Mahagonimöbel, viel zu massiv, um nicht antik zu sein. Ich fragte mich, ob es seinen Eltern oder Großeltern gehört hatte.

Carver schenkte uns zwei große Gläser Cognac ein und reichte mir das eine, während er seines in einem Zug leerte und gleich wieder nachschenkte. Dann ließ er sich in den nächstbesten Sessel fallen, wo er zusammensackte wie schon auf dem Flur. Ich saß ihm gegenüber und wartete. Wann ich meinen Cognac getrunken hatte, wusste ich nicht, aber als ich mein Glas ansah, war es leer.

»Gut gemacht.«

»Wie meinst du das?«

»Dass du Cath aus der Scheiße rausgehalten hast. Als sie hier ankam, war sie völlig fertig.«

»Wie geht's ihr jetzt?«

Carver sah mich an. »Keine Ahnung«, sagte er, als hätte er sich die Frage erst jetzt gestellt. »Aber sie hat mir deine Nachricht überbracht. Die Cops standen kurz nach ihr vor der Tür, und dein Tipp hat mir 'ne Menge Ärger erspart.« Ich fragte mich ernsthaft, wieso ich ihn vorgewarnt hatte. Klar, ich war zu dem Zeitpunkt noch im verdeckten Einsatz gewesen, aber es steckte mehr dahinter. Mit Isabelles Tod war eigentlich auch mein Doppelleben beendet – und das wollte ich offenbar verhindern.

»Was hat die Polizei gesagt?«

»Erst mal kamen sie mir mit einem Durchsuchungsbefehl. Haben ein paar Sachen abtransportiert und mich verhört.« Er zuckte die Achseln. »Hätte auch schlimmer kommen können.«

»Irgendwas Kompliziertes?«

»Sie wollten wissen, wann Izzy das erste Mal hier aufgetaucht ist. Was sie so trieb. Meine Beziehung zu ihr …«

Als ich nichts dazu sagte, sah er mich an.

»Da gibt's nicht viel zu erklären. Eines Tages tauchte sie mit Sarah Jane hier auf. Irgendeine traurige Geschichte.«

Mit Sarah Jane? Ich fragte mich, ob sie Isabelle Rossiter nur flüchtig gekannt oder ob da eine Verbindung zu Isabelles Leben bestanden hatte.

»Und die Geschichte?«

»Ach, intimes Zeug.«

»In den Medien kommt es nicht gut, wenn die Polizei keinen Schuldigen findet. Wenn sie was gegen dich in der Hand hätten, wären sie dir schon längst auf die Pelle gerückt. Könnten sie eine Verbindung zwischen dir und der Wohnung herstellen?«

»Nicht so leicht. Jedenfalls nichts Schriftliches.«

»Und haben sie mit den anderen gesprochen?«

Er schüttelte den Kopf. »Sarah Jane ist ziemlich schlau, aber für diesen Scheiß ist sie nicht gut genug. Sie dachte, wir wären die Guten.«

»Und das seid ihr nicht?«

»Ich glaube, die gibt's gar nicht. Hör zu, jetzt, wo dieser ganze Mist hier abgeht, könntest du mir ein paar Eisen aus dem Feuer holen.«

»Könnte ich schon.«

»Fünf dafür, dass du Cath aus der Sache raushältst. Zehn als Vorauszahlung für die nächsten Aufträge. Zehn für das, was wir vorher besprochen haben.« Ich musste mein Hirn richtig anstrengen, um zu kapieren, worauf er damit anspielte. Heute hätte die Sache über die Bühne gehen sollen. Inmitten des ganzen Chaos hatte ich glatt vergessen, Parrs zu informieren.

»Klingt gut. Aber ich kann dir erst zusagen, wenn ich weiß, was du abziehst. Wieso hat Grip gemeint, Isabelle hätte sich Mist in die Adern gejagt?«

Carver schenkte sich nach. »Weißt du, was Troubleshooting ist?«

»Drogen testen«, sagte ich. »Um die Qualität der Charge zu prüfen.«

Er nickte. »Im Sommer hatten wir ein Problem. Die erste Ladung vom Brick testet immer einer von uns. Und zwar reihum, damit sich niemand verbrennt oder süchtig wird.«

»Wie viel?«

»Ein Tütchen, hundert Milligramm, mehr nicht. Nur, damit wir wissen, was wir haben. Wenn's zu schwach ist, können wir's hochtunen, und wenn's zu stark ist, wird gestreckt.«

»Troubleshooting.«

»Jedenfalls solltest du wissen, dass Grip nicht immer aussah wie Frankenstein. Er hat sich ein Tütchen reingeballert ...« Ich wartete. Carver sprach leiser weiter, als könnte Grip uns belauschen. »Hat ihn umgebügelt. Ihm den Arm verkrüppelt. Zu Anfang haben sie an Amputation gedacht, aber er ist mit Nervenschäden davongekommen.«

»Da hat er ja richtig Schwein gehabt.«

Carver funkelte mich an. »Er lag mehrere Tage im Koma. Als er wieder aufwachte, war er ein völlig anderer Mensch.«

»Inwiefern?«

»Streitlustig. Launisch.«

»Willst du behaupten …«

Carver schüttelte den Kopf. »Nee. Im Gegenteil. Er hat keine Nerven mehr fürs Geschäft. Ich glaube nicht, dass er jemanden verletzen würde.«

»Aber das Eight hast du ins Klo gekippt, oder?«

Er schwieg.

»Zain?«

»Ich wollte wissen, was schiefgelaufen ist. Ob der Bäcker es versaut hat oder ob's jemand versetzt hat.«

»Wer ist der Bäcker?«

»Wozu willst du das wissen?«

»Weil es in den Adern einer Siebzehnjährigen gelandet ist.«

Er ignorierte mich. »Ich hab's aus dem Verkehr gezogen, damit wir's in Ruhe untersuchen können.«

»Und?«

Er leerte sein Glas und schenkte erneut nach. »Als ich heute danach gesucht habe, war es verschwunden.«

»Verschwunden? Wo hattest du's versteckt?«

Zuerst rührte er sich nicht. Dann machte er eine Kopfbewegung in Richtung Schreibtisch. Mir wurde schlecht. Als hätte mir jemand den Boden unter den Füßen weggezogen. Mühsam rang ich mir den nächsten Satz ab.

»Ich …«

»Du was?«

»… ich habe Isabelle hier aufs Sofa gelegt, in der Nacht vor ihrem Tod«, stammelte ich. »Fünf Minuten lag sie hier, während ich mit Sarah Jane gesprochen habe. Ich hatte sie nach Hause gefahren, wusste ja nicht, dass sie um die Ecke eine Wohnung hat.«

»Fuck!« Carver dachte nach, die Stirn in Falten gelegt. »Haben sie ihn gefunden?«

»Was?«

»Na, den Stoff. In ihrer Wohnung.«

»Nein.« Da kapierte ich endlich, worauf er hinauswollte. »In dem Fall ist das Zeug wieder im Umlauf. Sie muss es verkauft oder weitergegeben haben.« Beide waren wir aufgesprungen. »Wir müssen es finden. Heute Nacht. Sofort!«

Er schnappte sich den Schlüssel vom Schreibtisch. »Los«, sagte er.

KAPITEL 16

Eine Viertelstunde waren wir schon unterwegs. Über die möglichen Folgen von dreckigem Heroin auf dem Markt sprachen wir nicht. Ich hatte im Wohnzimmer gewartet, während Carver, Grip und Sarah Jane sich ein knappes, aggressives Wortgefecht lieferten. Als er zurückkehrte, grinste er mich schief an.

»Die Vorauszahlung. Geht das klar?«

Ich nickte.

»Dann kannst du jetzt was dafür leisten.«

Wir bretterten in die Stadt. Ich hatte den Eindruck, er wollte die alten Treffpunkte absuchen. Orte, wo Freunde, Geliebte oder Rivalen während seiner Hochphase Eight gepusht hatten. Allerdings war er schon so lange nicht mehr auf der Straße aktiv gewesen, dass die Umschlagplätze und Dealer längst bei irgendeiner Säuberungsaktion unter dem Teppich der Stadt verschwunden waren.

»Ich kenn einen, der genau Bescheid wüsste, wenn dreckige Schore im Umlauf wäre.«

Carver sah mich an. »Bug? Meinst du den?«

»Wieso nicht?«

»Willst du mich verarschen?«

Ich gab ihm ein bisschen Zeit, sich die Sache zu überlegen. »Wohin fahren wir eigentlich?« Er hatte mich offenbar nicht gehört. »Zain?«

»Schwarz-Weiß-Territorium.«

»Burnside?«

Er grunzte. Den Rest der Fahrt schwiegen wir. Ich hatte gehofft, dass die Farbkleckse in Fairview nichts zu bedeuten hätten. Je weiter wir uns von der Innenstadt entfernten, desto düsterer und schäbiger wurde die Gegend, und die Gehsteige leerten sich zunehmend. Keine kichernden Mädchen oder draufgängerischen Jungen mehr. Betagte Wettbüros und ausgebrannte, mit Brettern vernagelte Pubs säumten hier die Straße. Wir fuhren am Irwell entlang Richtung Norden aus der Stadt hinaus und auf das bekannte hässliche Industriegebiet zu.

Die Stadt hatte die Burnside bereits abgeschrieben, und die Polizei mied die Gegend, so gut sie konnte. Dass aber sogar die Organisation einen großen Bogen darum machte, sagte eigentlich alles. Während der Fahrt behielt ich meine Umgebung fest im Auge. Unsere Scheinwerfer flackerten über Gebäude und Straßen, deren Verkehrsschilder schon lange keine Bedeutung mehr hatten. Aus dem Boden gerissen, verdreht oder übermalt. Streifenwagen, zu einem Einsatz in die Burnside gerufen, würden sich in diesem Irrgarten hoffnungslos verfahren und schließlich in irgendeiner Sackgasse landen, wo man den Wagen mit Molotows attackieren oder Übleres mit den Insassen anstellen würde. Wieder kamen mir die seltsamen schwarzweißen Farbkleckse in den Sinn, aber nur kurz, dann hatte ich sie wieder verdrängt.

»Dieser beschissene Ort«, sagte Carver.

»Kennst du jemanden hier?«

»Nee. Wer will das schon?«

Ich sah zu ihm hinüber.

»Eines der Mädchen«, sagte er, den Blick fest auf die Straße gerichtet, »Addie. Sie hat hier Geld eingetrieben. In den Zeitungen hieß es, die Industrie wäre abgewandert und hätte Gegenden wie dieser das Herz aus dem Leib gerissen. In Wahrheit hat hier nie ein Herz geschlagen.

Grip hat die Mädchen immer begleitet. Hierher kam man nicht allein. Die Siders waren zwar nicht mehr voll einsatzfähig, aber es gab sie noch. Und die Junkies würden sich jedes Mädchen schnappen, das sie in die Finger bekamen.

Was ich allerdings nicht wusste: Ads war selbst auf Drogen. Sie dachte wohl, sie hätte es im Griff, nur in den Clubs ballern, aber irgendwann drücken sie alle in ihren Wohnzimmern. Also hat sie immer ein bisschen was vom eingetriebenen Geld abgeschöpft. Irgendwann hätte ich ein Wörtchen mit ihr geredet, und damit wäre die Sache erledigt gewesen. Aber ich habe zu lange gewartet. Ihr Geld reichte nicht, und sie ist allein hergekommen, um welches einzutreiben.«

»Wie war sie so?«

»Selbstbewusst, witzig. Eine von uns. Ein Grinser hat sie festgehalten, während ein anderer ihr 'ne Spritze ins Ohr gejagt hat. Eine Ladung Eight direkt ins Hirn. Nur, um zu sehen, was passiert.«

Ich starrte aus dem Fenster. »Langweilt dich das nicht irgendwann mal?«

Er schwieg, aber ich kannte die Antwort. Wenn Carver die Organisation dichtmachte, würden Billigdealer wie die Siders in die Lücke stoßen und richtig miesen Stoff verkaufen.

Black Tar.

Fraß die Leute von innen auf. Sutty hatte mir von Junkies erzählt, die am ganzen Körper herumstocherten, bis sie eine Vene fanden, die sie sich dann offen hielten. Die Haut um die Wunde sah aus wie geborstene, faltige Lippen. Damals dachte ich, er hätte übertrieben, aber je tiefer wir in diese Gegend vorstießen, desto lebhafter konnte ich es mir vorstellen.

Diese Straßen aus grottengrauem Beton, mit schwarz-weißen Flecken markiert. Abgerissen, ausgebrannt. Doch mir schien, als sei die aggressive Hässlichkeit schon vor dem Niedergang dieses Viertels pure Absicht gewesen, ein Teil seiner Architektur. Eine Botschaft an die Arbeiter: Ihr seid zum Malochen hier, sonst nichts.

»Ich würde alles abreißen«, sagte Carver, »bis auf den letzten Stein.«

Vor einer riesigen, entkernten Lagerhalle blieben wir stehen. Ich weiß nicht, ob Carver das Gebäude kannte oder ob er einfach dort parkte, wo's am schlimmsten aussah. Bei genauerem Hinsehen entdeckte ich unzählige verblichene und aufgeplatzte schwarz-weiße Farbkleckse.

Sutty hatte recht gehabt.

Möglich, dass die Burnsiders noch im Geschäft waren, aber ihr Tag verwendeten sie offenbar nicht mehr. Was die Frage aufwarf, wer die Markierungen an Carvers Haustür hinterlassen hatte.

Er stellte den Motor ab und dehnte die Finger über dem Lenkrad, dann stiegen wir aus. Carvers Wagen wirkte lächerlich deplatziert, wie ein exotisches Tier in einem schmuddeligen Kleinstadtzoo.

Irgendwelche Kreaturen heulten auch in der Ferne, als wir uns einen Weg durch die Betonwüste bahnten. Erst eine Weile später begriff ich, dass die Laute von Menschen stammten. Die Lagerhalle war aus dünnem Blech gebaut. In den Wänden klafften unzählige Löcher, wo die Blechplatten heruntergefallen oder abgerissen waren. Durch diese Lücken hindurch erkannte ich den Schein verschiedener Lagerfeuer und Junkies, die davor kauerten, um sich warm zu halten. Hier war die Stadt kälter. Der November hatte seine Klauen schon hineingeschlagen.

Eine zahnlose Betrunkene und ihr Kumpel hingen vor dem Eingang herum. Aus ihrem Schlund drang ein kehliges, gequältes Heulen, das ihr Gegenüber mit lautem Gelächter kommentierte. Carver stieg über sie drüber, ich hinterher.

Die Ausmaße der Halle waren gigantisch. Schwer zu glauben, dass hier jemals Waren gelagert gewesen waren. Ein kurzer Flur führte uns am ehemaligen Empfang vorbei in die überdimensionierte Haupthalle.

An drei verschiedenen Feuerstellen, den einzigen Lichtquellen, lagerten vier oder fünf verstrahlte, abgemagerte Gestalten. Diejenigen, die noch saßen, stierten gebannt in die Flammen. Sie beachteten uns nicht. Carver marschierte auf die nächstgelegene Truppe zu, ich folgte ihm. Er beugte sich zu einem Mann hinab, der jenseits von Gut und Böse vor dem Feuer lag, und drehte ihn auf den Rücken. Ein Grinser. Narben in den Mundwinkeln. Auf der Suche nach den Verwüstungsspuren seines verschwundenen Stoffes hielt Carver den Arm des Mannes ins Flackerlicht.

»Wassolldas?«, spotzte der Mann. Zu mehr Gegenwehr war er nicht mehr fähig. Völlig apathisch sah er zu, wie Carver ihm ein Alu-Briefchen aus der Hand zog, es öffnete und angewidert wegwarf.

Carver war überfordert, ich auch. Er wiederholte das Ganze an der nächsten Feuerstelle, stieß aber auch dort auf nichts anderes als Black Tar und rudimentäre Grunzlaute. Als Carver sich dem nächstbesten Junkie am dritten Lagerfeuer widmen wollte, wurde es im Eingangsbereich auf einmal laut. Jemand redete auf die Betrunkene ein.

»Na endlich«, sagte Carver, wandte sich um und marschierte kampfbereit auf den Eingang zu. Drei Gestalten hatten sich bereits dort aufgebaut. Der Frontmann war kahlrasiert und drahtig. Ein Weißer, aber so schmutzig, dass seine Haut dauerhaft verfärbt war. In seinem Mund glänzten Goldzähne, diverse Tätowierungen zierten seine Visage. Ein paar Meter hinter ihm standen zwei jüngere Typen. Sie waren zwar größer als er, doch das lag eher am Fett als an ihrer Muskelmasse. Sie sahen müde aus und irgendwie schmollend. Der Glatzkopf trat vor.

»Zain Carver«, sagte er. »Womit habe ich diesen Besuch verdient?«

»Kenn ich dich?«

Das Lachen des Mannes klang wie ein löchriges Akkordeon. »Nee, Kumpel«, sagte er. »Garantiert nicht. Ich bin der Nachtwächter. Kannste dir merken.«

»Typ, wenn ich hier durch die Tür gehe, hab ich dich schon vergessen.«

»Dann sollten wir zusehen, dass unser Treffen unvergesslich wird. Was führt dich her?«

»Seit Wochen versuchst du, meine Aufmerksamkeit zu erregen«, sagte Carver.

»Tu ich das?«

»Schwarz-weiße Farbe in Fairview.«

»Na und?«

»Zehn Jahre, seit Joanna verschwunden ist.«

Der Glatzkopf grinste. »Ach so, es handelt sich um eine Herzensangelegenheit ...«

»Herz? Was soll das sein? Ich stell dir eine Frage, du gibst mir eine Antwort, und dann können wir alle schön wieder nach Hause gehen.«

»Kommste da überhaupt noch rein? In dein Haus?«

»Was soll das heißen?«

»Na, wir haben gehört, du bist jetzt berühmt. Wie Michael Jackson in Neverland. Bullen und Presse vor dem Haus. Was haben wir gehört, Billy?«

»Berühmt wie Scheiße«, sagte Billy, der Größere der beiden Jungs. »Stehst in der Zeitung.«

»Stehst in der Zeitung«, wiederholte der Glatzkopf.

»Du solltest nicht alles glauben, was du so hörst.«

»Schon klar, Mann.« Jedes Wort zählte er an den Fingern ab, als stünde ihm nur eine begrenzte Anzahl zur Verfügung. »Sheldon glaubt mir sicher auch nicht, wenn ich ihm das hier erzähl.«

Carver trat einen Schritt vor. »Und wieso nicht?«

»Du rufst nicht an, du schreibst nicht …« Der Glatzkopf leckte sich über die Lippen. »Seit wir deinem Mädel die Ohren durchgepustet haben, haben wir nichts mehr von dir gehört.«

Mit einer fließenden Bewegung packte Carver den Mann an den Schultern und verpasste ihm einen Kopfstoß. Ein scharfes, feuchtes Knacken, dann spritzte Blut auf und hing sekundenlang wie ein roter Schleier in der Luft. Der Kopf des Mannes war so heftig zurückgeschnellt, dass ich sicher war, er hatte sich das Genick gebrochen. Bis ich Carver zu fassen bekam, hatte der sein Gegenüber schon im Würgegriff.

»Zain«, sagte ich, den Blick auf die beiden Burnsiders gerichtet, die reglos dastanden. Billy, der Ältere der beiden, blickte nicht mal auf. Der andere stierte Carver einfach nur an, obwohl der im Begriff war, seinen Boss zu erdrosseln. Er wirkte gelangweilt. Carver hatte seine Daumen mit solcher Gewalt ins Fleisch des Mannes gegraben, dass sie weiß wurden.

»Zain«, sagte ich erneut. »Hör auf.«

Erst nach einer Weile ließ Carver von seinem Opfer ab und katapultierte den Mann auf den Boden. Der schrie gequält auf. Seine Nase war zertrümmert, das Gesicht voller Blut.

»Wir gehen«, sagte Carver und wischte sich die Hände an der Hose ab. Er sprang auf und trat auf einen der beiden Begleiter zu, bis er direkt vor ihm stand. »Du hast von dem Mädchen gehört? Isabelle Rossiter?« Billy nickte. »Der Stoff, der sie gekillt hat, ist noch im Umlauf …«

»Hier wird nur unser Zeug vertickt«, sagte Billy.

Carver grunzte und ging zurück zu seinem Wagen. »Schöne Grüße an Sheldon«, rief er den beiden über die Schulter hinweg zu.

Ich konnte den Mann am Boden nicht ansehen, aber ich hörte ihn röcheln, Knochensplitter ein- und ausatmen. Die beiden Burnsiders schlenderten gemächlich aus der Lagerhalle. Zum zweiten Mal in zwei Tagen wählte ich den Notruf, gab ihnen die Adresse, drehte den Mann auf die Seite und folgte Carver.

»Scheiße, Mann. Sind wir deswegen hergekommen? Aus Rache?«

»Was?«

»Ich dachte, wir suchen nach dem Eight.«

Carver stieg ein und wischte sich das Blut von der Stirn. »Tun wir auch«, sagte er. »Hast du 'ne bessere Idee?«

»Nur eine. Raste nicht noch mal so aus. Ich will keine zertrümmerte Nase mehr sehen.« Carver startete den Wagen und gab Gas.

»Das nennt man Angebot und Nachfrage. Jemand will was, ein anderer kriegt's besorgt.« Seine Finger umklammerten das Lenkrad. Ich sah auf die Uhr. Seit einer Stunde waren wir unterwegs, doch erreicht hatten wir noch nichts.

Ich dachte nach. »Wenn die Burnsiders was mit dem verschwundenen Eight zu tun hätten, würden sie das Zeug nicht in ihrem Revier verkaufen.«

Carver ließ das auf sich wirken. »Stimmt«, sagte er schließlich. »Sondern in meinem.« Er tippte eine Nummer in sein Handy.

Grips Stimme quäkte aus dem Lautsprecher. *»Und?«*

»Nichts. Jedenfalls nicht in der Burnside«, sagte Carver. »Kontrollier alle Bars, fang mit *Rubik's* an. Wenn sie uns in die Scheiße reiten wollen, dann pushen sie das Zeug in der Stadt, nicht hicr.«

»Keiner weiß was. Zumindest redet niemand drüber. Aber wir haben ein anderes Problem.«

»Was?«

»Bin ich auf laut?«

Carver nahm das Handy aus der Halterung und hielt es sich ans Ohr. »Verschwunden?«, fragte er. Wahrscheinlich ging es um den Barmanager. Die Drogen im Klo. Er war sicher abgehauen, aber ich musste wissen, was er mit Isabelle zu tun gehabt hatte. Nur, wie sollte ich das jetzt rauskriegen?

Carver hatte die Stimme gesenkt. »Klapper sie alle ab. Rede mit jedem. Setz eine Belohnung aus. Finde das Zeug.«

Nachdem er aufgelegt hatte, herrschte Schweigen.

Irgendwann meldete ich mich zu Wort. »Bug«, schlug ich erneut vor. Weil Carver diesmal nichts einzuwenden hatte, redete ich weiter. »Das Zeug wird jeden Tag gestreckt und weiterverkauft. Auf dem Schwarzmarkt boomt Eight gerade.«

Immer noch keine Reaktion.

»Wenn jemand so viel zu verticken hätte, würde Bug es wissen.«

»Der Typ ist ein verdammter Psycho.«

»Was hast du zu verlieren?«

Carver musterte mich. »Die Kontrolle?«, sagte er. Dann schwieg er wieder. Irgendwann sagte er: »Grip kommt mit.«

»Die Ruhe in Person? Keine gute Idee.«

»Du willst mit Bug allein sprechen? Hab ich was übersehen? Mann, Kumpel, du hast Eier.«

»Hier links«, sagte ich. »Bug und ich sind alte Bekannte.«

Danach sagte Carver nichts mehr. Keine Ahnung, ob er angewidert oder beeindruckt war.

KAPITEL 17

The Bug war eine fleischgewordene Großstadtlegende. Während seiner Blütezeit hatte er einen Stil namens Kannibalisierung begründet und war unter Heroinsüchtigen so was wie ein Held gewesen. Ein furchtloser Lumpensammler, der sich alles in die Venen ballerte, was selbst Hardcore-Junkies verschmähten. Benutzte Spritzen wiederzuverwenden, verschaffte ihm ein High besonderer Güte, die Reste zu einem neuen Cocktail zusammenzumixen, großen Spaß.

Seinen Spitznamen erhielt er allerdings erst später, als er clean war. Für ihn hatte Ballern immer was Erotisches gehabt, deshalb hing er nach dem Entzug noch öfter mit Junkies rum. Vor allem mit den jungen.

Man nannte ihn Bug, weil er wie ein Insekt um die Kids herumschwirrte und ihnen nahezu sabbernd beim Drücken zusah. Wenn sie high waren, küsste er ihre Arme, bis er die Einstichstelle gefunden hatte, die er dann unter lustvollem Stöhnen aussaugte. Er war vor allem wegen seiner hohen Ansteckungsgefahr so bedrohlich, denn in seinem Blut zirkulierte das gesamte Hepatitis-Alphabet, wie er gern stolz verkündete.

Er wurde zur Kultfigur der Schwulenszene, trat unter dem Bühnennamen Daddy Longlegs mit einem transsexuellen BDSM-Gig in illegalen Saunen und Sexclubs auf und produzierte existenzielle Arthaus-Pornos, schrieb schmuddelige, aber absatzträchtige Gedichtbändchen und verkaufte seine selbst geschaffenen Kunstwerke zu einem Stückpreis von mehreren hundert Pfund.

Innerhalb der Subkultur der *Bug Chasers* war der Mann ein Star. Diese jungen Männer betrachteten Aids als Statussymbol, dem sie mit erschreckend selbstmörderischem Ehrgeiz nachjagten. Bug hatte ungeschützten Sex mit Leuten, die es für eine Ehre hielten, von ihm infiziert zu werden. Die Gerüchte waren unerhört und abscheulich – aber leider oft wahr. Bug drückte sich gewählt aus, trug Maßanzüge und zelebrierte diesen Widerspruch.

Er behauste eine umgebaute Kirche in der Nähe vom Alexandra Park. Carver hielt vor dem Grundstück, ohne das Haus eines Blickes zu würdigen.

»Wenn ich in zehn Minuten nicht wieder da bin …«

»… brauchst du gar nicht wiederzukommen«, ergänzte er.

KAPITEL 18

Ich stieg aus und überquerte die Straße. Es war schon nach Mitternacht, und die kalte Luft in den stressfreien Sekunden vom Auto zu Bugs Tür verschaffte mir kurz Erleichterung. Ich drückte auf eine moderne Klingel mit Sprechanlage. Das Haus, komplett saniert und renoviert, bot einen krassen Gegensatz zur Burnside. Gott sei Dank.

»Jaaah«, tönte eine mechanische Stimme aus dem Lautsprecher.

»Waits.«

Pause.

Dann: *»Komm hoch, mein Süßer.«*

Im Haus dominierten gedeckte Pastelltöne, die Bugs schrillem Ruf komplett widersprachen. Der Wohnbereich war groß und geräumig, mit massiven Tragebalken an der Decke. Ein Jüngling mit nacktem Oberkörper saß am Klavier und spielte eine Sonate. Eines der weniger bombastischen Stücke Beethovens.

Auf dem Bett, mitten im Zimmer, lag ein junges Paar in Unterhose, knutschend und sich langsam aneinander reibend. Zuerst hielt ich beide für Jungen, doch dann stellte ich fest, dass das Mädchen eine Kurzhaarfrisur trug, ein kantiges, androgynes Gesicht und kaum Busen hatte. Das Bett war niedrig, asiatisch, darüber hing ein greller Deckenstrahler. Keiner der beiden beachtete mich.

Ein hagerer Kerl saß mit einem Glas Rotwein auf dem Sofa gegenüber. Mit üppiger pinker Perücke, dick aufgetragenem, maskenhaftem Make-up, einem viel zu engen Korsett, Minirock, Glitzerstrümpfen und knallroten High Heels lieferte er eine groteske Inszenierung von Weiblichkeit ab.

»Detective Waits«, sagte er, den Blick gebannt auf das knutschende Paar gerichtet. »Sie müssen entschuldigen. Ich bin gerade etwas abgelenkt.«

Ich lehnte mich an die Wand. Kalter Schweiß klebte mir am Körper. »Ich muss mit Bug sprechen.«

»Ist draußen«, sagte der Mann. »Der kleine Scheißer. Sind Sie auch draußen?«

»Ich fürchte, nicht.«

»Aidan Waits hat's nicht mit Männern.« Er sah mich an. »Soll ja richtig befreiend sein, hab ich mir sagen lassen ...«

»Ja, ich weiß. Find ich super, weiter so. Außerdem weiß ich, dass er hier ist, also sag ihm, dass ich ihn sehen muss, Süßer.«

Der Mann grinste, um Laszivität bemüht. »Was krieg ich dafür?«

Ich schob eine garantiert teure Vase von ihrem Sockel, die zu Boden krachte und in tausend Stücke zerbrach. Das Klavier verstummte. Das junge Paar sah auf, immer noch ineinander verkeilt.

»Ich muss mit Bug sprechen.«

»Du willst den Orgelspieler? Gut, der Affe holt ihn. Aber er ist so lustlos in letzter Zeit, ich kann nicht garantieren, dass er mit deiner Orgel spielt.« Mit diesen Worten erhob er sich, zwinkerte mir zu und scharwenzelte, dem Klavierspieler im Vorbeigehen die Schulter tätschelnd, aus dem Zimmer. Die Kids auf dem Bett musterten mich emotionslos, und wir warteten schweigend.

Als der Mann zurückkehrte, hatte er die Perücke abgelegt, einen sackartigen grauen Pullover übers Korsett gezogen und das meiste Make-up abgewischt. Sein Gesicht erinnerte mich an ein Nonnenknie.

Außerdem war er jetzt barfuß. Mit einem Grunzen, das wohl ein Gruß sein sollte, ließ er sich in den Sessel fallen.

»Dick«, sagte er zu dem Klavierspieler, »Dom«, zum Jungen auf dem Bett. »Lasst uns mal kurz allein.« Die beiden erhoben sich träge. Der Junge auf dem Bett zerrte seine Freundin am Arm, aber die war bereits jenseits von Gut und Böse. Schließlich ließ er sie achselzuckend liegen, das Gesicht ins Kissen gedrückt, und folgte seinem Freund nach hinten.

»Bloß keine Hektik«, höhnte ich.

»Tut mir leid, dass ich es nicht eilig habe, aber wenn du hier auftauchst, geht es nie um was Gutes.«

»Wenn ich die Wahl hätte, würde ich gar nicht herkommen.«

»Komisch, dass wir uns trotzdem so oft sehen.«

»Ich brauch Informationen.«

»Ach, das ist ja mal was ganz Neues.«

»Über Drogen.«

»Laaangweilig.« Bug schälte sich schon wieder aus dem Sessel.

»Bleib sitzen. Jemand hat Zain Carver ein Pfund Eight geklaut. Ich muss wissen, wo der Stoff ist.«

Das schien ihn dann doch zu interessieren, denn er beugte sich fasziniert vor. »Warum waren die Bullen denn dann noch nicht hier?« Ich schwieg. »Es stimmt also. Du bist tatsächlich übergelaufen. Auf die dunkle Seite. Komplett.«

»Hast du was gehört?«

»Ja, dass du Beweise geklaut hast. Man munkelt, du nimmst den ganzen Tag Speed. Morgens, mittags, abends, nachts. Hab dich schon die Auffahrt hochklappern gehört, wie eine Dose Tic Tacs.« Ich blieb stumm. »Außerdem erzählt man sich, dass die völlig verstrahlte Isabelle Rossiter sich dreckiges Eight geballert hat«, sagte er lächelnd. »Das hier hat nicht zufällig was damit zu tun, hm?«

»Nein.«

»Schade«, sagte er wie zu sich selbst. »Das fänd ich richtig lustig …«

Ich wartete.

»Du bist 'ne echte Spaßbremse, Mann. Erinnerst du dich noch an unser erstes Treffen?« Bug war wie ich in The Oaks aufgewachsen. Damals war er ein empfindsames Seelchen gewesen und zehn Jahre älter. Er hatte gerade festgestellt, dass er schwul war. Er lieh mir Bücher und Platten, aus reiner Freundlichkeit. Damals glaubte ich, er wollte mir Hoffnung machen, dass es irgendwo da draußen ein besseres Leben gab. Aber mittlerweile glaubte ich, er selbst brauchte diese Hoffnung viel dringender.

Er lächelte. »Immer wenn ich was total Unverschämtes raushaute, hast du mir einen Spruch reingedrückt. Witzige Sachen, manchmal auch fies. Aber das machst du nicht mehr, stimmt's? Der Witz ist schon lange tot.« Er trank einen Schluck Wein. »Du bist 'ne echte Enttäuschung.«

»Wenn du von mir enttäuscht bist, mache ich wohl nicht alles falsch.«

Bug warf das Weinglas über die Schulter und klatschte lachend in die Hände.

»Ha! Viel besser! Geben und Nehmen. Ich kenn da einen Jungen«, sagte er mit verschlagenem Blick. »Ist schon achtzehn, ich schwör's, Officer. Ein Junge, der heute Morgen das große Los gezogen hat. Nicht nur, weil er eine Privataudienz bei mir bekommen hat. Als er danach in die Burnside gedüst ist, hat er zufällig jemanden getroffen, der unbedingt ein Pfund Eight verticken wollte. Hat's glatt für'n halben Preis gekriegt.«

»Name?«

»Ach, Slimmer, Swimmer oder so – du weißt selbst, wie die jungen Leute heute so sind. Stammt aber aus einer guten Familie. Wohnt am Sycamore Way.«

»West Dids?«

Bug nickte. »Mama und Papa sind übers Wochenende weg, und Daddy Longlegs macht den Alleinunterhalter.«

»Hausnummer?« Bug antwortete nicht. Ich trat auf die nächste Vase zu.

»Einunddreißig.«

»Bleib heute Abend zu Hause. Ich tue dir einen Gefallen.«

»Ich stehe nicht gern in deiner Schuld.«

Ich machte eine Kopfbewegung zum Bett mit dem bewusstlosen Mädchen.

»Wenn du ihr ein Taxi rufst, sind wir quitt.«

KAPITEL 19

Es war schon nach eins, als wir unter den riesigen, uralten Bäumen am Sycamore Way parkten. Als ich jung war, pilgerten die Pärchen aus meiner Schule hierher, um ihre Namen in die Stämme zu ritzen.

Ich selbst kannte diese Straße nur vom Hörensagen.

Der November hatte die Bäume bereits vom Laub befreit, sodass ihre winterkahlen Zweige wie riesige skelettierte Hände in den Himmel ragten.

Die Allee, breit und respekteinflößend, suggerierte Wohlstand und Erfolg. Zu beiden Seiten residierten restaurierte viktorianische Villen.

Als ich Carver mitgeteilt hatte, wohin unsere Fahrt gehen würde, hatte er minutenlang auf die Fahrbahn gestarrt. Ich glaube, da wurde ihm klar, dass dies sein Ende bedeutete. Dreckiges Eight in der Burnside zu verticken, war keine große Sache, aber wenn solcher Stoff im blitzsauberen, laublauschigen Oberklassenviertel am Sycamore Way landete, war das eine Vollkatastrophe. Erst als wir vor einem der prachtvollen Anwesen hielten, brach er sein Schweigen.

»Einunddreißig«, sagte er.

Am Tor stand keine Nummer, aber wir hatten beide mitgezählt. Das Haus selbst stand am Ende einer privaten Zufahrtstraße. Obwohl hinter den Bäumen verborgen, war das Dach des Hauses von der Straße aus zu erkennen.

»Ja«, sagte ich. »Am besten wartest du hier.«

Er sah mich überrascht an.

Am Ende stiegen wir beide aus und gingen aufs Haus zu. Am

Ende der Auffahrt kamen wir an ein mächtiges schwarz-goldenes Automatiktor, das allerdings nicht ganz geschlossen war. Zufall oder Absicht, dieser Missstand störte die perfekte Symmetrie des Arrangements.

Wir gingen hindurch und weiter aufs Haus zu. An den sich links und rechts der Auffahrt erstreckenden Rasenflächen parkten diverse Kleinwagen, die vermutlich den Kindern des Besitzers gehörten. Von drinnen war ein dumpfes, eindringliches Wummern zu hören.

Carver machte eine Kopfbewegung Richtung Haus.

Im Fenster, von hinten beleuchtet, war ein junges Mädchen zu erkennen. Sie stand an der Spüle. Als wir näher kamen, strahlte sie uns an. Wir blieben abrupt stehen, doch dann wurde uns klar, dass das Lächeln ihrem Spiegelbild im Fenster galt. Über der gebräunten Haut trug sie ein enges, reinweißes Top. Selbst durch den Staubschleier der Scheibe vermittelte sie mit ihrem blonden Haar ein Bild von Gesundheit und Vitalität.

Carver ging durch den Vorgarten zur Haustür. Hier wummerten die Bässe noch lauter. Dicht und wuchtig.

Die Tür führte in einen geräumigen Flur. Auf einem Tisch lagen Werbezettel und Rechnungen, der Garderobenständer daneben hing voller modisch zerfetzter Jeansjacken. Ich folgte Carver nach rechts in die Küche, wo wir das Mädchen gesehen hatten.

Plötzlich blieb er stehen.

Blockierte den Türrahmen, sodass ich nichts erkennen konnte, also drängte ich mich neben ihn.

Das Mädchen stand in einer riesigen Blutlache. Ich zwang mich, ihr Gesicht anzusehen. Immer noch strahlte sie ihr Spiegelbild an. Dass wir die Küche betreten hatten, schien sie gar nicht zu bemerken. Es sah aus, als wäre ihr ein Tablett mit Gläsern aus der Hand gefallen. Offenbar war sie über die Scherben gelaufen, hatte aber keinerlei Schmerzen, denn ihre Füße waren völlig zerschnitten und die Fliesen blutverschmiert.

Die Scherben knirschten unter ihren nackten Zehen, als sie sich umdrehte und uns dasselbe Zahnpastalächeln schenkte, das wir schon von draußen gesehen hatten. Dann präsentierte sie uns die Einstichstelle. Ihr Arm hing leblos herunter, das Netz ihrer blauen Adern sichtbar wie Straßen auf einem Stadtplan.

Ich schob Carver beiseite, marschierte über den Scherbenhaufen und hob sie hoch. Während sie mich ansah und nickte, immer noch breit lächelnd, als hätte sie die Kontrolle über ihr Gesicht verloren, bettete ich sie aufs Sofa an der gegenüberliegenden Wand.

Danach wandte ich mich wieder zu Carver um, der auf eine geschlossene Tür zuging, hinter der die Musik wummerte. Seit wir in die Küche gekommen waren, schien sie sich verschärft zu haben, und als er die Tür öffnete, rammte sie sich wie ein Messer in die Luft.

Er verschwand ins Zimmer und kehrte nicht zurück. Ich hielt Augenkontakt mit dem Mädchen. Ihr starres Lächeln schien langsam zu kippen.

»Alles gut«, sagte ich atemlos. Die Leselampe neben dem Sofa beleuchtete ihr Gesicht stärker, als mir recht war. Bei näherem Hinsehen erkannte ich die blassblauen Verfärbungen auf ihrer linken Körperhälfte. In ihren blutrot glänzenden Fußsohlen steckten unzählige Scherben.

Nach einer Weile folgte ich Carver und der Musik. Auf mein Rufen erhielt ich allerdings keine Antwort. Als ich ins Zimmer trat, schlug mir der Geruch von Erbrochenem entgegen. Hier sah es aus wie in einem Irrenhaus: Nackte, schweißglänzende Körper, einige wanden sich vor Schmerzen am Boden. Fünf Mädchen und drei Jungen. Manche lagen mit blau angelaufenen Gesichtern in der eigenen Kotze, andere schliefen fest und friedlich.

Alle hatten gedrückt.

Carver stand mittendrin, mit dem Rücken zu mir, den Kopf gesenkt. Als er mich hörte, riss er sich zusammen und bewegte sich vorwärts. Zuerst dachte ich, er wollte sich um eines der unkontrolliert zuckenden Mädchen kümmern, doch er marschierte direkt auf die Stereoanlage zu und schaltete die Musik aus.

In der plötzlichen Stille war das gedämpfte Stöhnen der Jugendlichen deutlich zu hören. Hilflos stand ich da, während Carver sein Handy aus der Tasche zog und eine Nummer eintippte.

»Wen rufst du an?«

Er antwortete nicht.

»Leg auf!«, rief ich und trat auf ihn zu. Er packte mich am Kragen und hielt mich auf Armeslänge. Am anderen Ende der Leitung meldete sich die Notrufzentrale.

»Krankenwagen«, sagte er, »und Polizei.«

KAPITEL 20

Als Carver den Anruf beendet hatte, ging er hinaus. Die zugeballerten Kids gurgelten und stöhnten. Manche hatten sich in Embryohaltung zusammengerollt, einer lag auf dem Rücken und hatte die Knie angezogen wie Isabelle. Es dauerte nicht lange, da lagen auch die anderen so da, während ihre Gesichter blau anliefen.

Das Mädchen neben mir erbrach Blut. Ich brachte es in die Seitenlage, damit es nicht erstickte, kehrte in die Küche zurück und zog die Tür hinter mir zu. Zog und zog, bis sie endlich ins Schloss fiel.

Erst als ich an der Wand Halt fand, atmete ich tief aus. Im Fenster starrte mir meine magere Visage entgegen. Auch das Mädchen, das jetzt auf dem Sofa krampfte, hatte dort sein Gesicht gesehen und sich vielleicht gefragt, wie lange es dauern würde, bis es wie die anderen blau anlief.

Dann kamen sie.

Scheinwerfer und blitzendes Blaulicht erleuchteten die Küche. Wagentüren knallten, Stimmen erschollen, Stiefel marschierten, barsten in die Stille.

Leichter als Luft verließ ich das Haus. Flog zur Hintertür hinaus, durch den Garten in die stockfinstere Nacht. Zuerst war ich vorsichtig, doch dann marschierte ich einfach drauflos, durch Bäume, Büsche, Teiche, egal. Ich kletterte über einen Zaun, überquerte eine weitere Rasenfläche und kam schließlich an der nächsten Straße wieder raus. Stolperte. Lief. Rannte.

Teil III

CLOSER

KAPITEL 1

Das Tageslicht war grausam. Es strahlte auf die Wahnsinnigen, die Todkranken, die, wieder in den Tag entlassen, auf den Straßen lachten, weinten und sich die Hosen vollpissten. Es war, wie wenn nach der letzten Runde plötzlich das Licht anging, hübsche Frauen mit einem Schlag unattraktiv machten und Männer in ihrer schlimmsten Form präsentierte: hässlich und alle gleich.

Es war Montagmorgen, fast eine Woche nach der Sache am Sycamore Way. Eine Woche seit meinem letzten Speedrausch. An den Theken munkelte man, diverse Türsteher der Organisation hätten richtig aufs Maul bekommen. Carvers Taxis seien umgestürzt, seine Eintreiber ausgeraubt worden. Da diese Geschichten hinter vorgehaltener Hand weitergetragen wurden, kannte ich keine Namen und wusste nicht, wie schwer die Opfer verletzt waren. Ich dachte an Catherine.

Auf dem Weg durch die Stadt fiel mir eine beunruhigende Neuerung im Farbschema auf. Man hatte die Polizeipräsenz aufgestockt, und aus allen Ecken und Winkeln leuchteten einem nun die reflektierenden Westen der Uniformierten entgegen. Offiziell sollten sie nicht nur Verdächtige anhalten und durchsuchen, sondern auch Kontakt zur Bevölkerung aufnehmen und die von allen Seiten beschlossene Version der Ereignisse verbreiten. Reine Kosmetik. Lippenstift für den Pitbull.

Für meinen Termin mit Parrs zog ich einen Anzug aus dem Schrank, von dem ich bereits wusste, dass ich ihn nicht ausfüllen würde. Er schlabberte mir am Körper wie das abgelegte Kleidungsstück eines Menschen, den ich mal gekannt hatte. Ich huschte so schnell an den Polizisten vorbei, dass ich ein paar Minuten zu früh auf dem Präsidium eintraf.

Es war ungewöhnlich ruhig. So leise, dass ich sogar die Klimaanlage rauschen hörte. Bei meinem letzten Besuch hatte ich gerade Isabelle Rossiter gefunden, und damals war hier der Teufel los gewesen. An diesem Montagmorgen aber herrschte geisterhafte Stille. Alle verfügbaren Beamten waren auf der Straße, um die Bevölkerung in Sicherheit zu wiegen.

Am Empfang zeigte ich meinen Ausweis und trug mich in die Besucherliste ein.

Meine Unterschrift floss ganz natürlich aus mir heraus, doch auf mich wirkte sie fremd. Erst als der Empfangsbeamte sich höflich räusperte, konnte ich meinen Blick davon lösen. Ich bekam einen Besucherausweis und marschierte los, in Gedanken schon bei meinem Gespräch mit Parrs. In der Hoffnung, keinem bekannten Gesicht zu begegnen, nahm ich den Aufzug in den vierten Stock. Ich stand schon fast vor seiner Tür, als mein Handy klingelte.

»*Waits*«, sagte der Mann am anderen Ende der Leitung. »Wir müssen reden.«

»Ich habe einen Termin mit Parrs ...«

»Weiß ich«, sagte er. »Wir treffen uns im Treppenhaus.« Ich gab keine Antwort. »Du wirst es mir danken.« Ich beendete das Gespräch und setzte meinen Weg fort. Doch kurz danach blieb ich stehen und sah auf die Uhr. Es blieben mir noch ein paar Minuten. Ich machte kehrt und schob die Tür zum Notausgang auf. Die unverputzten Rohre des gesamten Gebäudes verliefen von oben nach unten durchs Treppenhaus, sodass die Luft hier permanent warm und stickig war. Die Beleuchtung war trüb, hier und da waren Glühbirnen durchgebrannt und nie ersetzt worden.

Aus dem fünften Stock kam eine Gestalt auf mich zu und blieb drei Schritte vor mir stehen.

»Aidan«, sagte Detective Kernick.

»Süßer.«

Er trat ins Licht. Erst jetzt fielen mir die grauen und weißen Einsprengsel in seinem kohlrabenschwarzen Haar auf, und ich fragte mich, ob sie den Ereignissen der letzten Tage geschuldet waren. Der Mann sah fünf Jahre älter aus.

»Wie gut, dass ich dich noch erwischt hab«, sagte er.

»Ja?«

»Ja, du Schlaumeier. Dein Gespräch mit Parrs. Ihr habt sicher eine Menge zu besprechen …«

»Genau. Wenn es dir also nichts ausmacht, würde ich …«

»Klar, kein Thema«, sagte er und trat einen Schritt zurück. Im Schatten war er wieder nur eine Gestalt. »Das finde ich so toll an dir, Waits. Wie gern du dich direkt in die Scheiße reitest.«

»Welche Scheiße?«

Kernick streckte den Kopf zurück ins Licht. Funkelte mich an. »Du hast echt keine Freunde mehr hier, oder?«

»Welche Scheiße?«

Er kam zu mir herunter und flüsterte mir ins Ohr. *»Sie wissen Bescheid«*, zischelte er. Ich wich zurück. Er stand voll im Licht. »Die Drogen«, sagte er. »Das Saufen, das Ficken. Für wen hältst du dich?« Ich versuchte, mich an ihm vorbeizudrängeln, aber er klatschte mir die Hand auf die Brust. »Moment, mein Junge.« Seine schweißnassen Finger befleckten mein Hemd. Sein Blick bohrte sich in meine Augen.

»Hast du sie gefickt?«

»Welche?« Meine Frage verriet mehr als beabsichtigt.

Ein Grinsen huschte über seine Lippen. »Isabelle.«

»Nein.«

Er betrachtete mich aufmerksam. »Diese Fotos von dir und Izzy beim Rummachen? Sind vom Tisch.«

»Was ist mit Rossiter?«

»Er hat mich selber darum gebeten, herauszufinden, wer sie geschossen hat, und dich im Auge zu behalten. Der Mann weiß genau, was passiert, wenn die Bilder an die Öffentlichkeit gelangen. Ich dachte, das solltest du vor deinem Gespräch mit Parrs wissen.«

»Und wer hat sie geschossen?«

Er lachte. »Leck mich.«

Ich ging.

»Er muss das nicht erfahren«, rief er mir hinterher.

»Dass du unerlaubterweise auf eigene Faust ermittelt hast?«, gab ich zurück.

»Du kleines ...«

»Verkauf mir deinen Selbstschutz nicht als Nächstenliebe, Kernick. Kommt nicht gut.«

Er folgte mir. »Ein bisschen Selbstschutz würde dir vielleicht den Arsch retten, mein Junge.« Ich ließ ihm die Tür vor der Nase zuklappen.

Als ich schließlich vor Parrs' Büro stand, war mir schlecht. Ich holte tief Luft und ging ins kleine Wartezimmer. Und da stand ich nun, in diesem nagelneuen Gebäude, mit meinem alten Anzug, und kam mir vor wie im falschen Film. Ich hätte nicht herkommen sollen. Als seine Sekretärin mich ansah, durchfuhr mich nur ein Gedanke:

Hau ab!

KAPITEL 2

Als ich das Büro betrat, erhob sich Superintendent Parrs von seinem Schreibtisch.

»Waits«, sagte er und wies auf einen Stuhl. Ich nahm ihm gegenüber Platz, er kramte noch ein wenig in den Akten herum, dann setzte er sich wieder. Er sah aus, als hätte er seit Isabelles Tod kein Auge mehr zugetan. Wie er Sycamore Way verkraftete, wollte ich mir gar nicht ausmalen. Die nationale Presse hatte tagelang über die Toten berichtet. Mit seinen roten Augen sah er direkt durch mich hindurch, und sein schottischer Akzent, immer schon hart und solide, wirkte wie eine Mauer.

»Dieses inoffizielle Treffen dient der Übergabe und Nachbesprechung Ihrer Ermittlungen im Zusammenhang mit der Organisation. Ich hoffe, dass …«

»Haben wir ihn geschnappt?«

»Wie Sie wissen …«

»Haben wir ihn geschnappt?«

»Nein.« Parrs zwinkerte nervös. »Wie Sie wissen, sollte unsere Falle am Montag, den sechzehnten November, zuschnappen …«

»Am Tag nach Isabelles Tod.«

»Die Festplatte wurde gelöscht. Unser Mann hat das Büro definitiv betreten. Weil aber an dem Tag hier die Hölle los war, wurde Zimmer 6.21A ohne meine Genehmigung einem anderen Team zugeteilt.«

Das war ja wohl ein Witz! »Das kapier ich nicht. Wir haben das Zimmer doch immer leer stehen lassen …«

»Das zusätzliche Personal für die Ermittlungen im Fall Isabelle Rossiter wurde in Zimmer 6.21A untergebracht. Fünfunddreißig Leute gingen dort ein und aus. Dreiundzwanzig davon waren bereits lange genug im Dienst, um als Spitzel infrage zu kommen. Nein«, wiederholte er, »wir haben ihn nicht erwischt.«

Mir fehlten die Worte.

»Ich weiß, wie Sie sich fühlen, glauben Sie mir.« Am liebsten wäre ich gegangen, doch ich war so perplex, dass ich keinen klaren Gedanken fassen konnte.

»Lassen Sie uns über Ihre Zukunft sprechen, mein Junge.«

»Ich dachte, ich hätte keine.«

»Das hängt von Ihnen ab, zumindest zum Teil.«

Ich zog einen Umschlag aus der Jackentasche. »Wenn das so ist, sollte ich von vorneherein was klarstellen.« Mir reichte es mit den Drohungen. Jetzt hatte ich den Finger am Abzug.

Parrs hielt den Brief in die Luft. »Was ist das?«

»Haben Sie meine Berichte erhalten?«

»Ja. Sie waren sehr klar.«

»Ich möchte, dass sie die Grundlage meiner Übergabe bilden.«

Parrs betrachtete den Umschlag. »Ist das Ihr Abschiedsbrief?«

»Meine Kündigung.«

»Wie kommen Sie darauf, dass Sie kündigen können?«

»Wenn auf die Entnahme von Drogen aus der Asservatenkammer eine Strafe steht, dann trete ich sie an.«

»Ganz schön mutig. Korruption. Diebstahl. Eine nicht geringe Menge Drogen, also hatten Sie wohl die Absicht, damit zu handeln. Drei, vier Jahre hinter Gittern? Schwer einzuschätzen, wie's mit Ihrer Führung aussehen wird, weil Ihre Knastbrüder Sie vermutlich so richtig in die Zange nehmen werden.«

»Tja, so sieht's aus.« Ich stand auf. Ob ich einfach abhauen sollte?

»Setzen Sie sich. Worum geht's hier eigentlich?«

Ich gehorchte. »Joanna Greenlaw, Zain Carver, die Organisation, schmutziges Heroin – alles kein Problem.« Ich sah ihm direkt ins Gesicht. »Aber Isabelle Rossiters Tod werde ich nicht unter den Teppich kehren. Das ist selbst mir ein Kompromiss zu viel.«

»Und was haben Sie vor? Außer im Knast auf sich aufzupassen?«

»Ich würde abtauchen.« Ich hatte das für einen vernünftigen Vorschlag gehalten, auf den Parrs sich bestimmt gern einlassen würde. Doch jetzt, laut ausgesprochen, klang es lächerlich wie ein Kindertraum. »Von der Bildfläche verschwinden.«

»Sie wollen nicht bis zum Ende mitmachen?«

»Ich will das Ende nicht mitkriegen.«

Seine Augen wurden schmal. Bei Verhören stellte Parrs stets einfache, direkte Fragen und wartete dann. Auch wenn der Verhörte bereits geantwortet hatte. Das fanden die Leute unangenehm, und sie plapperten einfach drauflos, um die Stille zu füllen.

Ich schwieg.

»Ich würde dafür sorgen, dass Ihnen die Sache Ihr Leben lang am Arsch klebt, mein Junge.«

»Was soll ich denn tun? Sagen Sie's mir.«

Parrs funkelte mich an. »Sie haben mich schon früher nach Joanna Greenlaw gefragt. Ich habe Ihnen den Aufruf aus der Zeitung geschickt. Darin stehen die nackten Tatsachen, aber nicht die Wahrheit.«

»Und die wäre?«

»Vielschichtig. Wenn man die Augen und Ohren aufsperrt. Joanna Greenlaw hat sich vor zehn Jahren als Zeugin gegen

Zain Carver und die Burnsiders zur Verfügung gestellt. Das ist eine Tatsache. Eine Freundin von ihr wurde in der Burnside umgebracht. Auch eine Tatsache. Aber die Zeitungen schreiben was anderes. Ich habe Joanna Greenlaw dazu gebracht, gegen ihre Leute auszusagen. Nichts davon steht in der Presse, auch nicht, dass ich monatelang jeden Tag mit dem Mädchen gearbeitet habe. Mühsame Kleinstarbeit. Alle drei Tage haben wir unsere Kommunikationsmethode geändert. Hatten ein ständig wechselndes Team von Agenten im Einsatz, von denen jeder nur so viel Informationen hatte, wie er für sein Einsatzgebiet brauchte. Wenn ich also behaupte, ich wüsste, wie Sie sich fühlen, dann entspricht das …«

»Wozu das alles?«

»Carver hat seinen Hals so oft im letzten Moment aus der Schlinge gezogen, dass ich von einer undichten Stelle ausgehen musste, schon damals. Das ist wahr, aber keine Tatsache.«

»Sie haben doch sicher einen Verdacht.«

»Ha, eine ganze Schurkengalerie.«

»Was ist mit Joanna Greenlaw passiert?«

»Ich weiß so viel wie Sie. Schwarz-weiße Farbkleckse am Tatort. Das Mädchen ist spurlos verschwunden.«

»Haben Sie gesucht?«

»Nein, leider nicht. Mein Chief Super meinte, sie hätte Schiss bekommen und die Biege gemacht. Sei abgetaucht, ohne uns irgendwas Verwertbares gegen ihren alten Boss zu liefern. Mich hat man vom Fall abgezogen und mir unmissverständlich klargemacht, die Sache fallen zu lassen. Angeblich hätte ich schon genug Zeit damit verschwendet. Als sich die Wogen etwas geglättet hatten, habe ich auf eigene Faust weiterermittelt, aber ihre letzten Kontakte waren Zain Carver und Sheldon White – beide nicht gerade gesprächig. Die Spur, wenn es überhaupt eine gab, war schon lange kalt.« Er dachte nach. »Ja, wenn ich ehrlich bin, hoffte ich, dass sie abgehauen war. Doch mit jedem Jahr ohne irgendein Zeichen verlor ich diese Hoffnung«, fügte er leise hinzu.

»Grip – Danny Gripe – meint, Sheldon macht jetzt Terz, weil ihr Verschwinden sich zum zehnten Mal jährt.«

Parrs überlegte kurz. »Solche Psychospielchen sind ein bisschen zu komplex für die Burnsiders. Es ist ein sonderbarer Zufall, dass Sheldon gerade entlassen wurde, aber damit hat sich's auch. Der Mann hat keinen Kalender und arbeitet auch nicht danach.«

»Wer könnte sonst dahinterstecken?« Parrs zeigte keine Regung. »Glauben Sie, Joanna Greenlaw lebt noch?«

Er ignorierte meine Frage. »Ich will Ihnen damit klarmachen, dass Sie manchmal einen langen Atem brauchen. Sie könnten die Sache immer noch hinbiegen.« Als ich nicht weiter darauf einging, fuhr er fort. »Nun gut. Sie haben noch einen Monat Urlaub. Ich wollte Ihnen sowieso vorschlagen, die Tage zu nehmen, aber unter den Umständen können Sie freinehmen, bis die Kündigung wirksam wird.«

»Und die Anzeige?«

»Mal sehen, was man da machen kann. Aber nur, wenn die Nachbesprechung zu meiner Zufriedenheit ausfällt.«

»Mein Bericht …«

»… ist klar und deutlich, wie gesagt. Sehr sachlich. Ich fände es hilfreich, wenn Sie die Leerstellen zwischen den Tatsachen auffüllen würden. Und Ihre Reaktionen und Eindrücke schildern. Sie sehen immer nur das Schlechte im Menschen, mein Junge.« Er grinste verschlagen. »Wär doch gelacht, wenn ich nicht auch ein bisschen davon profitieren könnte, hm?«

»Sir.«

Parrs zog ein paar Papiere vom Schreibtisch: einen Teil meines Berichts. Doch das wäre gar nicht nötig gewesen, denn er hatte den Inhalt komplett im Kopf, ohne ein einziges Mal auf die Unterlagen zu sehen. In Meetings machte er sich oft detaillierte Notizen, die er anschließend diskret entsorgte. Der Mann hatte ein ausgezeichnetes Gedächtnis. Wahrscheinlich schrieb er nur mit, um den anderen zu zeigen, dass er ihre Anmerkungen ernst nahm. Meinen Bericht hatte er wohl aus demselben Grund in der Hand.

»Als Sie an jenem Abend mit Isabelle im Taxi saßen, haben Sie ihre Handtasche durchsucht. Warum?«

»Nach ihrem Benehmen im *Rubik's* ging ich davon aus, dass sie trank und Drogen nahm. Ich hatte vor, sie nach Hause zu bringen. Also zurück in ihr Elternhaus. Aber ich hatte keine genaue Adresse, also habe ich in ihrer Tasche nachgesehen.«

»Und was genau haben Sie gefunden?«

»Geld. Viel Geld. Mir war offensichtlich entgangen, dass sie es für die Organisation eingetrieben hat. Wenn Carver seine Einnahmen nicht bekommen hätte, wäre sie in viel größerer Gefahr gewesen.«

»Was war sonst noch in der Tasche?«

»Kosmetik, Geldbeutel, Handy. Das Telefon hatte sie übrigens noch, als ich sie in die Wohnung brachte. Wer auch immer es mitgenommen hat, hat sie als Letzter lebend gesehen.«

»Ganz langsam. Wir haben das Handy gefunden.«

Ich riss mich zusammen. Dachte an Isabelles Nachricht, noch immer unter »gesendete Nachrichten« gespeichert.

Zain weiß Bescheid.

Jetzt ging's ans Eingemachte. Ich hatte Parrs weisgemacht, dass ich ihre Nummer nicht kannte. Das Handy entlarvte mich als Lügner.

»Ihr Vater hatte ihre Nummer, so haben wir das Ding gefunden. Das letzte Signal kam aus ihrer Wohnung, die wir daraufhin von oben bis unten durchsucht haben. Sie hatte es versteckt. Unter eine Schreibtischschublade geklebt.«

Das passte nicht zusammen. Am liebsten hätte ich ihn direkt gefragt, was sie darauf gefunden hatten. Wieso war es versteckt worden? Hatten sie die Nachricht gesehen? Mir war sonnenklar, wie sie auf Außenstehende wirken musste: Carver weiß Bescheid *über uns.*

Parrs ließ die Stille wirken.

Ich dachte an die Fotos.

Schließlich brach er sein Schweigen. »Wie war die Stimmung, als Sie Isabelle in Fairview abgeliefert haben?«

»Gedrückt.«

»Haben Sie nicht mit Carver geredet?«

»Nein. Sarah Jane hat mich reingelassen.«

»Die Rothaarige?«

Ich nickte. »Sie war sehr viel mehr an dem Geld interessiert als an Isabelle. Als ich ging, glaubte ich, Carver am Fenster zu sehen. Ehrlich gesagt, habe ich mich gefragt, ob das alles ein Test gewesen ist.«

»Wie meinen Sie das?«

»Carver steht auf Spielchen, und er traute mir nicht. Er hat mir nachspioniert und wäre durchaus dazu fähig, seinen Mann in der Bar anzuweisen, dass er Isabelle was einflößt, um zu testen, was ich mache, wenn ich das Geld finde. Hinterher war er auf jeden Fall erheblich handzahmer.«

»Er treibt also gern Spielchen. Wieso?«

»Zum Spaß. Der Mann hält sich für einen Strategen. Bei ihm ist das, was er nach außen trägt, vermutlich nur ein Ablenkungsmanöver für das Gegenteil.«

»Er ist ein großer Kerl. Diese Typen respektieren nur solche, die ihnen ebenbürtig sind. Was hält er von Ihnen?«

»Mehr, als ich erwartet hatte.«

»Tatsächlich?«

»Es imponierte ihm offenbar, dass ich ihm ein paar Wahrheiten unter die Nase gerieben habe. Kein Blatt vor den Mund genommen habe. Aber wenn's ihm zu bunt wurde, hat er's mich schon wissen lassen. Er redet gern, findet aber unter seinen Gorillas kein rechtes Publikum für seine Weisheiten. Doch ich nehme ihm die Behauptung ab, dass er niemanden verprügelt. Das hat er gar nicht nötig.«

»Erzählen Sie mir mehr über diesen Grip.«

»Weniger Worte, mehr Action.«

»Gefährlich?«

»Grip würde sogar dem Boden eins in die Fresse hauen, wenn der ihn schief ansieht. Bei unserem ersten Treffen hat er mir ins Gesicht gerotzt.«

»Wundert mich nicht.«

Ich lächelte. »Nein, der Typ ist einfach ein Choleriker. Carver musste ihn schon ein paarmal beruhigen.«

»Interessant«, sagte Parrs. »Ist er verrückt genug, um das Eight zu strecken? Oder Zeug zu verkaufen, von dem er genau weiß, dass es dreckig ist?« Dass Grip in Wahrheit das erste Opfer dieser Charge verunreinigten Heroins gewesen war, hatte ich Parrs verschwiegen.

»Carver nannte ihn launisch. Meinte, Grip hätte keine Nerven mehr fürs Geschäft. Ich glaube eher, dass er genau wie die anderen Schiss hat. Wovor, weiß ich nicht.«

»Erzählen Sie mir mehr übers Haus.«

»Ständig wechselndes Publikum. Vor allem, wenn Party gemacht wird. Ich bin bei meinem zweiten Besuch gleich über Nacht geblieben. Krähte kein Hahn nach. Die Leute lagen überall rum.«

»Welche Leute?«

»Weiße Mittelschicht. Im Collegealter und älter. Die meisten Mitte zwanzig. Nennen sich Kreative.«

»Und es gibt zwei Ausgänge?«

Ich sah ihn an. »Sie wollen eine Razzia machen.« Parrs blieb stumm. »Wenn die nächste Party steigt.«

»Bei diesen Partys versteckt sich die Organisation hinter ein paar hundert betrunkenen jungen Leuten.«

»Verstehe. Und die sind gefährdet.«

»Es mag Ihnen seltsam vorkommen, Waits, aber ich befolge meine Anweisungen. Unter den gegebenen Umständen halte ich sie sogar für gerechtfertigt. Man hat Carver schon viel zu lange an der langen Leine gehalten. Wenn du Dealer bist und die Kids an dreckigem Stoff sterben, tritt dir die Polizei die Tür ein. So ist das nun mal.«

»Wieso nicht einfach eine Hausdurchsuchung?«

»Schon geschehen. Allerdings hatte der Herr uns bereits erwartet. Das Haus war von oben bis unten sauber geschrubbt.« Kein Wunder, ich hatte ihn ja auch vorgewarnt. »Also, zu den Ausgängen.«

»Soweit ich das sehen konnte, gab es zwei. Vorn und hinten. Eine doppelt verglaste Tür führt nach hinten in den Garten. Wär vielleicht eine gute Idee, die Leute hinten rauszulassen, wenn Sie vorn die Tür eintreten, damit es kein Gedränge gibt. Die Beamten könnten die Gäste dann am Gartentor abpassen.«

»Wäre zu überlegen.«

»Gibt's sonst noch was zu besprechen?«

»Haben Sie von den umgestürzten Taxis gehört?«

»Nur Kneipengerede. Mehrere Taxis?«

»*Aye.* Sieht aus, als stünde uns ein Regimewechsel bevor, ob Carver nun im Bau landet oder nicht. Ein Taxi am Freitag, eins am Samstag. Beide nicht angezeigt, aber von Zeugen gemeldet. Beide wurden auf dem Weg nach Fairview von einem großen Laster gerammt. Der Lasterfahrer ist ausgestiegen und hat der jeweiligen Eintreiberin das Geld abgenommen.«

»Wer war in den Taxis unterwegs? Jemand verletzt?«

Parrs musterte mich neugierig. »Ein paar Schnitte und blaue Flecken, soweit ich weiß.«

Hoffentlich war Catherine nichts passiert. Ich fühlte mich auf einmal ziemlich unterirdisch, dass ich so feige abgetaucht war.

»Geld von der Organisation zu klauen, ist keine gute Idee ...«

»Da war sowieso nicht mehr viel zu holen. Eine Mutter vom Sycamore Way hat im *Guardian* einen Artikel veröffentlicht. Eight ist durch. Den Stoff will keiner mehr haben.«

»Trotzdem. Jemand will Carver offenbar einen Denkzettel verpassen.«

»Sein Schicksal besiegeln, genau. Na, egal«, sagte Parrs, als er mein plötzlich wieder aufgeflammtes Interesse bemerkte. »Wir sind fertig hier.«

Ich erhob mich, leicht wackelig auf den Beinen. Parrs blieb sitzen, nickte mir lediglich zu. Einen Augenblick dachte ich darüber nach, ihm alles zu beichten, doch dann ging ich. Ich war schon halb aus der Tür, als er mich zurückrief.

»Tut mir leid, Waits.«

Ich wandte mich um.

Wieder dieses verschlagene Grinsen.

»Eine Sache gibt's da doch noch.«

Ich trat wieder ins Zimmer, schloss die Tür hinter mir und setzte eine neutrale Miene auf.

»Isabelles Handy.«

Mist.

»Können Sie sich das mal ansehen?«

Zain weiß Bescheid.

Ich nickte. Das Blut rauschte mir in den Ohren, als Parrs seine Schreibtischschublade aufzog. Mit einem Seufzer schob er sie wieder zu und riss die nächste auf, in der er eine gefühlte Ewigkeit herumwühlte.

Parrs weiß Bescheid.

Es war völlig absurd, dass ein Mensch, der meinen gesamten Bericht auswendig kannte, vergessen haben sollte, in welche Schublade er das Handy gelegt hatte. Er wollte mich eindeutig auf die Folter spannen. Irgendwann zog er ein pinkfarbenes Smartphone mit großem Display hervor, das in einer durchsichtigen Plastiktüte steckte.

»Gehörte das ihr?«

Ich hatte dieses Gerät noch nie gesehen.

»Ja, Sir.«

Parrs schwieg.

»Glaube ich jedenfalls.«

»Hm«, sagte er, den Blick fest auf mich gerichtet. »Seltsamerweise hat Isabelle es nicht eingeschaltet, seit sie von zu Hause abgehauen ist. So ein Riesending schleppt sie doch bestimmt nicht in der Handtasche herum.«

»War aber drin«, beharrte ich.

Parrs lächelte. »Danke.«

KAPITEL 3

Stundenlang zerbrach ich mir den Kopf darüber, wie viel Parrs über das Handy wusste. Ihm war bestimmt klar, dass ich ein anderes Gerät in der Wohnung gesehen hatte, zumindest ahnte er es. Ich lief im Zickzack durch die Stadt, um mögliche Verfolger abzuschütteln. Irgendwann kam ich an eine Telefonzelle, in der ich ungestört mein Handy nach Isabelles einziger Nachricht durchsuchen konnte. Gesendet von dem Gerät, das die Polizei nicht bei ihr gefunden hatte und das in der Nacht ihres Todes verschwunden war.

Ich blickte rasch über die Schulter, warf eine Münze ein und wählte ihre Nummer. Es klingelte zweimal, dann wurde ich plötzlich weggedrückt. Mailbox.

Jemand hatte ihr Handy.

Ich dachte an die Nachricht, die ich in der Nacht vor ihrem Tod auf ebendiesem Gerät gehört hatte.

Dieser unverwechselbare Oxbridge-Akzent.

Isabelle, ich wünschte, du würdest rangehen. Ich weiß schon, dass ich der Letzte bin, mit dem du reden willst …

Superintendent Parrs war nur auf Isabelles altes Handy gestoßen, weil ihr Vater ihm die Nummer verraten hatte. Aber David Rossiter kannte auch die Nummer ihres Zweitgeräts, das sie sich gekauft hatte, nachdem sie von zu Hause ausgerissen war. Woher hatte er diese Information? Und wieso hatte er Parrs nicht auch die Nummer des zweiten Handys verraten? Wer hatte es mitgenommen?

Als ich das Präsidium verließ, war es noch früh am Tag. Ich versuchte, im Straßengewirr zu verschwinden wie ein Obdachloser, den man nur zu gern übersieht. Unter dem schwachen, weißgrauen Licht taute die Stadt langsam auf, und der Verkehr floss wie Blut durch ihre Adern.

Ich wollte einfach mitfließen, mich darin verlieren. An einer Theke mein verzerrtes, über die Flaschen glupschendes Spiegelbild beobachten. Offenbar hatte dieser Nachmittag auf viele Leute dieselbe Sogwirkung. Unsichtbare Schlingen legten sich um ihre Hüften und zogen sie in die Seitenstraßen, wo die Pubs schon auf sie warteten.

Es war früh am Abend, als ich vor *Rubik's* aufschlug. Lange stand ich vor der Tür und nahm meinen ganzen Mut zusammen, bis ich endlich reinging. Irgendwas hatte sich verändert. Wahrscheinlich ich.

KAPITEL 4

Ich bestellte einen Drink und setzte mich auf eine Bank in der Ecke, Catherines Stammplatz, weil ich unbedingt mit ihr reden musste und es sonst keinen Treffpunkt gab, an dem nicht auch Carver herumlungerte. Wahrscheinlich hatte er seit der Sache am Sycamore Way nichts anderes gemacht als ich: Er war abgetaucht, um sich in Ruhe eine Strategie zu überlegen. Die letzten Tage hatte ich immer wieder im *Rubik's* nach seinen Leuten Ausschau gehalten, doch bis jetzt war niemand aufgetaucht.

Die Atmosphäre hatte sich verändert. Die Gäste waren außer Rand und Band, und niemand gebot ihnen Einhalt, ja, es schien sogar erwünscht. Drogen wurden jetzt offen konsumiert, Paare trieben es fast auf der Tanzfläche, und die Typen gingen bei der geringsten Provokation mit zerbrochenen Gläsern und Flaschen aufeinander los. Die Leute drehten voll am Rad. Keine Ahnung, ob sie auf Entzug waren oder ungewohnt starkes Zeug ballerten.

Ich wollte es auch nicht wissen.

Der Abend hatte erst begonnen, und ich trank mein zweites Glas, als Catherine reinkam. Um mich hier zu treffen? Wohl kaum, denn sie nickte lediglich ganz leicht mit dem Kopf, als sie mich entdeckte.

Dann lächelte sie matt und winkte mir zu. Während sie bestellte, überlegte ich mir, was ich zu ihr sagen wollte. Vor meinem geistigen Auge war ich bereits gescheitert. Zain hatte mir erzählt, seine Mädchen wüssten nicht, dass ich Ex-Bulle war, aber Sarah Jane hatte es irgendwie rausgekriegt. Hoffentlich wusste Cath nichts davon. Ich sollte es ihr selbst sagen. Im Vergleich zu ihrem üblichen Aufzug war sie richtig brav gekleidet.

Lederjacke, schwarzer Rock, Halbschuhe. Ihr braunes Haar, normalerweise offen über ihren Schultern, war auf ihrem Kopf zusammengefasst und mit zwei roten Stäbchen befestigt.

Bis zu jenem Moment war Catherine nur eine Vorstellung gewesen. Ein Funken Leben und eine mögliche Zukunft. Nach Isabelles Tod und der Sache am Sycamore Way machte es mir Angst, sie als lebendige Person zu begreifen. Verletzlich wie wir alle. Als sie mit ihrem Drink auf mich zukam, rempelte ein Typ sie so kräftig an, dass sie fast stürzte. Als wollte er mir beweisen, wie berechtigt meine Furcht war.

»Hey!«, brüllte ich ihm hinterher und eilte an ihre Seite. Den Kerl hatte ich zwar noch nie gesehen, doch er hatte dieselbe fiese Visage wie der Mann, dem Carver in der Burnside eine Kopfnuss verpasst hatte. Ein Sider. Seine Klamotten waren völlig aus der Zeit gefallen, und er war älter als die meisten anderen Gäste hier. Über fünfzig.

»Alles okay?«

»Ja, alles gut.«

»Wer war das?«

Catherine sah ihm nach. »Keine Ahnung«, sagte sie. Der Typ ging hinaus und knallte die Tür hinter sich zu.

»Warte hier.«

»Aidan, bitte.« Sie ergriff meine Hand. »Lass uns einfach irgendwo hinsetzen.« Wir ließen uns in ihrer Lieblingsecke nieder, und ich betrachtete ihr halbleeres Glas.

»Sprite«, sagte sie. Ich nickte, um Worte verlegen. Wie sollte ich aussprechen, was in mir vorging? Als Catherine meine Unsicherheit spürte, wechselte sie rasch das Thema. »Das soll nicht heißen, dass ich …«

»Schon klar.«

»Ich weiß einfach noch nicht, was ich damit machen will …«

»Wie geht es dir?«

»Gut«, sagte sie, senkte den Kopf und hob ihn schließlich wieder. »Schlecht. Himmelhochjauchzend. Zu Tode betrübt.«

»Hießen nicht so die Zwerge bei Schneewittchen?«

»An dem Tag in Isabelles Wohnung hast du mir einen Mordsschrecken eingejagt.«

»Ich weiß. Tut mir leid. Du mir aber auch.«

»Den Eindruck hatte ich ebenfalls.« Sie knuffte mich in die Rippen. »Hast du noch nie eine Fremde geschwängert?« Sie hatte den Arm quer über den Tisch gelegt, und unsere kleinen Finger berührten sich.

»Ähm … nein.«

»Gut gegen zu viel Schlaf in der Nacht.«

»Wenn du mir hilfst, kann ich ganz darauf verzichten.«

Sie rutschte auf der Bank herum. »Brauchst du Hilfe, Aidan?«

»Wie meinst du das?«

»Hast du Probleme?«

»Wie kommst du denn darauf?«

»Jeder, den ich kenne, hat welche.« Sie lächelte. »Ich auch. Du bist aus heiterem Himmel hier aufgetaucht, mit einem blauen Auge. Ich weiß so gut wie gar nichts über dich …«

»Was willst du wissen?«

»Benutzt du mich nur, um an Zain Carver ranzukommen?«

»Ich bin froh, wenn ich den Typen nie wiedersehe.«

Das überraschte sie. »Und was ist mit mir?«

»Das hier ist hoffentlich nicht unsere letzte Unterhaltung. Wir sind uns nicht auf normalem Wege begegnet und hätten wohl auch keine normale Beziehung. Aber ich würde es gern mit dir versuchen.«

»Willst du denn gar nichts über mich wissen?«

»Ich nehme das, was kommt.«

Das überraschte sie noch mehr. »Und sagst du mir deine wahre Meinung über diese Sache?« Ihre Schwangerschaft.

»Egal, wie du dich entscheidest, ich steh an deiner Seite. Da gehöre ich hin.«

Sie legte ihren Finger über meinen und drückte ihn leicht. »Den Spruch habe ich tatsächlich noch nie gehört.«

»Ich wollte mich schon früher melden, aber ich hatte deine Nummer nicht. In Fairview wollte ich nach der Sache am Sycamore Way erst mal …«

»Sycamore Way«, unterbrach sie mich. Diese Worte enthielten so viel Schwarz, dass es augenblicklich dunkler wurde. Sieben Jugendliche waren gestorben. »Was ist da passiert?«

»Keine Ahnung. Ich habe Isabelle in Zains Büro allein gelassen. Wahrscheinlich hat sie den schmutzigen Brick geklaut. Bis zu ihrem Tod hat es einen Tag gedauert. Wahrscheinlich hat sie das meiste vertickt, ein bisschen für sich behalten und gedrückt. Genau wie die reichen Kinder am Sycamore Way.«

»Zain meinte, du wärst dabei gewesen, als er sie fand?« Ich nickte. »Ging es ihnen wie Isabelle? Genauso schlimm?«

»Ich glaube, sie sind friedlich gestorben.« Wozu sollte ich ihr die grausame Wahrheit aufbürden? Meine Version schien sie zu erleichtern. »Hat Zain irgendwas gesagt?«

Sie hob abrupt den Kopf. »Was genau soll er gesagt haben?«

»Was mit dem Brick los war? Wieso die Leute gestorben sind?«

Kopfschütteln. »Das Zeug ist importiert. Zain streckt es nur. Der Rest der Charge war völlig clean.«

»Sicher?«

»Hat nach Sycamore Way alles genau getestet.«

»Also ist das Streckmittel bei diesem einen Brick das Problem gewesen?«

Sie nickte.

»Und Zain meinte, der Rest war sauber?«

»Ja, und ich glaube ihm.«

»Dann hat jemand dem Brick was untergemischt.«

Sie runzelte die Stirn.

»Du hast gesehen, was mit Isabelle passiert ist. Das war sicher kein Unfall.«

»Aber wieso?«

»Zain hat garantiert unzählige Feinde. Denk mal drüber nach, wer davon profitiert, wenn er von der Bildfläche verschwindet.« Der Gedanke war mir gerade selbst erst gekommen. Superintendent Parrs mit seinem blinden Eifer. David Rossiter mit seinen Geheimnissen. Sheldon White mit seinem Rachedurst. Sogar Grip hatte ein Motiv.

»Wird das passieren? Zain wird aus dem Verkehr gezogen?«

»Keine Ahnung. Wenn sie könnten, hätten sie ihn schon am Wickel.«

»Wenn das passiert, möchte ich lieber nicht in der Nähe sein.«

Ich drückte ihre Hand. »Wohin würdest du verschwinden?«

»London? Es ist traurig, dass manche Dinge einfach …«, sie zögerte, »… zu Ende gehen.« Da kam mir der Gedanke, dass ich vermutlich der Letzte war, den sie an jenem Tag hatte treffen wollen, und sie bereits beschlossen hatte, was mit ihrem Baby passieren würde.

»Das klingt nach Abschied.«

»Mach dir nicht die Mühe, mich kennenzulernen.« Sie mied meinen Blick. »Besser nicht.«

Catherine hatte einen Hang zur Theatralik, aber wenn ich an sie denke, an ihr wahres Ich, dann fällt mir dieser Abend ein. Das Haar hochgesteckt, in Lederjacke und Rock, im Zwiespalt. Der zweite Drink zeigte Wirkung bei mir, die Musik pulsierte wieder, alles glänzte. Was sie dachte, wusste ich nicht, was sie mir sagen wollte, verstand ich nicht. Ich habe sie nie richtig kennengelernt.

KAPITEL 5

Ich saß mit dem Rücken zum Eingang, aber der Schrecken auf Caths Gesicht war unübersehbar. Bevor ich mich umdrehen konnte, ließ sich ein Mann neben ihr auf die Bank fallen. Derselbe Typ, der sie fast umgestoßen hatte.

Er stank nach Motoröl.

Einen Mann wie ihn neben einem Mädchen sitzen zu sehen, war fast lächerlich, aber neben Catherine wirkte es geradezu anstößig. Er verzog das Gesicht zu einer hässlichen Grimasse, die wohl ein Grinsen darstellen sollte, legte Cath den Arm um die Schulter, als hätte sie nichts zu melden, und schob den Finger unter ihren entblößten BH-Träger.

Caths erschreckte Reaktion hatte allerdings nicht ihm gegolten, daher wusste ich, dass hinter mir noch ein anderer Typ stehen musste. Ich ahnte, wer. Sie sah mich hilflos an, wie damals in Isabelles Wohnung, wie ein in die Enge getriebenes Tier. Der Rempler, den Arm immer noch um sie geschlungen, räusperte sich laut.

»Setz dich doch, Neil.«

Wie vermutet stand hinter mir der Barmanager, den ich bei der Organisation in Verruf gebracht hatte. Immer noch auf der Flucht, immer noch unter dem bekannten Alias. Ich umklammerte mein Glas. Hätte ihm damit gern die Fresse poliert.

Er stand unter Strom. Seine Brust war wie immer aufgepumpt, aber sein sorgsam gezüchteter Dreitagebart war völlig aus der Form. Unter seinen Augen hingen wulstige schwarze Tränensäcke. Er schob sich seitlich neben mich auf die Bank und drückte mich an die Wand. Es war eine aggressive Geste, aber vielleicht hatte er auch nur den Abstand zwischen uns falsch eingeschätzt. Der Mann war fertig, völlig verstrahlt vom vielen Koks.

Ich sah die Perlen in meinem Glas aufsteigen, roch den Alkohol in der Luft, hörte Gesprächsfetzen von den Nachbartischen. Das *Rubik's* hatte sich mittlerweile gefüllt. Der Betrieb ging ganz normal weiter, die Leute hatten keine Ahnung, was hier zwischen uns abging. Es war schon spät, und die Gäste wurden zunehmend betrunkener. Ich fragte mich, wie oft ich besoffen und ahnungslos hier herumgesessen hatte, während im selben Raum schlimme Dinge passierten.

»Ich stell mich am besten mal vor«, sagte der Mann mit dem Arm um Catherines Schulter. Seine finstere Miene wirkte wie eine Maske. Viele Menschen, die ein hartes Leben hinter sich hatten, legten sie nie wieder ab. Sosehr er sich auch um Seriosität bemühte, es wollte ihm nicht recht gelingen. Mit seinem bewusst konzentrierten Gesichtsausdruck wirkte er dümmer, als er sicherlich war.

»Sheldon White«, sagte er und streckte uns die Hand hin. Weder Catherine noch ich ergriffen sie. Glen, Neil, der ehemalige Manager, zerpflückte einen Bierdeckel.

»Nett, Sie kennenzulernen«, sagte ich. »Könnten Sie ihm was zum Runterkommen besorgen? Der Typ macht mich fertig.«

Sheldon arbeitete sich erneut an einem Grinsen ab. Wahrscheinlich hatte er was Ähnliches schon mal irgendwo gesehen. Aus der Ferne. »Neil kennst du ja.«

Als er sein Alias hörte, wurde Glen auf einmal ganz aufmerksam. »Ja«, antwortete er für mich. Er zuckte wie ein Kokser, den hektischen Blick auf eine Fliege gerichtet, die nur er sehen konnte.

»Also, ich weiß, dass ihr beiden euch nicht ganz grün seid, aber ich möchte, dass ihr euch wieder vertragt.« Ich reagierte nicht. Catherine schwieg ebenfalls. »Was trinkst du, Junge?«

Ich nickte dem zuckenden Glen zu. »Dasselbe wie er.«

Sheldon knipste das Grinsen aus.

»Jameson mit Soda«, sagte ich schließlich.

»Doppelt?«

»Mindestens.«

»Bin dabei. Und die Lady?« Als Catherine keine Antwort gab, ließ er ihren Träger flitschen.

»Rotwein«, sagte sie, den Blick auf die Wand gerichtet. Sheldon erhob sich schwerfällig. Er war groß, älter als Carver, aber völlig aus der Form geraten.

»Schön hiergeblieben«, sagte er.

Mittlerweile war es richtig voll geworden, überall herrschte Gedränge. Sobald er außer Sichtweite war, stand ich auf und nickte Catherine zu.

Sie blieb sitzen.

Glen, noch am Rupfen und im Weg, machte auch keine Anstalten zu gehen. Stattdessen zeigte er mir, was er unter dem Tisch verborgen hatte.

Ein Messer.

Einige gelangweilte, ausdruckslose Gesichter aus der Menge sahen zu uns herüber. Ich meinte, darunter zwei der Gorillas aus der Burnside zu erkennen. Die anderen, ähnlich groß und ähnlich tumb, hatten uns umzingelt. Ich setzte mich wieder und zwang mich, nicht weiter darüber nachzudenken.

Stattdessen wandte ich mich an Glen, Neil, scheißegal. »Warst du das vor meiner Wohnung?«

Er antwortete nicht, aber der Druck seines Messers an meinem Bauch sprach Bände.

»Das ist gar nicht nötig«, sagte Catherine.

»Is'n gutes Wahrheitsserum. Hättst dich von ihm fernhalten sollen.«

Sie sah mich kurz an. »Wieso?«

»Sags ihr, Aid.«

»Keine Ahnung, was du da laberst.«

»Ha! Typ, du weißt ja selbst nicht mehr, in welcher Lüge du gerade steckst. Fangen wir mal damit an, was mit Izzy passiert ist.«

»Sie hat dreckiges Eight gedrückt.«

»Von wem hatte sie das?«

»Hat's sich selbst besorgt oder von jemandem gekriegt.«

»Du hast sie doch wohl in der Nacht nach Hause verfrachtet. Wo warst du, als das alles abging?«

»In meiner Wohnung. Und du?«

Glen drückte das Messer fester gegen mein Hemd, und ich spürte, wie der Stoff aufplatzte. »So läuft das nicht.«

»Ich hab sie am nächsten Tag gefunden und die Polizei gerufen. Warum sollte ich zurückkommen und das tun, wenn ich sie umgebracht hätte?« Während ich das sagte, rasten mir mehrere Gedanken durch den Kopf: Glens Gefühlszustand ließ darauf schließen, dass er nichts mit Isabelles Tod zu tun gehabt hatte. Er klang so verwirrt wie ich.

»Hättst ja übernachten können oder bist zurückgekommen, um deine Spuren zu verwischen.«

»Er war mit mir zusammen«, sagte Catherine. »Wir haben sie gemeinsam gefunden. Ich schwör's. Bei meinem Leben.« Es sah aus, als wollte sie die Hand auf den Bauch legen. »Und ich finde die Frage nach deinem Alibi vollkommen berechtigt, Neil.« Ich spürte das Messer auf meiner Haut.

»Berechtigt?« Der Ausdruck schien ihn zu amüsieren. »Ich war bei meiner Freundin Mel«, sagte er schließlich.

»Mel?«

Er machte eine Kopfbewegung in Richtung Theke, wo die australische Kellnerin arbeitete. »Aid hier hat ein paar Tausender Koks im Klo versenkt und mich ans Messer geliefert.« Die Worte flogen aus seinem Mund. »Da bin ich bei Mel untergetaucht.«

»Wieso sollte Aidan …?«

»Er hat recht«, sagte ich.

»Was?«

»Ich wollte Isabelle beschützen.«

»Du laberst doch Scheiße«, sagte Glen. »Es ging dir nur um dich. Voll typisch für sone wie dich.«

»Was meinst du damit?«, fragte Catherine.

»Klär sie auf, Aid.« Das Messer ritzte mir die Haut auf.

»Ich bin Polizist.« Sie sah erst mich, dann wieder die Wand an. Doch die Farbe war ihr aus dem Gesicht gewichen, und ich befürchtete, dass sie sich gleich erbrechen würde. Glen verfolgte das Schauspiel gespannt.

»Überraschung!«, rief er. »Du hattest keine Ahnung, hm? Aid setzt mich außer Gefecht und bringt Izzy nach Hause. Am nächsten Tag ist sie tot. Danach die Kids am Sycamore Way. Und jetzt steckt Zain voll in der Scheiße. Seltsam, oder? Ob's da wohl einen Zusammenhang gibt?«

Catherine sah mich erneut an. Neugierig. »Wer ist der Typ?«, fragte sie dann und wies auf den leeren Platz neben ihr.

»Sheldon White? Ein alter Burnsider. Old School.«

Da schloss sie die Augen.

»Was blieb mir denn anderes übrig?«, jammerte Glen. »Von diesem Wichser hier werd ich mich nicht vertreiben lassen.« Wieder drückte er mir das Messer in den Bauch. »Hab den Siders gesagt, sie könnten sich hier einrichten, solange Zain außer Gefecht ist. War natürlich nur'n Trick …«

Er starrte ungläubig auf seine zitternden Hände. Wer hier wen ausgetrickst hatte, war offensichtlich.

Ich fragte mich allerdings, ob sie ihn mit mehr als nur Koks abgefüllt hatten. So panisch und dämlich, wie Glen war, voller Angst um sein Leben, waren ihm die Siders sicher als guter Ausweg erschienen. Als Schutzmaßnahme, bevor er sich den nächsten Schritt überlegte. Aber die hatten ihn anscheinend tagelang mit Drogen zugeballert und ihm so jede Einzelheit über die Organisation entlockt.

Mit Verbitterung dachte ich an die Tütchen im Klo. Ich hätte einfach für seine Festnahme sorgen können, aber ich musste ja unbedingt meine Rachefantasien ausleben.

»Was muss, das muss«, sagte er vage. »Zain versteht das.« Danach schwiegen wir, bis Sheldon mit unseren Getränken wiederkehrte. Vier Gläser in seinen tätowierten Pranken.

»Unterhaltet euch ruhig weiter, Kinder«, sagte er, während er die Gläser über den Tisch schob und sich neben Catherine quetschte. Er legte ihr erneut die Hand um die Schulter und trank mit der anderen. »Du heißt Cath, ne?«

Sie nickte. Plötzlich wirkte sie sehr jung.

Sheldon sah mich an. »Und wer bist du?«

»Aidan.«

»Ja, klar. Stimmt. Aidan Waits. Der Mann aus der Newton Street.«

»Das ist kein Geheimnis. Wohnst du in der Nähe?«

»Nee, Kumpel. Schön wär's. Ich wohne weiter draußen. In der Burnside.«

»Nett da.«

»Stimmt. Du und Zain, ihr wart ja vor'n paar Tagen bei uns zu Besuch.«

»Wir wollten uns das mal genauer ansehen. Soll ja richtig geil sein bei euch.«

Seine Schädelplatten verschoben sich zu einem hässlichen Stirnrunzeln. »Den hier kannste gern so blöd anquatschen«, sagte er mit Blick auf Glen. »Zain und die Fotze hier meinetwegen auch. Aber mich nicht. Klar?« Ich nickte. »Ja, Burnside ist geil. Unpoliert. Ein bisschen wie dieser Laden.«

Niemand reagierte.

Er sah sich um. »Die ganzen Leute hier«, fuhr er fort, »die ganze Kohle, die vielen Mösen.« Er atmete tief ein. »Das schreit doch voll nach ein bisschen Vergessen. Und keiner verkauft's ihnen. Das finde ich kriminell.«

»Zain bedient sie schon«, sagte Catherine.

»Das war mal, Schätzchen«, sagte Sheldon. »Ich glaube, wir sind uns alle einig, dass das Goldene Zeitalter vorbei ist.« Glen nickte, als würde er angestrengt über Sheldons Worte nachdenken. Vermutlich dämmerte ihm gerade, was er angerichtet hatte. »Aber bei seinen Pferdchen hat er immer einen guten Geschmack, nicht wahr, Herzchen?« Catherine schwieg. »Du bist vielleicht sogar sein bestes.«

»Ich arbeite für ihn.«

Das fand er richtig witzig. »Das sagen sie am Anfang alle, stimmt's, Aid? Das andere hat ja auch erst für ihn gearbeitet.« Als Catherine nicht reagierte, schob er noch etwas nach. »Wie hieß das Flittchen noch gleich?«

Catherine gab nach, vielleicht aus Angst oder aus Loyalität. »Joanna.«

Sheldon ließ sich den Namen auf der Zunge zergehen. »Jo-anna. Genau. Aber das war doch sicher vor deiner Zeit.«

»Ich habe sie nie kennengelernt«, sagte Catherine leise.

White musterte mich. »Die Schlampe hamse irgendwo einbetoniert. Schlechter Ort für die letzte Ruhe.«

»Fick dich, du Pisser«, sagte Catherine.

»Wie meinen, Süße?«

Sie sah ihm ins Gesicht und wiederholte ihre Worte.

Ich umklammerte mein Glas, denn ich war sicher, dass Sheldon sie schlagen würde. Ihrem Blick nach zu urteilen, ging es ihr genauso. Dutzende Gesichter in der Menge verfolgten das Geschehen. Unsere Unterhaltung, ja dieser ganze Abend, schien nur für sie inszeniert worden zu sein.

»Du wolltest was mit uns besprechen?«, sagte ich. »Dabei ging es doch sicher nicht um die Vergangenheit.«

»Schau dir das an«, sagte Sheldon grinsend. »Aid hat keinen Bock auf Geplänkel. *Straight to business.* Steh ich drauf.«

»Ich hab noch was vor.«

»Ich werde dich nicht weiter aufhalten, Kumpel. Aber erst musst du mir einen kleinen Gefallen tun.«

»Was?«

»Nennen wir es Friedensmission.«

Ich wartete.

»Ich kann ja nicht einfach hier reinplatzen, ohne Carver Bescheid zu sagen. Schließlich ist das hier sein Laden. Also kannst ihm sagen, ich hätte einen Vorschlag für ihn. Eine super Gelegenheit. Wie Neil mir verraten hat, laufen die Geschäfte der Organisation über *Rubik's*. Das Zeug kommt hier an, wird hier verkauft und dann an anderen Orten weitervertickt. Is' doch so, oder?« Glen nickte, den stumpfen Blick auf die Tischplatte gerichtet. »Aber jetzt, wo Carvers Ruf im Arsch ist und Neil auf der Flucht, geht hier gar nix mehr.«

»Und du kannst das Geschäft wiederbeleben.«

Seine Finger bohrten sich in Catherines Schulter. »Zumindest kann ich es warmhalten.« Als ich den Kopf schüttelte, redete er weiter. »Darum geht es aber nicht. Richte ihm aus, dass ich ihn auszahle.« Sheldon feixte. Auf seiner Oberlippe sammelte sich zäher Schweiß. »Ein Prozent vom Gewinn.«

»Darauf wird es nur eine Reaktion geben«, sagte ich.

»Aber klar. Er wird sich drauf stürzen. Der Mann ist so was von am Arsch, der hat gar keine andere Wahl.«

»Aber seinen Stolz. Ich richte ihm gern aus, dass du hier Drogen verkaufst, aber das ist demütigend genug. Wenn du ihm aber ein Prozent anbietest, kriegt er das mit seinem Ego nicht klar. Dann gibt's Krieg.«

Sheldon sah mich gelangweilt an.

»Er hat nichts zu verlieren. Biete ihm zehn, und er kann es sich als Geschäft verkaufen. Die Kröte wird er schlucken.«

Sheldon atmete hörbar ein und tat so, als würde er ernsthaft darüber nachdenken.

»Da ist vielleicht was dran, Aid.« Er fixierte mich. »Ich geb ihm fünf.«

»Darum ist es hier also gegangen?«

»Hä?«

»Die schwarz-weißen Farbkleckse an Carvers Tür.«

Sheldon zog die Stirn kraus, dann lachte er. »Damit hab ich nix zu tun, Kumpel. Aber gut zu wissen, dass Zain ein paar neue Feinde hat. Und dass die mich nachmachen, verstehe ich als Kompliment.«

Ich bemühte mich, meine Überraschung zu verbergen. »Und wieso sollte ich den Botenjungen spielen?«

Glen unterbrach uns. »Du hast versprochen, ich dürfte es Carver erzählen«, sagte er zu Sheldon.

»Das war, bevor wir Aid getroffen haben. Jetzt läuft's eben anders.« Glen atmete schwer. Die Widerworte kriegte er schon nicht mehr formuliert.

»Du hast mich schon wieder nicht ausreden lassen, Aid«, fuhr Sheldon fort. »Wie vorhin, als ich über Joannas trauriges Ende sprach. Da hast du gemeint, ich wäre nicht hergekommen, um über die Vergangenheit zu reden. Da liegst du falsch.« Unsanft knetete er Catherines Brust. Sie schloss die Augen. »Cath leistet mir ein bisschen Gesellschaft, während du mit Carver redest. Stimmt's, Cath?«

Als sie nicht antwortete, kniff er sie fest in die Brustwarze. »Stimmt's, Cath?«

Sie schlug die Augen wieder auf. »Ja«, sagte sie.

Ich prägte mir alles ganz genau ein. Die mit Tröpfchen benetzte Tischplatte, die alkoholschwangere Luft, die Gesprächsfetzen fremder Unterhaltungen. Catherines Gesichtsausdruck. Sie starrte erneut die Wand an, aber in ihren Augen standen Tränen. Ich wünschte, sie würde mich ansehen, mir wieder vertrauen, doch mir war klar, dass sie es nicht konnte.

»Dein Handy«, sagte Sheldon.

Ich zog es aus der Tasche und drückte es ihm in die Hand. Sheldon gab Glen ein Zeichen, der mich prompt nach weiteren Geräten filzte. Da entdeckte ich den Blutfleck auf meinem Hemd, wo sein Messer in meine Haut eingedrungen war. Als er fertig war, nickte er Sheldon zu, der mir ein billiges Einweghandy hinhielt.

»Kann nur eine Nummer anrufen: meine. Carver braucht nur ein Wort zu sagen. Ja oder nein.« Er trank, schmatzte. »Und wenn er ein Problem hat, ihm fünf Prozent nicht reichen und ich bis zehn nichts von ihm gehört habe, wird Cath verschwinden.« Ihm standen die Schweißperlen im Gesicht. »Du hast mich wieder nicht ausreden lassen, Aid. Glaub ja nicht, dass du nichts mehr zu verlieren hast, Kumpel. Wenn ich mit ihr fertig bin, hat sie nie existiert.«

Catherine sah mich nicht an, als ich mir Sekunden später einen Weg durch die Menge zum Ausgang bahnte. Ich war völlig ruhig. Glasklar. Meine ganze Konzentration auf Sheldon White und Glen gerichtet. Ein Gedanke beherrschte meinen Verstand: Ich wollte die beiden am liebsten umbringen.

KAPITEL 6

Als ich aus dem Treibhausklima im *Rubik's* ins Freie trat, schlug mir kalte Luft entgegen. Leute in Wintermänteln waren unterwegs zu ihren Familien, Wohnzimmern, Betten. Zwei Männer kamen hinter mir aus dem Club, und ich setzte mich in Bewegung. Ich zog Sheldons Handy aus der Tasche und wählte die Notrufnummer der Polizei.

»Im *Rubik's*, dem Nachtklub an den Locks, wird eine Frau gegen ihren Willen festgehalten. Brünett, Anfang zwanzig. Sie ist in Begleitung zweier, möglichweise auch mehrerer weißer Männer. Einer von ihnen ist Sheldon White, circa fünfzig Jahre alt, vorbestraft wegen gefährlicher Körperverletzung und Drogenhandels. Der andere heißt Glen Smithson, ist circa dreißig Jahre alt, wegen Vergewaltigung und Drogenhandels vorbestraft. Die beiden sind bewaffnet und gefährlich. Wiederhole: bewaffnet und gefährlich.« Erst als ich sicher war, dass der Einsatzleiter meine Meldung ernst genommen hatte, beendete ich das Gespräch.

Auf dem Weg in die Stadt wählte ich auch Parrs Nummer, bekam aber keine Verbindung.

Alle Taxis, die mir unterwegs begegneten, waren bereits besetzt oder fuhren in die falsche Richtung. Trotzdem fuchtelte ich jedes Mal wild mit den Armen, wenn eins vorbeikam. Zu Fuß würde ich eine Stunde nach Fairview brauchen, mit dem Auto nur eine Viertelstunde. Ich betrachtete Sheldons Handy.

Der Wichser hatte die Uhr nicht eingestellt.

Ich fragte zwei vorbeischlendernde Mädchen nach der Zeit, aber die starrten mich an, als wäre ich besoffen.

»Bin spät dran«, keuchte ich.

Eine öffnete zögerlich die Handtasche, um nach ihrem Handy zu suchen, also trat ich einen Schritt zurück, damit sie nicht dachte, ich wollte sie ausrauben.

»Viertel vor«, sagte sie schließlich.

»Zehn?«

Sie nickte, aber ich war schon wieder auf dem Sprung.

Das lärmende Getümmel vom Weihnachtsmarkt auf dem St. Anne's Square kündigte sich schon von Weitem an. Bunte Lichter und festliche Dekorationen zierten die vielen Stände mit edlen Waren, Getränkeausschänke und Büdchen. Der Geruch von Bier, Glühwein und Hotdogs hing in der Luft.

Musik gab es auch. Tausende Menschen wimmelten umher. Familien mit müden, übersättigten Kindern, Angestellte aus den umliegenden Büros, verliebte Jugendliche beim ersten Date. Ich drängelte mich durch die unbeschwert über den Platz bummelnde Menge.

Sheldon plante eine feindliche Übernahme. Glen hatte die Entwicklungen der letzten Wochen in den richtigen Zusammenhang gebracht.

Isabelles Tod.

Sycamore Way.

Carver als Sündenbock.

»Ob es da wohl einen Zusammenhang gibt?«

Schwierig, sich vorzustellen, dass die drei Begebenheiten nicht für diesen einen großen Auftritt inszeniert worden waren. Das *Rubik's* war natürlich nicht der einzige Umschlagplatz für die Organisation und auch nicht die einzige Bar in der Stadt, aber die wichtigste. Und high oder nicht, Glen hatte den Burnsiders den Schlüssel ausgehändigt. Das Angebot an Carver war eine bittere Pille. Und volle Absicht.

Eine Provokation.

Mir blieb nichts, als ihm die Wahrheit zu sagen, oder zumindest fast. Ihn mit seiner geliebten Joanna zu ködern. Dieselbe Wut auszulösen, die ihn bei den Burnsiders erfasst und fast dazu getrieben hatte, einen von ihnen zu töten, weil er es gewagt hatte, ihren Namen zu erwähnen. Ich musste Catherine beschützen.

Noch bevor ich den Taxistand erreicht hatte, entdeckte ich eines ohne Fuhre. Blindlings hechtete ich auf die Straße, mitten in den Verkehr hinein. Der Fahrer hielt.

Ich nannte ihm Carvers Adresse. »Fünfzig, wenn wir's in zehn Minuten schaffen.«

KAPITEL 7

Da ham Se echt Schwein gehabt.«

»Wieso?«

»In der Yarville Street hat's ein Riesenfeuer gegeben, mehr als zwanzig Taxis sind ausgebrannt.«

»Wann ist das passiert?«

»In der letzten Stunde.« In der Yarville Street befand sich die Taxizentrale der Organisation. Sheldon White hatte erneut zugeschlagen. Wenn Carver das schon mitgekriegt hatte, würde er vor Wut schäumen.

»Hör mal, Kumpel, kann ich mal kurz dein Handy ausleihen?« Der Mann musterte mich misstrauisch im Rückspiegel. »Ist 'n Notfall«, sagte ich und wedelte mit den Scheinen. Das überzeugte ihn. Ich wählte Parrs' Nummer.

Mailbox.

»Ich bin aufgeflogen«, sagte ich. »Ein Mädchen, Cath, schwebt in Gefahr. Sheldon White hält sie im *Rubik's* fest. Helfen Sie ihr!« Mehr fiel mir nicht ein, also beendete ich das Gespräch und gab das Handy zurück. Der Fahrer mied meinen Blick und gab Gas, um mich so schnell wie möglich loszuwerden.

Dreißig Meter vor Fairview hielt er. Die Uhr neben dem Lenkrad zeigte 21:56. Ich schob ihm alle meine Scheine durch den Spalt in der Plexiglasscheibe und beeilte mich, aus dem Wagen ins Haus zu kommen. Ich hechtete mit voller Wucht gegen die Tür. Als keiner öffnete, trat ich, hämmerte, brüllte, klingelte Sturm, bis im Flur endlich ein Licht anging.

Erst da trat ich einen Schritt zurück, damit Sarah Jane mich durch den Spion erkennen konnte. Die Tür flog auf, und ich stand vor Grip. Sarah Jane entdeckte ich direkt hinter ihm, die Arme fest um den Körper geschlungen. Mit ihrem grellroten Haar sah sie sehr blass aus. Ausgezehrt und krank.

»Ich muss sofort zu Zain.«

Grip baute sich vor mir auf. »Was geht hier ab?«

»Die Siders haben Catherine.« Er trat einen Schritt zurück und warf Sarah einen Blick zu. »Wenn Zain sich bis zehn nicht bei ihnen gemeldet hat, verschwindet sie.« Ich zeigte ihm das Billighandy. »Da ist nur eine Nummer drauf. Er muss anrufen und ›Ja‹ sagen.«

»Zu was?«

»Sie wissen, dass er festsitzt, und wollen im *Rubik's* verkaufen, bis die ganze Scheiße vorbei ist.«

»Da wird nix draus. Sie haben ihm gerade die Taxis abgefackelt.«

»Aidan …«, sagte Sarah Jane.

»Er kann doch erst mal zustimmen und seine Meinung später ändern.«

Grip trat einen Schritt vor. »Macht er nicht.«

»Aidan«, beharrte Sarah Jane. »Er ist nicht hier.«

Ich konnte nur atmen. Mehr ging nicht.

Erst nach einer Weile sagte ich: »Wie spät ist es?«

Sarah sah auf ihre Uhr. »Zwei Minuten nach …«

»Wo ist sie?«, wollte Grip wissen. Aber ich hatte schon auf dem Absatz kehrtgemacht und war hinausgelaufen. Das Handy lag mir glitschig zwischen den Fingern. Ich musste immer wieder an Catherine denken, die mich nicht hatte ansehen können. Mir nicht mehr vertraute. Ich öffnete die Kontaktliste.

Ein Eintrag.

BOSS.

Als ich mich weit genug vom Haus entfernt wähnte, stellte ich mich in den Schatten. Fühlte mich unsichtbar. Mein Finger schwebte über der Tastatur.

Ein kurzer Windstoß stob durch die Bäume, als ich die Wahltaste drückte. Es klingelte lange. Über eine Minute. Dann ertönte ein Klicken.

»Du bist spät dran«, sagte Sheldon.

»Ich war pünktlich, aber Carver ist nicht hier.«

»Gut.«

»Wenn du mir noch eine Stunde gibst …« Er hatte schon aufgelegt.

Meine Hände zitterten. Meine Lunge brannte. Plötzlich saß ich auf dem Gartenweg und starrte die Bäume an. Ich hörte Stimmen, sah Gesichter zwischen den Zweigen. Sie beobachteten mich.

KAPITEL 8

Wieder wählte ich Sheldons Nummer, aber niemand ging ran. Beim nächsten Mal landete mein Anruf direkt auf der Mailbox. Ich lauschte der Nachricht, gesprochen von einer mechanischen Frauenstimme, und wartete auf den Signalton. Die Worte platzten aus mir heraus.

»Er ist mit einem Prozent einverstanden. Ruf mich zurück.«

Lange starrte ich aufs Handy. Ich spürte jede Sekunde für immer verschwinden. Den Gedanken, dass die Zeit für Catherine immer knapper wurde, verdrängte ich.

Aus Angst, Sheldon könnte anrufen und von mir verlangen, Carver zu finden, kehrte ich nicht zu *Rubik's* zurück. Als ich mich wieder aufrappelte, knallte hinter mir die Tür zu. Ohne den sanften Lichtschein vom Haus lag der Garten in tiefer Dunkelheit. Zwei Gestalten kamen auf mich zu. Sarah Jane und Grip.

»Was hast du ihnen gesagt?«, fragte Sarah Jane.

»Dass Zain nicht hier ist. Da haben sie aufgelegt.«

»Ruf noch mal an.«

»Hab ich schon. Mailbox. Wo ist er?«

»Unterwegs.« Sie zögerte. »Wo ist Cath?«

»Sie war bei *Rubik's*, aber da sind sie sicher nicht mehr.«

»Moment.« Sarah Jane zog ihr Handy aus der Jackentasche und wählte Catherines Nummer. Wir warteten. »Es klingelt.« Als ich näher trat, hörte ich, wie jemand den Anruf wegdrückte.

»*Rubik's*«, sagte Grip und ging an mir vorbei zur Straße.

»Ich komm mit.«

»Nee, Kumpel. Such du mal lieber nach Seiner Lordschaft

und erklär ihm diese Scheiße. Wieso hast du dich überhaupt mit ihr getroffen?«

»Zum Reden.«

»Zu mehr bist du auch nicht gut.«

»Wer hat sie festgehalten?«

»Sheldon White. Er meinte, ich sollte den Namen Joanna Greenlaw erwähnen.« Sekundenlang herrschte Stille. Trotz des trüben Lichts meinte ich zu erkennen, dass die beiden Blicke tauschten. »Wen hast du vor meiner Wohnung gesehen, Grip?«

Er antwortete nicht, doch ich hörte ihn lauter atmen.

»Wovon redet er?«, wollte Sarah Jane wissen.

»Jemand hat meine Wohnung auf den Kopf gestellt. In der Nacht, als die Sache am Sycamore Way passiert ist. Grip hat jemanden gesehen.«

»Hab ich doch schon gesagt. Die Bullen warn's.«

»Wer war der Typ mit dem Messer?« Grip schwieg. »Ich glaube, es war Glen oder Neil oder wie er sich sonst noch nennt. Der war heute mit Sheldon unterwegs. Hängt schon länger mit ihm rum. Das alles wäre vielleicht nicht passiert, wenn wir früher Bescheid gewusst hätten.«

Grips Gesicht konnte ich immer noch nicht deutlich erkennen, doch er seufzte und ließ die Schultern hängen. »Du musst Zain finden«, sagte er und verschwand. Ich wandte mich zu Sarah Jane um. Auch ihre Miene blieb mir verborgen, doch ihr rotes Haar leuchtete im Mondlicht. Ich hielt das Handy in den Fingern, und als es klingelte, zuckten wir beide zusammen. Auf dem Display stand:

BOSS RUFT AN.

Ich nahm das Gespräch entgegen und hielt das Gerät so, dass Sarah Jane mithören konnte.

»Ein Prozent?« Sheldon White lachte.

»Ja.«

»Du hast bis halb elf.«

»Ich will mit ihr sprechen.«

Die Leitung war tot.

»Wie spät ist es?«, fragte ich Sarah Jane.

Sie sah auf ihr Handy.

»Zehn nach«, sagte sie und packte mich am Arm. »Komm mit, ich weiß, wo er ist.«

KAPITEL 9

Als wir ins weiche Licht der Straße traten, sah ich sie endlich richtig. Sie trug eine Fuchsfelljacke über der schwarzen Jeans. Es war November, aber die falsche Hälfte, und ich fragte mich, ob ihr einfach kalt war, als sie sich bei mir unterhakte. Erst nach einigen Schritten fiel mir auf, dass sie humpelte. Der Angriff auf ihr Taxi lag erst drei Tage zurück. Es war, als hätte sie dabei auch einen Teil ihres Selbstbewusstseins eingebüßt. Wir gingen, so schnell wir konnten, die Köpfe vor der Kälte eingezogen.

»Langsam frage ich mich, wie wir eigentlich unsere Krisen ohne dich überstanden haben«, sagte Sarah Jane.

»Wenn ich das richtig sehe, hattest du am Freitag eine, und ich war nicht dabei.« Sie schwieg eine Weile, beschleunigte aber ihre Schritte, als wollte sie ihre Verletzung kaschieren. Wir waren mittlerweile am Ende der Straße angelangt, wo eine Wohnanlage mit hässlichen Neubauten aufragte. Da dämmerte mir, wohin wir unterwegs waren. Sarah Jane zog die Blicke der vorbeikommenden Männer auf sich, doch sie ging ungerührt weiter.

»Das mit dem Taxi war ein Unfall.«

»Willst du mich verarschen? Was läuft hier eigentlich?«

Sie antwortete nicht.

»Bei meinem zweiten Besuch in Fairview habt ihr euch gestritten, du und Zain. Worum ging es da? War das schon der Anfang dieser Scheiße hier?«

»Wir haben uns nicht gestritten.«

»Du hast ihn geschlagen. Hätte nicht gedacht, dass du auf so was stehst.«

Sie zog ihren Arm weg. »Du hast doch keine Ahnung, wie ich bin, Arschloch!«

»Du hattest mal einen kühlen Kopf. Was ist passiert? Wieso humpelst du?«

Sie blieb stehen und taxierte mich. »Eigentlich ging es dabei um dich. An dem Abend, als du bei uns aufgekreuzt bist.«

»Schön, dass du mich so interessant findest.«

»Bilde dir bloß nichts ein.«

»Aber dicke Luft war schon vorher im Haus.«

Sie ließ mich stehen. »Keine Ahnung, was du meinst.«

Ich folgte ihr, redete auf ihren Rücken ein. »Kurz danach hat jemand was in den Brick gemixt. Mehrere Jugendliche sind deshalb draufgegangen. Und Isabelle. Fällt dir dazu nichts ein?«

»Wir sind da.«

November, überall, hüllte das hässliche graue Gebäude in seinen Nebel. Wie eine halb vergessene Erinnerung. Kieselrauputz wie Aknenarben. Halogenscheinwerfer hinter anonymen Fenstern. Der zu Apartments umgebaute Bürokomplex, in dem Isabelle den Tod gefunden hatte.

KAPITEL 10

Sarah Jane ging vor. Durch den leeren Empfang die Treppe hinauf. Ihr rotes Haar leuchtete. Ich folgte ihrer Parfümwolke. Plötzlich erfasste mich eine seltsame Sehnsucht nach der Vergangenheit. Ein vertrauter Duft wie ein Donnerschlag, der einen direkt zurückversetzt in eine längst vergessene Zeit. Doch die Erinnerung ließ sich nicht greifen.

Sogar in dem Moment, als wir gemeinsam die Stufen erklommen, waren wir getrennt. Wie Fremde. Sie war nicht herablassend oder arrogant, aber irgendwas an ihr hielt mich auf Distanz.

Was Carver hier trieb, wusste ich nicht. Vielleicht stand er kurz vor einem Zusammenbruch. Hatte sich in ein Apartment verkrochen, um allem zu entfliehen. Als wir in den zweiten Stock kamen, wusste ich, dass wir in Isabelles alte Wohnung gehen würden.

Auf dem Absatz wandte sich Sarah Jane zu mir um. Je näher wir kamen, desto schlechter ging es mir. Auf dem Boden lag die zerrissene Polizeiabsperrung.

Spurensicherung.

Sarah Jane klopfte und wandte sich dann zu mir um. Weil ich ihr im Eifer des Gefechts zu dicht auf die Pelle gerückt war und sie förmlich gegen die Tür drückte, schob sie mich weg. Erst als ich ein paar Schritte zurückgetreten war, zog sie einen Schlüssel aus der Tasche und öffnete. Einen Moment hatte ich glatt erwartet, Isabelles Leiche am Boden zu sehen.

Stattdessen drang warme, schweißgetränkte Luft aus der Wohnung. Im Zimmer war es dunkel, nur eine Schreibtischlampe spendete punktuelles Licht. Isabelles sorgfältig arrangierte Anonymität war im Chaos versunken. Überall lagen Zeitungen, überregionale, aber auch Käseblätter. Auf allen prangten die Namen Isabelle Rossiter, David Rossiter, Zain Carver und Sycamore Way. In der Mitte, wie auf einem Ehrenplatz, thronte der Aufruf im Fall Joanna Greenlaw. Einige Passagen waren umkringelt oder unterstrichen.

Zain Carver, Meisterkrimineller, schlief auf dem Bürostuhl vor dem Schreibtisch, die Arme um den Körper geschlungen, die Beine angezogen. Er sah aus wie ein Vampir nach einer blutlosen Nacht. Am liebsten hätte ich ihn wachgerüttelt.

»Warte hier«, sagte Sarah Jane.

»Wir haben keine Zeit zu …«

»Keine Panik.« Sie trat ein und schloss die Tür hinter sich. Ich konnte nicht stillstehen, mir war, als würden mir die Knochen unter der Haut jucken. Aus der Wohnung drang ein Murmeln, sie, er, hin und her, dann setzte Sarah Janes erhobene Stimme den Schlusspunkt.

Warten.

Ich sah aufs Handy.

Nichts.

Ich betrachtete die anderen Türen auf dem Flur. Dachte über die Bewohner nach, für die das Leben einfach weitertickte. Minute um Minute.

Als ich kurz davorstand, einfach hineinzustürmen und loszubrüllen, kam Sarah Jane heraus. Sie schloss die Tür sanft hinter sich.

»Er testet alles, was wir noch haben«, sagte sie leise. Ihre Stimme zitterte. »Ich glaube, er will sich umbringen …« Sie mied meinen Blick und trat beiseite, um mich reinzulassen. Carver war wach, doch er blickte durch mich hindurch ins Leere.

»Handy«, lallte er. Ich drückte es ihm in die schweißfeuchte Hand. Es war befremdlich, ihn so zu sehen. Ich verspürte tatsächlich so was wie Enttäuschung. Zuerst stierte er das Gerät nur nachdenklich an, dann durchsuchte er die Kontaktliste. Als schon nach dem ersten Klingeln jemand dranging, blinzelte er nur. Carver lauschte der Stimme am anderen Ende der Leitung. Kurz danach verstummte sie.

Sekundenlang geschah nichts. Sarah Jane sah mich an. Keiner rührte sich.

»Ja«, sagte Carver schließlich.

KAPITEL 11

Carver ließ das Handy fallen. Als Sarah Jane auf ihn zulief, trat ich ein paar Schritte zurück und verließ das Zimmer. Keiner von beiden nahm von meinem Abgang Notiz. Auf dem Weg nach unten britzelte über mir die grelle, brutale Flurbeleuchtung. Ich hechtete durchs Foyer und die Schwingtüren auf die Straße.

Lichter zischten an mir vorbei.

Es gab keinen chronologischen Ablauf, und hinterher wusste ich nicht mehr, was zuerst passierte. Gefühlt tanzte ich auf allen Hochzeiten. Auf der Straße versuchte ich, ein Taxi anzuhalten. Kaum saß ich drin, stand ich auch schon vorm *Rubik's*. Mitternacht war schon durch. Ich lungerte vor verschlossenen Türen herum und ging ein paar Leuten auf den Keks. Unterbrach Unterhaltungen, fragte sie, ob sie Cath gesehen hatten. Rannte um die Ecke nach hinten, um nach ihr zu suchen.

Verließ die Locks, auf dem Weg in die Innenstadt. Die Clubs tobten. Vor den meisten warteten die Leute auf Einlass und unterhielten sich lautstark.

Haut, Gelächter, Parfüm.

In diesen Clubs hatten die Mädchen für die Organisation Geld eingetrieben, deshalb befragte ich die Wartenden und auch den Türsteher, ob sie Cath oder ihre Begleiter gesehen hatten.

Die kenn ich nicht, Kumpel.

Den kenn ich nicht, Kumpel.

Nee, ich glaub nicht, Kumpel.

Dann saß ich wieder im Taxi, auf dem Heimweg, durchwühlte Schubladen, warf mit dem Inhalt um mich, auf der Suche nach irgendwas.

Fand meinen Dienstausweis.

Legte eine Handvoll Speed nach.

Zog wieder los.

Zurück in die Innenstadt. Um wieder Schlange stehende Clubber nach Cath zu befragen, nach Grip, nach dem Barmanager.

Irgendeinen von ihnen wollte ich finden. Egal, wen.

In einer Gasse richtete ich mir die Klamotten, kam wieder zu Atem. Setzte ein Lächeln auf. Wie viele Bars ich in dieser Nacht besuchte, weiß ich nicht mehr, aber ich klapperte sie alle ein zweites Mal ab, zeigte den Türstehern meinen Dienstausweis. Die wurden langsam ungehalten, merkten sich meinen Namen.

Aber sie ließen mich rein. Wummernde Bässe, Stimmengewirr, Gelächter. Überall versuchte ich, mich an ihren Lieblingsplatz zu erinnern. Stand in Ecken, schrie, um die Musik zu übertönen, drängte mich zwischen Pärchen, suchte nach einer passenden Beschreibung für Cath. Dabei entdeckte ich immer neue Pubs und Clubs. Es war bereits ein Uhr morgens, als sich die Reaktionen langsam änderten, die Leute lächelten mich misstrauisch an.

Sie fragten sich offensichtlich, was ich eigentlich wollte.

Ich war auf der Straße, im Taxi, vor Carvers Haus, hämmerte an die Tür. Wieder in der Stadt, sah ich zu, wie die Schlangen kürzer wurden, bis sie schließlich ganz verschwanden. Noch mal durch die Clubs. Ein Mann mit Mikro am Ohr redete auf mich ein, brüllte.

»Kann ich dir helfen, Kumpel?«

Ich zeigte ihm meinen Dienstausweis.

»Ich suche nach einem Mädchen.« Er machte eine Kopfbewegung in Richtung Bar, wo die Musik etwas leiser war. Wir setzten uns und redeten.

»Dieselbe wie vorhin?«

»Vorhin?«

»Einer von euch war vorhin schon hier. Hat eine Brünette mit Lederjacke gesucht, in Begleitung zweier älterer Männer.«

»Wie sah der aus?«

»Hab ihn nicht gesehen, Kumpel.«

»Wer dann?«

»Pat. Hat gerade Pause.«

»Hol ihn.« Ich war schon aufgesprungen.

»Wenn ich ihn finde.« Er verschwand in der Menge, ich sah mich um. Der DJ war gerade mit den langsamen Stücken durch, überall tanzten Leute, Pärchen, eng umschlungen, küssten sich. Die Luft war von Alkohol und Energydrinks geschwängert. Parfüm und Sex.

»Alles klar?«, fragte die Bedienung hinter der Theke.

»Doppelten Wodka Bull, bitte.« Erst als sie mich begriffsstutzig anstierte, ging mir auf, dass sie eine andere Antwort erwartet hatte. Doch schließlich wandte sie sich ab und kümmerte sich um meine Bestellung. Ich hatte gerade Speed nachgetankt, als der Türsteher mit seinem Kollegen zurückkehrte.

»Jemand hat sich vorhin nach einem Mädchen erkundigt. Wie sah der aus?«

Der Mann sah mich verwirrt an, dann sagte er was zu seinem Kumpel.

»Wie sah der aus?«

»Das warst du doch selbst, Mann.«

Wieder stand ich in der reinen, makellosen Dunkelheit vor Carvers Haus. Auf der Straße herrschte so tiefe Stille wie hinter dicken Mauern. Wie auf der Klangbühne eines unglaublich riesigen Gebäudes. Ich war auf der Straße, in einem Taxi, in der Stadt, in den Clubs, davor.

Zu Fuß in die Burnside. Der Taxifahrer verweigerte die Weiterfahrt. Vor dem Lagerhaus, drin. Quetschte Junkies aus, rüttelte sie wach, fragte sie nach einem hübschen Mädchen mit braunem Haar.

KAPITEL 12

Schwaches englisches Morgengrauen. Ich war bereits seit einer Stunde in Fairview, hatte aber beschlossen, mit dem Klopfen bis acht zu warten. Aus Höflichkeit. War also ein paar Runden um den Block gelaufen und hatte dem Morgenkonzert der Vögel gelauscht.

Schon vor einigen Stunden hatte leichter Sprühregen eingesetzt und mich völlig durchnässt. Zwei Mädchen auf dem Weg zur Arbeit hielten sich lachend Zeitungen über den Kopf, um ihre Frisuren zu schützen. Ihre Blicke huschten an mir vorbei, als wäre ich unsichtbar.

Dreimal mittellaut, so klopfte ich an. Nach einer Minute würde ich das Ganze wiederholen. Wenn dann nichts geschah, würde ich das Fenster zertrümmern und reinklettern. Doch Sarah Jane riss sofort die Tür auf. Ihr Rotschopf leuchtete im Tageslicht und ließ ihren Teint umso blasser erscheinen. Auf dem weißfleckigen Flursessel entdeckte ich Decke und Kissen. Wahrscheinlich hatte sie dort die Nacht verbracht.

»Catherine, Grip«, sagte sie. »Sind nicht zurückgekommen.«

KAPITEL 13

Ich wies Sarah Jane an, die Polizei zu rufen. Carver lag oben, hatte sich komplett abgeschossen. Grips Handy war ausgeschaltet, und er hatte sich nicht gemeldet. Sarah Jane sollte ihn und Catherine als vermisst melden.

»Wenn du willst, warte ich hier.«

Sie musterte mich mit müdem Hass. »Lieber nicht.«

Also zog ich wieder ab. Ich war schon fast auf der Straße, als sie mir hinterherrief, doch das war mir egal. Ich ging einfach weiter. Was die anderen von mir hielten, interessierte mich nicht mehr. Ein Taxi brachte mich in die Stadt und setzte mich vor *Rubik's* ab. Davor entdeckte ich eine Telefonzelle, von der aus ich erneut Superintendent Parrs anrief. Nach dem dritten Klingeln beschlich mich eine böse Ahnung. Ich blieb dran, bis die Ansage kam, danach wählte ich noch mal. Der Anruf ging gleich auf die Mailbox.

»Eines der Mädchen ist verschwunden«, sagte ich.

Gegen zehn betrat ich *Rubik's*. Ein paar Männer soffen bereits und kümmerten sich um ihr Bier. Ansonsten war der Laden ruhig.

Die fröhliche australische Kellnerin begrüßte mich. »Du bist aber früh unterwegs.«

»War noch gar nicht im Bett.«

»Schon einen langen Tag hinter dir?« Ich nickte. »Was kann ich dir bringen?«

Ich zeigte ihr meinen Dienstausweis. »Ich habe ein paar Fragen.«

»Aha«, sagte sie und fummelte nervös an den Händen herum. »Wusste gar nicht, dass du Polizist bist.«

»Außer Dienst. Hast du letzte Nacht hier gearbeitet?«

Sie polierte die blitzsaubere Theke.

Keine Antwort.

»Das Eight ist mir egal. Cath – Catherine – eine Freundin von mir ist verschwunden. Gestern Abend gegen zehn war sie hier. Arbeitet für Zain Carver, du kennst sie sicher.«

Die Kellnerin legte den Lappen beiseite. »Ich kenne sie. Habe sie gestern Abend bedient, aber danach nicht mehr gesehen. Ist was mit ihr?«

»Und sonst? Ist was Ungewöhnliches passiert? Ist dir jemand aufgefallen?«

»Ich …«

»Es ist wichtig, und ich werde niemandem davon erzählen. Ich muss sie finden.«

Die Kellnerin zuckte die Achseln. »Cath hat nur Limo getrunken, das war ungewöhnlich.«

»Sonst noch was?«

»Auf einmal ist Neil aufgetaucht.«

»Der ehemalige Barmanager?«

Sie nickte. »Sah furchterregend aus.«

»Hast du mit ihm gesprochen?«

»Kennst du Neil?«

»Ja, er ist ein Wichser.«

»Genau. Mit dem spricht man nicht, man hört nur zu.«

»Du heißt Mel, oder?« Sie nickte. »Hast du das von Isabelle Rossiter gehört?«

»Die Politikertochter?« Sie legte die Hand auf die Brust. »Fürchterlich.«

»Neil hat behauptet, er hätte die Nacht mit dir verbracht. Sonntag, der fünfzehnte.«

Mel lief rot an und nickte. »Er war total angepisst. Hat auf dem Sofa gepennt.«

»Und er war die ganze Nacht da?«

»Bis zehn, elf am nächsten Morgen.« Da ging ihr offenbar auf, worauf ich hinauswollte. »Wart mal, er hatte doch nicht etwa was damit zu tun?«

»Anscheinend nicht.« Selbst in meinen Ohren klang ich enttäuscht. Neil hatte in der Nacht ihres Todes eindeutig nicht mit Isabelle geschlafen und ihr Handy auch nicht mitgenommen. »Ist sonst noch was Außergewöhnliches passiert?«

»Die Polizei war hier. Jemand hatte sie angerufen. Aber es war alles ruhig, da sind sie wieder abgezogen. Abgesehen davon war draußen wieder 'ne Prügelei, wie immer. Beim Zumachen hab ich einen Krankenwagen gesehen.«

Einen Krankenwagen.

»Eins noch: Hat jemand gestern Abend ein Handy abgegeben? Oder heute Morgen vielleicht?«

»Eine Sekunde, ja?« Sie schenkte mir ein kleines, kompliziertes Lächeln und verschwand im Hinterzimmer. Währenddessen betrachtete ich die alten Männer, die in Gedanken versunken vor ihren Gläsern hockten. Ich überlegte, was ich um diese Zeit am Vortag gemacht hatte. Wecker, Dusche, Rasur, Kaffee. Mein Treffen mit Superintendent Parrs.

Schien schon Monate her.

Mel kehrte mit drei Handys zurück, von denen eines mir gehörte. Ich schaltete es ein. Keine Nachrichten. Keine Anrufe.

»Hast du einen Stift?« Ich schrieb ihr meine Nummer auf eine Serviette. »Ruf mich bitte an, falls Neil oder Catherine hier auftauchen oder dir irgendwas komisch vorkommt. Das bleibt unter uns, versprochen.«

»Klar«, sagte sie leise.

KAPITEL 14

Ich rief die Krankenhäuser an, und zwar als Polizist, damit man mich direkt mit der Zentralstelle verband. Zuerst erkundigte ich mich nach unbekannten Toten. Es war nicht viel los gewesen, ein paar ältere Obdachlose waren erfroren.

Die beiden anderen Fälle, die man lebend eingeliefert hatte, klangen vielversprechender. Eine Verletzte hatte man vor Mitternacht ins Northern General gebracht.

Stichwunden im Bauchraum.

Abwehrschutzverletzungen an Händen und Armen.

Mir sank das Herz in die Knie. Der andere, ein Mann, war zusammengeschlagen und ins Royal Infirmary eingeliefert worden.

Grip und Catherine waren nicht zusammen gewesen, daher erschien es mir plausibel, dass sie in verschiedenen Kliniken versorgt wurden. Das Royal Infirmary lag näher, aber ich fuhr sofort ins Northern General. Die junge Frau war stabil. Noch im Schlaf legte sie die Hand schützend auf den verwundeten, dick verbundenen Bauch. Warum sie dem Krankenhauspersonal ihren Namen nicht gesagt hatte, war mir ein Rätsel, genau wie der Umstand, dass niemand an ihrem Bett saß.

Sie war nicht Catherine, daher ging ich, ohne sie zu wecken.

Das Royal Infirmary befindet sich mitten in der Stadt. In der Notaufnahme drängten sich Patienten, die mit Grippe und Infekten zu kämpfen hatten, aber auch solche, die an ihrem Aufenthalt hier nicht ganz unschuldig waren, ein Gläschen zu viel getrunken, ein Wort zu viel gesagt hatten.

Damit kannte ich mich aus.

In dieses Krankenhaus hatte man mich nach Isabelles Tod gebracht. Ich könnte ja behaupten, dass dieser Ort Erinnerungen wachrief, aber da gab es nichts zu rufen. Ich hatte nichts davon vergessen. Am Empfang zückte ich meinen Dienstausweis und stellte meine Fragen.

»Polizei?«, erkundigte sich der Pförtner. »Sie sehen aus, als wollten Sie sich einweisen lassen.« Ich rang mir ein Lächeln ab.

Die Vorstellung, hier auf Kollegen zu treffen, vor allem solche, die mich kannten, beunruhigte mich etwas, deshalb ließ ich mich lieber nicht ins Zimmer des Verletzten bringen. Als ich auf der Station ankam, präsentierte mir die Schwester nur ein leeres Bett. Sie hatte bald Schichtende und erzählte mir ziemlich genervt von dem schwierigen Patienten, den sie in der vergangenen Nacht hatte versorgen müssen.

»Wollte nicht mit uns reden, mit Ihren Leuten auch nicht, und ist heute Morgen auf einem gebrochenen Bein rausgehumpelt. Manche Typen machen sich das Leben selbst schwer.« Ich beschrieb ihr Grip, aber sie schüttelte den Kopf.

»Das war ein großer Bursche. Sah aus wie einer, der ständig drauf ist. Kam wohl gerade wieder runter. Verschwollene Augen, unrasiert.« Glen Smithson. Neil. Der Barmanager. Sheldon White hatte ihn offenbar abgestoßen und ich ihn um eine Stunde verpasst. Am liebsten hätte ich laut losgebrüllt.

Die Schwester sah mich fragend an. »Alles paletti, Junge?« Ich wollte antworten, doch dann nickte ich einfach. Dankte ihr und verschwand.

KAPITEL 15

Sheldon White hielt Wort. Es war, als hätte Catherine nie existiert. Und jetzt, da er den Barmanager nicht mehr brauchte, hatte er sich seiner einfach entledigt. Als ich nach Hause zurückkehrte, wartete schon ein Wagen auf mich. Ein Ford, dunkelblau, stand im Parkverbot. Zwei Typen stiegen aus und bauten sich rechts und links neben mir auf, bevor ich die Haustür erreichte.

»Aidan Waits?«, fragte einer.

»Nee, seine Putzfrau. Worum geht's?«

Der erste Mann feixte. »Ich hätte da ein paar Fragen an Sie. Könnten wir reinkommen?«

»Ausweis«, sagte ich. Sie kramten in ihren Taschen herum. Der erste Mann war reizbar, ein Hagestolz mit dem Bekehrungseifer eines trockenen Alkoholikers. Fehlte nur noch der weiße Anzug, und er wäre als Heilsprediger durchgegangen. Der hatte seinen Ausweis schon gezückt, bevor das Wort noch aus meinem Mund war, deshalb würdigte ich das Dokument keines Blickes.

Sein Kollege war ein untersetzter Kerl mit blutunterlaufenen Augen im übernächtigten Gesicht. Er sah aus wie einer, der sich seinen eigenen Spitznamen verpasst. Ein stabiles Notizbuch fiel ihm aus der Jackentasche, gefolgt vom Partykonfetti zerknüllter Quittungen. Er bückte sich und kramte in dem Zettelhaufen zu seinen Füßen herum. Ein paar Sekunden später, er war gerade soweit, mir seinen Ausweis unter die Nase zu halten, wandte ich mich abrupt ab und stakste davon.

»Nicht so wichtig«, sagte ich und spürte den Giftblick im Nacken. Ich öffnete die Tür zum engen Treppenhaus. »Nur hereinspaziert.«

»Sie möchte ich nicht zur Putzfrau haben«, befand der Untersetzte, nachdem er sich bei mir umgesehen hatte. Dabei hatte ich extra aufgeräumt, das Türschloss repariert, die Scherben aufgekehrt und die zerbrochenen Gegenstände weggeworfen.

Das ausgeweidete Sofa stand allerdings noch im Zimmer.

Der Hagestolz schloss die Wohnungstür hinter sich und sah sich um. Er schob sich an mir und seinem Kollegen vorbei und stieg über die Schubladen, die ich in meinem Feuereifer auf der Suche nach meinem Dienstausweis in der Nacht zuvor ausgeleert hatte. Dass er diesen Umstand und das offensichtliche Chaos mit keiner Silbe erwähnte, zeigte mir nur, wie wichtig er es fand.

»Ich bin Detective Sergeant Laskey«, stellte er sich vor.

»Und ich Detective Constable Riggs«, sagte der Untersetzte.

Ihr Auftauchen bedeutete zweierlei. Zum einen hatte ich nun keine direkte Verbindung mehr zu Superintendent Parrs, zum anderen zeigte Parrs mir damit, wie unwichtig Catherines Verschwinden für den Fall war. Um mich auf meinen Platz zu verweisen.

»Parrs schickt Sie?«

Sie tauschten entgeisterte Blicke.

»Wegen des Mädchens?«

»Welches Mädchen soll das bitte sein?«, fragte Laskey, die Arme verschränkt. Riggs zerrte das dicke Notizbuch aus der Tasche und blätterte gelangweilt darin herum.

»Das verschwundene«, sagte ich.

Riggs befeuchtete seinen Finger, öffnete eine Seite und las laut vor: »Brünett, Anfang zwanzig, trägt Lederjacke und engen Rock, in Begleitung zweier älterer Männer.« Er sah mich an. »Das Mädchen meinen Sie?«

Laskey übernahm das Kommando. »Kein Problem, wenn Sie sich nicht mehr so genau erinnern, Waits. Wir haben fünf oder sechs Türsteher von den Locks, denen Sie gestern Ihren Ausweis unter die Nase gehalten haben. Einer von ihnen hat Sie als den Polizisten erkannt, der wegen Drogendiebstahls verknackt wurde.« Also waren die beiden nicht eingeweiht.

»Ich wurde noch nicht verknackt.«

»Aber fast.«

»Wollen Sie was trinken?«

»Bisschen früh für Alkohol, danke. Der Typ an der Tür wollte wissen, wieso ein suspendierter Polizist nachts durch die Clubs rennt und sich nach einer Vermissten erkundigt. Interessante Frage.«

Ohne Riggs etwas anzubieten, ging ich zum Kühlschrank und holte mir ein Bier. Es war noch nicht mal elf, und Laskey setzte eine missbilligende Miene auf. Ich hingegen sorgte dafür, dass es beim Aufmachen so richtig schön schäumte – nur um ihn zu ärgern.

»Was sagten Sie noch mal?«, fragte ich schließlich.

»Wir? Nichts. Aber Sie wollten uns erzählen, warum ein suspendierter Polizist – gegen den zudem eine Anzeige wegen Korruption läuft – mit seinem Dienstausweis herumläuft, um nach einer Vermissten zu suchen.«

»Wegen einer Vermissten. Sind Sie hier, um Ihre Fragen selbst zu beantworten?«

»Wieso haben Sie sie nicht vermisst gemeldet?«

»Habe ich. Es ist kompliziert.«

»Dann machen Sie es einfach«, sagte Riggs.

»Ihre Freundin hat sie heute früh als vermisst gemeldet. Ich stand nur locker mit ihr in Verbindung.«

»Erklären Sie ›locker‹.«

»Locker: nicht fest, unverbindlich.«

Er klatschte langsam in die Hände. »Woher kennen Sie dieses Mädchen?«

»Über einen alten Fall.« Ich sah ihn an. »Ein Fall ist ein ungelöstes Verbrechen, in dem von Polizisten ermittelt wird.« Er bohrte mir seinen Blick ins Gesicht, bevor er durchs Zimmer schritt und sich mit geballten Fäusten in den Hosentaschen an der gegenüberliegenden Wand aufbaute.

Ich wandte mich an Laskey. Er war so dürr, dass es aussah, als würde das Tageslicht glatt durch ihn hindurchscheinen. »Mein Vorgesetzter in diesem Fall war Superintendent Parrs, dem ich auch sofort Meldung machte. Gestern Nacht.«

»Und was hat er gesagt?«

»Ich habe noch keine Rückmeldung bekommen. Vermutlich seid ihr beiden seine Antwort.«

»Wir sind nur hier, um dir die Dienstmarke abzunehmen, Kumpel.«

Ich glaube, ich prustete tatsächlich los.

»Wir können es auf die leichte Art machen, oder …«

»Bitte«, sagte ich, bückte mich zu den Schubladen hinunter, kramte in meinen Papieren herum und stieß schließlich auf das gesuchte Dokument: die von Parrs ausgestellte offizielle Mitteilung über meine Suspendierung mit der angehefteten Empfangsbestätigung. Darin waren Gegenstände aufgelistet, die ich der Polizei aushändigen musste, bis meine Vertrauenswürdigkeit festgestellt wurde. In der Liste stand auch mein Dienstausweis, den ich natürlich behalten hatte. Ich ließ Laskey links liegen und drückte seinem Kollegen alles in die Hand. Dieses Manöver war das Provokanteste, was mir in diesem Augenblick einfiel. Nachdem der die Bestätigung gelesen hatte, zeigte er sie seinem Kollegen. Laskey warf einen Blick darauf und nahm mich ins Visier.

»Wann ist die Verhandlung?«

»Sie meinten doch, die wäre schon …«

»Wissen Sie, wir hätten das hier ganz anders abziehen können. Ihnen die Tür eintreten oder gleich die Fresse. Machen wir vielleicht auch noch. Dienstausweis oder nicht, irgendwas läuft hier. Dieses Mädchen, wer ist das?«

»Ich kenne nur ihren Vornamen.«

»Adresse?«

Der Name Fairview ließ die beiden aufhorchen.

»Das ist Zain Carvers Haus«, sagte Riggs.

Ich ließ mich auf das zerfetzte Sofa fallen. »Jepp.«

»Und sie wurde offiziell als vermisst gemeldet?«

»Heute Morgen. Von einem Mädchen, das auch dort wohnt. Zusammen mit einem Mann, der auch verschwunden ist. Der hat gestern Nacht nach ihr gesucht und ist nicht zurückgekehrt.«

»Was ist das für einer?«

»Danny Gripe«, sagte ich, »oder Grip, wie ihn seine Freunde nennen. Carvers Gorilla. Am besten suchen Sie nach einem Mustang Fastback. Schwarz mit dünnen roten Streifen.«

»Kennzeichen?«

»Das hat sie garantiert zu Protokoll gegeben.«

»Haben Sie irgendwelche Informationen, die uns bei der Suche helfen könnten?«

»Catherine wurde zuletzt in Begleitung von Sheldon White bei *Rubik's* gesehen.«

»Sheldon White? *Rubik's* gehört doch der Organisation.«

»Hat gestern den Besitzer gewechselt.«

Das haute sie glatt um.

»Klingt mir, als hätten Sie eine lange Nacht hinter sich. Ist das Mädchen in Gefahr?«

»Reden Sie mit Parrs.«

»Was machst du mit Zain Carver, Kumpel? Und mit Sheldon White? Hat man dich deshalb erwischt?«

»Genau. Ich hab den Stein so richtig ins Rollen gebracht. Hab ich doch gesagt, ich kenn das Mädchen von einem alten

Fall. Und dass die Organisation am Ende ist, muss ich euch nicht erzählen. Was das heißt, könnt ihr euch ausrechnen. Am besten geht ihr so schnell wie möglich zu Parrs und macht ihm klar, dass da ein Zusammenhang besteht.«

Die beiden schwiegen.

»Klar«, meinte Riggs schließlich. »Machen wir glatt.« Er grinste verschlagen und trat den Rückzug an.

Ich stellte mich ans Fenster und beobachtete sie beim Einsteigen. Laskey riss einen Witz, Riggs lachte so herzhaft, dass ihm die Hängebacken schlackerten. Als sie endlich verschwunden waren, herrschte Stille auf der Straße. Ich wählte Parrs' Nummer. Diesmal kam nicht mal der Klingelton.

KAPITEL 16

Am nächsten Tag las ich von Zain Carvers Festnahme. Die Zeitungen machten ihn für Isabelle Rossiters Tod und die Toten vom Sycamore Way verantwortlich. Ich dachte nicht länger darüber nach, wer der eigentliche Verbrecher in diesem Fall war. Das einzig Gute daran war, dass alles an einem Wochentag über die Bühne gegangen war und nicht während einer seiner Partys. Vielleicht hatte Parrs meine Nachricht ja doch erhalten.

Ich musste dringend mit dem Barmanager sprechen. Er hatte Catherine vor ihrem Verschwinden zuletzt gesehen, danach hatte Sheldon White sich seiner entledigt. Also fuhr ich zu seiner letzten Adresse: ein hässlicher, moderner Wohnturm, den die Stadt während des letzten Booms mit viel Tamtam angekündigt hatte. Die Investoren versprachen den Leuten bezahlbare Penthouse-Suiten, aber dann gingen sie pleite, und das halbfertige Gebäude stand einige Jahre leer. Schließlich stellten sie das Projekt mit minimalem Budget und niedrigen Ansprüchen fertig, und es entstanden erheblich kleinere, billigere Wohneinheiten.

Ich hegte kaum Hoffnung, ihn dort anzutreffen. Er hatte allein gewohnt, ungefähr auf halber Höhe. Ich hielt dem gelangweilten Hausmeister meinen Ausweis hin, damit er mich reinließ.

In der Wohnung empfing mich der abgestandene Gestank eines billigen, einsamen Lebens. Kam mir bekannt vor. Jemand hatte die Bude überstürzt leergeräumt, aber noch genügend Klamotten und Habseligkeiten zurückgelassen. In einer Hosentasche stieß ich auf ein paar zerknüllte Belege aus einer Bar namens *The Wiggle Room.*

Beim Gehen rief mich der Hausmeister zu sich. »Und? Hamse diesmal was gefunden?«

»Diesmal?«

»Einer von euch war schon mal hier.« Er langweilte sich offensichtlich zu Tode und wollte unbedingt ein Schwätzchen halten.

»Wann?«

»Hm, muss mal nachdenken.« Er rieb sich das Kinn. »Ist mindestens 'ne Woche her.« In meinem Kopf schrillte die Alarmsirene. Soweit ich wusste, hatte niemand den Barmanager als vermisst gemeldet. Zumindest nicht bei der Polizei. Aber ich erinnerte mich daran, dass Zain Carver auf dem Weg zum Sycamore Way zu Grip gesagt hatte, er solle die gesamte Organisation nach Glen Smithson suchen lassen. Ich fragte mich, ob dies auch seinen Mann bei der Polizei beinhaltet hatte.

»Trug der Mann Uniform, oder war er in Zivil?«

»Er war in Zivil, sein Benehmen allerdings alles andere als. Kam viel zu spät, schrie mich an, ich solle die Tür aufsperren. Rauschte rein und nach fünf Minuten wieder raus.«

»Hat er Ihnen seinen Namen genannt?«

»Nicht, dass ich wüsste.«

»Wie sah er aus?«

»Unauffällig. Weiß. Normalgröße. Stinknormaler Typ eben.«

»Na super. Gibt's hier Kameras?«

»Schon, aber …« Er dachte nach. »Die Aufnahmen vom vorletzten Montag hamse garantiert schon überspielt. Wieso?«

»Bei der Einsatzzentrale gibt es einen Softwarefehler, manche Einsätze wurden doppelt vergeben«, log ich. »Offenbar ist mir dieser Typ einen Schritt voraus, daher wäre es gut, wenn einer von uns einen neuen Einsatz zugewiesen kriegt. Wäre ja Verschwendung, wenn zwei dasselbe machen.« Hoffentlich hatte ich ihn damit geködert.

»Hm«, sagte der Hausmeister. »Vielleicht hat er mir seine Telefonnummer gegeben ...«

Der Mann kramte in den Unterlagen auf seinem Schreibtisch herum, bis er schließlich den gesuchten Post-it-Sticker mit der Nummer fand. Ich bedankte mich und ging. Draußen speicherte ich sie unter dem Namen *Orga-Mann* auf meinem Handy und ging in die nächste Telefonzelle.

Es klingelte, aber niemand ging ran.

Als es sich nicht mehr aufschieben ließ, machte ich mich auf den Weg nach Norden in die Burnside. Es war schon dunkel, als ich ankam, aber die Lagerhalle fand ich trotzdem mühelos. Drinnen war alles unverändert, aber plötzlich ertönte vom Eingang her ein Hämmern: Einer der Burnsider, die Carver und mich damals zur Rede gestellt hatten, schlug mit einem Stein auf mein Auto ein. Er schien mich gar nicht zu bemerken, sondern setzte unbeirrt sein Zerstörungswerk fort. Wie ein Roboter. Ich stieg ein, ließ den Motor an und fuhr ihm unter der Hand davon. Mir blieb nur noch eines zu tun.

KAPITEL 17

Das Greenlaw-Haus lag in einer abgelegenen, heruntergekommenen Reihenhaussiedlung an einer verlassenen Straße im alten Salford. Zehn Jahre zuvor war Joanna Greenlaw aus dieser Tür gekommen und spurlos verschwunden. Seitdem stand das Haus leer.

Stumpfe Metallplatten bedeckten die Fenster. Die kleine Brache vor dem Haus war nicht mehr als Vorgarten zu erkennen. Schmutz und Regen hatten selbst das Unkraut schwarz werden lassen, hie und da blitzten rostige Bierdosen auf, als wären sie dort direkt aus der Erde gesprossen.

Den ganzen Tag hatte es geregnet, und das Mauerwerk, die Metallplatten und das Unkraut waren nass. Was ich auf den Platten für Graffitti gehalten hatte, entpuppte sich als aufgesprühte Warnungen. *Betreten verboten!*

Ich hatte ein Brecheisen dabei, um damit die Tür zu öffnen, aber mir war schon jemand zuvorgekommen. Das schwere Vorhängeschloss war aufgebrochen und durch einen notdürftig eingefädelten Draht ersetzt worden. Ein Blick auf die Türen der Nachbarhäuser bestätigte mir, dass alle anderen Schlösser unberührt waren. Ich löste den Draht und schob die Tür auf. Irgendetwas blockierte sie. Der Flurteppich hatte sich vollgesogen und war angeschwollen.

Ich leuchtete mit der Taschenlampe in den dunklen, kahlen Flur. Es gab eine Treppe und zwei Türen zu Nebenzimmern. Die Tapeten hingen von den Wänden, und an den Mauern wucherten Schimmel und Fäulnis. Ich trat ein und schloss die Tür hinter mir.

Greenlaw hatte nicht viel Zeit in diesem Haus verbracht, doch in meinem Kopf gehörte sie mit dieser Ruine untrennbar zusammen. Sie war erst sechsundzwanzig gewesen, als sie verschwand, nur wenig älter als Cath. Mir war klar, dass ich weniger mit dem Verstand als mit den Sinnen tastete, und obwohl das alles über zehn Jahre her war, fand ich etwas.

Die Essenz der Angst.

Ich richtete den Lichtstrahl geradeaus in das, was einmal die Küche gewesen sein musste. Hier gab es Fenster, aber auch sie waren vernagelt. Die Möbel waren weg, wo der Herd gestanden hatte, klaffte eine Lücke, und der Platz für den Kühlschrank war ebenfalls leer. Zu meiner Linken befand sich eine Tür, vermutlich zur Speisekammer. Mit angehaltenem Atem schlich ich darauf zu und öffnete sie: nichts als leere Regale.

Ich verließ die Küche und widmete mich dem anderen Raum im Erdgeschoss, ein kleines Wohnzimmer, wiederum mit vernagelten Fenstern. Weil ich nur das sah, was meine Taschenlampe anleuchtete, beschlich mich das Gefühl, dass links und rechts des Lichtkegels jemand lauerte, der jeden meiner Schritte beobachtete und sich leise in die Dunkelheit zurückzog, wenn ich den Strahl auf ihn richtete.

Erst nach und nach erinnerte ich mich, wo ich dieses Zimmer schon mal gesehen hatte: in der *Evening News.*

DIE POLIZEI BITTET UM HINWEISE IM FALL GREENLAW

Ich konnte mich atmen hören. Das Foto in der Zeitung zeigte Greenlaw in diesem Zimmer, direkt vor dem Kamin. Wer war wohl der Fotograf gewesen? Superintendent Parrs? Seine Behauptung, er habe eng mit Greenlaw zusammengearbeitet, reichte nicht aus, um seine Besessenheit zu erklären und seinen

Eifer, Zain Carver eine Reaktion zu entlocken. Erst da fragte ich mich, ob die beiden etwas miteinander gehabt hatten.

Ich kehrte zurück in den Flur und stieg die Treppe hinauf, sicher, dass die Stufen unter meinem Gewicht knarren würden, aber sie waren so feucht, dass sie sich nur bogen. Auch die Fenster im Obergeschoss waren mit Metallplatten abgedeckt, sodass mir wiederum nur die Taschenlampe als Lichtquelle diente. Am Absatz befand sich ein dreckiges, kaputtes Bad. Vom Flur gingen zwei Türen ab, die in zwei Schlafzimmer führten, beide nicht größer als eine Gefängniszelle.

Eines war leer.

Im zweiten entdeckte ich einen Schlafsack, heruntergebrannte Kerzen, ein paar Taschenbücher und Essensreste. Ich ließ die Tür keine Sekunde außer Acht.

Unten am Eingang wandte ich mich noch einmal um und leuchtete wie wild in die Dunkelheit, um all die Fantasiezuschauer zu enttarnen, die ich im Haus vermutete. Obwohl ich niemanden entdeckte, lief ich so schnell ich konnte zu meinem Auto zurück. Das Gefühl, nicht allein zu sein, ließ sich einfach nicht abschütteln.

KAPITEL 18

Parrs war eine Mauer. Isabelle tot. Catherine und Grip verschwunden. Sogar Zain Carver saß in Haft. Die Welt war mit einem Mal kleiner. Leerer. Die Tage zogen endlos an mir vorüber. Ich versuchte, mit dem Speed aufzuhören, aber es klappte nicht. Schnell war ich wieder bei einer Pille pro Tag. Irgendwie hatte ich mir eingeredet, dass ich so langfristig von dem Zeug loskommen könnte. Doch wenn eine Pille nicht schadete, waren zwei oder drei auch kein Problem. Ober eben vier. Mein Hirn lief auf Hochtouren, konstruierte Zusammenhänge, wo keine waren.

Denk mal drüber nach, hatte der Barmanager gesagt. Joanna Greenlaw. Die Organisation. Mittendrin: eine Politikertochter. Die gestreckten Drogen, die sie umgebracht haben. Dieselben Drogen, die Carver gestohlen wurden und irgendwie im Sycamore Way gelandet sind. Sheldon Whites Übernahme des Clubs. Caths Verschwinden. Grips Verschwinden. Schwarzweiße Farbkleckse immer irgendwo am Rand. *Ob es da wohl einen Zusammenhang gibt?*

Ich versank langsam in einem Parallelalltag. Es war sechs Uhr morgens, von hier aus ging kein Weg zurück. Hatte ich diesen Zeitpunkt erst überschritten, verließ ich *Rubik's* stets als Letzter. Die Bar war ein offenes Geheimnis, und es war ein Leichtes, dort morgens Upper und abends Downer zu bekommen, aber manchmal kriegte ich meine Tage und Nächte durcheinander. Alles verschwamm miteinander. Wenn nur Catherine eines Tages wieder hereinkommen und alles von vorn beginnen würde.

Doch sie kehrte nie zurück.

Ich saß auf dem üblichen Platz. Mit Blick aufs Fenster und auf die Theke. Mel, die australische Kellnerin, trat gerade ihre Schicht an. Sie spazierte mit einem kleinen Blumenstrauß herein, den sie in ein Pintglas mit Wasser stellte.

»Wär aber nicht nötig gewesen, Süße«, sagte einer an der Theke, ein Stammgast. Derselbe, der Isabelle in der Nacht angebaggert hatte, als sie starb. Er kam jeden Tag. Das wusste ich jetzt, weil ich es ebenso hielt. Ich hatte ihn sogar über Isabelle Rossiter und den Sycamore Way sprechen hören. Er hatte betrübt den Kopf geschüttelt und was darüber gemurmelt, dass das Land den Bach runtergehe.

Jetzt machte er eine Kopfbewegung in Richtung Blumenstrauß. »Für mich?«

Mel lächelte. »Leider nicht. Ich wollte den Raum etwas aufheitern.«

»So'n hübsches Ding wie du«, sagte er, »sollte sich seine Blumen nicht selbst kaufen müssen. Oder ihren Raum aufheitern.«

»Ach, das macht mir nichts aus. Sie wandte sich mir zu und riss die Augen auf. »Ja?«

»Jameson mit Soda«, sagte ich. »Danke.«

Der Mann nahm mich ins Visier. »Was sagst du dazu?«

»Keine Ahnung. Am besten nichts.«

»Das Mädel hier kauft sich selber Blumen. Die braucht einen Mann im Leben, ich sach ja nur.« Ich bezahlte den Whiskey und kehrte auf meinen Platz zurück. »Langweiliger Pisser«, sagte der Stammgast.

Ich hatte mein Glas halb geleert, als die Kellnerin rüberkam, um die benachbarten Tische abzuräumen. Sie lächelte. Nie erkundigte sie sich nach Catherine oder erwähnte den Morgen, als ich hier nach ihr gesucht hatte. Auch ihr war offenbar klar geworden, dass ich nirgendwo anders hin konnte.

Während sie im Raum herumwerkelte, fiel mir auf, dass der Mann an der Theke sie beobachtete. Kaum war sie um die Ecke verschwunden, beugte er sich vor und schnappte sich ihre Blumen. Er erwischte nicht alle, ein paar zerknickte er auch dabei. Dann zupfte er sie zurecht, schüttelte das Wasser ab und versteckte sie.

Als sie mit einer Kiste voller Gläser zurückkehrte, die sie auf die Theke wuchtete und eines nach dem anderen in den Geschirrspüler räumte, verfolgte der Mann jede ihrer Bewegungen. Es dauerte eine Weile, bis sie bemerkte, dass jemand die Vase auf den Kopf gestellt hatte. Verwirrt blickte sie sich um und wandte sich schließlich den am nächsten sitzenden Gästen zu.

Der Mann zog den Strauß unter der Theke hervor.

Präsentierte ihn ihr wie ein Galan.

Als sie sie nicht annahm, fuchtelte er mit den Blumen vor ihrem Gesicht herum. Da streckte sie die Hand danach aus, aber er gab sie nicht her. Sah sie nur grinsend an. Erst nach einer Weile überließ er sie ihr. Mel wandte sich ab, befüllte ein weiteres Pintglas mit Wasser und stellte den ruinierten Strauß hinein. Kurz blieb sie so stehen, mit dem Rücken zum Schankraum.

Einige Gäste warteten bereits auf sie, und einer rief nach ihr. Sie wandte sich um und bediente ihn mit einem verkniffenen Lächeln. Sogar der Mann an der Theke bemerkte die Veränderung und versuchte, ihr mit seiner Körperhaltung eine Entschuldigung zu übermitteln. Seine nächste Bestellung servierte sie mit auffällig knappen Bemerkungen. Er gab ihr ein großzügiges Trinkgeld, das er ihr mit großer Geste überreichte.

»Danke«, sagte sie. Er exte sein Pint, schob sich von der Theke und verschwand auf die Toilette. Den Schankraum betrat er lediglich wieder, um seine Jacke zu holen und zu gehen.

Ein paar Minuten später entfernte er sich von den Locks in Richtung stadtauswärts. Zwar taumelte er leicht, wirkte aber ansonsten recht trittsicher. Als er die Tramschienen erblickte, blieb er stehen. Zuerst dachte ich, er würde sich umdrehen, aber das hielt mich nicht auf. Er spähte in eine Gasse zu seiner Rechten, in die er schließlich hineinlief und seinen Hosenstall öffnete.

Als ich in die Gasse bog, war er schon ein Stück weitergegangen. Es war dunkel, doch ich sah, dass er sich an eine Mauer lehnte und in die andere Richtung pisste. Er hörte mich nicht, und ich glaube nicht, dass er mich sah. Als ich ihn niederschlug, ging sein Strahl in alle Richtungen und über seine Hose. Ich trat zu, so fest ich konnte, wieder und wieder und wieder, bis meine Beine, Füße, Knöchel schmerzten.

Dann kehrte ich zu *Rubik's* zurück und trank Gin Tonic, bis ich nicht mehr sprechen konnte. Meine letzte Erinnerung war eine Limettenschale, die im Glas nach oben stieg wie ein irres grünes Grinsen.

KAPITEL 19

Unglaublicherweise erwachte ich am nächsten Morgen in einem Bett, allerdings mit dem Gesicht nach unten und einem Schädel wie eine Matroschka. Als hätte ich sechs davon, einer kleiner als der andere und alle ineinander verschachtelt. Wenn ich mich zu schnell bewegte oder das Hirn zu sehr anstrengte, fing alles an zu rattern, daher dauerte es ewig, bis ich mich umgedreht und die Augenläden aufgeklappt hatte.

Und als es endlich soweit war, fuhr ich erst mal zusammen. Zwei Männer standen vor meinem Bett. Laskey und Riggs. Im Zimmer war es fast dunkel, der einzige Lichtschein fuhr glatt durch Laskeys durchsichtige Haut. Riggs war offensichtlich verkatert. Wie ich auf die beiden wirkte, wollte ich gar nicht wissen. Beide lächelten mich an, und Laskey bewarf mich mit einem Hemd.

»Raus aus den Federn!!«

»Ihr könnt hier nicht einfach reinmarschieren«, krächzte ich. Meine Stimme war weg.

»Deine Tür stand sperrangelweit offen, Kumpel.« Möglich, wo ich doch nicht mal mehr wusste, wie ich nach Haus gekommen war. »Wir warten dann mal im Wohnzimmer, okay?« Die beiden verschwanden. Ich stand auf, zog mir was über und schob mich hinterher. Sie marschierten durch die Wohnung, inspizierten alles, was offen herumstand, zupften am zerschlissenen Sofa herum. Als ich hereinkam, wandten sie sich lächelnd um, aber keiner sagte ein Wort.

»Cath«, sagte ich. Das Zittern in meiner Stimme war ihnen

sicher nicht entgangen. Weniger Kater, mehr Angst. »Ihr habt was gefunden …«

»Es gibt nichts zu finden«, sagte Laskey. »Wir sollten dich wegen Zeitverschwendung drankriegen.«

»Was soll das heißen?«

»Du hast sie zuletzt bei *Rubik's* gesehen, korrekt?«

»Ja.«

»In Begleitung von Sheldon White?«

»Ja.«

»Tja, sie ist mit ihm gegangen. Aus freiem Willen.«

»Was?«

Er unterdrückte ein Gähnen. »Sie wurde gesehen.«

»Von wem? Was sagt Parrs?«

Riggs mischte sich ein. »*Wir* sind, was er sagt.«

»Du warst so aufgekratzt, dass du dich fast ins Gefängnis manövriert hast. Wieso?«, fragte der Lulatsch.

»Sie hat eine Verbindung zu Zain Carver.«

»Erzähl uns von ihm.«

»Weiß nicht viel.«

»Da haben wir aber was anderes gehört.«

»Catherine«, sagte ich. »Bitte sagt mir, was mit ihr ist.«

»Wieso glaubst du, es geht hier um sie?«

Ich schwieg.

»Wo warst du Freitagnachmittag?« Sie hatten sich rechts und links neben mir aufgebaut. Laskey trat zur Seite, damit das Licht vom Fenster mir direkt in die Augen schien.

»Welchen Tag haben wir heute?«

Beide lachten, und Riggs schüttelte den Kopf. »Welcher *Tag?* Scheiße, Mann.«

»Wir sollten uns alle suspendieren lassen«, meinte Laskey und sah mich an. »Sonntag, Kumpel. Der neunundzwanzigste November. Wo warst du Freitagnachmittag?«

»Bei *Rubik's*. Gestern auch.«

»Aha«, sagte Laskey. »Er kann's also nicht gewesen sein.«

»Schwund is' immer«, bemerkte Riggs. »Dann gehen wir mal wieder.« Die beiden wandten sich zur Tür.

»Du hast sicher einen Zeugen dafür«, sagte Laskey über die Schulter hinweg.

»Die Kellnerin. Ein halbes Dutzend Betrunkene …«

»Von denen einer zufällig am Freitag im *Rubik's* ganz friedlich ein paar gebechert hat.«

»Und?«

»Und um sechs ist er gegangen. Und danach hat ihm ein Schwein einfach den Schädel eingetreten«, sagte Riggs.

Laskey lächelte. »Auf dem Weg zur Tram.«

»Wie gesagt, ich war bei *Rubik's*.«

»Ist nur ein paar Meter entfernt passiert. Man hat gesehen, wie du kurze Zeit nach ihm gegangen bist.«

»Na, dann ist die Sache ja klar.«

»Nichts ist klar. Sind bloß Indizien.«

»Aber manchmal reicht uns das«, sagte Laskey. »Es gibt Schlimmeres als das Gesetz, Waits.«

Ich sah ihn an. »Ach? Und was?« Er schwieg. »Kommt wieder, wenn ihr Beweise habt. Ansonsten wisst ihr, wo die Tür ist. Anscheinend steht sie immer offen.« Mit diesen Worten wandte ich mich ab, schlich zurück ins Schlafzimmer und ließ mich aufs Bett fallen. Mir war schlecht. Kurze Zeit später hörte ich Schritte, die sich langsam entfernten. Münzen klimperten in Laskeys Hosentasche.

»Wir lassen sie so, wie wir sie vorgefunden haben«, sagte Riggs und verpasste der Tür noch einen effektvollen Tritt. Ich trat ans Fenster und beobachtete ihren Abgang. Dann verriegelte ich die Wohnung, kroch ins Bett und suchte das Vergessen.

Fand es aber nicht.

Joanna Greenlaw. Isabelle Rossiter. Catherine. Sarah Jane. Ich schob sie in meinen äußersten Hirnwinkel, aber da wollten sie nicht bleiben. Ich sah sie lachen, die Stirn runzeln, sterben. Im Bad stieß ich auf ein Tütchen Speed. Ich spülte es weg, wanderte ins Wohnzimmer, setzte mich aufs zerstörte Sofa und dachte nach.

Teil IV

STILL

KAPITEL 1

Ich hatte den Wecker auf sieben gestellt, wachte aber schon vorher auf und sah der Zeit beim Verstreichen zu, bis er schrillte. Montag. Der letzte Novembertag. Ich stand auf, rasierte mich, duschte und zog mich an. Fand meinen schwarzen Anzug. Bügelte ein weißes Hemd. Band mir eine schmale schwarze Krawatte um und betrachtete mich zum ersten Mal seit Tagen im Spiegel.

Wenn ich mir doch nur das Gesicht bügeln könnte.

Wochenlang durchwachte Nächte und eine schlechte Lebensweise hatten meine Visage finster und meine Augen kleiner, schärfer gemacht. Ich polierte meine Schuhe, atmete tief durch und trat hinaus. Es war kalt, um den Gefrierpunkt, ein Wetter, bei dem man sich fragt, ob der Planet uns loswerden will.

Auf der gegenüberliegenden Straßenseite parkte ein Wagen. Dieser BMW, schwarz glänzend, chromverziert. Ich schlug die entgegengesetzte Richtung ein. Der Wagen startete. Ich hörte den Kies unter den Reifen knirschen, als er neben mir herfuhr.

Abrupt blieb ich stehen.

Der Fahrer tat es mir gleich, ließ den Motor aber laufen. Dann surrte das Fenster herunter, und Detective Kernick schob seinen Arm hinaus. Er trug dieselbe Montur wie ich, einen feinen schwarzen Anzug. Keine Ahnung, ob es am Morgenlicht lag oder am Stress der letzten Wochen, aber sein graues Haar wirkte schütterer.

»Tu's nicht, Junge«, sagte er. Sein gefrorener Atem stieg in die Luft.

»Was?«

»Geh heute nicht dahin.«

Ich schwieg.

»Ich weiß, dass du's nur gut meinst. Es ist sicher nicht leicht für dich. Aber ich muss heute an die Rossiters denken. Sie wollen dich nicht dabeihaben. Es ist schon so schwer genug ...« Ich setzte mich wieder in Bewegung. Er fuhr langsam neben mir her. »Du siehst schlimm aus«, sagte er seufzend. »Lass dir davon nicht das Leben kaputt machen.«

Ich sah nicht hin, hörte das Fenster aber wieder hochsurren. Er fuhr bis ans Ende der Straße, setzte den Blinker und verschwand um die Ecke.

Von der Beerdigung hatte ich einige Tage zuvor aus der Zeitung erfahren, die jemand bei *Rubik's* liegen gelassen hatte. Obwohl die Feier im Kloster Gorton im engsten Kreis der Familie stattfinden sollte, hatten Trauernde zu dem Gelände Zugang, um dem Trauerzug folgen und Kränze niederlegen zu können. Wer sich da so alles einfinden würde, hätte ich gern gewusst, doch es war nicht meine Absicht, mich dazuzugesellen. Die Beerdigung diente mir lediglich als Ausrede.

Ich beschleunigte meine Schritte und ging in Gedanken noch einmal alles durch. Wer hatte Isabelles Handy aus der Wohnung mitgenommen? Das musste ich unbedingt rauskriegen. Ihr Vater hatte der Polizei ihre alte Nummer gegeben, die zu dem unter die Schublade geklebten Gerät gehörte, aber ich hatte die Nachricht entdeckt, die er ihr aufs neue gesprochen hatte. Wenn er von dem neuen Handy wusste, warum hatte er der Polizei nichts davon gesagt? Und warum hatte er die Nummer verschwiegen? Wie war er überhaupt drangekommen? Vor allem aber musste ich in Erfahrung bringen, wer das Gerät nach ihrem Tod aus dem Zimmer entfernt hatte. Wieso war es verschwunden? Was war da noch drauf?

Noch vor neun erreichte ich Beetham Tower. Vor dem Eingang tummelten sich ein paar ungewaschene Typen im Smoking, die die Nacht wohl durchgemacht hatten. In einer Stunde sollte die Beerdigung stattfinden, daher war ich sicher, dass sowohl Rossiter als auch Kernick auf dem Weg nach Gorton waren. Also wählte ich in einer der Telefonzellen auf der gegenüberliegenden Straßenseite den Polizeinotruf.

»Ich möchte einen Einbruch melden«, sagte ich.

KAPITEL 2

Ich marschierte direkt auf den Empfang zu, wo ich zu meiner Erleichterung auf dieselbe junge Dame traf, die schon bei meinen früheren Besuchen in Begleitung von Detective Kernick Dienst gehabt hatte. Sie schenkte mir ein perfektes Zahnpastalächeln.

»Guten Morgen, Sir. Wie kann ich Ihnen helfen?«

»Morgen«, sagte ich und schob ihr meinen Dienstausweis hin. »Detective Constable Waits. Kennen wir uns nicht bereits?«

»Oh«, sagte sie, »ja, waren Sie nicht zusammen mit Mr …«, sie korrigierte ihren Lapsus lächelnd, »Detective Kernick hier?«

»Durchaus möglich, ich gehöre zum Sicherheitsteam für Mr Rossiter.«

Nachdem sie meinen Ausweis geprüft hatte, schob sie ihn wieder zurück.

»Traurig, was mit seiner Tochter passiert ist.«

»Leider war die Presse nicht so respektvoll. Sie wissen sicher, dass heute die Beerdigung ist?«

Sie nickte. »Ich glaube, Mr Rossiter hält sich diese Woche auf dem Anwesen seiner Familie auf …«

»Richtig. Da komme ich gerade her. Wir machen uns Sorgen, dass einige Pressevertreter hier auftauchen könnten. Gäste belästigen, Angestellte und Nachbarn befragen und dergleichen. Deshalb hat man mich gebeten, hier am Empfang aufzupassen und gegebenenfalls dafür zu sorgen, dass unerwünschte Besucher höflich des Wegs geschickt werden.«

»Aber gern«, sagte sie. »Dürfte ich Sie an die Leute von der Gebäudesicherheit verweisen?«

»Das wäre meine nächste Frage gewesen. Wie heißt der Chef noch mal, Mr …?«

»Reed«, sagte sie.

»Könnten Sie ihn vielleicht über mein Eintreffen informieren? Das wäre super.«

Ich trat diskret zur Seite, damit sie Reed die Situation erklären konnte. Der Mann, der schon Minuten später aufkreuzte, sah aus wie ein Ex-Bulle. Kräftig gebaut, sicheres Auftreten und misstrauischer, aufmerksamer Blick. Aus den zehn oder mehr in der Empfangshalle versammelten Leuten pickte er mich mühelos als den von ihm Gesuchten heraus.

»Mr Reed«, sagte ich, als hätte Detective Kernick mir schon eine Menge über ihn erzählt. »Detective Constable Waits.« Wir gaben uns die Hand. »Hätten Sie einen Augenblick Zeit?«

»Sicher«, sagte er und wies auf zwei Sessel zu seiner Rechten. »Sie gehören zu Mr Rossiters Sicherheitsteam?«

Ich zeigte ihm meinen Ausweis. »Während der Untersuchungen nach dem Tod seiner Tochter hat man mich dazugeholt.«

»Hm«, sagte er mit Blick auf das Dokument. »Eine Schande, was da passiert ist.«

»Ihre Kollegin hat Ihnen sicher schon mitgeteilt, warum ich hier bin?«

»Wegen der Presse«, sagte er. »Sind wie verdammte Parasiten, manchmal.«

»Sie waren selbst mal im Dienst, nicht?«

Er straffte den Rücken. »Zehn Jahre …«

»Dann haben Sie sicher genügend sensationsgeile Leichenfledderer gesehen …«

»Ehrlich gesagt, hängen hier mehr von denen rum als an normalen Tatorten.«

»Der Preis des Erfolgs«, sagte ich mit ausschweifender Geste in Richtung Empfangshalle. »Wir hatten heute auf ein bisschen Rücksicht gehofft, aber nach den Zuständen in der Kirche haben wir uns entschlossen, auch hier jemanden abzustellen.«

»Also haben sie den Praktikanten geschickt?«

Ich lächelte. »Wenigstens muss ich heute keinen Tee kochen. Wenn Sie nichts dagegen haben, hocke ich mich einfach hier hin, blättere in den Zeitschriften und behalte den Eingang im Auge. Wahrscheinlich nur, bis die Trauerfeier vorbei ist.«

Er gab mir den Ausweis zurück. »Alles klar, mein Junge. Ich muss noch ein paar Sachen erledigen, aber wenn irgendwas ist, sollen die vom Empfang mich anrufen.«

Wir verabschiedeten uns mit einem Händedruck. »Danke noch mal, Mr. Reed.« Er trat an den Tresen, erklärte der Empfangsdame, was wir besprochen hatten, und nickte mir zu. Dann verschwand er im Aufzug und kümmerte sich wieder um seine Sachen. Ich setzte mich, blätterte in einer Zeitschrift und behielt den Eingang im Auge.

KAPITEL 3

Bei dem kurz vorher abgesetzten Notruf hatte ich der Polizei verdächtige Geräusche und Aktivitäten aus der Nachbarwohnung im fünfundvierzigsten Stock des Beetham Tower gemeldet. Mir war klar, dass die Erwähnung des Namens »Rossiter« den Einsatz beschleunigen würde, was mir nicht passte, deshalb behauptete ich einfach, mein Nachbar sei verreist und seine Wohnung ganz sicher gerade leer.

Weniger als eine Stunde später marschierten zwei Uniformierte in die Eingangshalle. Sie trugen Neonwesten und ihre Mützen unterm Arm. Die Empfangsdame warf mir einen Blick zu, aber ich beschloss, noch ein bisschen zu warten. Sie sprachen mit gedämpfter Stimme, wie es sich für delikate Angelegenheiten gehörte. Erst als sie hinterm Tresen hervortrat und den Polizisten bedeutete, ihr zu folgen, gesellte ich mich dazu.

»Was ist los?«, fragte ich.

»Sie sind …«, sagte einer der beiden.

»Waits.«

»Detective Waits gehört zu Mr. Rossiters Sicherheitsteam«, sagte die Empfangsdame.

Ich zeigte ihnen meinen Dienstausweis. »Gibt es ein Problem, Constables …?«

»Turner und Barnes. Wir haben eine Meldung über verdächtige Geräusche aus einer Suite im fünfundvierzigsten Stock erhalten. Auf diesem Stockwerk wohnt auch Mr. Rossiter, oder?«

»Richtig. Heute sollte aber niemand zu Hause sein.«

»Dann wäre es vielleicht nicht schlecht, wenn wir kurz nachsehen.«

»Ich … ähm … bin nicht sicher, ob das geht.«

»Wenn jemand etwas meldet, Sir, müssen wir dem nachgehen«, entgegnete Barnes.

»Das mag ja sein, aber heute ist sicher niemand in der Wohnung.«

»Waren Sie heute schon drin?«

»Nein, war ich nicht.«

»Haben Sie Zugang zur Suite?«

»Nein«, sagte ich. Dann, an die Empfangsdame gewandt: »Könnten Sie vielleicht kurz oben durchrufen? Um uns weitere Unannehmlichkeiten zu ersparen …«

»Aber sicher«, sagte sie, kehrte an den Empfang zurück und bat darum, zu Rossiters Suite durchgestellt zu werden. Wir warteten, aber es ging keiner ran. »Klingt, als wäre niemand da.«

»Könnten Sie uns in die Suite lassen?«, fragte einer der beiden.

»Soweit ich weiß, hat Mr Rossiter eine Schlüsselkarte.«

»Moment mal«, mischte ich mich ein. »Ich kann da nicht einfach jeden reinlassen.« Die Beamten sahen mich entgeistert an. »Einen Augenblick«, sagte ich, zückte mein Handy und wählte eine Fantasienummer.

»Kernick«, sagte ich nach einer Weile. »Ja, ich warte.« Ich wartete so lange, bis es allen ungemütlich wurde und sie mich entnervt ansahen. »Jemand hat verdächtige Geräusche aus Mr. Rossiters Suite im Beetham Tower gemeldet und …« Ich tat, als hätte man mich unterbrochen. »Selbstverständlich, Sir.« Mit gesenkter Stimme: »Danke. Ja, Sir. Vielen Dank.« Als ich das Telefonat beendet hatte, richtete ich mich an die Empfangsdame. »Könnten Sie uns bitte den Schlüssel geben?«

»Ich sehe nach, ob ich ihn habe«, sagte sie und verschwand wieder hinterm Tresen.

»Tut mir leid«, sagte ich zu den Polizisten, »aber Sie verstehen sicher, dass wir heute besonders vorsichtig sind.«

»Klar«, sagten beide wie aus einem Munde, den Blick zu Boden gerichtet.

KAPITEL 4

Ich achtete darauf, dass einer der beiden die Schlüsselkarte an sich nahm. Schweigend fuhren wir nach oben. Ich kann mich zwar nicht explizit an die Fahrstuhlmusik erinnern, weiß aber genau, dass im Hintergrund wie immer irgendwas dudelte. Kaum waren wir oben, marschierte ich direkt auf Rossiters Suite zu, um den Polizisten zu suggerieren, dass ich mich oft hier aufhielt.

Als ich mich nach ihnen umdrehte, sah ich, dass die beiden interessiert das Dekor und die Einrichtung betrachteten, während sie mir langsam folgten. Turner schob die Schlüsselkarte in den Schlitz und drehte den Türknauf.

»Nach Ihnen«, sagte er.

»Ich rede besser mal mit dem Nachbarn«, schlug ich vor.

»Wie Sie meinen.« Er trat ein. Ich ließ seinen Kollegen vorbei. Die beiden beglotzten die Wohnung wie Gaffer auf der Autobahn. Als die Tür hinter ihnen ins Schloss fiel, hörte ich einen von ihnen einen Pfiff ausstoßen. Ich ging ein paar Meter den Flur entlang und hielt mich eine Zeit lang vor der Nachbartür auf. Als sich Rossiters Tür wieder öffnete, schlenderte ich langsam zurück.

»Alles in Ordnung?«

»Ja«, sagte Turner. »Gut zu wissen, dass der ehrbare Herr ein Mann des Volkes ist, hm?«

»Alles in Ordnung?«, wiederholte ich unbeeindruckt.

»Jawoll, Sir. Da liegt keine Störung vor.«

»Die Nachbarin geht nicht vor die Tür«, erklärte ich. »Die einzige Störung ist bei der im Kopf. Jetzt will sie auch noch ihre

Putzfrau anzeigen, weil die ihr angeblich Teller geklaut hat. Zieht sich gerade um …«

Die Polizisten grinsten einander zu. »Sollen wir …?«

»Nicht nötig. Ich kümmere mich drum. Danke.«

Das ließen sie sich nicht zweimal sagen. Sie marschierten an mir vorbei zum Lift. Erst als sie schon drin waren, rief ich: »Constable?«

Beide wandten sich zu mir um.

»Die Karte?« Turner kam wieder raus, während sein Kollege die Tür aufhielt. »Danke«, sagte ich und ging davon.

Die Aufzugtüren rumpelten beim Schließen.

Ich ging direkt zu Rossiters Suite zurück.

Schob die Karte in den Schlitz und betrat das Apartment.

Ein Blick auf die Uhr: 9.57 Uhr.

Ich schloss die Augen, lehnte mich kurz gegen den Türrahmen und atmete tief durch. Ob Isabelle wohl schon unter der Erde war? Bis 10.30 Uhr musste ich wieder am Empfang sein.

Sonst wäre ich geliefert.

Ich zwang mich vorwärts, sah mich um. Im großen, anonymen Wohnzimmer hatte Rossiter mich empfangen. Die riesige Fensterfront mit Blick über die Stadt.

Ich ging mit großer Sorgfalt vor, durchkämmte die Wohnung nach einem genauen Raster. Der exklusive Standort und die Tatsache, dass diese Wohnung nicht ohne Weiteres zugänglich war, machten sie zu einem perfekten Versteck für Rossiters Geheimnisse – und ich hatte nur diese eine Gelegenheit, sie aufzudecken. Es ging schnell, denn in der Wohnung gab es fast keinerlei private Gegenstände. Ich inspizierte den Cognac, den Rossiter mir angeboten hatte. Hennessy.

Zain Carvers Marke.

Das Wohnzimmer hatte ich durch, weiter ging's mit der Küche – die größte, die ich je gesehen hatte. Sie sah weitgehend unbenutzt aus. Im Kühlschrank nichts als eine Packung fettarme Milch.

Durchs Wohnzimmer gelangte ich über eine Wendeltreppe nach oben zu den Schlafzimmern. Daneben befand sich ein Büro, das ich als Nächstes inspizierte. Obwohl man von diesem Zimmer aus die beste Aussicht hatte, stand der Schreibtisch an der Wand.

Die Botschaft: Hier wird gearbeitet und nicht aus dem Fenster geglotzt.

Auf dem Tisch stand ein zugeklappter Laptop, doch es gab keinerlei Bücher, Notizhefte oder Akten. Die beiden unteren Schubladen waren leer. In der obersten Lade fand ich ihn. Den braunen Umschlag, den Rossiter mir zwei Wochen zuvor zugeschoben hatte. Ich zog die Fotos heraus und betrachtete sie genauer.

Farbbilder, verschwommen, aus ungewöhnlicher Perspektive und eindeutig mit einem Smartphone aufgenommen. Auf Isabelles Gesicht glänzte der Schweiß. Wir standen dicht beieinander auf der Hausparty.

Fast hätte ich die Bilder mitgenommen, fragte mich sogar, ob sie nicht insgeheim der Grund für mein Eindringen gewesen waren: Beweise vernichten, meine Haut retten. Doch der Gedanke löste plötzliche Abscheu aus. Ich schob die Aufnahmen wieder in den Umschlag und legte alles zurück in die Schublade.

An der Treppe blieb ich abrupt stehen.

Kehrte ins Büro zurück, zog die Schublade wieder auf. Den Umschlag ließ ich liegen, aber ich sah mir die Beschriftung genauer an.

I.R. 30. Oktober

Die Treppe führte zu einem dunklen Flur. Es gab zwei große Schlafzimmer, jedes einzelne größer als meine gesamte Wohnung. Eines gehörte offenbar Rossiter, und im dazugehörigen Bad stieß ich auf einige einfache Pflegeartikel wie Zahnbürste und Rasierer. Am Ende des Flurs gab es noch zwei kleinere Gästezimmer. Im ersten grüßte mich dieselbe anonyme Leere wie im Rest der Wohnung.

Das zweite war anders.

Innerhalb von Sekunden sprang der Zeiger von 10.25 auf 10.30.

Die Tapete war grellpink. Das kleine Bett war mit rosa Laken und Bettwäsche bezogen und mit Dutzenden Puppen und Stofftieren dekoriert. Teddybären und Barbies. Isabelle war mit siebzehn abgehauen. Wenn ich mich recht erinnerte, war ihre ältere Schwester bereits Mitte zwanzig. Wem gehörte also dieses Zimmer?

Ich öffnete den begehbaren Kleiderschrank:

Mehrere identische schwarze Kleidchen.

Ein paar Jeanslatzhosen.

In der Kommode stieß ich auf bunte Kinderhöschen mit niedlichen Mustern und Disneyfiguren. Alle in Isabelles Größe, aber überhaupt nicht ihr Stil. Nicht mal annähernd.

10.34. Ich dachte kurz nach. Das versteckte Telefon in Isabelles Wohnung. Fragte mich, ob sie diesen Trick regelmäßig angewandt hatte, und zog die Schubladen ganz heraus. An der Rückwand der untersten klebte ein Zettel.

10.36.

Ich zog ihn vorsichtig ab. Um 10.38 war alles wieder an seinem Platz und ich zurück im Wohnzimmer. Jetzt hätte ich gerade noch Zeit, mir die Fotos zu schnappen.

Da ertönte ein schriller Ton. Vor Schreck konnte ich mich nicht rühren. Erst beim zweiten Mal wurde mir klar, dass jemand klingelte. Mit angehaltenem Atem öffnete ich die Tür.

Mr Reed stand vor mir, der Mann für die Gebäudesicherheit. Sein Gesicht war rot angelaufen, und er atmete schwer. »Wieso ham Se mich nich' angerufen, Junge? Was is' hier los?«

»Entschuldigung, Mr. Reed. Mir war klar, dass es sich um einen falschen Alarm handelte, da wollte ich Ihnen die Mühe ersparen.«

»Nix ersparn Sie mir, wenn hier zwei Bul… zwei Polizisten rumschnüffeln, von denen ich nix weiß.« Mitten im Satz war ihm die Puste ausgegangen.

»Sie können sich gern selbst überzeugen, aber ich bin sicher, dass hier keine Straftat vorliegt.«

Er beäugte mich misstrauisch. »Kenn ich Sie nicht?«

»Kann ich mir nicht vorstellen«, sagte ich erschrocken. »Ich habe gerade einen Anruf bekommen, dass die Trauerfeier beendet ist, also mache ich mich mal auf den Weg zum Anwesen der Familie.« Ich ging davon, spürte aber, wie sich die Blicke des Mannes in meinen Hinterkopf bohrten. Am Aufzug musste ich den Knopf siebenmal drücken, bis endlich was passierte.

Ich wartete.

Der kleine digitale Pfeil bewegte sich quälend langsam nach oben. Ich starrte ihn inständig an. Als der Lift im dreiundvierzigsten Stock hielt, beschlich mich plötzlich die Ahnung, dass jemand auf dem Weg in diese Etage war. Kernick. Rossiter. Die beiden Polizisten.

Ich wartete.

Die Türen gingen auf.

Der Lift war leer.

Ich stieg ein und drückte den Knopf fürs Erdgeschoss.

»'tschuldige mal, Junge!«, rief Mr Reed, der mir hastig hinterherlief. »Moment noch!« Obwohl ich mich innerlich zur Sau machte, hielt ich ihm brav die Tür auf. Keuchend stieg er ein. »Die Schlüsselkarte?«, fragte er.

»Ach, klar!«, sagte ich und kramte sie aus der Hosentasche. Erst da bemerkte ich, dass ich den Atem angehalten hatte, und entspannte mich. Bemühte mich, normal auszusehen. Ich spielte mit dem Zettel in der Tasche herum, als der Lift unten ankam. Die Türen glitten auf. Ich marschierte direkt auf den Ausgang Deansgate zu. Der Zettel brannte mir unter den Nägeln.

Streifenwagen standen auf der Straße. Einige Polizisten glaubte ich zu kennen.

Erst als ich einige Meter weiter in eine schmuddelige Gasse bog, zog ich den Zettel hervor. Ich lehnte mich an die Mauer und vergewisserte mich, dass mir niemand gefolgt war.

Atmete tief durch.

Dann faltete ich ihn auseinander und las mit zitternden Händen. Die Nachricht war mit dicker, roter Tinte geschrieben:

Niemand darf es erfahren.

KAPITEL 5

Mit acht Jahren eroberte ich mir das erste Stückchen Freiheit, als ich aus reinem Eigennutz Lügen erfand. Ich manipulierte alle meine Zimmergenossen, und kurz darauf sah ich meine Schwester zum letzten Mal.

Es war auch die Zeit, als Annie nachts keine Schatten mehr über ihrem Bett sah. Denn aus dem Schatten wurde ein Mann, der sie anfasste und ihr übers Haar strich. Sie war fest überzeugt, dass ihre Einbildung ihn zum Leben erweckt hatte. Ich weiß noch, wie verängstigt sie war, als sie mich am nächsten Morgen mit Flüsterstimme fragte: »*Wenn ich was träume, kann es dann in echt passieren?*«

Es ist schwierig, die Ohnmacht auszudrücken, die man als Heimkind verspürt. Alles, von der täglichen Routine bis zum Gebäude, in dem man schläft, kann sich von heute auf morgen ändern. Das einzig Zuverlässige in unserem Alltag waren unsere Namen, so bequem wie unsere modrig riechenden, abgetragenen Klamotten, sie identifizierten uns nicht nur, sondern zeichneten uns fürs Leben. Der letzte niederträchtige Seitenhieb, von denjenigen ausgeteilt, die uns nicht wollten. Als Annie und ich aus der Verankerung unseres alten Lebens gerissen wurden und aus seinem Schutzhafen davontrieben, lernte ich, dass die »Sorge um das Kindeswohl« nur eine Illusion war.

Eine unausgesprochene Lüge, die wir trotzdem glauben mussten.

Als man uns das letzte Mal einem interessierten Paar vorführte, verhielt ich mich aufsässig und arrogant. Wenn sie mich etwas fragten, zuckte ich die Achseln, seufzte genervt und nuschelte eine Antwort. Ich hielt Abstand zu meiner Schwester und sah sie nicht an. Aber ich spürte ihren Blick. So nachdenklich. Sie glaubte, ich sei böse auf sie, und zog ihren Kniestrumpf hoch, damit alles wieder gut wäre. Als man uns schließlich zum Spielen schickte, folgte ich ihr zur Kiste. Sie spähte über den Rand.

Sie wollte die Kiste gerade umkippen, da versetzte ich ihr einen so heftigen Stoß, dass sie auf dem Hosenboden landete, mich mit großen Augen ansah und schließlich leise in ihre Hand wimmerte, wie unsere Mutter es uns eingebläut hatte. Ich warf ihr ein Spielzeug an den Kopf und beschimpfte sie mit einem schmutzigen Wort, das ich bei den Älteren aufgeschnappt hatte. Schließlich kehrte ich ihr den Rücken zu und spielte allein. Die Plastikfigur in meiner Hand zerbrach fast, so heftig drückte ich zu. Der Mann erhob sich vom Sofa und ging vor Annie in die Hocke.

»Na, na, ist alles gut«, sagte er und schloss sie in die Arme.

Noch an dem Tag unterschrieb das Paar die nötigen Unterlagen. Annies neue Eltern verspürten keinerlei Schuldgefühle bei der Vorstellung, dass sie sie von ihrem älteren, niederträchtigen Bruder trennten. Meine Erinnerung an sie verblasste schon bald danach. Doch noch Jahre nach meiner Zeit in The Oaks glaubte ich, in jedem jungen Mädchen Annie zu erkennen. Auf der anderen Straßenseite, in vorbeifahrenden Bussen, in Bars. Jedes Mädchen in ihrem Alter lässt mich innerlich zusammenfahren, und das hat sich bis heute nicht geändert. Sie ist Joanna Greenlaw und Isabelle Rossiter, Catherine und Sarah Jane. Noch während meiner Ausbildung zum Detective hatte ich den Gedanken im Hinterkopf, sie eines Tages aufzuspüren und alles zu erklären. Ich kam nicht weiter, als herauszubekommen, dass sie immer noch in der Stadt wohnte.

Leider hatte sie mich gefunden.

Ich tastete in der Hosentasche nach dem Brief, der nach meiner Suspendierung auf der Wache eingetroffen war und den Sutty mir zugesteckt hatte. Er stammte von meiner Schwester. Ich hatte es gerade mal geschafft, ihn zu öffnen, aber ihn ganz zu lesen, dazu war ich nicht fähig. Heiße Tränen der Scham verschleierten meinen Blick. Anne, so ihr Name am Ende des Briefes, hatte meinen Namen in der Zeitung gesehen.

Der korrupte Detective Aidan Waits.

Sofort war ihr klar gewesen, dass sie mich gefunden hatte.

»Du gehörst zu meiner Familie, ich kann dir helfen«, hatte sie geschrieben, doch schon als ich den Brief wieder zusammenfaltete, wusste ich, dass ich nicht antworten würde.

Als ich aus der Gasse trat und mich mit einem raschen Seitenblick vergewisserte, dass mich niemand beobachtet hatte, stiegen düstere Gedanken in mir auf. An die Mädchen, mit denen ich aufgewachsen war, die sich selbst verletzten. Manche liefen davon und wurden Tage, Wochen, Monate später wieder eingefangen, gedemütigt. Andere verschwanden für immer.

Der trübe graue Morgen hatte sich zu einem trüben grauen Tag gemausert. Der Gehweg unter meinen Füßen fühlte sich an wie ein Eisblock, und die Kälte drang durch die Sohlen bis in meine Füße. Ich dachte an die Vergangenheit, die Sonnenflecken. Die beängstigenden schwarzen Löcher meiner Jugend. Und daran, dass ich meine Schwester nie wiedersehen würde. Ich dachte an Isabelle. Verängstigt, allein, tot.

KAPITEL 6

Die Trauerfeier war sicher schon vorbei. Ich hatte spontan beschlossen, zum Kloster zu fahren. Es lag nur drei oder vier Meilen stadtauswärts, und weil ich ohnehin an Isabelle denken musste, schien es mir nur passend, ihr einen letzten Besuch abzustatten. Immer wieder ging ich im Geiste die Nachricht auf dem Zettel aus Rossiters Wohnung durch. Dieselbe Nachricht, die auf den zersprungenen Spiegeln in Isabelles und in meiner Wohnung gestanden hatte.

Niemand durfte *was* nie erfahren?

Die kleinen Häuser, die man um das Kloster herum gebaut hatte, hatten damals sicher völlig unpassend gewirkt. Heute wirkte das Kloster unpassend. Eine überholt protzige Zurschaustellung von Macht und Reichtum vor einem Gott, dem die Welt scheinbar einstimmig die Existenz in Abrede stellte. Es war erst vor Kurzem für Millionen saniert worden, aber das Geld dafür stammte nicht von der Kirche, sondern von der Denkmalpflege. Das Gebäude wurde hauptsächlich als Konferenzzentrum benutzt, und die Trauerfeier war nicht kirchlich gewesen.

Beim Vorbeifahren entdeckte ich doch noch einige Trauergäste, eine Gruppe Mädchen in eleganten schwarzen Kleidern, die knallrot geschminkten Lippen hinter neckischen schwarzen Gesichtsschleiern verborgen. Ich fragte mich, was für Freundinnen sie wohl gewesen waren und zu was für Menschen sie heranwachsen würden. Ob sie hier herumlungerten, weil sie hofften, ein später Fotograf würde sie doch noch ablichten? Doch dann sah ich, wie eines der Mädchen den Arm tröstend um ihre Nachbarin legte, und schalt mich für meinen Zynismus.

Einige Uniformierte hielten die Fotografen auf Abstand. Im Vorbeifahren sah ich einen alten Veteranen der Zeitungslandschaft in seinem Auto am Telefon hängen, die blutrünstigen Gesichtszüge unverkennbar. Wahrscheinlich gab er die Story direkt an die Redaktion durch. Er schaute kurz auf und studierte mich nachdenklich.

Nachrichten von gestern.

Obwohl nichts darüber in der Zeitung gestanden hatte, wusste ich ziemlich sicher, wo sich Isabelles Grab befand. Der Friedhof von Gorton lag nur wenige Minuten entfernt. Bei meinem Eintreffen stand der Leichenwagen noch neben den schwarzen Limousinen der Familie und ihrer engsten Freunde. Ich stellte meinen Wagen ein paar Meter entfernt ab und marschierte direkt auf den nächstgelegenen Eingang zu, nur weg von diesem Anblick. In mir stieg kalte, weiße Wut auf. Ein Fotograf versuchte, sich mit seinem Teleobjektiv ein Bild von den Trauernden zu erschleichen.

Zwei Bestattungen fanden gleichzeitig statt. Der Tag war perfekt dafür. Ich gesellte mich zu der kleineren Gruppe, nur ungefähr fünf Leute, die unschlüssig herumstanden, hielt den Kopf aber gesenkt und wirkte unbeteiligt, sodass niemand weiter Notiz von mir nahm.

Isabelle Rossiters Grabhügel, etwa hundert Meter entfernt, war bereits aufgeschüttet worden. Trauernde standen in Gruppen herum, unterhielten sich oder schlossen einander in die Arme. Ein paar trauerten allein. Der Großteil kehrte allerdings schon wieder zu den schwarzen Limousinen zurück. Die Trauerrednerin kümmerte sich um die Gäste, schüttelte Hände, sprach Beileidsbekundungen aus.

Ich dachte an Isabelle, weggetreten, den Kopf in den Händen. Wie sie an ihrem Schal herumzupfte. Oder mich anstieß und wie angestochen draufloslachte. Ich dachte an ihre Miene, die im Tod aufgerissenen Augen. Die Venen in ihren Armen mit der unnatürlich dunklen Farbe unter der bleichen Haut. Eine Hälfte ihres Körpers schwarz angelaufen, mit einer Spritze verabreichter Schmerz. Der Sexgeruch, die Zählmarken auf der Innenseite ihrer Oberschenkel. Ich konzentrierte mich auf die Bilder aus ihrem Schreibtisch. Eine lachende Siebzehnjährige im Kreis ihrer Freundinnen.

Zuerst erkannte ich Detective Kernick unter den versprengten Personen am Grab. Eigentlich hatte ich ihn am Haupttor erwartet, mit dunkler Sonnenbrille und Mikro im Ohr, aber überraschenderweise nahm er offenbar als Freund der Familie an der Beerdigung teil. Er stand mit einer dunkelhaarigen Frau und einem jungen Mädchen zusammen. Seine Familie. Ich wusste zwar, dass Kernick seit Jahren für die Rossiters tätig war, aber mir war nicht klar gewesen, dass sie so eng befreundet waren. Seine Tochter war offenbar im selben Alter wie Isabelle und trauerte sichtlich um sie. Ich fragte mich, ob sie Freundinnen gewesen waren.

Als Kernick den Arm um ihre Schulter legte, kam ich mir richtig schäbig vor. Ich sah seine Miene noch vor mir, wie er im Treppenhaus gestanden und glatt durch mich hindurchgesehen hatte, getrieben von der Befürchtung, ich hätte mich an Isabelle vergangen. Dabei war er mir väterlicher vorgekommen als Rossiter selbst. Er hatte mich eigens aufgesucht, um mir zu sagen, dass ich der Trauerfeier fernbleiben solle, denn er wollte an diesem Tag nicht im Einsatz sein. Er führte das Mädchen sanft vom Grab weg und nickte der Dunkelhaarigen zu. Seine Frau? Dann gingen sie in Richtung Tor davon.

Ich betrachtete die allein am Grab zurückgebliebene junge Frau. Sie trug einen dunkelgrauen Mantel und einen kleinen schwarzen Hut und hatte die Arme in einer offensichtlichen Trauergeste um den Körper geschlungen. Ein vorbeigehendes

Paar musterte sie insgeheim und redete über sie, als wäre sie berühmt. Die Frau würdigte sie keines Blickes, nahm von nichts und niemandem Notiz. Sie besaß dieselben elfenhaften Gesichtszüge wie Isabelle, und ihr Haar war ebenfalls blond, wenn auch ein wenig dunkler.

Die ältere Schwester, die abgehauen war.

Sie seufzte tief, bevor sie sich abwandte. Bevor sie gehen konnte, trat David Rossiter auf sie zu. Ihr Vater. Ich hätte ihn fast nicht erkannt. Seine Frisur war vom vielen Haareraufen völlig zerwühlt, sein Gesicht aufgedunsen, abgezehrt und müde.

Er hatte geweint.

Das Mädchen und er tauschten Blicke. Obwohl sie nur ein paar Meter trennten, schien ein Abgrund zwischen ihnen zu klaffen. Rossiter öffnete den Mund, als wollte er etwas sagen, doch er brachte nichts hervor. Die Miene des Mädchens verfinsterte sich, sie schüttelte leicht den Kopf und marschierte direkt an ihm vorbei in Richtung Ausgang. Rossiter blickte ihr nicht hinterher, doch als seine Knie nachgaben, glaubte ich, er würde mitten auf dem Weg zusammenbrechen. Aber er rappelte sich wieder auf, wischte sich fahrig mit dem Ärmel übers Gesicht und ließ den Blick über den Friedhof und die dort noch verharrenden Trauergäste streifen.

Nur eine weitere Person erregte meine Aufmerksamkeit: eine große, attraktive Frau Mitte vierzig. Die grauen Strähnen ließen ihr blondes Haar umso auffälliger erscheinen, und auch der schwarze Schleier konnte ihre Schönheit nicht verbergen. Ich erkannte sie aus den Artikeln über Isabelles Tod als ihre Mutter, Alexa Rossiter. Sie trug ihre Trauer mit aufrechter, nahezu ikonischer Eleganz. Ihre Miene war wie versteinert, zeigte nur wenig Emotionen. Lediglich an den angestrengt zusammengekniffenen Augen ließ sich das Ausmaß dessen erahnen, was hinter ihnen vorging.

Sie und ihr Mann funkelten einander an.

Sein Gesicht, sein Mund und sein Blick kommunizierten etwas, vielleicht eine Entschuldigung. Mrs Rossiters Miene blieb unverändert. Sie hielt seinem Blick stand, bis er es nicht mehr ertrug, sich abwandte und davonging. Erst nachdem er sich weit genug entfernt hatte, folgte sie ihm.

Die Trauerfeier ging zu Ende, und die Gruppe löste sich unter Händeschütteln und Gemurmel langsam auf. Ich machte mich davon, darauf bedacht, dass mich niemand erkannte.

Mrs Rossiter überholte ihren Mann, stieg in ein Auto und schloss die Tür. Sie wechselte ein paar Worte mit dem Chauffeur, der den Blinker setzte und anfuhr. Rossiter stand verloren da und sah sich um. Da tauchte Kernick auf und bot ihm seinen Arm an. Rossiter ließ sich von ihm zu einem anderen Wagen geleiten.

Ich erinnerte mich an mein erstes Treffen mit David Rossiter. Seinen Ehering, kalt, weil er ihn gerade erst wieder übergestreift hatte. Wie er mir von seiner depressiven Tochter erzählte, ihrem Selbstmordversuch und davon, dass er den Krankenwagen gerufen hatte. Die Presse hatte er raushalten wollen, war sogar selbst an sie herangetreten, hatte sie angefleht, nicht darüber zu berichten.

Ich erinnerte mich auch noch genau daran, wie er seine Frau genannt hatte: ein Nervenbündel. Dann dachte ich an den Blick, mit dem sie ihn angesehen hatte. Wie sie an ihm vorbeigerauscht war, ihn erhobenen Hauptes hatte stehen lassen, ein Bild der Selbstbeherrschung.

Rossiter hatte mich belogen.

KAPITEL 7

Auf dem Weg zurück in die Stadt hielt ich bei einem Pub, um mich wieder aufzuwärmen. Auf dem Bildschirm über der Theke liefen stumm die Nachrichten, ein Bericht über die Trauerfeier. Der unten eingeblendete Text informierte die Zuschauer erneut über Isabelles frühes Sexleben und ihren Tod durch eine Überdosis.

Die Kamera zoomte sich an die um das Grab versammelte Trauergruppe heran. Nachdem ich ein paar Erdnüsse eingeworfen und ein paar Biere getankt hatte, stieg ich wieder ins Auto und fuhr nach Hause.

Den Wagen parkte ich einige Straßen von meiner Wohnung entfernt und ging den Rest zu Fuß. Es war schon dunkel, und die umstehenden Häuser dräuten über mir wie finstere Gedanken. Ich hielt den Blick gesenkt. Auf dem Gehsteig glitzerte Raureif, und bei dem Anblick kam mir die Vorstellung, dass die ganze Stadt einfrieren könnte. Alles und jeder monatelang in schockgefrosteter Starre verharrend, bis alles Böse sich aufgelöst hätte und die Menschen wieder Luft bekämen.

Bei jedem Schritt knackste das dünne Eis. Ich war fast überrascht, als ich in meine Straße einbog, so sehr war ich in Gedanken gewesen.

Ich blickte auf.

Und blieb stocksteif stehen.

Auf der anderen Straßenseite, direkt vor meiner Wohnung, stand er. Ein Mustang Fastback, schwarz mit dünnen roten Streifen. Der Motor lief, im Schein der Straßenbeleuchtung waren Abgaswolken zu sehen. Grips Wagen.

Grip.

Ich trat in einen Hauseingang und suchte die Straße nach ihm ab. Ein paar Gestalten waren zu erkennen, Leute auf dem Weg aus der Stadt, aber niemand hatte seine gequälte, ungelenke Art zu gehen. Ich betrachtete mein Haus. Den Eingang. Die Tür war geschlossen, der Flur dunkel. Blick hinauf zu meiner Wohnung. Zum Fenster. Es brannte kein Licht, doch ich wusste selbst nicht mehr genau, ob ich es ausgeschaltet oder angelassen hatte.

»Ja? Wer ist da?«

Ich zuckte zusammen. Eine Stimme schallte aus der Gegensprechanlage. Musste wohl aus Versehen auf die Klingel gedrückt haben. Ich blickte nach oben. Eine junge Frau lehnte aus dem Fenster im oberen Stockwerk und fragte sich vermutlich, wieso ich mich im Eingang versteckte. Schnell trat ich hinaus auf den Gehweg und winkte ihr beschwichtigend zu.

Von der gegenüberliegenden Straßenseite her pirschte ich mich an den Wagen heran. Mir blieb immer noch die Möglichkeit, einfach weiterzuschlendern. Beim Näherkommen wurde das tieffrequente Röhren des Motors lauter. Wie zufällig spähte ich im Vorübergehen ins Innere. Der Fahrersitz war leer. Diesmal überquerte ich die Fahrbahn erst, nachdem ich vorher nach rechts und links geschaut hatte.

Der Verkehr war mir allerdings egal, in Wahrheit hielt ich nach Grip Ausschau.

Eine genauere Untersuchung des Wagens ergab, dass tatsächlich niemand drinsaß, obwohl die Schlüssel im Zündschloss steckten. Da wusste ich, dass hier etwas nicht stimmte. Dieser Wagen war Grips Ein und Alles. Den Schlüssel hätte er niemals stecken lassen.

Und den Mustang garantiert abgeschlossen.

Ich holte tief Luft und öffnete die Beifahrertür. Der Innenraum war überraschend ausgekühlt, es herrschte dieselbe Temperatur wie draußen. Jemand hatte die Heizung ganz heruntergeregelt. Hier hatte niemand gesessen und gewartet.

Wieder suchte ich mit Blicken die Straße ab.

Drehte den Schlüssel, zog ihn ab und schloss die Tür. Vor dem Heck blieb ich stehen.

Sah mich erneut um.

Es war dunkel, die Straße leer.

Ich schloss den Kofferraum auf und hob den Deckel einen kleinen Spalt. Das Licht ging an und gab einen kurzen Blick aufs Innere frei, bevor mir der Deckel aus der Hand glitt und zuknallte.

Ich versuchte, den Gestank abzuschütteln.

Meine Hände zitterten so stark, dass ich sie aufs Wagendach legen musste. Nur das hielt mich aufrecht.

Erst als ich die Straßengeräusche wieder wahrnahm, wandte ich mich um. Eine Gruppe junger Leute kam auf mich zu, betrunken, singend. Paare, Arm in Arm.

Gestalten in Hauseingängen.

Die junge Frau von vorhin.

Sie stand noch immer am Fenster und beobachtete mich. In der Hand hielt sie einen Telefonhörer. Ihre Lippen bewegten sich. Ich stieg ein, ließ den Motor an und fuhr los.

KAPITEL 8

Der Motor des Mustangs war so konstruiert, dass er sogar bei niedrigen Geschwindigkeiten ein charakteristisches Röhren von sich gab. Dieses unablässige Knurren fuhr mir direkt in den Kopf. Während der Fahrt glaubte ich immer wieder, aus dem Kofferraum ein Klopfen und Rütteln zu hören.

Doch ich wusste, dass das unmöglich war.

Es war schon nach fünf, als ich in Fairview eintraf. Ich parkte in der Parallelstraße, stieg aus und atmete die kühle Luft ein. Erst nach einer Weile ging ich zum Haus und klopfte.

Schritte.

Die abrupt zum Stehen kamen. Offenbar linste jemand durch den Türspion. Sarah Jane öffnete mir und bemühte sich um ein freundlicheres Gesicht, als sie mich erblickte. Das fiel mir zum ersten Mal auf, und ich fragte mich, ob sie einsam war. Isabelle tot, Zain in Haft, Grip verschwunden, Catherine auch. Sie schenkte mir ein knappes, nervöses Lächeln, was mich wieder daran erinnerte, wie jung sie eigentlich war.

»Hi«, sagte sie.

»Hi.« Wir sahen einander auffällig lange an und quatschten dann auf einmal drauflos.

»Willst du nicht reinkommen …«

»Ich hab Grip gefunden.«

Sie spähte über meine Schulter.

»Hab ihn nicht dabei.«

»Geht es ihm gut?«

»Er ist noch heil. Soll ich dich zu ihm bringen?« Sie hatte ein feines Gespür für Zynismus und fragte sich offensichtlich, wie sie meine Aussage zu verstehen hatte. Wieso ich hier so einfach aufgetaucht war und sie dazu bewegen wollte mitzukommen.

»Nein«, erwiderte sie, doch es schien mir eher eine Art Schutzhaltung gegenüber schlechten Nachrichten zu sein als echte Ablehnung. Sie wurde blass.

Trat einen Schritt zurück.

Schob die Tür zu.

Ich stellte meinen Fuß dazwischen, zwängte mich ins Haus und knallte die Tür hinter mir zu.

»Ich weiß Bescheid, Sarah.«

Sie regte sich nicht, doch ihr Blick wirkte zusehends abwesend. Sie stand da wie vom Donner gerührt, als hätte ich ihr eine gescheuert. Ich drängte mich an ihr vorbei, entdeckte den Pelz, den ich schon vorher an ihr gesehen hatte, und legte ihn ihr über die Schultern. Wie automatisch glitten ihre Arme hinein. Ich schob sie sanft zum Ausgang. Da endlich bewegte sie sich wieder.

Doch statt mit rauszukommen, stemmte sie sich mit beiden Händen gegen die Tür. Als sie sich zu mir umwandte, standen ihr die Tränen in den Augen.

»Worüber weißt du Bescheid?«

»Fast alles.«

»Ach.«

Ich griff über sie hinweg zur Klinke, schubste sie hinaus und schloss die Haustür hinter uns. Sie stützte sich bei mir ab, um sich aufrecht zu halten. Als sie in Grips Wagen stieg, schlug sie sich die Hand vor den Mund. Stumm setzte ich mich hinters Steuer und fuhr los.

KAPITEL 9

Auf der Suche nach einem ruhigen, abgelegenen Ort fuhr ich weit aus der Stadt hinaus. Sarah Jane fummelte an ihrem Gurt herum.

Wir kamen an Dutzenden halb fertigen Wohnsiedlungen vorbei, an zweien hielt ich kurz an, und sie spähte angestrengt aus dem Fenster, die Hand gegen die Scheibe gepresst, wohl, weil sie sich fragte, ob Grip hier gelandet war und was nun aus ihr werden würde.

Kaum hatten wir die Stadt mit ihrer grellen Straßenbeleuchtung hinter uns gelassen, bemerkte ich im Licht der entgegenkommenden Autos, dass sie mich musterte.

Aber ich fuhr einfach weiter. Das Barnes Hospital war ein Relikt aus dem neunzehnten Jahrhundert. Ein riesiges gotisches Backsteingebäude mit mehreren Flügeln und einem Türmchen mit Uhr, die irgendwann in den späten Neunzigern stehen geblieben war, als das Gesundheitswesen massive Kürzungen hinnehmen musste. Das Krankenhaus wurde geschlossen, und das Gebäude stand seither unter Denkmalschutz. Dennoch ließ der neue Besitzer, eine Immobilienfirma, das Anwesen einfach verfallen.

Ich verließ den Motorway und fuhr die Auffahrt hinauf. Das rote Schild am Eingang schrie das Wort »Gelegenheit« gleich drei Mal und drängte Interessenten, eine 0800-Nummer zu wählen. Das Gelände war zwar mit einem Stacheldrahtzaun gesichert, aber jemand hatte die Poller aus der Einfahrt entfernt, sodass ich näher heranfahren konnte. Als die Scheinwerfer über das riesige, verlassene Gebäude mit der Steintreppe und dem schmiedeeisernen Geländer wanderten, umklammerte Sarah Jane den Türgriff.

Ich hielt, stellte den Motor ab und wartete.

In der Dunkelheit hörte man nur noch den nahe gelegenen Motorway und, nach einer Weile, Sarah Janes Atemzüge.

»Heute haben sie Isabelle begraben«, sagte sie, den Blick nach vorn gerichtet. Zu spät bemühte sie sich um Verbindlichkeit.

»Ich weiß. Ich war dabei.« Schweigend sah sie mich an. »Wärst du gekommen, wenn es möglich gewesen wäre, Sarah?«

»Aber sicher!«

»Was hat dich davon abgehalten?«

»Warum tust du das?«

Ich antwortete ihr nicht.

»Wo ist er? Wo ist Grip?«

»Grip ist hier, keine Sorge.«

Sie legte mir die Hand auf den Arm. »Dann bring mich zu ihm.« Ihre Finger waren so kalt, dass ich es durch den Ärmel hindurch spürte.

»Ich muss dich erst was fragen. Was als Nächstes passiert, hängt von deinen Antworten ab.«

Sie zog die Hand weg. »Du weißt genau, warum ich nicht hingehen konnte. Sie ist wegen uns gestorben.«

»Uns?«

Sie richtete den Blick wieder starr nach vorn. »Wegen mir.«

»Das ist aber nicht der Grund, warum du nicht hingegangen bist, stimmt's?« Sie schwieg. »Ich frage mich die ganze Zeit, wieso David Rossiter so viel über Isabelle wusste, obwohl sie doch von zu Hause abgehauen war.«

Sarah Jane straffte den Rücken. Als sie schließlich antwortete, klang ihre Stimme fast so hart wie früher. »Sie war erst siebzehn. Ich habe sie beschützt.«

»Vor einer Sekunde warst du noch für ihren Tod verantwortlich.« Sie reagierte nicht. »Was stimmt denn nun?«

Sie murmelte etwas.

»Wie bitte?«

»Ich habe sie beschützt, und dafür entschuldige ich mich auch nicht.«

»Das erwarte ich auch gar nicht. Ich will eine Erklärung. Du hast meine Frage immer noch nicht beantwortet.«

»Welche denn?«

»Woher wusste David Rossiter so viel über Isabelle, obwohl sie von zu Hause abgehauen war.«

»Weil ich es ihm erzählt habe.«

Eine Weile schwiegen wir. Im Auto war es warm.

Kondenswasser sammelte sich auf den Scheiben.

»Du hast ihn über Isabelle auf dem Laufenden gehalten. Und über mich.«

Schweigen.

»Du hast Fotos von uns gemacht. Auf denen wir zusammen zu sehen sind. Und sie ihm gegeben.«

Schweigen.

»Du hast ihm ihre neue Nummer verraten.«

»Na und?«

»Ihm verraten, wo sie wohnt. Wann sie zu Hause war.«

»Na und?«, wiederholte sie, aber kleinlaut.

»Warum, glaubst du, ist sie von zu Hause weg?«

»Prinzesschen hatte Luxusprobleme.«

»Daneben.«

»Na gut, dann eben echte Probleme.«

»Du hast noch einen Versuch.«

»Ach ja? Wenn du so schlau bist, Aidan, wieso verrätst du's mir dann nicht einfach?«

»Weil dein Freund sie gefickt hat.«

»Wie bitte?«

»Zuerst wollte ich es auch nicht glauben. Als wir sie gefunden haben, war sie nackt. Und hatte gerade Sex gehabt.«

»Was hat das mit …«

»Deinem Freund zu tun? Sie hatte Verletzungen am Oberschenkel, die sie sich selbst zugefügt hatte. Zählmarken. Ein Strich für jedes Mal Sex mit ihm. Es war auch ein frischer Schnitt vorhanden, für das letzte Zusammentreffen.«

»Als Isabelle gestorben ist, war Zain bei mir.«

»Wer hat was von Zain gesagt?«

Sie rührte sich nicht.

»Ich meinte deinen anderen Freund. Es sind doch nur zwei, oder?«

Da öffnete Sarah Jane die Tür und stieg aus. Dabei flammte zu ihrer Überraschung die Innenbeleuchtung auf, und sie verharrte kurz wie gebannt in der Bewegung. Ich hatte nicht bemerkt, dass sie weinte und ihre Schminke verlaufen war. Ein kalter Windhauch blies ihr das Haar ins Gesicht. Grellrot auf bleicher Haut. Verlaufener Eyeliner.

»Keine Ahnung, wovon du redest«, rief sie und knallte die Tür zu. Dunkelheit. Als ich meine Tür öffnete, ging das Licht wieder an. Ich ließ sie angelehnt. Sarah Jane marschierte in Richtung Motorway davon, aber ich folgte ihr und zerrte sie zurück zum Wagen.

»Keine Ahnung, wovon du redest«, wiederholte sie, aber ohne Überzeugung. Ich reagierte nicht darauf, denn ich hatte keine Lust mehr, ständig gegen die Wand zu rennen. Stattdessen zog ich den Schlüssel aus der Zündung. Es wurde wieder dunkel.

Um uns nur der Lärm vom Motorway.

Ihre Atemzüge.

Ich zerrte sie zum Kofferraum und fummelte mit dem Schlüssel herum, aber sie bekam Panik und wehrte sich heftig.

Also packte ich sie im Nacken, wies auf den Kofferraum, schloss ihn auf. Das Innere wurde hell erleuchtet, unsere Gesichter auch.

Sarah Jane kniff die Augen zu. »Bitte nicht …«

»Sieh hin!«

Sie holte tief Luft und stützte sich auf mich, um nicht zusammenzuklappen. Grips Augen starrten uns an. Sie schienen größer als sonst, als würden sie ihm direkt aus dem Schädel quellen. Der Kofferraum war so beengt, dass sie ihm die Beine gebrochen und die Knie nach hinten gebogen hatten, um ihn reinzuzwängen. Seine Miene war schmerzverzerrt, was darauf hindeutete, dass er zu dem Zeitpunkt noch gelebt hatte.

Die Arme waren mit Kabelbinder verzurrt. Vor seinem Körper, sodass sie leicht darankamen. Und er alles mit ansehen musste.

Wo er versucht hatte, die Fesseln zu lösen, klafften tiefe Einschnitte, im linken Arm steckte eine Spritze, und der Bereich um die Einstichstelle war schwarz angelaufen.

Seine linke Körperhälfte war dunkel verfärbt. Dasselbe albtraumhafte Blau wie bei Isabelle. Wie bei den Jugendlichen vom Sycamore Way.

Voller Mitleid betrachtete Sarah Jane die Folterspuren, die den Körper ihres Freundes entstellten. Doch erst als sie sein Gesicht sah, sackte sie neben mir zusammen und begann zu weinen. Vor seinem Tod hatte er sich heftig erbrochen. Man hatte ihn mit Farbe abgefüllt. Die erbrochene Masse auf seiner Brust, in und um seinen Mund herum, mittlerweile hart geworden, war schwarz und weiß.

KAPITEL 10

Ich ergriff Sarah Janes Arm und führte sie auf die Beifahrerseite, öffnete die Tür und schob sie sanft hinein. Als ich wieder hinterm Steuer saß, hatte sie sich bereits gefasst.

»Was ist mit ihm passiert?«

»Er hat Cath gesucht.«

Sarah Jane schlang ihre Pelzjacke fester um sich. »Ist sie …?«

»Der Wagen stand vor meiner Wohnung, sie war nicht da.« Mir fielen Sheldons Worte wieder ein: *Wenn ich mit ihr fertig bin, hat sie nie existiert.*

»Wieso ausgerechnet vor deiner Wohnung?«

»Als Warnung, und um sicherzugehen, dass wir ihn finden. Hör zu«, ich beugte mich vor, »du musst jetzt endlich reden.«

»Kein Licht. Frag mich, was du willst, aber lass das Licht aus.« Mir war klar, dass wir außerhalb dieses Wagens kein Wort mehr miteinander wechseln würden, deshalb erfüllte ich ihr diesen Wunsch. Ich lehnte mich zurück, und wir sprachen im Dunkeln weiter.

»Wie lange hast du schon mit David Rossiter geschlafen?«

»Ungefähr ein Jahr. Wie hast du das rausgekriegt?«

»Der Mann hat mehr gewusst, als er sollte, aber das hätte er auch aus anderen Quellen haben können. Es waren die Fotos. Sie waren zu anzüglich für jemanden, der nichts von Sex versteht. Genau im richtigen Moment aufgenommen und daher eher untypisch für einen Mann.«

»Ach, ich war also zu gut?«

»Nein, das nicht. Als ich in dieser Nacht mit Isabelle in Zains Haus auftauchte, hast du mich gebeten, sie in die Wohnung um die Ecke zu bringen. Die Adresse hast du mir aufgeschrieben. Dieselbe Handschrift habe ich bei Rossiter auf dem Umschlag mit den Fotos entdeckt.« Sie schnaubte verächtlich. »Carver und Rossiter hatten außerdem dieselbe Cognacmarke im Haus. Wahrscheinlich von dir.«

Sie nickte. »Tut mir leid, dass ich dich in Schwierigkeiten gebracht habe.«

»Schwierigkeiten?«

»Bei David, Zain, der Polizei.« Sie zuckte die Achseln. »Du steckst doch bei allen in Schwierigkeiten.«

»Ich bin nicht mehr bei der Polizei.«

Sie sah mich schweigend an.

»Wie hast du Rossiter kennengelernt?«

»Das hat nichts mit …«

»Wenn ich dich noch mal fragen muss, stopfe ich dich zu Grip in den Kofferraum und gehe zu Fuß nach Hause.«

Erschreckenderweise meinte ich das sogar ernst.

»Wie soll ein Mädchen wie ich solche Männer wohl kennenlernen?« In mir flammte Eifersucht auf, und sosehr ich mich auch um Ungerührtheit bemühte, es war meiner Stimme anzuhören.

»Wo?«

Sarah Jane bemerkte es auch und antwortete rascher, denn jetzt war sie sicher, mich mit der Antwort treffen zu können.

»*The Cloud*«, sagte sie knapp.

Eine Bar im dreiundzwanzigsten Stock des Beetham Tower. Panoramablick über die Stadt und Cocktails zu Preisen wie in der Prohibitionszeit. Es gibt sogar einen vier Meter tiefen Erker mit gläsernem Boden und freiem Blick nach unten. Hier tranken überwiegend Geschäftsmänner auf der Durchreise. Manchmal leisteten junge Frauen ihnen Gesellschaft. Für die meisten war ein Aufenthalt in *The Cloud* Zeichen des gesellschaftlichen Aufstiegs.

Doch diese Bar lag zweiundzwanzig Stockwerke unter David Rossiters Niveau. Am liebsten hätte ich Sarah Jane gesagt, dass sie auch unter ihrem lag, aber die Veränderung in meiner Stimme hatten wir beide gehört, und ich bemühte mich um Distanziertheit.

»Da hast du gearbeitet?«

»Mich Männern zum Ficken angeboten? Das betrachte ich nicht als Arbeit.«

»Er hat dich aber bezahlt?«

»Nicht genug, um einen Skandal wegen Diätenverschwendung auszulösen.«

»Ja oder nein?«

Sie zögerte. »Manchmal.«

»Erzähl.«

»Ich kann dir sogar sein Safeword nennen, wenn du's wissen willst.« Ich schwieg. »Meines lautete ›härter‹ …«

»Bleiben wir erst mal in der Bar.«

»Ich war nur auf einen Absacker hingegangen. Immer nur in Kellerbars zu trinken, ist auf Dauer echt öde. Vor allem die Löcher, in denen Zain sein Zeug vertickt. So eine Aussicht kann einen wunderbar ablenken.

Ich hatte mich vermutlich richtig rausgeputzt, ganz in Schwarz, wie ich mich fühlte, oder in Rot, wie ich mich fühlen wollte. In diese Bar bin ich früher gern gegangen, als ich noch jünger war. Hab in einer Stunde mehr verdient als meine Mum in einem Monat.«

»Du bist immer noch jung. Hat Rossiter sich an dich rangemacht?«

»Das mit David beruhte eher auf Gegenseitigkeit – ich bin total geil auf Geld. Aber wie das genau lief, weiß ich nicht mehr. Wir haben sicher erst geflirtet und uns gegenseitig Drinks ausgegeben.«

»Wohin seid ihr dann gegangen?«

»Ganz nach oben.«

»In sein Penthouse? Hatte er denn keine Angst, dass seine Frau euch erwischt?«

»Er hat behauptet, sie würde keinen Fuß in die Wohnung setzen.«

»Und du hast ihm geglaubt?«

»Ich glaube, es stimmt. Höhenangst und mehr Geld als Verstand. Sie hat sich die höchstgelegene Wohnung in England gekauft, um ihre Phobie zu besiegen.«

»Hä?«

»Sie hatte eigentlich vorgehabt, fünfundvierzig Tage im Hilton zu übernachten und sich jeden Tag eine Etage höher zu wagen, bis sie oben angekommen wäre. Aber im fünfzehnten Stockwerk hat sie eine Panikattacke gekriegt und es nie wieder versucht.«

»Also hat David die Wohnung selbst genutzt.«

»Er meinte, zu Hause wär's nicht mehr so gut gelaufen. Dass sie nur auf dem Papier verheiratet wären.« Ich stellte mir vor, wie er nach jedem Besuch von Sarah Jane den Ehering wieder überstreifte. Sie merkte selbst, wie ihre Worte klangen. »Ich weiß, das sagen sie alle.«

»Aber Isabelle hatte keine Höhenangst, oder?«

»Nein.«

»Und du hast sie im Penthouse getroffen?«

»Manchmal ist sie vorbeigekommen, wenn sie wusste, dass David nicht da war. Da sind wir uns begegnet.«

»Klingt peinlich.«

»Ja, war's auch zuerst. Eines Morgens, als er schon zur Arbeit gegangen war, hab ich am Lift gestanden, als sie hochkam. Sie hatte Schule geschwänzt. Hatte einen Typen dabei. Und Mordsschiss gekriegt, als sie mich sah.«

»Und hat sie Bescheid gewusst?«

»Mehr oder weniger. Sie hatte unsere Routine so gut wie ausgekundschaftet. David geht …«, sie korrigierte sich, »… ging gern als Erster aus der Wohnung. Ich bin zehn, zwanzig Minuten später raus. Meistens hab ich sie dann aus dem Lift kommen sehen. Im fünfundvierzigsten Stock des Beetham Tower trifft man nicht so viele Leute.«

»Hast du Rossiter eingeweiht?«

Sie schwieg.

»Sarah?«

»Nein. Nein, aber ich glaube, er hat so was geahnt. An manchen Tagen haben sie sich nur um Sekunden verpasst. Die müssen sich doch in der Lobby über den Weg gelaufen sein …«

»Wie bist du mit Isabelle ins Gespräch gekommen?«

»David und ich hatten die Nacht miteinander verbracht. Normalerweise fühlte ich mich ganz wie zu Hause, aber diesmal war es anders. Gleich nachdem er am nächsten Morgen aus der Wohnung war, bin ich hinterher.

Der Lift ist gekommen, aber ohne Isabelle. Das war ungewöhnlich. Da hab ich mich gefragt, ob ich deshalb so ein ungutes Gefühl gehabt hatte. Ob irgendwas hier nicht stimmte. Ich hab noch ein paar Minuten gewartet, aber sie ist nicht gekommen.

Da hab ich die schreckliche Ahnung gekriegt, dass sie die ganze Zeit über im Penthouse gewesen ist. Uns zugesehen und mitgehört hat. Also bin ich zurück und hab an die Tür geklopft. Und siehe da, sie öffnete.«

»Und dann?«

»Sie meinte, sie hätte endlich Gewissheit haben wollen. Nahm es mir nicht übel. Ich gab ihr einen aus. Sie tat mir leid. Ich hatte den Eindruck, ihren Eltern war sie ziemlich egal. Einer hat wohl immer gedacht, der andere würde sich um sie kümmern.«

»Hat es deshalb so lange gedauert, bis sie ihr Verschwinden bemerkt haben?«

»Sie haben nichts davon gewusst?« Sarah dachte nach. »Tja, schon möglich.«

»Hat sie je mit dir über ihren Vater geredet?«

»Nicht so richtig …«

»Irgendwas, was dir komisch vorkam? Egal, was.«

»Daran würde ich mich erinnern.«

»Und er? Hat er irgendwas über sie gesagt?«

»Zum Beispiel?«

»Egal.«

»Dieses Klischee, dass Männer Huren fürs Zuhören bezahlen, stimmt übrigens gar nicht.«

»Hör auf, dich so zu nennen, ich hab's verstanden. Wieso hast du Isabelle bei Zain eingeführt?«

»Hab ich gar nicht. Hätte ich nie gemacht. Sie ist mir nachgerannt.«

»Und ausgerechnet du hast es nicht übers Herz gebracht, sie abblitzen zu lassen? Das ist doch dein größtes Talent.«

»Ihre Schwester war abgehauen. Sie hatte niemanden …«

»Sie hat dich bewundert, und das hat dir gefallen.«

»Ja, wahrscheinlich. Das war mir noch nie passiert. Sie hat sich auf dieselbe Weise eingeschleimt wie du, hat in Bars rumgesessen und sich angebiedert, bis sie eines Abends bei Zain auftauchte.«

»Und er fand sie gut?«

»Ich habe dir doch schon gesagt, dass er Ausreißerinnen magisch anzieht.«

»Worüber habt ihr euch damals gestritten?«

»Zuerst über dich – wie schon gesagt. Hab ihm klargemacht, wie blöd er ist, dass er dich reinlässt.«

»Woher hast du gewusst, wer ich bin?«

»David hatte mir gesagt, dass ein Polizist bei uns rumschnüffeln würde. Er hat dir nur von Izzy erzählt, damit es nicht komisch aussieht, dass sie nie als vermisst gemeldet wurde, aber …«

Ich wartete.

»… keine Ahnung, manchmal hatte ich das Gefühl, er wollte sie gar nicht zurückhaben.«

Wenn Rossiter von einer Untersuchung erfahren hatte, die darauf hinauslaufen würde, dass man seine Tochter aufgriff, die er nicht mal als vermisst gemeldet hatte, bot es sich an, mich inoffiziell dazuzuholen. So könnte er meinen Kontakt zu ihr kontrollieren, Isabelle im Visier behalten und seine Geheimnisse bewahren. Im schlimmsten Fall könnte er die Fotos von uns dazu benutzen, mich gefügig zu machen.

»Was ist mit Zain? Er wusste, wer ich war, bevor ich mich bei ihm vorgestellt hatte.«

»Wenn der jemanden zweimal sieht, will er wissen, mit wem er's zu tun hat. Ein paar von uns hatten dich in den Bars abhängen sehen.«

»Aber wer hat ihm verraten, wer ich bin?«

Sie schluckte. »Er hat jemanden bei der Polizei. Der hat dich identifiziert.«

»Von einem Foto oder in natura?«

Sie antwortete nicht.

»Sarah, das ist wichtig!«

»In natura. Bevor du das erste Mal nach Fairview gekommen bist.«

»An dem Abend haben sie mich zusammengeschlagen. Ich bin auf der Straße vor *Rubik's* aufgewacht.« Sarah Jane sah mich an. »Hattest du was damit zu tun?«

Sie nickte.

»Was?«

»Zain hat ihn nur seinen Freund genannt. Meinte, sein Freund würde bei *Rubik's* auf dich warten. Ich wusste, dass du was mit Isabelle zu tun hattest. Und mit David. Ich habe Zain gesagt, er soll dir eine Warnung schicken, damit du dich von ihm fernhältst.« Sie stockte und fing an zu weinen. Nicht wegen mir, sondern aus Selbstmitleid. »Als du mit dem blauen Auge vor der Tür gestanden und mich so angesehen hast …«

»Wie habe ich dich denn angesehen?«

Sie wischte sich über die Nase. »Als wäre ich was Besonderes.«

»Ich brauche den Namen von Zains Freund bei der Polizei …«

Sie schüttelte den Kopf.

»Mann oder Frau?«

»Ich weiß es nicht. Das war eines der wenigen Dinge, die er niemandem verraten hat.«

»Du hast gesagt, ich sei der erste Grund für euren Streit gewesen. Und was war der zweite?«

»Isabelle.«

»Wolltest du sie raushaben?«

»Ich habe sie persönlich rausgeworfen. Zuerst hat sie im Haus gewohnt. Ich habe Zain dazu gebracht, sie in eine Wohnung zu verfrachten.«

»Wieso?«

»Ich hatte Angst, dass sie sich verplappert. Über ihren Dad und mich.«

»Gehört die Wohnung Zain?«

Sie nickte. »Aber das ist nicht wahr, oder? David und Isabelle?«

Ich dachte kurz nach. »Als ich öfter auftauchte, hat sie mich ziemlich schnell durchschaut. Hat mich gefragt, ob ich für ihn arbeite, und die totale Panik gekriegt.«

»Aber was heißt das?«

»Sie meinte, er würde sie kontrollieren. Hätte ihre Freunde ausgehorcht, ihnen Alkohol eingeflößt und sie über ihr Intimleben ausgequetscht. Manchmal hat er ihr die Aufnahmen vorgespielt.« Während ich sprach, atmete sie tief durch. »Ich muss noch ein paar Dinge von dir wissen.«

Sie nickte.

»Sex mit David Rossiter. Gab's da was Auffälliges?« Trotz der Dunkelheit spürte ich ihren Blick. »Ich muss das wissen.« Sie konzentrierte sich hörbar auf ihren Atem. Es dauerte eine ganze Weile, bis sie sich so weit gestählt hatte, mir zu antworten.

»Rollenspiele.«

»Musstest du dich jünger machen?«

Sie nickte. »Uniformen, Stimme verstellen. Keine Ahnung ...«

»In seiner Suite gibt es ein Zimmer. Es sieht aus wie ein Mädchenzimmer.«

»Da haben wir uns meist aufgehalten. Er findet es gut, wenn ich ihn Daddy nenne.« Sie wandte sich ab. »Hat er Isabelle umgebracht?«

»Hast du ihm gesagt, dass ich sie in der betreffenden Nacht nach Hause gebracht habe?«

»Ja«, sagte sie leise.

»Dann wusste er, wo sie war und in welchem Zustand. Ich hab ihn am nächsten Tag gesehen, und er hat mir die Fotos präsentiert. Hatte Angst, dass wir zu intim miteinander wurden.«

»Aber dann würde er dich doch umbringen und nicht sie. Ich mein ...«

»Sie hätte einem Dutzend Leuten was anvertraut haben können. Außerdem hat er es fertiggebracht, dass ich mit dem Fall nichts mehr zu tun habe. Aufgrund der Fotos.« Sarah Jane war in sich zusammengesackt. »Noch was: Als ich Isabelle gefunden habe, stand auf ihrem Badezimmerspiegel eine Nachricht. *Niemand darf es erfahren.*« Ich hatte gehofft, sie würde die Worte wiedererkennen, aber sie reagierte ganz gelassen.

»Okay …«

»Nach meiner letzten Unterhaltung mit der Polizei, mit meinem Boss, hat jemand meine Bude verwüstet. Komplett auf den Kopf gestellt und alles kurz und klein geschlagen. Auf meinem Spiegel stand dieselbe Botschaft, danach wurde er zertrümmert.«

»Aha …«

»Und im Kinderzimmer in Rossiters Suite bin ich auf das hier gestoßen.« Ich kramte den Zettel hervor. Sie sah ihn sich kurz an und holte dann ihr Handy aus der Tasche, das sie wie eine Taschenlampe darüber hielt.

Niemand darf es erfahren.

»Erkennst du die Handschrift wieder?«

Kopfschüttelnd legte sie das Handy weg.

»Kennst du Rossiters Handschrift?«

»Ich glaube, ja.«

»Hast du irgendwas von ihm? Einen Brief, irgendwas mit seiner Unterschrift?«

»Nee, der war immer vorsichtig.«

»Wie habt ihr euch denn normalerweise verabredet?«

»Ich hatte ein Handy nur für ihn. Er hatte eins für mich. SMS, keine Anrufe.«

»Wann habt ihr das letzte Mal miteinander gesprochen?«

»In der Nacht vor Isabelles Tod. Du …«

»Ja?«

»Du hast nach Alkohol gestunken. Sie war völlig fertig. Ich hab mir Sorgen um sie gemacht.«

»Hast du das Handy dabei?«

Sie suchte in ihrer Tasche herum und hielt es mir hin, als wäre sie froh, es los zu sein.

»Okay«, sagte ich, »ich muss dich um einen Gefallen bitten.« Ich glaubte ihr zwar, wollte aber ganz sichergehen. Ich diktierte ihr eine Nachricht, die sie an Rossiter schickte. Auf dem Rückweg nach Fairview sprachen wir kein Wort.

KAPITEL 11

M*uss dich unbedingt sehen. Sx.*

KAPITEL 12

Danach war zwischen uns alles anders. Sarah Jane und ich benahmen uns wie Fremde. Sie fummelte die ganze Fahrt über zwanghaft an sich herum. Zupfte, rupfte und kratzte an ihrem Körper, als wollte sie sich auseinandernehmen.

Es war schon spät, als wie endlich in Fairview ankamen. Ich ließ ihr die Wahl: zur Polizei gehen oder verschwinden, mir egal. Sie beschloss, sich aus dem Staub zu machen. Ich gab ihr noch die eine Nacht und den nächsten Morgen zum Packen. Danach verschloss ich die Tür, nahm ihr sämtliche Handys ab und kappte die Telefonleitung.

»Nur für heute Nacht«, erklärte ich. Sie zuckte die Achseln und ging ins Bett. Während ich mir die Zähne putzte, hatte ich das Bild von Isabelle vor Augen, wie sie nahezu bewusstlos auf dem Badezimmerboden gelegen hatte. Als ich die Zahnpasta ausspuckte, war Blut dabei.

Mitten in der Nacht weckte mich ein Knarren im Flur. Im trüben Licht der Straßenbeleuchtung konnte ich allerdings nur ihren Umriss erkennen. Als sie einen Schritt vortrat, entdeckte ich das Laken in einer Hand und etwas Metallisches, Scharfes in der anderen. Sie trat noch einen Schritt vor, und ein schmaler Lichtstreifen wanderte über ihr Gesicht. Einen Augenblick zögerte sie, offenbar nicht sicher, ob ich aufgewacht war. Dann wandte sie sich ab und verschwand.

Wir waren beide früh auf den Beinen. Sarah Jane packte ihre Tasche. Noch in der Nacht hatte Rossiter auf ihre kurze Nachricht mit einer ähnlich knappen Antwort reagiert.

Es handele sich dabei um ein mehrgeschossiges Parkhaus in der Stadt, erklärte Sarah Jane auf mein Nachfragen. Immer wenn sie eine Spritztour machen wollten, raus aus der Stadt, hätten sie diesen verschwiegenen Treffpunkt gewählt. Sie warf einen raschen Blick auf die Antwort und zuckte die Achseln. »Hm, kein Küsschen.«

Ich trug ihren Koffer hinaus auf den Gehweg. Sie stand schon da, in ihre Pelzjacke gehüllt, so verletzlich, wie jemand wie sie nur aussehen konnte. Ein leichter Windstoß zauste ihr durchs Haar und wirbelte rote Strähnen in alle möglichen Richtungen. Ich beobachtete sie eine Weile, bevor sie sich zu mir umwandte. Sie deutete mit einer Kopfbewegung auf Grips Mustang. Dass sich seine Leiche immer noch im Kofferraum befand, hatte keiner von uns erwähnt.

»Was passiert mit ihm?«, fragte Sarah Jane jetzt.

»Sobald du weg bist, ruf ich die Polizei. Man wird ihn beerdigen.«

»Er wollte verbrannt werden«, sagte sie und fügte leiser hinzu: »Seinen Körper empfand er als abstoßend.« Sie ging auf den Wagen zu und legte die behandschuhten Finger auf den Kofferraumdeckel. »Und was passiert mit diesen beschissenen Ungeheuern? Den Burnsiders? Sheldon White?«

»Versuch, nicht daran zu denken.«

»Ich kann …« Ihre Stimme brach. »Ich kann nicht glauben, dass ich ihn nie wiedersehe.« Sie warf einen letzten Blick aufs Haus. »Ich werde sie alle nie wiedersehen, stimmt's? Es fühlt sich an, als würdest du mich auch umbringen.« Als ich keine Rührung zeigte, schenkte sie mir ein trauriges Lächeln. »Ich weiß schon, dass das nicht stimmt.« Ich nickte. Wir luden den Koffer ein und fuhren in die Stadt.

KAPITEL 13

Kurz nach zehn fuhren wir auf die dritte Ebene des Parkhauses. Sarah Jane hatte mir ihren genauen Treffpunkt verraten. Es war weniger als halb voll, sodass ich leicht einen Parkplatz fand, von dem aus ich die Einfahrt im Blick hatte. Sie strich über den Pelz und sprach leise.

»Was soll ich ihm sagen?«

»Egal, ich will das nur mit eigenen Augen sehen. Behaupte einfach, dass du wegen Isabelle traurig bist und ihn unbedingt treffen musstest.«

»Stimmt ja auch. Und was, wenn er mit mir irgendwo hinfahren will?«

»Sag nein.«

»Ich habe ziemlich Schiss.«

»Wenn er dich anfasst, bring ich ihn um.«

Sie sah mich überrascht an.

Um kurz vor halb elf kam der vertraute schwarze BMW die Auffahrtsrampe hinauf. Er hatte das Fernlicht eingeschaltet, das über die Mauern blitzte, bevor er nach rechts abbog und auf der gegenüberliegenden Seite parkte. Wir rutschten tiefer in unsere Sitze, und Sarah Jane atmete ein wenig schneller.

Mein Handy vibrierte.

Unbekannt. Ich drückte den Anruf weg.

»Stell dich so hin, dass er dich sehen kann, aber geh nicht zu ihm. Er soll zu dir kommen.« Sie nickte leicht und stieg aus.

Sie stellte sich in die Mitte des Parkdecks und tat, als würde sie nach Rossiter Ausschau halten. Sie trug ihre Pelzjacke, einen knielangen Rock und hochhackige schwarze Stiefel. Seinen

Wagen sah ich nicht, aber seine Scheinwerfer, die er aufblitzen ließ. Sie hielt sich die Hand vor die Augen und wandte sich dem Licht zu, mit einem abwesenden Ausdruck, der Männer häufig dazu animiert, ihn mit Bedeutung zu füllen.

Eine Autotür knallte zu. Sarah Jane trat einen Schritt zurück, als jemand auf sie zukam. Ein Mann in einem langen, dunklen Mantel und grauem Anzug darunter.

Sarah Jane verzog verwirrt das Gesicht, während sie ihm zuhörte. Er drückte ihr eine schmucklose Geschenktüte in die Hand und kehrte zu seinem Wagen zurück. Wieder blitzten die Scheinwerfer auf, als er den Wagen startete. Sarah Jane trat zur Seite und blickte automatisch zu mir rüber, als der BMW an uns vorbei die Rampe hinunterrauschte. Es hatte nur einer dringesessen.

Detective Kernick.

Ich riss die Tür auf und trat auf Sarah Jane zu.

»Was hat er gesagt?«

Sie wirkte wie gelähmt. »David lässt sich entschuldigen. Es ist aus zwischen uns.«

Ich betrachtete die Tüte. »Darf ich?«

Im Inneren befand sich ein Bündel druckfrischer Geldscheine. Ich schob es auf die Seite, suchte nach einem Brief oder etwas mit seiner Handschrift drauf, aber vergebens. Sarah Jane beobachtete mich. Kommentarlos gab ich ihr die Tüte zurück.

»Ich bringe dich zum Bahnhof«, sagte ich.

KAPITEL 14

Wir standen in der Schlange vor der Abzweigung zum Northern Quarter. Während der Fahrt hatte sie wenig gesprochen und stattdessen gelangweilt in ihrer Tasche herumgekramt.

»Du siehst aus, als wolltest du mir was sagen.«

»Wenn Zain entlassen wird, erzählst du's ihm? Das von David und mir?«

»Ja, denn nur so kann ich sichergehen, dass du hier nie wieder auftauchst.«

»Ah«, sagte sie und nickte. Dann schaute sie aus dem Fenster, und ich fragte mich, wen von beiden sie wohl vermissen würde. »Wäre es so schrecklich, wenn ich wiederkommen würde?« Sie betrachtete mich. »Oder gar nicht erst weggehe?«

»Denk an Isabelle. Catherine. Grip. Und sogar Zain. Irgendwas läuft hier, und wenn du bleibst … ja, es könnte schreckliche Folgen haben.« Sie wandte sich erneut ab und stierte aus dem Fenster.

»Was ist mit dir?«, fragte sie schließlich leise.

Im Wagen vor uns bedrohte uns ein gelangweilter kleiner Junge durchs Rückfenster mit dem zur Pistole ausgestreckten Zeigefinger. Obwohl ich die Hände hochwarf, erschoss er mich kaltblütig.

Ich parkte um die Ecke der Piccadilly Station, wo ich mich vor Kameras sicher wähnte. Es war das letzte Mal, dass ich mit Grips Wagen herumfuhr, und ich wollte nicht, dass jemand uns beim Parken filmte. Sarah Jane hielt sich lange damit auf, die Abfahrtstafel zu studieren. Mein Handy vibrierte schon wieder in der Hosentasche, ein erneuter Anruf von einer unbekannten Nummer. Ich ignorierte ihn. Nach einer Weile nickte Sarah Jane, was wohl eher ihr selbst als mir galt, und setzte sich in Bewegung. Ich folgte ihr zu Gleis fünf und stellte ihren Koffer ab. Sie hielt sich an der Tüte von Kernick fest.

»So, das wär's dann wohl«, sagte sie und spähte über meine Schulter hinweg zur Bahnhofshalle.

»Was hast du vor?«

»Wer weiß?« Sie zögerte. In ihren Augen standen Tränen. »Es tut mir so leid, weißt du.«

Ich nickte. »Mir auch.« Wir drängten uns zum Zug vor. Sie stieg ein und stellte den Koffer neben sich ab. Der Mann auf dem Gleis gab das Signal für die Abfahrt. Ich glaube, dieser Augenblick ging uns beiden sehr nah.

»Wenn du Zain nichts von mir und David erzählst, könnte ich wiederkommen …«

»In ein paar Wochen wird es für deine Rückkehr keinen Grund mehr geben.«

»Wie meinst du das?« Ein Piepsen erscholl, und die Türen begannen, sich zu schließen. Ich trat zurück. Der Zug verharrte noch einige Sekunden, aber ich wandte mich ab zum Gehen. Dabei beschlich mich das Gefühl, dass Sarah Jane mir nachsah, doch als ich mich umdrehte, war niemand am Zugfenster.

Vor zwölf verließ ich den Bahnhof. Ich kaufte mir einen starken Kaffee, überquerte die Brücke und marschierte durch den stahl- und glasglänzenden Hotelkomplex zur Auburn Street, an den Gardens und den Ausläufern von Chinatown vorbei.

Der verhangene Himmel sirrte über mir, als wäre er elektrisch aufgeladen.

Es war der erste Dezembertag, und ich hatte gerade meine letzte Freundin, soweit man sie so nennen konnte, in einen Zug nach Irgendwo verfrachtet. Wieder vibrierte mein Handy. Diesmal kam eine SMS, erneut von einer unbekannten Nummer.

Er ist hier! Mel.

Es dauerte ein paar Sekunden, bis der Groschen fiel. Mel, die australische Kellnerin bei *Rubik's*. Ich hastete durch den Mittagsverkehr über die Straße in Richtung Locks.

KAPITEL 15

Bei *Rubik's* war nicht viel los, etwa ein Dutzend Gäste hatte sich vor der Theke versammelt. Ich drängelte mich nach vorn und hielt nach Mel Ausschau, aber sie war nicht da.

»Wo ist die Bedienung?«

»Schon 'ne Weile weg«, sagte ein Mann und hielt mir sein leeres Pintglas hin. Ich zückte das Handy und rief die unbekannte Nummer an. Hinter der Theke klingelte es.

»Ich krieg'n Shandy, Kumpel.«

»Verpiss dich«, sagte ich. »Polizei.«

Die Männer tauschten Blicke und trollten sich. Mels Handy lag auf dem Boden, das Display leuchtete noch, und ich drückte auf Ablehnen. Neben der Theke befand sich eine Tür nach hinten. Sie war verschlossen.

Ich klopfte.

»Mel? Bist du da drin? Ich bin's, Aidan.« Ich hörte Geräusche.

»Hast du jemanden dabei?«

»Nein, ich bin allein.« Ich hörte, wie sich der Schlüssel drehte. Mel öffnete die Tür einen Spaltbreit und spähte misstrauisch über meine Schulter hinweg in den Schankraum. »Es ist niemand da, alles gut.«

»Er hatte ein Messer …«

»Ich glaube, du hast jetzt Pause. Komm mit«, sagte ich und führte sie hinaus. Wir setzten uns auf meinen Stammplatz, von wo aus wir sowohl die Bar als auch die Straße im Blick hatten. Während wir etwas tranken, erzählte sie mir, dass Neil, Glen, der ehemalige Barmanager, ungefähr eine Stunde zuvor auf Krücken hereingehumpelt war. Er habe furchtbar ausgesehen und drei Meilen gegen den Wind gestunken. Mel ging davon aus, dass er auf der Straße schlief, was ich mir gut vorstellen konnte. Sein Bein sei gebrochen und er auf der Flucht vor den Burnsiders und der Organisation.

»Gut, dass du mich angerufen hast.«

Sie schreckte leicht zurück. »Er wollte es so.«

»Was?«

»Die Polizei war auch hier und hat nach dir gesucht.«

»Wann?«

»Hast du einen Gast zusammengeschlagen?«

Ich schwieg.

»Sie haben gemeint, du wärst gefeuert worden. Hättest Drogen aus der Asservatenkammer geklaut ...«

»Wann waren die hier?«

»Zweimal. Erst wollten sie eine Aussage von mir wegen der Prügelei, und dann waren sie heute Morgen noch mal hier.«

»Wegen der Prügelei?«

»Sie meinten, es gibt da einen Zusammenhang mit einem Mordfall.« Ihre Stimme zitterte. Ich sah aus dem Fenster. Ob sie Grips Wagen schon gefunden hatten?

»Was hast du denen erzählt?«

»Dass ich dich nicht gesehen habe. Stimmt es denn?«

»Was? Nein. Danke.«

»Du warst immer nett zu mir, aber ich werde nicht noch mal lügen.«

Ich sah mich um. »Geht klar. Ich rede mit ihnen. Bald wird sich alles aufklären. Warum wollte Neil, dass du mich anrufst?«

»Ich sollte dir das hier geben.« Sie zog einen schmuddeligen Umschlag aus der Tasche und schob ihn über den Tisch.

»Hat er sonst noch was gesagt?«

»Ist einfach hinter die Theke marschiert, als wäre er hier der Besitzer. Hat die Kasse aufgemacht und sich bedient. Ich wollte ihn aufhalten, aber er hat mich umgestoßen. Hinter der Bar gibt's einen Bodentresor, mit dem zusammen hab ich mich eingeschlossen. Er hat ein bisschen gegen die Tür getreten und rumgepöbelt, aber dann hat er sich beruhigt.« Mit zitternden Fingern hob sie das Glas an den Mund und trank. Dann wies sie auf den Umschlag. »Was ist da drin?«

Er war in der Mitte zusammengefaltet, sah abgegriffen aus und stank nach Schweiß. Wahrscheinlich hatte er ihn seit Tagen in der Hosentasche mit sich rumgetragen. Er war nicht beschriftet und auch nicht zugeklebt. Ich öffnete ihn und zog den bekannten Zeitungsausschnitt heraus.

Der Aufruf im Vermisstenfall Joanna Greenlaw. Jemand hatte sich die Mühe gemacht, den Text mit einem Filzstift zu schwärzen wie bei vertraulichen Informationen in alten Akten. Mit einem blauen Stift hatte er ihr Bild umkringelt, und zwar so oft, dass er dabei Rillen ins Papier gedrückt hatte. Ich wendete das Blatt auf der Suche nach zusätzlichen Anmerkungen oder einer Nachricht, aber das war alles. Seltsam. Wieso sollte Neil das mit sich herumgeschleppt haben? Und warum gab er es ausgerechnet mir?

»Was ist das?«, fragte Mel.

Ich sah wieder aus dem Fenster. »Du hast gemeint, du hättest einen neuen Job?«

»Am Freitag fange ich im *Fifth Avenue* an.«

»Gut. Du solltest dich von hier fernhalten.«

Ich nahm mir den Ausschnitt genauer vor. Was wollte er mir damit sagen? Joannas Bild kannte ich schon, ihr abwesender Gesichtsausdruck kam mir ebenfalls bekannt vor.

Als ich aufblickte, war Mel verschwunden.

War Joanna abgehauen, damit sie nicht gegen Carver und White aussagen musste? Oder war sie immer noch in der Nähe? Das umkringelte Bild deutete darauf hin, dass ich darin etwas erkennen sollte, aber auf ihrem Gesicht lag nicht mal ein Schatten. Das Gesicht des Mörders spiegelte sich auch nicht in ihren Augen.

Ein Mädchen in einem Zimmer. Mehr nicht.

Ich widmete mich dem Text. Einige Buchstaben waren nicht geschwärzt worden und ergaben tatsächlich eine Botschaft:

GEHBADEN

Ich sah Laskey und Riggs gerade noch aus der Streife steigen. Hastig zerknüllte ich den Ausschnitt, stopfte ihn in die Hosentasche, flitzte die Treppe nach unten zum Notausgang und hechtete ins Freie.

KAPITEL 16

Es dämmerte bereits, als ich in die Thursfield Street einbog. Meine Scheinwerfer spiegelten sich in den Metallplatten vor den Fenstern. Ich schaltete sie aus und wartete kurz, bis sich meine Augen an die Dunkelheit gewöhnt hatten. Selbst inmitten dieser verfallenen, verlassenen Siedlung voller Reihenhäuser besaß Joanna Greenlaws Haus noch immer eine besondere Ausstrahlung.

Ich spähte über die Schulter. Obwohl ich wiederum meinte, aus den Augenwinkeln Schatten zu erkennen, ging ich mit Taschenlampe und Brecheisen bewaffnet auf die Haustür zu.

Ich knipste die Lampe an.

Der einfache Drahtverschluss an der Tür war verschwunden. Ich entdeckte ihn im Lichtkegel zu meinen Füßen.

Die Tür stand bereits einen Spaltbreit offen, ließ sich aber nicht weiter aufschieben, denn der Teppich war noch stärker aufgequollen. Ich zwängte mich hinein und leuchtete den Flur ab. Alles wirkte unverändert. Um sicherzustellen, dass ich keine ungebetene Gesellschaft hatte, marschierte ich direkt in die Küche.

Dieselben vernagelten Fenster.

Dasselbe leer geräumte Zimmer.

Dieselben Lücken, wo Küchengeräte gestanden hatten. Die Speisekammer war immer noch leer. Als Nächstes ging ich ins Wohnzimmer. Auch hier hatte sich nichts verändert. Ein trauriger, trostloser Ort. Der Teppich war rausgerissen worden und hatte die nackten, verzogenen Dielenbretter entblößt. Auch hier waren die Fenster vernagelt.

Ich ging nach oben. Bei jedem Schritt spürte ich, wie die Stufen unter meinem Gewicht nachgaben. Auf dem Weg zum Bad warf ich einen Blick ins Schlafzimmer. Es war leer, genau wie beim letzten Mal. Das zweite Zimmer, wo ich damals Schlafsack und Essensreste entdeckt hatte, war auch leer.

Jemand hatte aufgeräumt.

Wieder zurück zum Bad. Es war so kalt, dass mir der Atem gefror. Ich zog den Zeitungsausschnitt aus der Hosentasche und hielt die Taschenlampe darüber.

GEHBADEN

Nachdem ich die Lampe so positioniert hatte, dass sie die Wanne anstrahlte, ging ich mit dem Brecheisen zu Werke. Zuerst machte ich mich an der Seitenverkleidung zu schaffen. Sie war versiegelt und so verschmiert, dass ich die Fugen nicht mehr sehen konnte. Nach einigen Minuten gab ich auf und schlug einfach mit voller Wucht darauf ein. Immer wieder. Zuerst gab's nur eine Delle, dann ein Loch, dann noch eins.

Irgendwann hatte ich genug Platz, um das Brecheisen anzusetzen. Ich hebelte die Verkleidung auf, bis ein ganzes Stück zerbarst. Ein vermeintliches Geräusch ließ mich innehalten. Doch als ich nach einer Weile nichts mehr hörte, hieb ich erneut auf die Verkleidung ein. Stemmte, schlug, immer wieder, immer weiter, bis das Loch endlich groß genug war. Aus der Öffnung stieg dumpfer Verwesungsgestank. Ich konnte meinen Atem hören. Immer wieder stieg Paranoia in mir auf. Schließlich ließ ich das Brecheisen fallen, nahm die Taschenlampe und leuchtete ins Loch.

Die Leiche einer jungen Frau. Man hatte sie in den beengten Hohlraum zwischen Seitenverkleidung und Wanne gezwängt. Ihr Körper war von Tod, Verwesung und Feuchtigkeit gezeichnet. Ich schob mich zurück und rang nach Luft. Irgendwann rappelte ich mich auf und erbrach mich auf dem Flur.

Joanna Greenlaw hatte das Haus nie verlassen.

Ich dachte an Zain Carver, Sheldon White. Einen von ihnen hatte sie betrogen. Sich bereit erklärt, gegen beide auszusagen. Die schwarz-weiße Farbe deutete auf Sheldon White, doch sie bewies nichts. Dann dachte ich an Superintendent Parrs. Seinen Ermittlungseifer. Seine enge Beziehung zu Greenlaw. Ich war sicher, dass mindestens einer von ihnen ihre letzte Ruhestätte gekannt hatte.

Unten flog plötzlich die Haustür auf. Mit den Füßen aufgestoßen. Schritte, ruckelndes Taschenlampenlicht, erst einer im Flur, dann zwei, die mich blendeten.

Brüllen und Fluchen.

Eine Gestalt kam auf mich zu. Rammte mir die Taschenlampe in den Bauch. Man drehte mich um und stieß mich gegen die Wand. Zähne auf Mauerwerk. Handschellen klickten. Das Zimmer füllte sich mit keuchenden, schnellen Atemstößen.

»Umdrehen«, rief jemand mit vertrauter Stimme.

»UMDREHEN, VERDAMMT!«, brüllte ein anderer.

Ich tat, wie mir befohlen. Blickte direkt ins gleißende Licht der Taschenlampe. Sie landete in meinem Gesicht, das Glas zerbrach, dann zerrten sie mich aus dem Zimmer. Im Mund Blut, Putz und ein paar lockere Zähne. Sie schubsten mich über den Flur zur Treppe.

»Meine Hände«, sagte ich. Sie waren noch gefesselt.

Dann stieß mich einer der Männer hinunter. Ich stürzte, rollte über die Stufen und blieb zusammengekrümmt vor Schmerzen am Fuß der Treppe liegen.

KAPITEL 17

Ich bin Detective Laskey, aber das weißt du ja schon«, sagte der Hagestolz. Wie es aussah, befanden wir uns in einem Vernehmungsraum im Keller des Polizeipräsidiums. Ein düsteres Loch ohne Fenster oder Lüftung.

Ich wusste weder, welchen Tag wir hatten, noch, wie spät es war. Sie hatten mir die Hände vor dem Körper mit Handschellen gefesselt, auf dem Tisch vor mir gab es einen Rekorder und ein paar Akten.

Ich war komplett am Arsch.

Detective Sergeant Laskey lehnte mit aufgekrempelten Hemdsärmeln an der gegenüberliegenden Wand und klimperte mit ein paar Münzen in der Hosentasche. Bleich. Mager. Sehnen quollen wie Kabel aus seinem Nacken. Er spannte immer wieder die Kiefermuskeln an, als würde er etwas kauen.

Graues Kunstlicht tröpfelte aus einer Plastiklampe an der Decke. Beim Nackendehnen fiel mein Blick auf den Staub und die sich schemenhaft abzeichnenden Insektenleichen, die sich darin angesammelt hatten.

»An Detective Constable Riggs kannst du dich sicher auch noch erinnern.«

Ich nickte seinem Kollegen zu.

Der Größere schnappte sich einen Stuhl und setzte sich damit an die Tür. Unbedarften Menschen würde diese Geste vermutlich suggerieren, dass niemand das Zimmer verlassen durfte, doch ich verstand, dass niemand hereinkommen sollte. Riggs' roten Säuferteint konnte man glatt für einen Sonnenbrand halten, sämtliche Äderchen auf Nase und Wangen waren geplatzt. Als er mir zuzwinkerte, spürte ich einen dumpfen Schmerz im Hinterkopf.

Ich erinnerte mich an ihn.

Vermutlich stammte der strenge Körpergeruch im Raum von Riggs, aber vielleicht kam er auch von mir. Ich stank nach Stress. Furcht. Als ich mir durchs Haar fahren wollte, ertastete ich überall auf dem Kopf blutverklumpte Strähnen.

»Ihr habt vergessen, mir meine Rechte vorzulesen«, sagte ich.

Laskey entspannte seinen Kiefer und grinste. »Wir plaudern doch nur ein bisschen, Aid. Für ein Schwätzchen muss ich dir doch keine Rechte vorlesen, oder?«

Riggs räusperte sich. »Wie lange hast du Isabelle Rossiter schon gevögelt, bevor sie gestorben ist?« Mit seinen geröteten Säuferwangen wirkte er fast schamhaft, hätte er mich bei dieser Frage nicht lüstern angelächelt.

»Weiß er bestimmt nicht mehr«, sagte Laskey. »Komm schon, Waits, egal, was hier los ist, das Spiel ist vorbei. Jugendliche Drogentote, Frauenleichen hinter Badewannenverkleidungen. Auf dich haben wir's nicht abgesehen, aber jede Minute, die wir hier verplempern, fehlt uns bei unserer Suche nach dem Arschloch, das dafür verantwortlich ist. Also hilf dir selbst.«

Es fühlte sich falsch an.

Ich hatte gerade die Leiche einer seit zehn Jahren vermissten Frau gefunden, und die beiden wollten mit mir über Isabelle Rossiter reden. Was war hier los? In Handschellen, aber nicht verhaftet. Falscher Film.

»Ich habe Isabelle Rossiter in Zain Carvers Haus getroffen«, sagte ich.

»Ein seltsamer Aufenthaltsort für eine Wodkaerbin.«

Achselzucken tat weh.

»Wie ist sie dort gelandet?«, fragte Laskey.

»Nur für geladene Gäste, wie ich gehört hab«, fügte Riggs hinzu.

»Keine Ahnung, aber als ich sie getroffen hab, ist sie schon länger da gewesen.«

»Wie lange?«

»Monate.«

»Über einen Monat, aber noch keine zwei«, sagte Laskey. »Sagt ihr Dad jedenfalls.«

Riggs beugte sich vor, stemmte die Ellbogen auf die Knie. »Wenn dem so wäre, würde ihr Weglaufen in dieselbe Zeit fallen, wo man dich wegen Drogendiebstahl aus der Asservatenkammer geschnappt hat …« Was bestätigte, dass die beiden von meiner verdeckten Ermittlungsarbeit keine Ahnung hatten.

»Dazu mache ich keine Aussage.«

»Ob es da wohl einen Zusammenhang gibt? Wir wissen ja, wie sehr sie auf Drogen gestanden hat …«

»Ich habe sie erst nach meiner Suspendierung kennengelernt.«

»Aber Drogen hast du trotzdem geklaut, nicht?«

»Dazu mache ich …«

»Hast du ein Drogenproblem?«

»Wenn ich nicht genug kriege.«

»Also hast du sie für den Eigenbedarf geklaut?«

»Dazu mache ich …«

»Ihr Dad meint nämlich, dass sie schon drauf war, bevor sie von zu Hause abgehauen ist. Jemand hat sie süchtig gemacht, und sie ist zur Quelle gegangen.« Ihr Vater. Mir gegenüber hat er nie von Drogensucht gesprochen. Entweder hat er die beiden belogen, oder sie belogen mich.

»Durchaus möglich.«

»Hast du ’ne bessere Idee?«, fragte Riggs.

»Sie ist vor irgendwas abgehauen.«

»Wovor denn?«

Nur das Sirren der Lampe war zu hören.

Laskey trat einen Schritt vor. »Na gut. Du bist ein Junkie, und man hat dich suspendiert. Jetzt kommst du nicht mehr an dein Zeug. Wer von euch beiden kam auf die Idee, Zain Carver als Dealer zu wählen?«

»Lächerlich! Ich habe euch doch gerade erzählt, dass ich sie erst in Fairview kennengelernt habe.«

Ein dünnes Lächeln. »Mein Fehler.«

»Wen von beiden hast du zuerst kennengelernt? Zain Carver oder Isabelle Rossiter?«

»Isabelle. Sie war in seinem Haus.«

»Wieso bist du eigentlich dort aufgetaucht?«

»Weil ich was brauchte.«

Er hob die Brauen.

»Pillen«, sagte ich.

»Und Isabelle Rossiter wollte dasselbe?«

»Sie war nicht drauf.«

»Also gehst du los, um dir was zu besorgen …«

»Pillen«, warf Laskey ein.

»Genau. Und am Ende hast du auch noch eine Frau dazu. Nett.«

»Wir haben nur geredet.«

»Klar, Mann.«

»Klingt, als hätte Isabelle Rossiter 'ne Menge zu sagen. Wir gehen davon aus, dass sie deswegen abgehauen ist.«

»Dass sie *davor* abgehauen ist«, korrigierte Riggs. »Man munkelt, dass sie echt mit jedem geredet hat, unsere Kleine. Jedem Jungen auf ihrer Schule, und sogar mit manchen Mädchen. Hat Obdachlose von der Straße mitgenommen und sich die ganze Nacht mit ihnen unterhalten. Manchmal hat sie sich ein Hotelzimmer genommen und mit zweien oder dreien gleichzeitig geredet.«

Ich sah ihn an.

Irgendwann war ich wohl aufgesprungen.

Riggs gackerte. »Mit Vergnügen, mein Junge. Dem allergrößten.«

»Erzähl weiter, Waits«, sagte Laskey, nachdem er seinem Kollegen zugelächelt hatte. »Du hast mit ihr geredet …«

»Wir sind uns im Flur begegnet, haben nicht mehr als zehn Worte miteinander gewechselt.«

»Mehr braucht man oft nicht.«

»Wozu?«

Er zuckte die Achseln. »Beantworte meine Fragen, dann sag ich's dir.« Ich schwieg. »Hier ist eine, die du leicht beantworten kannst: Wie lange hast du Isabelle Rossiter schon gevögelt, bevor sie starb?«

»Ich hab sie nicht angefasst.«

Laskey betrachtete mich eine Weile. Dann beugte er sich vor, schlug eine Akte auf und schob sie über den Tisch.

»Und was ist das hier?«

Ich sah sie nicht an.

Diese Bilder kannte ich bereits. Mir schwirrte der Kopf. Schwarze Migräneflecken flackerten mir vor Augen. Riggs schraubte sich aus dem Stuhl und trat hinter mich. Beugte sich über meine Schulter und spähte auf das oberste Foto. Ein Farbbild, verwackelt. Der Schweißfilm auf Isabelles Haut.

»Sieht mir aber sehr nach Anfassen aus, Kumpel.«

»Willst du deine letzte Behauptung vielleicht zurücknehmen?«, fragte Laskey.

»Wir standen im Gedränge auf dem Flur zusammen und haben uns unterhalten.«

Riggs beugte sich tiefer, schob die Fotos auseinander und verteilte sie auf der Tischplatte. Seine Fahne war so intensiv, dass ich seine Marke erriet.

»Wie gesagt. Die Kleine hat mit jedem geredet.«

Sarah Jane hatte ihre Sache gut gemacht. Auf keinem der Bilder war die Umgebung zu erkennen. Auf jedem kamen wir uns näher. Riggs stemmte sich mit vollem Gewicht auf meine Schulter.

»Das war euer erstes Treffen?«

Ich nickte.

»Gehst gleich aufs Ganze, hm?«

»Wo habt ihr die her?«

Eigentlich wollte ich ihm nicht zeigen, wie sehr die Bilder mich aus der Fassung brachten, aber es ging nicht anders.

»Hat jemand hergeschickt. Anonym«, sagte Laskey. »Jemand will dich fertigmachen, Waits. Wer könnte das sein?« Darüber dachte ich auch gerade nach. Rossiter oder Sarah Jane. Rossiter war wahrscheinlicher. Wieso hatte ich sie damals nicht zerstört?

»Wie oft hast du dich mit Isabelle Rossiter getroffen?«, fragte Laskey. Riggs stützte sich immer noch auf meiner Schulter ab. Die Tatsache, dass sie sich voll auf Isabelle Rossiter und die Fotos konzentrierten, verursachte mir größeres Unbehagen als meine Kopfschmerzen.

»Weiß ich nicht mehr.«

»Dann denk mal scharf nach.«

Das tat ich. »Zwei- oder dreimal in Fairview. Einmal bei *Rubik's*. Von da aus habe ich sie einmal nach Hause gebracht. Worum geht's hier eigentlich?«

»Erzähl uns mehr über den Abend bei *Rubik's*«, sagte Riggs, ließ meine Schulter los und umrundete den Tisch. Das Licht brachte seine Polyesterhose so zum Glänzen, dass mir die Augen schmerzten.

»Ich habe sie zum Ende hin getroffen, kurz bevor sie den Laden geschlossen haben. Sie war betrunken, und ich wollte sichergehen, dass ihr auf dem Heimweg nichts passierte.«

»Was sollte ihr denn passieren?«

»Der Barmanager ist ein echter Widerling.«

»Ach ja?«, sagte Laskey. »Wie heißt er denn?«

»Keine Ahnung«, log ich. Laskey musterte mich argwöhnisch.

»Du hast sie also in ihre Wohnung gebracht?«, fragte er.

»Genau.«

»Der Taxifahrer meinte, ihr wärt erst nach Fairview gefahren.«

Ich unterdrückte jegliche Reaktion. »Stimmt.«

»Habt euch ein bisschen Eight besorgt, hm?«

»Nein.«

»Was dann?«

»Isabelle war betrunken …«

»Hat wohl im Taxi das Bewusstsein verloren, wenn ich richtig informiert bin«, sagte Laskey. »Der Fahrer hat sich Sorgen gemacht.«

Dieser Wichser. »Ihr ging's gut. Ich habe sie nach Fairview gebracht, weil ich nicht wusste, dass sie um die Ecke eine Wohnung hatte. So gut kannten wir uns nicht.«

Laskey sah mich an, als wollte ich ihn verarschen. »Also hast du sie in ihre Wohnung verfrachtet. Und dann?«

»Als ich gehen wollte, hat sie mich gebeten, am nächsten Tag wiederzukommen.«

»Wieso?«

»Weil sie mir was sagen wollte.«

»Was denn?«

»Keine Ahnung.«

»Hast du sie nicht gefragt?«

»Beim nächsten Treffen war sie tot.«

»Ach, tatsächlich?«, höhnte Riggs.

Laskey setzte sich vor mich hin und ließ die knochigen Kiefermuskeln spielen. »Wir fragten uns nur, ob sie dir vielleicht was erzählt hat, das du nicht hören wolltest.«

»Und was?«

»Na, dass sie zu ihrer Familie zurückkehren wollte?«

»Ihre Entscheidung. Ich hätte ihr gratuliert.«

»Komisch. Als ihr mit dem Taxi von *Rubik's* losfuhrt, seid ihr in die passende Richtung gefahren …«

Riggs übernahm das Ruder. »Erst als sie das Bewusstsein verlor, hast du dem Fahrer gesagt, er soll wenden.«

Als ich das Bargeld in Isabelles Tasche entdeckt hatte.

»Wem glaubt ihr? Mir oder dem Taxifahrer?«

»Eure Fahrt war im Navi gespeichert«, erklärte Laskey. »Also, wieso seid ihr umgekehrt?«

Es war völlig klar, dass ich mehr preisgab, als ich zurückerhielt.

»Dazu mache ich keine Aussage.«

Die beiden tauschten Blicke.

»Vielleicht hat sie dich abserviert«, sagte Laskey.

»Keine Aussage.«

»Vielleicht hat sie dir erzählt, dass sie sich mit dem Barmanager unterhalten hat, dessen Name dir entfallen ist.« Wieder sah Laskey mich argwöhnisch an. *Was weißt du?* Wieso war er so an Glen interessiert?

»Wir wissen ja, wie gern sie mit Leuten redete«, sagte Riggs.

»Keine Aussage.«

»Keine Aussage«, sagte Laskey zu Riggs, »tja, niemand wird es je erfahren …«

Ich sah ihn an.

»Aha! Jetzt hat er reagiert.«

»Wie damals am Tatort«, sagte Riggs. »Hat einem Constable die Nase gebrochen.«

»Wieso bist du ausgerastet, als du die Nachricht auf dem Spiegel gelesen hast? *Niemand darf es erfahren*. Was darf niemand erfahren?«

»Keine Aussage.«

»Wieso stand es auch bei dir auf dem Spiegel?«

»Ihr habt meine Wohnung verwüstet?«

»Durchsucht, bitte. Die Tür stand schon offen, als wir ankamen. Jemand hatte dir eine Nachricht auf den Spiegel im Bad geschrieben und ihn dann zertrümmert. Ich glaube, du warst das selbst.«

»Keine Aussage.«

»Und wieso hattest du heute einen Zettel mit derselben Aufschrift in der Hosentasche?«

»Keine Aussage.«

»War nicht deine Handschrift«, sagte Riggs. »Deine ist schief wie die eines Irren. Vielleicht war's 'ne Nachricht von Isabelle?«

»Sie schickt dir eine Nachricht, in der steht, dass es niemand erfahren darf. Danach ist sie tot. Dann liest du dieselbe Nachricht auf ihrem Badezimmerspiegel und greifst einen Polizisten an.«

»Keine Aussage.«

»Du schreibst dasselbe auf deinen Spiegel und zertrümmerst die gesamte Wohnung.«

»Ihr habt ja nicht den blassesten Schimmer …«

»Wer war bei dir, als du Isabelles Leiche gefunden hast?«

»Niemand.«

»›*Wir* haben eine Leiche gefunden.‹ Ich hab die Aufzeichnung gehört.«

»Hab mich versehen.«

»*Niemand darf es erfahren*. Was?«, fragte Riggs.

Ich sah ihn an. »Warum erzählst du's mir nicht?«

»Beantworte meine Fragen, dann sag ich's dir.«

»Wie lange wollen wir das hier noch machen?«

»Wie lange hast du Isabelle Rossiter gevögelt, bevor sie starb?«

»Ist nie passiert.«

Riggs hob die Brauen und sah Laskey an. Der lächelte wiederum dünn und schob mir die zweite Akte hin.

»Schlag sie auf.«

Der Obduktionsbericht. Ich wusste es sofort. Oben stand der Name Isabelle Rossiter. Mit solchen Berichten kannte ich mich aus, deshalb hatte ich schnell die wichtigsten Informationen gelesen. Mein Puls pochte in meinem Schädel. Ich spürte das Blut durch meine Adern rauschen. Mein Herz.

Las erneut.

Als Isabelle starb, hatte sie Heroin im Blut. Das war nicht weiter überraschend. Aber sie war schwanger gewesen. Seit einigen Wochen. Das haute mich um. Ich konnte mich nicht rühren, hatte das Gefühl, im Boden zu versinken. Laskey legte mir unsanft die Hand auf die Schulter. Seine knochigen Finger bohrten sich in meine Haut. Mit der anderen Hand schob er den Beutel mit den Beweisen über den Tisch.

Das Bild von Isabelle, das ihr Vater mir gegeben hatte. Es hatte in meiner Hosentasche gesteckt.

Ein blasses, hübsches Mädchen mit stumpfblondem Haar und intelligenten blauen Augen. Auf dem Foto starrte sie auf einen Punkt über der Kamera. Auf den Fotografen. Es sah irgendwie intim aus. Laskeys Gesicht war nur Millimeter von meinem entfernt. Er grinste und bearbeitete immer noch meine Schulter.

»Du hast sie nie angerührt, Kumpel. Dann hast du ja auch nichts zu befürchten.«

KAPITEL 18

Das Ganze exerzierten wir noch ein paarmal durch. Im Raum wurde es so unerträglich heiß, dass die beiden schließlich beschlossen, essen zu gehen. Ich hatte mein Zeitgefühl komplett verloren und konnte nicht mehr unterscheiden, was Lüge war und was Wahrheit.

Als sie zurückkehrten, rochen sie nach frischer Luft, Gebratenem und Zigaretten. Freiheit! Der Duft verwirrte mir die Sinne und machte mich sprachlos. Ich hörte mein Blut pulsieren, dazu Geräusche aus anderen Räumen über und neben uns. Hier in unserem Loch war es heiß und die Luft zum Schneiden. Vermutlich hatte ich mir eine Gehirnerschütterung zugezogen.

Laskey und Riggs schwitzten. Ich ebenfalls. Und die Wände auch. Laskey sah mich an, und seine Lippen bewegten sich, also riss ich mich zusammen und lauschte konzentriert.

»Reden wir über die Organisation.«

»Könnte ich ein Glas Wasser haben?«

»Gleich. Zuerst plaudern wir ein bisschen über die Organisation.«

»Waswolltihrwissen«, lallte ich.

»Wie du überhaupt reingekommen bist.« Da ich den beiden nicht traute, spielte ich die Rolle, die mir als verdeckter Ermittler zugeteilt wurde, und dachte mir eine Antwort aus.

»Das ist nach meiner Suspendierung passiert. Ich brauchte Stoff …«

»Aber du bist ehemaliger Polizist. Wie bist du an eine Einladung nach Fairview gekommen?«

»Durch eine Bekanntschaft bei *Rubik's*. Catherine.«

»Dasselbe Mädchen, das ein paar Wochen später spurlos verschwunden ist?« Ich nickte. Kam mir vor, als würde mir gleich der Schädel platzen. »Du hast behauptet, sie von einem alten Fall her zu kennen?«

»Genau. Und ich habe sie bei *Rubik's* wiedergetroffen.«

Laskey und Riggs tauschten Blicke.

»Erzähl weiter«, sagte Laskey. »Du triffst also diese Catherine wieder.«

»Ich hab ihr gesagt, was ich will, und sie hat mir verraten, wo ich's bekomme.«

»Und bei deinem ersten Besuch in Fairview hast du nur mit Isabelle Rossiter gesprochen?«

»Ja.«

»Und damals sind diese Bilder entstanden?«

»Ja. Hört mal, ich hätte jetzt echt gern was zu trinken.«

»Gleich. Standst du auch unter Drogen, als du Isabelle nach Hause gebracht hast?«

»Nein.«

»Warst du besoffen?«

Ja. »Nein.«

»Samstag, vierzehnter November. Du hattest eine Auseinandersetzung mit dem Barmanager, an dessen Namen du dich nicht erinnerst. Wir haben Zeugen.«

»Dessen Namen ich nicht erfahren habe«, sagte ich. Laskey. Neil, schon wieder. Der Ausdruck auf seinem Gesicht. *Was weißt du?* Schlagartig kam mir der Gedanke, dass ich in diesem Raum nicht der Einzige mit Geheimnissen war.

»Mehrere Zeugen haben ausgesagt, dass du betrunken warst. Dir sogar Bier über die Klamotten gegossen hast. Am nächsten Tag wurde Isabelle Rossiter tot aufgefunden …«

Ich schwieg.

Riggs flitschte mir gegen den Schädel.

»Du bist besoffen. Fängst Streit an mit dem Typen ohne Namen und verlässt die Bar mit Isabelle. Erst willst du sie zu Mum und Dad nach Hause bringen, wahrscheinlich hat sie es so verlangt, aber als sie einen Filmriss hat, sagst du dem Taxifahrer, er soll umdrehen, und bringst sie stattdessen nach Fairview.«

»Nein.«

»Weil du weißt, dass du dort an Stoff kommst.«

»Nein.«

»Und nachdem du dir was besorgt hast, gehst du mit ihr in ihre Wohnung«, sagte Laskey.

»Leider gibt's einen Streit.«

Ich schüttelte den Kopf. Hielt mich an der Tischkante fest, um nicht wegzukippen.

»Sie wacht an einem Ort auf, an dem sie nicht sein will.«

»Und mit dir.«

»Zuerst labert ihr nur rum, betrunken, aber sie weiß, was sie will.«

»Wie alle reichen Zicken.«

»Du willst sie nur beruhigen.«

»Sie soll sich wieder einkriegen, aber sie dreht total durch.«

»Und setzt ihren Joker.«

»Zieht das Ass aus dem Ärmel.« Riggs feixte. »Sie ist schwanger.« Keiner von beiden sagte etwas. Erst nach einer Weile machte Riggs weiter, sein Gesicht dicht an meinem. »Seit sechs Monaten hat sie die Beine für jeden Typen breit gemacht. Wer der Vater ist, steht in den Sternen.«

»Niemand darf es erfahren«, sagte Laskey. »Ging es nicht darum? Da verliert doch der sanfteste Kerl die Beherrschung.«

»Also, damit wir die Sache endlich klarkriegen: Wie lange hast du sie schon gevögelt, bevor sie gestorben ist?«

»Ich dachte, hier geht's um die Organisation?« Ich betrachtete den Tisch, spürte aber die Blicke der beiden. Sogar meinen

Atem konnte ich hören. Und die Schweißtropfen von meinem Gesicht auf die Platte fallen sehen.

»Geht auch. Wie ich höre, ist nicht mehr viel übrig davon. Wieso?«

»Als Sheldon White aus dem Gefängnis kam, ging die ganze Sache los. Schwarze und weiße Farbkleckser überall, dann das dreckige Eight, Isabelles Tod, Sycamore Way, Carvers Geldeintreiber unter Beschuss.«

»Die Sache mit seinen Taxis?«

»Genau.«

»Und der Brand in der Yarville Street?«

Ich nickte.

»Warst du dabei damals am Sycamore Way?«

Ja. Ich zögerte. »Nein.«

»Wir haben eine Beschreibung, die auf dich passt. Vielleicht hast du einen Doppelgänger?«

»So grausam ist kein Gott«, sagte Riggs. Ich schwieg. Er flitschte mir ins Gesicht.

Laskey erhob sich.

Beide standen und sahen mich an.

»Die Scheiße geht erst so richtig los, als du Cath bei *Rubik's* wiedersiehst ...«

»White war da. Er hat sie bedroht.« Meine Stimme klang fremd. Müde. Bettelnd. »Meinte, ich sollte Carver eine Botschaft überbringen. Ansonsten würde ihr dasselbe passieren wie Joanna Greenlaw.«

»Welche Botschaft?«

»Dass *Rubik's* ab sofort den Burnsiders gehört.«

»Und dann hat er dir verraten, wo Greenlaw war?«

Ich schüttelte den Kopf, bedauerte es aber sofort. Alles drehte sich.

»Er hat den Namen nur als Drohung benutzt.«

»Und am nächsten Tag haben wir dich getroffen. Da warst du richtig drauf, wenn ich mich recht erinnere …« Ich schwieg. »Sah aus, als wärst du die ganze Nacht um die Häuser gezogen, von Club zu Club, und hättest dich dabei so richtig zugeknallt.«

»Stimmt nicht.«

»Und dann hast du dieses Märchen vom vermissten Mädchen und irgendwelchen Streitereien zwischen Drogenbossen erfunden, damit wir dir nicht draufkommen.«

»Quatsch.« Ich dachte nach. »Die Anzeige kam nicht von mir. Jemand anderes hat Cath und Grip als vermisst gemeldet …«

»Sarah Jane Locke. Noch so eine, die spurlos verschwunden ist. Eine Vermisste, ist dumm gelaufen, Waits. Zwei, das ist fahrlässig.«

»Ich habe am nächsten Tag alle Krankenhäuser nach Cath abtelefoniert. Könnt ihr leicht überprüfen.«

»Haben wir schon.«

»Und?«

»Stimmt, du hast bei ein paar Krankenhäusern angerufen.«

»Na also.«

»Und hast dich dabei als Polizist ausgegeben. Gratuliere!«

Wir schwiegen eine Weile, bis Riggs sich auf den Tisch stützte und mich ins Visier nahm.

»Du hast behauptet, Isabelle Rossiter nicht angefasst zu haben. *Gelogen.* Und dass du sie zu ihren Eltern bringen wolltest. *Gelogen.* Du warst allein, als du sie fandst? *Gelogen.*« Ich spürte die Hitze seines Körpers. »Catherine kennst du von einem alten Fall? *Gelogen.* Du hast sie zuletzt mit Sheldon White gesehen? *Gelogen.* Du hast deinen Dienstausweis abgegeben? *Gelogen.*« Er kramte ein Tütchen hervor und knallte es auf den Tisch. Es enthielt meine Karte. Aus meiner Hosentasche. *»Alles gelogen.«*

»Ich habe es schon gesagt. Redet mit Parrs.«

»Haben wir bereits. Er kann sich nicht an das Mädchen erinnern. Dich kennt er auch kaum. Hält dich für einen Spinner.«

Die Welt blieb stehen.

Ich ließ mich zurückfallen, meine Kehle war wie zugeschnürt, und ich rang nach Atem.

»Ich erzähl euch alles, aber ich brauch Wasser.«

Laskey und Riggs tauschten erneut Blicke. Beide atmeten schwer, und ihre Hemden waren schweißgetränkt.

Riggs grinste mich höhnisch an. »Schön hierbleiben«, sagte er, trat den Stuhl beiseite und ging. Der Luftzug, der dabei aus dem klimatisierten Flur ins Zimmer drang, brannte mir in den Augen.

Laskey nahm seine frühere Position an der gegenüberliegenden Wand ein. Er klimperte mit ein paar Münzen in der Hosentasche. Jetzt war es an ihm, mich ins Visier zu nehmen. Ungelenk hob ich meine gefesselten Hände, rieb mir übers Gesicht und betrachtete die Innenflächen. Schweißgebadet. Mit feuchten Fingern fuhr ich mir durchs Haar. Die Stelle, wo Riggs mir in Greenlaws Haus eins übergebraten hatte, war blutverkrustet, aber der Schweiß hatte die Kruste aufgeweicht, und ich ertastete eine dicke Beule.

Ich dachte über Laskey nach. Seine Verhörmethode. Sein Interesse an Neil, dem Barmanager. Seinen Gesichtsausdruck. *Was weißt du?* Falls er tatsächlich ein Geheimnis hatte, war der Barmanager seine Schwachstelle. Ich überlegte.

Laskey stierte mich ungerührt an.

Klimperte mit den Münzen.

Ich betastete die Beule. Dachte zurück an den Abend, als ich zum ersten Mal David Rossiter traf. Den Abend, als ich Catherine das erste Mal gesehen hatte. Meinen ersten Abend in Fairview, als ich Isabelle kennenlernte. Jemand hatte mir einen Schlag auf den Schädel verpasst, als ich *Rubik's* verließ.

Zains Freund, hatte Sarah Jane gesagt.

Als ich wieder zu mir gekommen war, hatte ich mit dem Gesicht in der Gosse gelegen. Ein junges Paar hatte die Straßenseite gewechselt, um mir auszuweichen, und ich hatte gehört, wie jemand in seiner Hosentasche mit Münzen klimperte.

Da sah ich Laskey an. »Du hast mir damals vor *Rubik's* eins übergebraten.« Seine Miene blieb unverändert. »Du hast im Vergewaltigungsfall gegen Glen Smithson, dem Barmanager der Organisation, Beweise unterschlagen.«

Wieder klimperte er mit seinen Münzen und grinste mich an.

KAPITEL 19

Erst als jemand die Tür öffnete, zeigte Laskey erste Regungen. Riggs kam mit drei Flaschen Wasser herein und brachte einen kurzen, frischen Luftzug mit sich ins Zimmer. Doch dann fiel die Tür wieder ins Schloss, und mir blieb nur sein Schweißgestank.

Laskey riss den Deckel von seiner Plastikflasche, leerte sie in einem Zug und zerknickte sie dabei mit einer Hand. Riggs tat es ihm gleich, wobei er die Hälfte über sein Hemd schüttete. Das fiel allerdings gar nicht mehr auf, denn das Hemd war sowieso schweißnass.

Mein Mund war staubtrocken. Noch immer hatte ich den Putz aus Greenlaws Haus zwischen den Zähnen. Ich betrachtete die Flasche. Jemand hatte den Deckel aufgeschraubt. Ein alter Trick, damit ich mir gut überlegte, ob ich daraus trinken wollte. Ich ließ sie stehen.

Auf einmal fand ich es lebensnotwendig, aus diesem Raum zu kommen.

»Kann ich dich was fragen, Riggs?«

Er zuckte richtig zusammen, warf Laskey einen Blick zu, bevor er sich vor mich hinsetzte. Wischte sich mit dem Ärmel über die Nase und nickte. »Aber sicher doch, Aid.«

»Wo warst du am dreißigsten Oktober?«

»Keine Ahnung, Kumpel. Und du?«

»In einer Bar. *Rubik's*. War übrigens ein Freitag. Ich hatte zu viel getrunken, genau wie du. Deswegen schreibst du dir alles auf. Dein Notizbuch ist in deiner Jackentasche. Brauchst nur reinzugucken.«

Er sah sich zu Laskey um.

Sein Kollege stand stocksteif an der Wand. Riggs durchschaute das Spielchen nicht, wollte sich aber nichts anmerken lassen, deshalb wandte er sich wieder mir zu und kramte es achselzuckend hervor. Erst förderte er meine Geldbörse zutage, danach mein Handy und warf beides auf den Tisch. Dann hielt er sein Notizbuch in die Höhe.

Bevor er es aufschlagen konnte, unterbrach ich ihn. »Lass mich raten: Falls du gegen achtzehn Uhr mit ihm auf Streife warst«, ich machte eine Kopfbewegung in Richtung Laskey, »hat er sich entweder eine Ausrede einfallen lassen und ist verschwunden, oder er ist einfach so abgehauen.« Als Riggs zögerte, wusste ich, dass er sich erinnerte. Er blätterte in seinem Buch und zuckte erneut die Achseln.

»Ja, und? Wie oft hast du Isabelle Rossiter gevögelt, bevor sie starb?«

»Wo warst du am Montag, den sechzehnten November?«

»Was soll das werden?«

Laskey mahlte mit seinem Kiefer. »Sag's ihm.« Er starrte mich ungerührt an. Direkt in die Augen. Keine Regung. »Wir haben Zeit.«

Riggs blätterte und fand den entsprechenden Eintrag.

»Lass mich raten: Laskey hat Himmel und Hölle in Bewegung gesetzt, um an den Ermittlungen im Fall Isabelle Rossiter teilnehmen zu können.«

Riggs sah mich verwirrt an. »Na und? Worauf willst du hinaus?«

»Freitag, dreißigster Oktober. Zain Carver setzt seinen Mann bei der Polizei auf mich an. Er soll mir eins überziehen. Detective Laskey erfindet eine Ausrede und macht sich gegen achtzehn Uhr vom Acker. Um neunzehn Uhr schlägt mich jemand zusammen.« Riggs rutschte auf seinem Stuhl herum. »Montag, sechzehnter November. Derselbe Mann sorgt dafür, dass Zimmer 6.21A freigegeben wird, damit er sich unbemerkt reinschleichen kann. Eine Festplatte, auf der er Beweise gegen sich vermutete, wurde komplett gelöscht.«

Riggs zuckte wiederum die Achseln. »Bedeutungslos.«

Ich musterte Laskey. »Man hat mich als verdeckter Ermittler auf ihn angesetzt. Du musst dich mit Superintendent Parrs in Verbindung setzen. Sofort.«

Riggs grinste. »Parrs hält dich für einen totalen Spinner …«

»Hat er dir das persönlich gesagt? Oder hast du das von Laskey?«

Riggs zeigte keine Regung. Laskey auch nicht.

»Schauen wir uns doch mal an, was bei eurem ersten Besuch in meiner Wohnung passiert ist.«

»Was soll da gewesen sein?«

»Die Türsteher der Organisation würden nicht im Traum mit der Polizei sprechen. Wenn irgendein Verrückter versuchen würde, mit seinem Dienstausweis umsonst in die Clubs zu kommen, würden sie das ihrem Boss sagen. Zain Carver. Und der würde seinen Mann bei der Polizei darauf ansetzen.«

»Deine Fantasie ist ja beeindruckend.«

»Ich hab noch einen auf Lager: Glen Smithson.«

»Sollte ich den kennen?«

»Er ist der Barmanager der Organisation, auf den Laskey während des Verhörs immer wieder zu sprechen kommen wollte. Vor ein paar Jahren war er wegen Vergewaltigung vor Gericht, aber die Beweise sind verschwunden.«

»Und?«

»Und vor ein paar Wochen ist auch er verschwunden. Wurde aber nie als vermisst gemeldet.«

»Und was hat das mit Jim zu tun?«

»Als ich nach Smithson gesucht habe, hat mir sein Hausmeister erzählt, ich wäre der zweite Polizist, der nach ihm fragt.

Der erste wäre in der Nacht aufgekreuzt, als das Unglück am Sycamore Way passierte, hätte kurz in der Wohnung nachgesehen und wäre dann wieder verschwunden. Zain Carver hat in der Nacht jeden seiner Männer auf die Suche nach Smithson geschickt.«

»Und das soll Jim gewesen sein?«, sagte Riggs, war aber offenbar ins Grübeln gekommen. »Hast du Beweise?«

»Der erste Polizist hat dem Hausmeister seine Telefonnummer gegeben. Ich hab sie in meinem Handy gespeichert.«

Laskey trat einen Schritt vor, aber Riggs hatte es sich schon geschnappt.

»Unter was?«

»Orga-Mann.«

Riggs umrundete den Tisch und stellte sich neben mich. Er und Laskey hatten mich in ihrer Mitte und sahen einander an. Mit gerunzelter Stirn scrollte Riggs sich durch meine Kontakte. An der richtigen Stelle drückte er auf Anrufen.

Laskeys Handy ging los. Ein schriller Standardklingelton. Gelassen zog er es aus der Tasche und drückte den Anruf weg. Er rang sich ein Lächeln ab und sprach mit seinem Kollegen, ließ mich aber nicht aus dem Blick. »Am besten gehst du los und weckst Superintendent Parrs«, sagte er leise.

Riggs verstand die Welt nicht mehr.

Ich wandte mich an ihn. »Wenn du jetzt gehst und mich mit Laskey allein lässt, heißt es später, es hätte einen Unfall gegeben. Ich hätte versucht zu fliehen …«

Riggs sah mich an. »Bist du jetzt total verrückt geworden?«

»Hol Parrs«, sagte Laskey, den Blick starr auf mich gerichtet.

»… und einen einfachen Polizisten kannst du nicht einfach reinholen, weil ihr dieses Verhör nirgendwo eingetragen habt. Das musst du erst mal jemandem erklären.«

»Hol Parrs«, wiederholte Laskey.

»Ja«, sagte Riggs, der wohl immer noch an einen Scherz glaubte.

»HOL PARRS, VERDAMMT!«, brüllte Laskey ihn an. Die Adern in seinem Nacken traten blau hervor. Riggs stierte seinen Kollegen an. »Das ist ein Befehl!«

Riggs legte das Handy auf den Tisch, fummelte an der Klinke herum und ließ die Tür hinter sich ins Schloss fallen. Laskey musterte mich eingehend, während Riggs' Schritte verhallten.

Erst langsam, dann immer schneller.

Ein letztes Mal klimperte er mit den Münzen, dann zog er die Hände aus den Taschen und trat auf mich zu.

Ich sprang auf. »Wir werden überwacht. Kameras mit Zeitstempel …«

»Keine Ahnung, was du da quatschst.«

»Der Hausmeister hat dich erkannt.«

»Psst!«, sagte Laskey und kam näher. Ich konnte förmlich sehen, wie sein Verstand arbeitete. Improvisierte. Er schnappte sich mein Handy, warf es zu Boden und trat fest drauf. Dann zog er sein Band vom Hals und warf es auf den Tisch.

Ich sah genau hin.

Sein Ausweis. Er drückte auf den grellgrünen Panikknopf. Ich rührte mich nicht vom Fleck, doch er nahm den Rekorder und schlug sich mit der Kante voll ins Gesicht.

An die Wand gelehnt, stand er da und sah mich an, während ihm das Blut aus der Nase über Zähne und Kinn aufs Hemd tropfte. In Sekundenschnelle fasste ich einen Entschluss. Schnappte mir Geldbörse und Ausweis, hechtete hinaus auf den Flur und durch zwei weitere Türen nach links zur Feuertreppe.

Der Ausgang im Erdgeschoss führte ins Parkhaus für Streifenwagen. Sackgasse. Ich drückte die Tür auf, damit es aussah, als hätte ich diesen Weg genommen, und eilte hinauf in den ersten Stock. Versuchte, wieder zu Atem zu kommen. Doch als ich hinter mir Geräusche hörte, lief ich weiter. Ich folgte den unverputzten Rohren, bis ich im südlichen Teil des Gebäudes gelandet war, hastete ins Erdgeschoss und stürzte durch den Notausgang ins Freie.

Was für eine Riesenscheiße!

Teil V

CONTROL

KAPITEL 1

Erst im Taxi überlegte ich mir, wohin ich eigentlich wollte. »Wissen Sie, wo der *Wiggle Room* ist?«, fragte ich den Fahrer. Der *Wiggle Room* war ein heruntergekommener, halblegaler Schuppen nahe der Sackville Street. Keine fünf Minuten entfernt lag das Schwulenviertel: bunt, schillernd, lebendig. Der *Wiggle Room* war die Kehrseite dieser Medaille. Tagsüber konnte man den Club kaum erkennen, so zugekleistert war der Eingang mit Showpostern für BDSM und Trans-Queer Cabaret. Hoffentlich reichte dem Taxifahrer das Fahrziel als Erklärung für meinen Aufzug, denn ich war immer noch mit Handschellen gefesselt.

Aufgedrehtes Gelächter bei den draußen Anstehenden mischte sich mit den nach außen dringenden, seit jeher bekannten Klängen der Showbühne. Ich zahlte den Fahrer und kletterte aus dem Wagen.

Zwei stattliche Dragqueens mit grellen Federboas bewachten die Tür. Sie standen auf ziegelsteinbreiten Absatzschuhen aus Glitzerplastik, innen mit Wasser gefüllt, in dem mehrere echte Goldfische schwammen. Die skurrile Schockwirkung des Outfits war voll beabsichtigt. Die Schlange vor dem Club, die Lederkluft, das Make-up, all das traf einen relativ vorbereitet. Aber diese Schuhe?

War das ein Showmaster aus dem Fernsehen? Sang da jemand »Candle in the Wind«?

Vor der Tür standen die unterschiedlichsten Leute an.

Einige waren aus dem Schwulenviertel hereingeweht und wollten den Laden mit eigenen Augen sehen, andere, knallharte

BDSM-Fetischisten quollen aus ihren PVC-Korsagen. Es gab neugierige Männer, bemüht unauffällig, das Gesicht gezielt von der Straße abgewandt. Am ersten Abend des Monats war der Club garantiert ausverkauft, denn da hatte der Superstar der Szene seinen Auftritt.

Daddy Longlegs.

Bugs Künstlername war mehr als nur eine weitere Rolle für ihn. Unter der Schminke verwandelte er sich in eine völlig andere Person. Verlangte sogar, dass man die beiden Identitäten völlig getrennt betrachtete und entsprechend behandelte. Die beiden waren sich spinnefeind, und von beiden war Bug der Zugänglichste. Eigentlich hatten wir schon den zweiten Dezember, aber der Tag hatte noch nicht lange begonnen, sodass die Show gerade in vollem Gang war.

Ich schloss mich einem fröstelnden Mann mittleren Alters in Minirock und Stilettos an. Wir kamen schnell vorwärts, denn einige der scheueren Besucher zogen auf den letzten Metern den Schwanz ein.

In der Tür fiel mein Blick auf mein Spiegelbild. Getrockneter Schweiß und verklumptes Blut am Kopf machten meine Frisur zu einer wilden Mähne. Aber dank der Handschellen passte ich perfekt hierher. Ich gab dem schwergewichtigen Ladyboy an der Tür fünf Pfund und wurde ohne Weiteres durchgewinkt. In meinem Kopf herrschte Chaos und mir war schwindelig. *Under Pressure*. Im Gang drückte mir ein verhutzelter alter Kinderschreck in Nadelstreifen einen Stempel auf die Hand. Ein Blitz.

In Glen Smithsons Wohnung hatte ich Zahlbelege aus diesem Club gefunden. Ich musste mit ihm reden, und zwar dringend. Abgesehen von seiner Verbindung zu Laskey, hatte mich sein Brief zu Joanna Greenlaw geführt. Das warf eine Menge Fragen auf.

Ich wollte eine Erklärung.

Der düstere Gang war mit einem fadenscheinigen, quietschnassen Teppich ausgelegt. Hier hinten befand sich die Garderobe, vor der sich eine weitere illustre Schlange gebildet hatte. Ich drängte mich unter bösen Blicken an den Wartenden vorbei die Treppe hinauf in den Club. Am Ende der Nacht befand sich hier das Sammelbecken für all diejenigen, die die Stadt zu Außenseitern erklärt hatte. Im besten Fall betrachteten sie mich als Touristen, im schlimmsten stand mir richtig Ärger bevor. Oben angelangt, schob ich mich durch eine Schwingtür ins Innere.

Der Gestank nach Alkohol und Chlorbleiche brannte mir in den Augen. Hier herrschte dichtes Gedränge, alle bewegten sich unter zuckenden Lichtern. Zwei- oder dreihundert in einer Halle, gerade groß genug für die Hälfte, wogten im Takt der Musik vor und zurück.

Die Hitze war wie eine Mauer.

Von der Decke tropfte Schwitzwasser. Das genaue Geschlechterverhältnis war nicht auszumachen. Männer, Frauen und alles dazwischen. Knutschende Liebende, zu zweit und zu dritt, in jeder nur möglichen Konstellation. Obwohl ein Drittel der Gäste in Kostümen à la *Rocky Horror Picture Show* aufgeschlagen war, trug die Mehrzahl einfache Straßenkleidung. Für sie war das hier keine Show, sondern ihr Alltag.

Alle brüllten, schwitzten, taumelten nach vorn, zur Bühne hin. Das Bühnenbild bestand aus einer großformatigen Illustration.

Daddy Longlegs and the Delicious Little Titbits.

Ich drängte mich rechts durchs Gewühl zur Theke. Bei einer hübschen Frischoperierten bestellte ich drei große Bourbons. Zwei pur und einen mit Eis. Die ersten beiden leerte ich unter der sanften Missbilligung der Kellnerin direkt an der Bar. Sie legte die Hand auf meine und flüsterte: *»Easy, Tiger!«* Ich nickte und wandte mich mit dem dritten Drink der Bühne zu.

Daddy Longlegs jaulte ins Mikro und wickelte sich lasziv um den Ständer. Drei stabil gebaute, schwarze Dragqueens, *The Titbits*, lieferten den Hintergrundgesang. Longlegs trug schwarze Handschuhe, die ihm bis zu den Ellbogen reichten, und ein burleskes Outfit im Stil einer SS-Uniform. Als ich endlich vor der Bühne stand, sang er, zur Menge vorgebeugt, seine letzte Nummer und befriedigte sich dabei spielerisch mit einem Dildo von der Größe eines Feuerwehrschlauchs.

Er sang eine Lounge-Version von »Moon River«.

Am Ende drehte die Menge total durch, Glitzerbomben explodierten auf der Bühne. Longlegs und seine Sängerinnen waren über und über mit pinkfarbenem Glitzerkonfetti bedeckt. Jemand warf einen Strauß schwarzer, mit Stacheldraht umwickelter Blumen nach vorn, die Longlegs prompt auflas und sich an die Brust drückte. Bei seiner Verbeugung schnappte er sich die halbvolle Champagnerflasche von der Bühne, warf den Kopf in den Nacken, trank und spuckte alles in die vorderste Reihe. Dann nahm er seine Sängerinnen an die Hand, verbeugte sich erneut und verschwand. Die Menge löste sich fast umgehend auf, schon auf dem Weg zum nächsten Showevent.

Ich folgte dem morschen Gang hinter die Bühne und ging hinunter zur Künstler-Garderobe. An der Tür prangte ein Stern.

Daddy stand in der Mitte.

Gesprächsfetzen drangen nach draußen, doch als ich klopfte, trat abrupt Stille ein. Schritte, dann öffnete sich die Tür einen Spaltbreit.

»Ja?«, sagte einer der Titbits. Er war in Zivil und blockierte den Eingang.

»Kann ich mit ihm sprechen?«

»Daddy nimmt gerade sein Gesicht ab«, sagte der Mann mit samtener Stimme. »Er empfängt keine Besucher.«

»Sag ihm, Waits will ihn sprechen.«

Er sah mich finster an.

»Komm rein, Aidan«, rief Daddy.

Der Mann trat auf die Seite und gab den Blick auf ein ordentliches Ankleidezimmer frei. Daddy Longlegs saß mit dem Rücken zu mir vor einem altmodischen, mit Glühlampen umrahmten Schminkspiegel. Er drehte sich nicht um, sondern wischte sich weiter die Schminke vom Gesicht.

»Willst du ein Autogramm oder nur ein bisschen Lippenstift auf den Kragen?«

Ich streckte die Hände in die Höhe.

Ließ die Handschellen klirren.

»Wenn mich einer von diesen Dingern befreien kann, dann du.« Ich sah seinen verwunderten Blick im Spiegel, dann wandte er sich zu mir um. Er sah tatsächlich überrascht aus. »Du musst mir helfen.«

»Lewis«, sagte Longlegs, den Blick unverwandt auf mich gerichtet. »Kannst du uns kurz allein lassen?«

KAPITEL 2

Ich erzählte ihm alles. Wie ich es verstanden hatte.

Er hatte sich abgeschminkt, trug aber noch sein Kostüm. Mit übereinandergeschlagenen Beinen saß er auf dem Stuhl mir gegenüber und spielte mit den Handschellen. Den Schlüssel hatte er in der Handtasche gehabt.

Am Ende meiner Geschichte spielte er immer noch mit den Handschellen. Irgendwann bemerkte er es selbst und schüttelte betrübt den Kopf.

Er inspizierte sie genauer. »Hiatts ... 2103er. Wo ist da das Handwerk?«

»Hast du mir überhaupt zugehört?«

Wenn Blicke töten könnten. Ob er das ernst meinte, konnte ich nicht genau erkennen. »Wieso sollte ich dir helfen, Aidan?«

»Ich kann dir Geld besorgen.«

»Kann ich selbst. Wieso sollte ich dir helfen?«

»Ich dachte, eines der Opfer vom Sycamore Way wäre dein Freund gewesen.«

»Mein Kumpel«, korrigierte er grinsend. Dann wurde er wieder ernst. »Sie haben mich nicht zu ihm gelassen, bevor er ...«

»Tut mir leid.«

»Aus deinem Munde haben diese Worte keine Bedeutung. *Tut mir leid* war schon von klein auf deine Werkseinstellung. Du solltest mal jemanden mit einem Schraubenzieher ranlassen, der kann dich aufmachen und neu einstellen.«

»Prima Idee. Aber jetzt nicht.«

»Du hast mir immer noch keinen Grund geliefert, wieso gerade ich dir helfen sollte.«

»Ich weiß sonst niemanden.« Das war mein voller Ernst. »Und dein ganzes Getue nehme ich dir nicht ab. Du hast mich mal beschützt.« Er schwieg. »Wenn du willst, kannst du die Polizei rufen. Das wäre eine Möglichkeit, diesen ganzen Mist zu beenden.«

»Und welche gibt's noch?«

»Es sind Drogendealer involviert. Die Polizei. Politiker.« Ich schloss die Augen. »Wenn du mir hilfst, können wir ein paar Leute so richtig fertigmachen.« Als ich ihn wieder ansah, war seine Miene unergründlich. Dann zuckte es um seine Mundwinkel.

Er brach in schallendes Gelächter aus, hysterisch, glücklich. Dann beugte er sich vor, tätschelte mir das Knie und bedachte mich mit einem liebevollen Lächeln.

»Du weißt genau, was mir gefällt.«

KAPITEL 3

Bug saß am Steuer. Er hatte das Daddy-Longlegs-Kostüm abgelegt und trug wieder Zivil. Ich saß geduckt auf dem Beifahrersitz. Wir fuhren über Nebenstraßen und enge Gassen zu der Garage, in der ich mein altes Leben verstaut hatte. Und die fünftausend von Carver. Die ganze Zeit über versuchte ich, mir einzureden, dass es ein schlauer Schachzug gewesen war, Bug zu Hilfe zu holen. Damit rechneten sie garantiert nicht. Doch in Wahrheit hatte ich einfach nicht gewusst, an wen ich mich sonst hätte wenden können. Freunde waren Mangelware, in meinem alten Leben wie in meinem neuen.

Ich konnte nicht abschätzen, wie intensiv sie nach mir suchten. Vielleicht hatten sie noch nicht mal angefangen. Für Laskey war es wichtig gewesen, mich aus dem Gebäude zu bekommen, während er sich eine Lügen- oder Vertuschungsgeschichte ausdachte. Man hatte mich zur Unzeit aufs Präsidium geschleppt, es gab keinen offiziellen Eintrag für meine Anwesenheit – juristisch betrachtet, hätte ich jederzeit gehen können.

Mein vermeintlicher Angriff auf einen Polizisten veränderte die Lage, doch für welche Spielart Laskey sich letztendlich entscheiden würde, stand in den Sternen. Wahrscheinlich würde er so lange den Ball flach halten, bis man ihm keine Verbindung zu Carver mehr nachweisen könnte oder bis Riggs ihm das Vertrauen entzog.

Hoffentlich hatte ich so zumindest einen Tag Vorsprung.

»Sind wir bald da?«, fragte Bug.

»Hier links.«

Er hatte sich von Lewis, einem der Titbits, einen Wagen ausgeliehen, ein dunkles, knatterndes Kompaktauto. Bug selbst fuhr einen weißen Cadillac, den wir beide für zu auffällig gehalten hatten. Der gravierendste Unterschied zwischen Bug und seiner Bühnenfigur waren seine wilden Ticks und Zuckungen, und zwar am ganzen Körper. Außerdem rauchte er Kette. Weil: »Daddy kann's nicht ausstehen.«

Kaum hatte er das Lederkostüm gegen einen lässig zerknitterten schwarzen Anzug getauscht, veränderte sich seine Laune, und er hatte wenig Lust, mir zu helfen. Ich erinnerte ihn an die Bezahlung. Hatte man erst mal eine bestimmte Grenze überschritten, war man zu jedem Kompromiss bereit. Ich fragte mich, was ich ihm als Nächstes anbieten würde.

»Erzähl mir von Neil, dem Barmanager«, sagte ich, um ihn bei Laune zu halten.

»Wer? Was?«, fragte Bug.

»Neil. Hat bis vor Kurzem bei *Rubik's* den Laden geschmissen.«

»Da würde ich nicht mal trinken, wenn's Zain Carvers Blut vom Fass gäbe.«

»Neil hängt auch im *Wiggle Room* rum.«

»Sogar die Leute von der Organisation können einen guten Geschmack haben, Aidan.«

»Der Typ nicht, glaub mir.«

»Ich kann dir versichern, keinen Mitarbeiter der Organisation namens Neil zu kennen.«

»Nannte sich früher mal Glen ...«

»Na, sag das doch gleich!« Bug amüsierte sich prächtig und kam umgehend ins Plaudern. »Glen und ich sind alte Bekannte. Wir haben einiges gemeinsam.« Es muss wohl an meinem Gesichtsausdruck zu erkennen gewesen sein, dass ich unwillkürlich an den Freispruch denken musste. »Nein, das natürlich nicht. Du hast aber auch eine schlechte Meinung von mir. Er hat mir ein paar Bricks von der Organisation abgezweigt.«

»Moment mal … du hast Zain Carver beklaut?« Ich musste lachen.

»Hehe! Gut, nicht?«

»Beeindruckend. Wie hast du das gemacht?«

»Alles lief über Glen oder Neil oder wie der Typ auch heißt. Wenn bei *Rubik's* eine Lieferung eintraf, hat er mir davon was abgehobelt und es mir zum Vorzugspreis verkauft.«

Glen mit dem berechnenden Blick. Er war der Dreh- und Angelpunkt dieser ganzen Geschichte. Laskey hatte die Beweise gegen ihn manipuliert, er hatte irgendeine Beziehung zu Isabelle Rossiter, vermutlich als ihr Drogendealer, und er war ein wichtiger Mann für die Organisation. Er hatte Carver an die Burnsiders verraten und hatte sich dabei die Finger verbrannt. Er hatte gewusst, wo Joanna Greenlaws Leiche versteckt war. Und wie sich jetzt herausstellte, hatte er allen mit unbemerkten Nebenverkäufen eine lange Nase gedreht.

Ich dachte zurück an den Abend, als ich seine Tütchen ins Klo gekippt hatte.

Damit hatte ich ihn zum Abtauchen gezwungen.

Damals war er vor meiner Wohnung aufgetaucht, ein Messer in der Hand. Dasselbe, das er mir in der Nacht, in der Cath verschwand, gegen den Bauch gedrückt hatte. Warum war er zurückgekehrt? Wie war er dahintergekommen, dass die tote Joanna Greenlaw unter der Badewanne steckte? Und warum hatte er mich eingeweiht?

»Wann hast du ihn zum letzten Mal gesehen?«

»Wenn ich recht drüber nachdenke, war es wohl tatsächlich im *Wiggle Room* …«

»Habt ihr euch unterhalten?«

»Wir haben uns verständigt. Lief nicht so gut bei ihm.«

»Wollte er Geld?«

»Nicht direkt, eher das, was man damit kaufen kann …«

»Eight?« Ich musterte ihn. Bug fuhr, zuckte, kratzte, rauchte, ungerührt. Dann nickte er. »Und was hast du ihm gesagt?«

»Der Typ war total nervös, hat ständig über seine Schulter geguckt. Im Privaten steh ich ja drauf, wenn ein Junge mich über die Schulter hinweg anguckt, aber beim Geschäftlichen kommt das nicht gut.«

»Wie hat er ausgesehen?«

Bug feixte. »Als hätt er was verschluckt. Im Privaten hab ich ja kein Problem …«

»Ja, schon klar.«

»Verschwollene Augen und verfilzter Bart. Ich dachte, er wollte nur noch mehr Eight, um sich ins Nirwana zu beamen.«

»Und wann war das?«

»In der Woche nach der Sache am Sycamore Way tauchte er im *Wiggle* auf.«

Das passte zu den Kassenbelegen, die ich in seiner Bude gefunden hatte.

»Hast du ihn seither noch mal gesehen?«

»Nur einmal …«

»Im *Wiggle Room?*«

Bug rutschte auf dem Sitz herum. »Nee. Er hat mich angerufen.«

»Hast du dich mit ihm getroffen?«

Bug nickte. »Er war im Royal Infirmary. Ich sollte ihn abholen.«

In der Nacht, in der Cath verschwunden war. Ihm hatte man das Bein gebrochen.

»Wo hast du ihn hingebracht?«

»Zeig ich dir.«

»Jetzt.«

»Wenn du …«, er murmelte etwas.

»Wenn ich was?«

Er warf den Kopf in den Nacken. »MIR DAS GELD ZEIGST!« Er ließ das Lenkrad los, kreischte drauflos und trat aufs Gas. Der Wagen brach nach links aus, bis ich die Initiative ergriff und uns wieder auf Spur brachte. Bug überließ mir noch eine Weile das Steuer, dann räusperte er sich und schob meine Hand weg. »Tut mir leid, altes Haus.«

Als wir endlich vor der Garage standen, bat ich ihn, draußen zu warten. Ein paar aufeinandergestapelte Kartons in einem feuchten Loch. Ich hatte schon angefangen, sie aus dem Weg zu räumen, als ich bemerkte, dass er in der Tür stand und mich beobachtete.

»Hier bewahrst du dein Zeug auf?«

»Jep.«

Stirnrunzeln. Er schien mich fast zu bemitleiden. »Wo ist der Rest?« Ich ignorierte ihn. Nach einer Weile entdeckte ich die Tasche, in der ich Zain Carvers Geld versteckt hatte. Ich reichte sie weiter, und Bug inspizierte die Scheine. Zufrieden schlang er sich die Tasche über die Schulter und nickte.

»Wo hast du Glen hingebracht?«

»War 'ne ziemliche Fahrerei. Aber ich zeig's dir.«

Wir kehrten zurück in die Stadt. Um drei Uhr morgens herrschte wenig Verkehr. Als wir zum Royal Infirmary kamen, war ich etwas verwirrt, bis mir klar wurde, dass wir den gesamten Weg abklappern würden.

»Als ich hier ankam, hatte er zwei Veilchen und humpelte auf einem gebrochenen Bein aus dem Krankenhaus.«

»Hat er dir erzählt, was passiert ist?«

»Meinte, er hätte sich mit den Burnsiders verkracht. Besonders mit Sheldon White.«

»Er war mit dem Mädchen unterwegs. Cath. Die danach verschwunden ist. Hat er sie erwähnt?«

»Nein, mit keinem Wort.« Ich spürte förmlich, wie mir das Herz in die Hose rutschte. »Aber über dich hatte er ’ne Menge zu sagen.«

»Zum Beispiel?«

»Meinte, du hättest Isabelle Rossiter getötet.«

Eine Zeit lang fuhren wir schweigend weiter. »Sonst noch was?«, fragte ich schließlich.

»Stimmt das?«

»Nein.«

»Hab ich auch zu ihm gesagt. Und nein, mehr kam nicht von ihm. Er war fertig. Hatte starke Schmerzen. War ziemlich verwirrt.«

»Wo seid ihr hingefahren?«

Bug zuckte. »Zeig ich dir gleich.« Aufgrund der Richtung, in die wir unterwegs waren, und der Dinge, die ich im ersten Stock gefunden hatte, war ich bereits davon ausgegangen, dass wir zu Joanna Greenlaws Haus fuhren. Bug hielt am Straßenrand und schaltete die Scheinwerfer aus.

Lauter Streifenwagen.

Vor dem Eingang das weiße Zelt der Spurensicherung.

»Hat seine Sachen aus diesem Haus geholt. Wollte unbedingt, dass ich mit reinkomme, weil er vor irgendwas einen Mordsschiss hatte. Er hatte nur eine Reisetasche, die haben wir mitgenommen und sind dann zu mir. Ich hab ihn bei mir übernachten lassen.«

»Und dann?«

Bug unterdrückte ein Gähnen. »In den Morgennachrichten haben sie gesagt, Zain Carver wäre festgenommen. Da kam ihm eine Idee.«

»Was denn?«

»Ihm wurde klar, wo er unterkommen könnte.«

»Fairview?«

Bug schüttelte den Kopf. »Irgendeine andere Wohnung, die Carver gehört. Seine Mädchen haben da drin gewohnt. Glen meinte, jetzt, wo die Organisation zerschlagen und Carver im Knast ist und seine Mädchen verschwunden und/oder tot sind, könnte er dort unterschlüpfen.«

»Fog Lane?«

»Du weißt, wo das ist?«

Das Haus, in dem Isabelle Rossiter wohnte.

»Ja. Ist er immer noch da?«

Bug schnaubte. »Na, wenn nicht, ist er mit dem Bein garantiert nicht weit gekommen.«

Er ließ den Motor an und wendete. Ich sah das Haus schon von Weitem. Brutalbeton mit Beulen. Als wir in die Straße einbogen, hielt Bug abrupt am Straßenrand und schaltete das Licht aus.

Wieder Polizei.

Seltsam. War das Zufall, weil hier in letzter Zeit so viel Drogenkriminalität herrschte, oder war Glen was passiert? Ich musste unbedingt mit ihm reden, konnte Bug aber nicht davon abbringen, zu wenden und davonzufahren.

»Not tonight«, sagte er.

Wir kehrten in sein Haus zurück, die umgebaute Kirche am Alexandra Park, und er überließ mir das Gästezimmer. Vom vielen Speed in den letzten vierundzwanzig Stunden schrillten mir immer noch die Ohren, und beim Gedanken an das, was ich in der kurzen Zeit herausgefunden hatte und was ich immer noch nicht wusste, schwirrte mir der Kopf.

Ich schlief wie ein Toter.

KAPITEL 4

Am nächsten Morgen standen wir früh auf. Das bisschen Nachtruhe schien Bug entspannt zu haben, denn er zuckte erheblich weniger, und auch mir war der Schlaf gut bekommen. Ich hatte mir das verkrustete Blut aus den Haaren gewaschen, und die Druckstellen von den Handschellen verblassten langsam. Ich fragte mich kurz, ob das alles wirklich passiert war.

Wir kehrten zurück in die Fog Lane. Ich war auf alles gefasst und dementsprechend erleichtert, dass die Polizisten offenbar abgezogen waren. Aber es war noch früh am Morgen, daher konnten sie jederzeit wiederkommen.

»Warte hier«, sagte ich und stieg aus. Bug seufzte und verbeugte sich theatralisch. Ich überquerte die Straße, hielt auf den grauen, kieselrauverputzten Betonklotz zu. Über dem Eingang prangte ein Graffito:

FERMEZ LA FUCKING BOUCHE

Drei Stockwerke, Stimmen hinter Türen. Trübes, sirrendes Licht. Oben blieb ich stehen und lauschte voll banger Erwartung. Wenn Glen in der Wohnung war, verhielt er sich sehr ruhig. Ich fragte mich, ob er auch tot war. Ich stand da, die Hand am Türknauf, und dachte an Isabelle in der Nacht vor ihrem Tod.

Dann trat ich einen Schritt zurück und stiefelte mit voller Wucht gegen das Schloss. Das Holz, billig und dünn, brach sofort durch. Ich ging hinein und schloss die Tür hinter mir.

Drinnen war es düster. Nur schwaches Winterlicht drang durch die Vorhänge. Als ich die Lampe anknipste – eine nackte Glühbirne an der Decke –, bestätigte sich meine Vermutung.

Glen Smithson. Neil. Der Barmanager.

Bewusstlos auf dem Sofa. Sein Bart war gewuchert und verdeckte die Hälfte seines Gesichts und seinen Hals. Die Brauen waren fast zusammengewachsen. Sein rechtes Bein steckte in einem absurden schimmelweißen Gipsverband. Die Wohnung, völlig verwüstet, erinnerte mich an Zain Carvers Zimmer, als der sich in ähnlichem Zustand befunden hatte.

Zeitungen, Fast-Food-Verpackungen, Notizhefte.

Selbst als ich näher an ihn herantrat, rührte Glen sich nicht. Da entdeckte ich die kleine Holzschatulle, die Carver zurückgelassen haben musste. Neben Glen lag eine Spritze, doch das Eight war offenbar clean gewesen, denn ich konnte keine der Spuren erkennen, die ich bei Isabelle oder am Sycamore Way gesehen hatte. Gut so.

Mein Rütteln zeigte keine Wirkung. Selbst als ich ihm ins Gesicht schlug, murmelte er lediglich vor sich hin. Schließlich richtete ich ihn auf, schleppte ihn ins Bad und zerrte ihn unter die Dusche. Dann drehte ich das Wasser auf.

Eiskalt.

Er war sofort wach, Schnappatmung. Ich wartete noch ein bisschen, bevor ich den Hahn wieder zudrehte. Er sah sich hektisch um, bis sein verstörter, ängstlicher Blick an mir hängen blieb.

»Was soll die Scheiße?«

»Ich brauch ein paar Antworten.«

»Wo bin ich?«

»In Zain Carvers Wohnung in der Fog Lane.« Bei dem Namen zuckte er zusammen und versuchte vergebens, sich auf den nassen Fliesen aufzurichten. »Er ist nicht hier, sondern in Haft.

Aber du hast hier halb im Koma gelegen, deshalb habe ich dich unter die Dusche gestellt.« Er versuchte, an mir vorbei ins Zimmer zu sehen. »Ich bin allein hier.«

»Dann kannst du dich gleich wieder verpissen.«

»Erst, wenn du mir ein paar Fragen beantwortet hast.«

»Einen Scheiß mach ich.«

Ich ging in die Hocke. »Scheiß hast du in den Adern, Glen. Ein Scheiß-Leben, Scheiß-Freunde. Aber wenn du meine Fragen beantwortest, geht's dir bestimmt gleich besser.«

»Ausgerechnet du willst mich hier blöd anlabern? Spar dir deine Weisheiten. Du Arschloch hast mein Leben ruiniert.« Er weinte bereits und begann zu zittern. »Sie haben mir das Bein gebrochen …«

Ich richtete mich wieder auf und setzte eine mitleidige Miene auf. »Das tut mir leid.«

Ich überließ ihn seinem Jammer, während ich aus dem Wohnzimmer ein Handtuch holte. »Hier«, sagte ich. Er beäugte es misstrauisch, trocknete sich aber schließlich damit ab. Währenddessen besah ich mir den Gips genauer. Der hatte unter der Dusche eine seltsame Farbe angenommen, irgendwas zwischen Gelb, Braun und Grau – und stank widerlich. Als Glen meinen Blick bemerkte, rubbelte er verschämt mit dem Handtuch darauf herum.

»Das solltest du anschauen lassen.«

»Ach ja? Und wenn mich jemand erkennt?«

»Wer denn?«

»White. Der würde mich umbringen.«

»Wenn er das wollte, hätte er's längst getan.«

Glen sah mich an.

»Du bist doch gar nicht wichtig genug.« Ich setzte mich auf den Boden. »Nimm's mir nicht übel. Bei mir ist es genauso. Deswegen sind wir auch noch übrig, Glen. Isabelle ist tot, Carver im Gefängnis, Sarah Jane ist abgehauen und Cath verschwunden.«

»Und Grip?«

»Tot. White hat ihn in derselben Nacht umgebracht, als er dir das Bein gebrochen hat. Wenn er dich also hätte killen wollen …« Glens ohnehin fahles Gesicht wurde noch bleicher. Aber er nickte. Endlich.

»Wie …?« Er runzelte die Stirn. »Wie lang ist das schon her? Unser letztes Treffen?«

»Ein paar Wochen.«

»Du siehst aber älter aus«, sagte er, als hätte ich ihn belogen.

Ich nickte. So fühlte ich mich auch. »Ich hätte da einen Vorschlag. Beantworte mir ein paar Fragen, inoffiziell, und hilf mir, diese Sache aufzuklären. Danach besorgen wir dir was zum Essen. Bringen dich ins Krankenhaus. Die kümmern sich um dein Bein und bringen dich wieder auf Vordermann. Falls du das willst.«

Er kniff die Augen zusammen. Mit unerwarteter Zuwendung kann man manchmal mehr erreichen als mit Drohungen oder Gebrüll. Manch einer bricht dann glatt unter seiner Last zusammen. Wieder heulte er los, hielt sich das Handtuch vors Gesicht und blickte mich schließlich angstvoll an.

»Hast du Isabelle umgebracht?«

»Nein. Und ich weiß, dass du in derselben Nacht bei Mel warst.« Ich erhob mich und streckte ihm die Hand entgegen. »Also sollten wir uns über den Täter unterhalten.«

KAPITEL 5

Ich bugsierte ihn aufs Sofa.

Dann stellte ich ihm Fragen über seine Beziehung zu Isabelle Rossiter. Sie hätten sich vor ein paar Monaten bei *Rubik's* kennengelernt. Das stimmte mit Sarah Janes Schilderung überein, nach der Isabelle sich schon in den Clubs der Organisation herumgetrieben hatte, bevor sie von zu Hause abgehauen war. Glen, der Isabelle sofort als Minderjährige erkannte, wollte ihr keinen Alkohol ausschenken. Doch er war schlau genug gewesen, sie nicht komplett zu vergraulen.

»Sah aus, als hätte sie keine Übernachtungsmöglichkeit.« Er schniefte und wischte sich übers Gesicht, um seine Emotionen zu verbergen. Wahrscheinlich war ihm das Gefühl nicht neu.

»Hattet ihr Sex?« Er wandte sich ab. »Ich verurteile dich nicht, Glen. Aber ich muss das wissen.«

»Wieso? Warum musst du das wissen?«

»Sie wurde sexuell missbraucht. Wenn sie mit dir geschlafen hat, ist dir vielleicht was aufgefallen – ohne dass du es damals hättest zuordnen können.«

»Was denn zum Beispiel?«

Ich zuckte die Achseln. »Ihre Vorlieben, Abneigungen, Erfahrung …«

»Willst du mich dafür drankriegen?«

»Nein.«

»Du hängst mir das nicht an?«

»Ich hänge niemandem was an. Es war ein Familienmitglied. Dachte eher, dass du möglicherweise was darüber weißt. Falls ihr euch nähergekommen seid.«

»Familienmitglied?« Er rutschte tiefer und wischte sich erneut übers Gesicht. »Meine Güte. Ich mochte sie, nicht nur wegen ihrem Aussehen. Die hatte ein richtiges Mundwerk. Wir haben uns mal geküsst, aber sonst nichts. Sie …«

»Sie was?«

»Hat keine Luft mehr gekriegt. Hat so geweint.«

»Eine Panikattacke?«

»Kann sein …«, sagte er abwesend.

»Hat sie dir gesagt, wieso?«

»Hab nich' gefragt. Dachte, es liegt an mir. Welches Familienmitglied?« Ich antwortete nicht. »Ihr Dad?«

»Hat sie von ihm erzählt?«

»Nee«, sagte er, mit den Gedanken ganz woanders. »Aber ich hab sie mal gefragt, wieso sie abgehaun ist.«

»Und?«

»Wär sie gar nicht so richtig, meinte sie.«

»Wie jetzt?«

»›Er weiß genau, wo ich bin‹, hat sie gesagt.«

Auf meine Frage nach seinen Geschäften mit Bug bestätigte er mir lediglich, was ich ohnehin schon wusste. Er hatte ein bisschen abgezweigt und nebenbei weiterverkauft. An dem Abend, bevor Isabelle starb, dachte er, ich wollte sie abfüllen – das war die Nacht, als ich seine Drogen ins Klo gespült und er mit der Bierkiste nach mir geworfen hatte.

Danach war er abgetaucht.

Zuerst war er bei Mel untergekommen, dann bei den Burnsiders und schließlich bei Bug, nachdem Sheldon White ihm das Bein gebrochen hatte.

»Erzähl mir, was passiert ist, nachdem ich *Rubik's* verlassen hatte.«

»White hat mich unter seine Fittiche genommen. Zuerst war er echt nett. Dann hat er mich über die Organisation ausgequetscht. Wollte alle Einzelheiten wissen, wie sie funktionierte und so. Mir war schon klar gewesen, dass ich ein bisschen was rauslassen musste, aber das reichte ihm nicht. Er wollte immer mehr, ist mir voll auf die Pelle gerückt. Die haben mich tagelang wach gehalten, da draußen in der Burnside. Haben mir Alkohol eingeflößt, Koks und so.« Er schluckte. »Ich hab ihnen alles erzählt.«

»Am letzten Tag haben sie mich in einen Transporter gesetzt und sind ein bisschen rumgefahren. Ich hatte voll Schiss. War ja nicht mehr viel wert für die, ich hatte ihnen alles verraten. Als sie vor *Rubik's* anhielten, war ich richtig erleichtert. White wollte, dass ich ihm alles zeige. Wollte sich selbst ein Bild machen. Mittendrin haben wir dich auf Caths Stammplatz sitzen sehen. Da hab ich Sheldon ein paar Takte über dich erzählt. Was ich wusste.« Er sah mich an. »Ich hab dich voll gehasst, Waits. Also holt er uns was von der Bar, und wir setzen uns nach hinten, von wo aus wir dich beobachten können. Da meinte er, wir sollten dir mal so'n richtigen Schreck einjagen. Nie im Leben hätte ich geglaubt, dass er Cath wehtun würde …«

»Was ist mit ihr passiert, als ich weg war?«

»Ich war besoffen. High. Kann mich nicht mehr so genau erinnern.« Er senkte die Stimme. »Aber sie ham sich gestritten.« Ich erinnerte mich, wie sie sich mit ihrem Leben für mich verbürgt hatte, die Hand schützend auf den Bauch gelegt.

»Hat er ihr was angetan, Glen?«

Er dachte scharf nach, suchte in seiner Erinnerung. »Sie haben über Joanna Greenlaw geredet, Zains Ex von vor ewig.«

»Was war mit ihr?«

Er schüttelte den Kopf. »Weiß ich nicht. Nur hab ich immer wieder ihren Namen gehört. Am Ende war sie bereit, mit ihm zu gehen, glaube ich. Wohin, weiß ich nicht. Da war ich schon total im Arsch, bin aber mit ihnen raus. Da dreht sich White zu mir um und meint: ›Tschüs, Glen.‹ Ich war echt höflich. Voll. Und sag so: ›Schuldest du mir nicht was?‹«

Darauf hatte Sheldon White ihn auf offener Straße zusammengeschlagen und war ihm so oft aufs Bein gesprungen, bis es brach.

»Hatte die Hand um meine Kehle, und mir wurde schon ganz schwindelig, aber dann hat Cath …« Er zitterte, fürchtete sich vor der Erinnerung. »Ist da jemand im Flur?«, fragte er und versuchte, über meine Schulter zu spitzen.

Ich drehte mich um. »Nein, niemand. Versprochen.«

»Ich hör aber jemanden.«

»Da ist niemand. Erzähl weiter.«

»Also, Cath hat ihn beruhigt. Hat ihm die Hand auf den Arm gelegt und ihn gestreichelt. Ihm ins Ohr geflüstert. Hat ihn aufgegeilt. Da hat er mich in Ruhe gelassen.« *Hat ihn aufgegeilt.*

»Wo ist sie hin?«

»Mit ihm mit.«

»Die haben doch sicher gesagt, wo sie hinwollten.«

»Nee.«

»In welche Richtung sind sie gegangen?«

»Hab ich nicht gesehn …«

Sackgasse. Ich war auch nicht schlauer als vorher. Dachte nach. »Greenlaw«, sagte ich schließlich. »Wie bist du auf das Versteck gekommen?«

»Hä?«

»Joanna Greenlaw, Zains Ex. Du hast Mel einen Artikel über sie gegeben …«

»Das war Cath.«

»Was?«

»Als White mit mir fertig war, hat sie mir den Umschlag in die Hand gedrückt und gemeint, ich soll ihn dir geben. Eigentlich wollte ich den behalten. Aber ich wusste nicht, was das zu bedeuten hatte. Und als Cath dann verschwunden war, hatte ich ein schlechtes Gewissen. Dachte, es könnte vielleicht helfen.« Er sah mich hoffnungsvoll an. »Hat es das?«

»Schon«, sagte ich. »Ein bisschen. Hast du eine Vermutung, wo sie hingegangen sein könnten, Glen?«

»Irgendwo in die Burnside. Ham uns immer im Transporter rumkutschiert. Meinst du, sie ist ...?«

»Könnte sie noch irgendwo anders hin sein?«

»Nee, wo denn?«

»Egal wo. Hat sie was gesagt? Freunde? Familie?«

»Nee.«

»Was ist mit Carvers Wohnungen?«

»Hä?«

»Ihm gehört die hier. Und Fairview. Der hat doch bestimmt noch mehr.«

»Nicht, dass ich wüsste.«

Ich betrachtete ihn eingehend.

Im Flur hustete jemand. Glen versuchte, sich aufzurappeln, aber als er das Gewicht auf sein kaputtes Bein verlagerte, stöhnte er auf und ließ sich direkt wieder aufs Sofa fallen. Bug kam rein. Seine Zuckungen waren verschwunden. Er sprach mit ruhiger, tiefer Stimme.

»Mir hast du aber was ganz anderes erzählt, Glen.«

Glen sah mich panisch an. »Du hast doch gesagt, wir sind allein ...«

»Was meint Bug damit, Glen?«

Statt einer Antwort brach er in Tränen aus. Bug trat einen Schritt vor und umfasste sanft seinen Kopf.

»Pssst. Du musst das jetzt loslassen. Sag Aidan, was du mir erzählt hast.«

Smithson schniefte und wischte sich übers Gesicht. »Cath hat mir'n Schlüssel gegeben ...«

»Was für einen Schlüssel?« Er schwieg. »Wofür war der?«

»Irgend 'ne Wohnung in London«, sagte Bug. »Gehörte Carver. Ein Unterschlupf für den Notfall. Sie hat ihm auch die Adresse gegeben und ihm gesagt, er soll sie dir weiterleiten.«

»Wieso hast du das nicht erwähnt?«

»Ich …«

»Er wollte erst nachgucken, ob's da was gibt, was er verkaufen kann«, sagte Bug.

Ich konnte ihm nicht mal böse sein. Es war ein Ausweg. Hoffnung.

»Schlüssel und Adresse, sofort!«

Wir halfen Smithson die Treppe hinunter zum Auto. Auf dem Weg zum Krankenhaus sprachen wir kein Wort. Nachdem Bug so dicht wie möglich am Eingang geparkt hatte, wandte er sich Glen zu. »Von hier aus kommst du allein klar.«

Glen nickte. Offenbar tröstete ihn diese Feststellung.

»Hoffentlich findet ihr sie«, sagte er und humpelte davon. Bug lehnte sich seufzend im Sitz zurück. Dann zog er die Adresse aus der Jackentasche und hielt sie ins Licht.

»Wer ist diese Catherine denn überhaupt?«, fragte er. Als ich nicht antwortete, steckte er den Zettel wieder ein und startete grinsend den Motor. »War richtig witzig, euch beide da drin zu belauschen. Man könnte glatt meinen, die Kleine bedeutet dir was …«

KAPITEL 6

Wortlos fuhr Bug auf die M56 und dann weiter auf die M6. Stoke. Birmingham. Milton Keynes. Hundert namenlose Orte. Die ganze Zeit fuhr er knapp über dem Tempolimit, wofür ich ihm dankbar war. Müde, aber voller Erwartung. Getrieben, unter grauem Himmel, über graue Straßen, vorbei an grauen Menschen. Die Fahrt dauerte vier Stunden, und die erste verstrich schweigend. In Wahrheit war ich froh über den ganzen Wahnsinn. Denn dahinter hatten sich böse Erinnerungen verborgen, die jetzt hervorquollen, Blessuren, die man mir sicher deutlich ansah. Ich blickte aus dem Fenster.

Grey Britain.

Trotz aller Zuversicht fürchtete ich mich vor dem, was uns in Carvers Wohnung erwartete. Ich hegte die feige Hoffnung, Catherine nicht dort anzutreffen, denn dann konnte ich mir ausmalen, sie sei irgendwo am anderen Ende der Welt und glücklich. Ich dachte an Grip, gefoltert, verängstigt, ermordet.

»Läuft da was zwischen dir und dem Mädchen?«, fragte Bug irgendwann. Ich entdeckte ein Hinweisschild zu einem Rastplatz.

MÜDIGKEIT KANN TÖDLICH SEIN

»Können wir hier rausfahren?«

»Hm«, sagte Bug. »Du bist der Boss.« Er setzte den Blinker. Ich musste Superintendent Parrs anrufen. Ein Handy zu benutzen, wäre dämlich. Aus der Stadt wollte ich auch nicht anrufen, damit er mich nicht zu schnell ausfindig machte. Ein Rastplatz am Motorway schien mir genau richtig.

Es war noch immer früh am Tag, kurz nach zehn am Donnerstagmorgen. Bug kramte seine orangefarbene Perücke vom Rücksitz und marschierte zum Restaurant.

Er zuckte die Achseln. »Ich geh dann mal ein bisschen Aufsehen erregen.« Ich blickte ihm nach und betrat einen der öffentlichen Fernsprecher am Eingang.

Es klingelte nur einmal.

Klick. »Parrs.«

»Ich bin's.«

»Waits«, sagte er. »Wo sind Sie?«

»Laskey ist unser Mann.«

Er holte tief Luft. »Sie müssen herkommen. Jetzt gleich.«

»Geht nicht.«

»Sie haben für beide Seiten gearbeitet, mein Junge. Es heißt, man hätte Sie gestern Nacht am Greenlaw-Haus angetroffen. Laskey sei von Ihnen angegriffen worden, und jetzt seien Sie auf der Flucht.«

»Das stimmt nicht.«

»Unsere beschissene Majestät Chief Superintendent Chase glaubt das aber.« Er senkte die Stimme. »Sie haben Glück, dass Sie mich überhaupt erreichen. Ich räume gerade meinen Arbeitsplatz.«

Ich hielt den Hörer von mir weg und überlegte, ob ich nicht einfach auflegen sollte.

»Wenn Sie ihn ein bisschen unter Druck setzen, wird Riggs meine Aussage bestätigen«, sagte ich stattdessen. »Laskey hat ihm weisgemacht, sie würden auf Ihre Anweisung handeln. Ich nehme an, das ist gelogen. Kann man ihm aber leicht nachweisen.«

Parrs schwieg.

»Die beiden haben mich gestern bis kurz vor Mitternacht auf dem Präsidium festgehalten. Ich kann von Glück sagen, dass sie mir nicht den Schädel zertrümmert haben.«

»In Central Park? Dann gibt's sicher einen Bericht dazu.«

»Sie haben mich nicht offiziell angemeldet, aber wenn Laskey sie noch nicht vernichtet hat, sind die Kamera-Aufzeichnungen bestimmt sehr interessant.«

»Angenommen, ich glaube Ihnen, was wollte er von Ihnen?«

»Ich glaube, er wollte herauskriegen, wie viel ich weiß. Damit er die Sache so hindrehen kann, dass er ungeschoren davonkommt.«

»Was wissen Sie?«

»Glen Smithson«, sagte ich. »Ist heute Morgen mit einem gebrochenen Bein ins Royal Infirmary gegangen. Den sollten Sie sich schnappen.«

»Wieso kommt mir der Name bekannt vor?«

»War vor ein paar Jahren wegen Vergewaltigung vor Gericht. Die Verhandlung ist geplatzt, weil die Beweise verschwunden sind. Das war Laskey.«

»Wieso?«

»Smithson war damals Barmanager für die Organisation. Allerdings liegt er seit Kurzem mit Carver im Clinch. Und mit allen anderen. Wenn Sie ihm Zeugenschutz anbieten, packt der sicher aus.«

Parrs reagierte nicht.

»Sie müssen Laskey sofort aus dem Verkehr ziehen, sonst vernichtet er alle Beweise.«

Parrs wartete, ließ mich so richtig zappeln. »Nein, mein Junge. Ich muss nach Hause, und Sie müssen sich bei der Polizei melden.«

Ich hielt mich fest. Sah mich um.

»In welcher Beziehung standen Sie zu Joanna Greenlaw?«

»Wie bitte?«, fragte er leise.

»Ich habe gerade ihre Leiche unter einer Badewanne entdeckt. Beantworten Sie die Scheißfrage, verdammt!«

Ganz ruhig. »Es war nicht, wie Sie glauben.«

»Was glaube ich denn?«

»Ich glaube, Sie haben eine lange Nacht hinter sich.«

»Das Foto im Aufruf stammte von Ihnen.«

»Wie kommen Sie denn darauf?«

»Auf dem Foto steht sie in einem konspirativen Haus, also können es nur Sie oder ein anderer Polizist aufgenommen haben. Aber sie sieht aus, als wäre sie dort mit jemandem, dem sie vertraut. Steht kurz vor einem Lachen oder Stirnrunzeln.«

»Aidan Waits will mir was über andere Menschen erzählen.«

Ich wartete.

»Ja, ich habe es gemacht.«

»Haben Sie mit ihr geschlafen?«

»Mit ihr *geschlafen?* Wie süß! Seit wann sind Sie so verklemmt?«

»Haben Sie sie umgebracht?«

»Nein.«

»Haben Sie Informationen preisgegeben, die die Organisation oder die Burnsiders zu Greenlaws Unterschlupf geführt haben?« Ich hörte seinen Atem.

»Sie hat sich bereit erklärt, als Zeugin gegen Carver auszusagen, und hat jahrelang gegen Sheldon White gearbeitet. Außerdem hatte sie ein geheimes Verhältnis mit Ihnen …«

»Ich habe sie beschützt«, sagte er ungewöhnlich gerührt.

»Wieso haben Sie sie nie gefunden, unter der Badewanne?«

»Wie haben Sie sie entdeckt?«

»Wir reden hier nicht über mich.«

»Nein, mein Junge. Das tun wir nie.«

»Hatten Sie was mit Joanna Greenlaws Verschwinden zu tun?« Meine Stimme klang schrill, irr.

»Nein.«

»Besorgen Sie sich die Aufzeichnungen von Central Park. Verhören Sie Glen Smithson.«

»Wir sind noch nicht fertig, Waits. Wo sind Sie?«

»Ich traue Ihnen nicht.«

»Wem trauen Sie dann?«

Bug schlenderte aus dem Restaurant, die schrille Perücke in der einen, eine Tüte in der anderen Hand. Eine vierköpfige Familie blieb stehen und gaffte ihn an, nur das Jüngste versteckte sich hinter der Mutter. Bug ging an ihnen vorbei, wandte sich dann aber um und rief:

»Buh!«

Alle zuckten zusammen. Lachend schlenderte er weiter zum Auto.

»Ich muss los«, sagte ich und legte auf.

KAPITEL 7

West Kensington. Gegen zwei am Nachmittag waren wir dort. Es war wie in einer anderen Welt. Die Gebäude reinweiß, mit dem Sandstrahler gereinigt, die Menschen schlank und gebräunt. Glücklich. Wir suchten eine Adresse in der Nähe der North End Road in einer bewachten viktorianischen Villensiedlung namens Fitzgerald Avenue. Bug hielt am Straßenrand und las die Adresse vor. Das Tor war mit einer Sprechanlage versehen. Die Auffahrt vor der Prachtanlage hatte die Größe eines Tennisplatzes, davor lag ein gepflegter Garten.

Ich untersuchte die Schlüssel, die Smithson mir gegeben hatte. Den Anhänger an der Kette.

»Kommst du mit?«

Bug zuckte. »Ich ruiniere gern das Leben der anderen, Aidan, aber meines nicht.«

»Lass den Motor laufen.« Ich stieg aus, überquerte die Straße und hielt den Anhänger vor das Touchpad am Tor. Das Schloss entriegelte sich automatisch. Ich marschierte direkt auf den Eingang zu. Der größere Schlüssel passte in die Haustür. Ein stilles, aufgeräumtes Treppenhaus.

Ich ging hinauf in den ersten Stock und suchte 1 C, die Adresse, die Smithson mir genannt hatte. Mit angehaltenem Atem schloss ich die Wohnungstür auf. Lautlosigkeit empfing mich. Ich trat ein und sah mich um. Ein kleiner Flur führte in ein geräumiges Wohnzimmer, an das sich zwei Schlafzimmer anschlossen. Die Wohnung stand offenbar schon länger leer. Als ich ins Wohnzimmer zurückkehrte, fiel mein Blick auf einen Gegenstand, der nicht ins Bild passte.

Ein Handy.

Isabelle Rossiters Handy.

Fassungslos nahm ich es in die Hand, hielt aber in der Bewegung inne.

Darunter lag ein Zettel. Beschrieben mit einer klaren, geschwungenen Handschrift.

Tut mir leid, las ich.

Ich stand da wie vom Donner gerührt. Dann machte ich auf dem Absatz kehrt und schloss die Wohungstür hinter mir.

Bug glitt vom Straßenrand weg und fuhr einfach drauflos. Erst nach einigen Abbiegemanövern parkte er den Wagen zwischen ein paar Familienautos und stellte den Motor ab.

»Was war los?«

Ich zog das Handy hervor und starrte es ungläubig an.

»Na und?«

»Gehörte Isabelle Rossiter. Ist in der Nacht ihres Todes aus ihrer Wohnung verschwunden.«

Hätte Bug Brauen gehabt, er hätte sie sicher hochgezogen.

Zitternd untersuchte ich das Gerät. Schaltete es ein. Es fing sofort an zu vibrieren, als sämtliche verpasste Anrufe und Nachrichten gleichzeitig eingingen. Die waren mir egal. Ich suchte nach der Nachricht, die sie mir gegen Mitternacht nach unserem ersten Treffen geschickt hatte.

Zain weiß Bescheid.

Ich löschte sie.

Danach durchsuchte ich alle gesendeten Nachrichten, von der ältesten bis zur letzten. Die frühen Nachrichten waren uninteressant. Wo und wann.

Dann kamen die aus der Nacht ihres Todes: Nachdem ich die Wohnung verlassen hatte, waren unzählige Nachrichten ein- und ausgegangen. Ich las sie alle. Mit einem flauen Gefühl im Magen schloss ich den Ordner.

Zur Fotogalerie. Ich wusste, welche Bilder sie dort gespeichert hatte. Schnappschüsse von nächtlichen Clubbesuchen. Doch sämtliche Fotos, die Glen, Catherine, Sarah Jane, Zain und Grip zeigten, waren systematisch entfernt worden. Nur ein Video war noch geblieben, aufgenommen, nachdem ich die Wohnung verlassen hatte. Sonntag, 15. November.

Isabelles Todestag.

Ich klickte es an. Das Video war dreiundzwanzig Minuten lang. Isabelles Wohnung erschien, verwackelt und undeutlich.

Dann trat sie ins Bild.

Sie atmete stoßweise und positionierte das Handy, wohl auf einem Sofa, und schob es so hin, dass es einen bestimmten Teil ihrer Wohnung filmte.

Den Schreibtisch.

Ein Riegel wurde zurückgeschoben, offenbar öffnete Isabelle die Wohnungstür. Dann durchquerte sie das Zimmer und blieb vor dem Schreibtisch stehen. Sie trug immer noch die Ausgehkleidung vom Abend zuvor. Isabelle zitterte am ganzen Körper. Angst, Kälte oder beides.

Sie erwartete jemanden.

Zwei Minuten waren vergangen. Dann ertönten drei Piepsgeräusche, und der Bildschirm wurde schwarz. Der Akku war leer.

Bug saß dicht neben mir und atmete schwer. »Und jetzt?« Ich schwieg. »Du brauchst ein Ladekabel dafür. Du musst …«

»Besorgen wir unterwegs.«

»Wieso? Wohin fahren wir?«

»Zurück«, sagte ich.

KAPITEL 8

Nach Norden.

Milton Keynes. Birmingham. Stoke. Auf dem Weg in die Innenstadt standen wir schließlich im Stau. Die Leute hatten Feierabend, nach vier Arbeitstagen waren sie wie erschlagen und mit den Nerven am Ende. Doch erst kam die Wasserfolter, das zähe Zuckeln durch den Berufsverkehr. Ich hingegen war froh über den erzwungenen Stillstand. Zum ersten Mal seit einer gefühlten Ewigkeit kam ich zum Nachdenken.

Ich sah die Welt vorüberziehen, hing meinen Gedanken nach und vergaß mich.

Es war schon seit Stunden dunkel. Wenn unsere Scheinwerfer auf das schattenhafte Innere der umstehenden Wagen trafen, leuchteten die Insassen auf wie bei einem Bühnentableau. Manche drehten sich zu uns um und fragten sich womöglich, was für ein seltsames Pärchen Bug und ich waren. Andere starrten stur geradeaus. Als wir endlich anfuhren, ging buchstäblich ein Ruck durch meinen Körper. Am liebsten wäre ich für immer im Stau geblieben. Das Ende, dachte ich. Jetzt kommt nur noch das Ende.

Im Zentrum hielten wir das erste Mal, an einem Handyladen. Ich kaufte ein Ladekabel und stieg wieder ein.

Der zweite Halt war schwieriger. Schon bei der Wegbeschreibung zog Bug eine Grimasse. Wir hatten die Innenstadt verlassen. Hier herrschte die typische latente Spannung der Vororte. In der Auffahrt stand nur ein Wagen.

»Egal, was passiert, komm ja nicht rein«, schärfte ich Bug ein. »Diesmal meine ich es ernst.« Er nickte. Sicher fragte er sich, was ich vorhatte.

Ruhig und gelassen steuerte ich auf die Haustür zu und klingelte, um mich herum nichts als weite, stille Nacht. Das Mädchen machte auf. Sie war sehr hübsch, sehr jung. Erinnerte mich so stark an Isabelle, dass ich mich beherrschen musste, ihren Namen nicht zu erwähnen. Als ich mich nicht vorstellte, neigte sie fragend den Kopf zur Seite. Ein Lächeln huschte über ihr Gesicht. Aber es galt nicht mir persönlich, sie war einfach nervös. Ich bat, ihre Mutter sprechen zu dürfen.

»Worum geht es?«

»Ich habe leider schlechte Nachrichten.« Zögernd trat sie einen Schritt zurück und rief ihre Mutter.

»Kommen Sie rein«, sagte sie schließlich. Ich betrat das Haus und schloss die Tür hinter mir.

Fast eine Stunde später kam ich wieder heraus. Schwermütig. Niedergeschlagen. Der Kloß im Hals fühlte sich an wie ein Tumor.

Ich stieg in den Wagen und schloss die Tür.

»Alles klar?«, fragte Bug, offenbar besorgt.

»Beetham Tower«, sagte ich. Er nickte und ließ den Motor an.

Ich legte mir die Hand auf die Brust und spürte meinen Herzschlag, dann Isabelles Handy in meiner Jackentasche. Ich tastete weiter, bis ich ihn gefunden hatte. Den Ehering, glatt und fest.

KAPITEL 9

Zu Beginn seiner Karriere war Detective Alan Kernick einfacher Polizist gewesen, der in verschiedenen Einsatzbereichen arbeitete. Schwerverbrechen, Mordermittlung, Sitte. Bis er schließlich in der Schutztruppe landete, die damals Teil des Special Branch war und heute zu einer Einheit namens Counter Terrorism Command gehört. Sein Aufgabengebiet lag irgendwo zwischen Sicherheitsdienst und Polizeiarbeit. Obwohl diese Leute nicht zur Kriminalpolizei gehörten, durften sie sich »Detective« nennen, was die meisten auch taten.

Zweifellos waren Kernicks Leistungen überdurchschnittlich, er war intelligent und mit allen Wassern gewaschen. Im Zuge seiner Arbeit hatte er Kontakt zu vielen hochrangigen Persönlichkeiten und Politikern, ihren Familien und Freunden gehabt.

Darunter auch David Rossiter.

Leider musste ich diese Verbindung ausnutzen. Ich musste Rossiters Suite im fünfundvierzigsten Stock einen weiteren Besuch abstatten.

Detective Kernick schritt rasch auf seinen BMW zu, derselbe, mit dem er mich vor einem Monat aufgelesen und zum Beetham Tower gebracht hatte.

In die Traufe.

Er stand neben seiner Karosse, betätigte den Funkschlüssel und riss die Tür auf. Mit einem entspannten Seufzer ließ er sich auf den Fahrersitz fallen. Ich wartete noch einen Moment, bevor ich ihm die Schlinge um den Hals legte und zuzog.

Er sprang vor Schreck aus dem Sitz, wehrte sich kurz und hämmerte dann panisch aufs Armaturenbrett.

»Ganz ruhig«, sagte ich und ließ ein wenig locker. Seine Hände flogen an die Kehle, und er versuchte, sie unter die Schlinge zu schieben. »Ruhig«, wiederholte ich. »Hände aufs Lenkrad.« Er gehorchte sofort. Hob die Hände, um mich zu beruhigen. »Aufs Lenkrad!«

Seine Finger umklammerten das Steuer.

Ich ließ etwas lockerer, damit er wieder zu Atem kam.

»Wa-Was willst du?«, keuchte er.

»Ich muss David Rossiter sehen.«

»Waits?« Er dachte scharf nach, sein Atem beruhigte sich. »Du mieses Arschloch!«

Ich zog die Schlinge wieder zu und zählte bis fünf.

Erneut wehrte er sich, griff nach der Schlinge, dann fuchtelte er herum, damit ich locker ließ.

Das tat ich auch. »Bei jedem Mal dauerts fünf Sekunden länger.«

»Arsch …« Wieder zog ich zu, diesmal zählte ich bis zehn. Er gab einen verzweifelten, röchelnden Schreilaut von sich, der ihm sicher kostbare Atemluft raubte. Dann sackte er in sich zusammen. Als ich losließ, hustete er schwach und trocken. Ich ließ ihn kurz zu Atem kommen.

»Ich muss David Rossiter sehen.«

»Ich kann nicht einfach …«

»Tief einatmen, Alan«, sagte ich und wiederholte das Manöver. Schon nach fünf Sekunden begann er zu keuchen und zu röcheln. Anscheinend wollte er mir etwas sagen.

Okay, okay, okay.

Ich zählte bis fünfzehn. Danach sackte er völlig in sich zusammen. Rang um Luft, zog sie tief ein, stieß sie wieder aus. Aber dann musste er würgen, und der Gestank von Erbrochenem füllte den Innenraum. Ich ließ so locker, dass er ausspucken konnte.

»Ich muss David Rossiter sehen«, sagte ich zum dritten Mal. Dann, leiser: »Das nächste Mal sind's zwanzig Sekunden, Alan.«

Es dauerte eine Weile, bis er antwortete.

Offensichtlich wollte er Zeit schinden. Sich einen Ausweg überlegen. Doch es gab keinen. Selbst wenn er sich irgendwie befreien konnte, wäre er so schwach, dass ich ihn mühelos überwältigen würde. Er räusperte sich. Das Sprechen fiel ihm schwer.

»Okay«, brachte er schließlich hervor. »Okay, okay ...« Holte Luft. Atmete aus. »Lass uns drüber reden ...«

Ich zog zu, zählte bis zwanzig.

Er hämmerte hysterisch auf Armaturenbrett und Fenster ein, dann stemmte er beide Hände aufs Lenkrad und drückte die Hupe.

Das war ein gutes Zeichen.

Sicher hatte er sofort erkannt, dass er allein mit der Hupe Alarm schlagen konnte. In der dunklen Tiefgarage klang sie extrem laut. Wenn er jetzt zu dieser Maßnahme griff, war er offenbar kurz vorm Aufgeben.

Genau wie ich.

Mit aller Kraft zerrte ich so fest an der Schlinge, dass ich ihm fast die Kehle durchtrennte. Er ließ das Steuer los und stieß einen markerschütternden Laut hervor, irgendwo zwischen Röcheln und Schreien.

Danach erschlaffte sein Körper komplett, doch ich meinte, ein leichtes Beben auszumachen. Kernick weinte.

»Ich muss David Rossiter sehen.«

Er sagte nichts, sondern nickte unter Tränen. Seine Hände zitterten, und es stank nach Kotze, Pisse und Angst. Völlig angemessen, wie ich fand.

KAPITEL 10

Wir mieden die Eingangshalle und wählten stattdessen den schmuddeligen Aufgang vom Parkhaus, um den Lift von einem anderen Zugang im vierten Stock aus zu benutzen. Ich hatte Kernick die Schlüsselkarte abgenommen. Er rang immer noch nach Luft und wankte sichtlich. Seine Augen waren tränennass.

»Das kostet dich den Job«, krächzte er.

»Welchen Job meinst du genau?« Er schwieg. »Hör zu. Du kannst mit raufkommen oder nicht, aber ich versprech dir, dass du dich für das interessieren wirst, was ich ihm zu sagen habe.«

»Worum geht's?«

»Isabelle.«

»Die ist gerade erst unter der Erde, du Schwein.«

»Zain Carver.«

Kernick sah mich verwundert an.

»Ich bin am Arsch. Deshalb werde ich verschwinden. Aber ich bin sicher, dass ich ihm den ganzen Mist anhängen und uns alle aus der Scheiße ziehen kann. Doch dafür muss ich mit Rossiter sprechen. Um sicherzugehen, dass ich danach aus dem Schneider bin.«

Er funkelte mich wütend an. »Wieso hast du nicht einfach gefragt?«

»Weil du's nicht gemacht hättest. Wenn wir in einer Stunde noch ein Problem miteinander haben, kannst du machen, was du willst. Ich bin fertig, das weißt du.« Schweigend warteten wir auf den Aufzug. Er war leer, also stiegen wir ein und fuhren hinauf. Kernick stützte sich auf dem Geländer ab und stierte mich unverwandt an.

Seine Pupillen waren stark erweitert, sodass er aussah, als hätte er schwarze, übertrieben wachsame Augen. Ich mied seinen Blick, beobachtete ihn aber im Spiegel. Die Fahrt dauerte ewig.

»Du zuerst«, sagte ich, als wir endlich im fünfundvierzigsten Stock waren. Kernick stieg aus und ging den Flur entlang. Kurz vor Rossiters Suite hämmerte er plötzlich an die Nachbartür, um auf uns aufmerksam zu machen.

Ich stieß ihn mit dem Gesicht gegen die Wand.

Blut quoll aus seiner Nase.

Er sah sich hektisch um. Tränen liefen ihm über die Wangen. Ich verpasste ihm eine Ohrfeige und schubste ihn weiter. Als er sich zu einer verkappten Drohgebärde aufrappelte, trat ich einen Schritt zurück.

»Tu's nicht!«, warnte ich ihn. »Ich hatte einen schlimmen Tag und garantiere für nichts.«

Am Ende wischte er sich die Nase ab und sackte wieder in sich zusammen. Ich führte die Schlüsselkarte ein und öffnete Rossiters Tür. Kernick ging vor. David Rossiter saß in einem Sessel. Die einzige Beleuchtung stammte von einer Leselampe auf dem Couchtisch. Der Panoramablick über die leuchtende Stadt vermittelte mir den Eindruck, auf dünner Luft zu stehen.

»Was ver…?«, setzte er an, als er Kernick erblickte, doch die Frage blieb ungestellt, als er mich neben ihm entdeckte.

»Schenken Sie uns mal was ein, David. Wir müssen reden.«

»Was soll das?«

»Was zu trinken, David. Wir müssen reden.« Rossiter sah hektisch zu Kernick hinüber, der offensichtlich am Ende war.

»Sieht ganz danach aus«, sagte er schließlich, trat an die Bar und mixte uns was Hochprozentiges. Nachdem er sich wieder gefasst hatte, schritt er selbstbewusst auf uns zu und reichte uns die Drinks. Dann ließ er sich wieder in den Sessel fallen. Der Schein der Lampe erhellte nur sein Gesicht und machte es zum Mittelpunkt des dunklen Zimmers. »Wollt ihr euch nicht setzen?«, fragte er mit geübter Gelassenheit.

Ich stieß Kernick vor. »Du hast ihn gehört.« Er setzte sich mit dem Rücken zu mir und sah seinen Boss an. Rossiter betrachtete seinen Freund eingehend, bevor er sich an mich wandte.

»Haben Sie den Verstand verloren, Waits?«

Ich nickte. »Und dabei ein paar Dinge über Ihre Tochter rausgefunden.«

»Mit ein paar Wochen Verspätung«, sagte er eiskalt und sehr bemüht, seine Neugier zu verbergen. »Aber nur zu. Raus mit der Sprache.«

Kernick räusperte sich. Auch er war sichtlich bemüht, die Kontrolle wiederzuerlangen. »Waits meint, Carver wäre verantwortlich. Er kann's beweisen.«

Rossiter sah mich an. »Stimmt das?«

»Nein.«

Kernick wandte sich um. »Du hast behauptet ...«

»Ich habe meine Meinung geändert.«

Rossiter funkelte mich an, bis ihm ein säuerliches Grinsen aus dem Ego tröpfelte und sich über sein Gesicht ergoss. Er konnte es nicht aufhalten. Ihm entfuhr ein kurzes, sardonisches Kichern. Dann, zu Kernick gewandt:

»Verstehst du nicht, Alan? Der Vater war's. Darauf wollen Sie doch hinaus, Waits.«

»Was glauben *Sie* denn, Mr Rossiter?«

»Zwei Dinge, Aidan. Und ich weiß, dass Sie schlecht zuhören, also konzentrieren Sie sich gut. Das erste: Ich hatte nichts mit dem Tod meiner Tochter zu tun. Das zweite ist ein guter Rat.«

Ich wartete.

»Gehen Sie mir aus den Augen. Raus hier. Aus dem Gebäude.« Seine Stimme war langsam lauter geworden, der Ton war pures Gift. »Verschwinden Sie aus dieser Stadt, verpissen Sie sich von dieser Insel, und kommen Sie nicht zurück. Sie sind erledigt.«

»Nein«, sagte ich.

»Für wen halten Sie sich? Leute zusammenschlagen, in meine Wohnung eindringen. Mich beschuldigen … *Sie*. Beschuldigen *mich*, meiner Tochter etwas angetan zu haben?« Er erhob sich. »Raus. Sofort! Ich sag's nicht noch mal.«

»Hier gibt es keine Kameras, Mr Rossiter. Also bitte weniger Drama.«

»Ich schwöre Ihnen …«

»Setzen Sie sich wieder hin, und hören Sie zu, dann können wir alle gehen. Wenn Sie Streit wollen, auch gut. Ich kann warten.« Er betrachtete mich, als sähe er mich zum ersten Mal. Dann zog er die Stirn kraus und trat an die Bar, um sich nachzuschenken. Vom Cognac, den Sarah Jane ihm gekauft hatte. Er prostete mir zu und ließ sich wieder in den Sessel fallen.

»Sie haben mit Isabelles Vermisstenanzeige einen Monat gewartet. Warum?«

»Das würden Sie nicht verstehen, Waits.«

»Lassen Sie's doch einfach drauf ankommen.«

»Wie ich bereits sagte, befanden wir uns in einer heiklen Lage. Meine Frau ist krank und nicht belastbar. Isabelle war schon länger verschwunden, als sie es merkte.«

»Als ich Ihre Frau das letzte Mal gesehen habe, wirkte sie ganz und gar nicht krank.«

»Als Sie sie gesehen haben?«

»Ich war auf Isabelles Beerdigung. Der Einzige, der damals nicht belastbar aussah, waren Sie.«

»Das tut nichts zur Sache.«

»Kernick«, sagte ich. »Du bist für die Sicherheit deines Chefs verantwortlich. Und damit auch für die seiner Familie. Wo warst du während dieses Monats?«

»Hat er doch schon gesagt, dass Alexa Isabelles Verschwinden erst gar nicht kapiert hat.«

»Also hatte es nichts mit Sarah Jane zu tun?«

Rossiters Miene verhärtete sich. Sein Blick wanderte langsam zu Kernick, der mir immer noch den Rücken zukehrte. Es wirkte fast so, als wollten sie sich stumm miteinander abstimmen. Nach einer Weile antworteten beide gleichzeitig.

»Es hat ...«

»Ich glaube nicht ...«

»Fangen wir doch von vorn an. Mit dem Abend unseres ersten Treffens.«

Kernick ließ den Kopf kreisen und straffte den Rücken. »Du meinst, als ich dich besoffen aus der Gosse geholt habe?«

»Als ich in deinen Wagen stieg, roch es nach Vanille. Irgendein Designerduft. Passte weder zu dir noch zu deiner Kollegin.«

Er schwieg.

»Das Mädchen, zu dem dieser Duft gehörte, traf ich erst später. Zuerst habe ich keine Verbindung hergestellt. Sie war Zain Carvers Freundin.« Ich musterte Rossiter. »Aus unerfindlichen Gründen kam mir nie in den Sinn, dass Sie mit ihr zusammen waren.«

»Parfüm?«, sagte er. »Lächerlich!«

»Und bei unserem ersten Treffen hier oben haben Sie meine Hand geschüttelt. Ihre Finger waren warm, aber der Ehering eiskalt. Sie haben ihn vorher schnell übergestreift.«

»Ich habe keine Zeit für diesen Mist.«

»Hören Sie einfach zu.« Er ließ mich gewähren. »Das erste Mal bin ich in Fairview aufgetaucht, weil Sie mich hingeschickt hatten. Aber das lief unter der Hand, damit die Sache nicht nachverfolgt werden konnte. Wieso eigentlich?«

Rossiter zeigte keine Regung.

»Und kaum war ich dort, hat jemand verfängliche Fotos von mir gemacht.« Er blieb stumm. »Wissen Sie, am Anfang hab ich echt gedacht, Sie machen sich Sorgen um Ihre Tochter ...«

»Was wollen Sie damit andeuten?«

»Dass Sie sich nur um sich selbst gesorgt haben. Ihnen war klar, dass Sie nicht länger warten konnten und Ihre Tochter als vermisst melden mussten. Die Medien hätten es Ihnen sonst sicher als Nachlässigkeit ausgelegt. Also haben Sie mich geschickt. Die Fotos waren als Druckmittel gedacht, falls Isabelle mich ins Vertrauen ziehen sollte. Mir etwas erzählt haben sollte. Kernick, damals vor der Einsatznachbesprechung bei Parrs, hat mich mit der Nase drauf gestoßen. *Er muss das nicht erfahren*, hast du gesagt. Aber ich dachte, du hättest Angst wegen der Vorschriften. Illegale Ermittlungen ohne offizielle Genehmigung. In Wahrheit warst du nur nicht sicher, wie viel ich wusste. Und was davon ich Parrs melden würde.«

»Das war ein Gefallen, Junge.«

»Was hätte sie mir nicht erzählen sollen?«

Beide schwiegen.

»Dass David Rossiter, MP, eine Affäre mit einer Hostess hat? Dass er auf ziemlich abgefahrene Rollenspiele steht? Dass die Leute seiner Schutztruppe vom Special Branch den Taxidienst dafür spielen?«

Schweigen.

»Sie haben Sarah Jane damit beauftragt, Fotos zu machen, um mich damit zu erpressen. Und das Beste ist«, ich sah Rossiter an, »dass Sie Sarah Jane ausgezahlt haben.«

Er widmete sich seinem Drink, dann räusperte er sich. »Nichts davon entspricht den Tatsachen.«

»Sie haben Ihren Mann geschickt. Egal, denn die Kameras im Parkhaus haben alles aufgezeichnet. »Ich war dort, David, also Schluss mit dem Affenzirkus.«

Rossiter funkelte mich an.

»Sie hatten eine Affäre mit Sarah Jane.«

Senkte den Kopf. Drehte das Glas in seiner Hand und lauschte dem Klirren der Eiswürfel.

»Haben sie für Sex bezahlt.«

Musterte mich finster.

»Und wussten, dass Isabelle und Sarah Jane sich hier getroffen haben.« Ich trat einen Schritt vor. »Erst nach einem Monat haben Sie Ihre eigene Tochter als vermisst gemeldet, weil sie Kontakt zu der Hostess hatte, mit der Sie geschlafen haben. Weil Sie nämlich Angst hatten, dass alles rauskommt.«

Rossiter verzog das Gesicht und stierte ins Leere. Nach einer ganzen Weile nickte er.

»Dann sollten wir jetzt über die Konsequenzen Ihrer Entscheidung sprechen«, fuhr ich fort. Er rutschte im Sessel herum, entgegnete aber nichts. »Weil Sie Isabelle nicht als vermisst gemeldet und sie nicht gegen ihren Willen nach Hause geholt haben, ist sie an Glen Smithson geraten.«

»Sollte ich den kennen?«

»Ein Dealer der Organisation. Hat mit dem Verkauf von Rohypnol in Nachtclubs angefangen.« Rossiter schluckte schwer und holte sich noch einen Drink. Ich wartete geduldig, bis er wieder im Sessel saß. »Wussten Sie, dass Sarah Jane bei Zain Carver wohnte, als Sie mit ihr was angefangen haben?« Rossiter sah hinüber zu Kernick. »Ja oder nein?«

Kernick wandte sich zu mir um. »Ich habe sie beschattet, ja. Sie war auf Partys bei einem Kriminellen. Na und?«

»Sie haben ihr Leben riskiert«, sagte ich zu Rossiter. »Und Ihr eigenes. Selbst das Ihrer Tochter.«

»Jetzt machen Sie mal halblang …«

»Was, glauben Sie, passiert wohl, wenn Männer wie Zain Carver rauskriegen, dass ihr Mädchen mit anderen Typen schläft?«

Mit Isabelle hatte ich ihn gekriegt, aber Sarah Jane war ihm egal, und er reagierte mit neuem Selbstbewusstsein.

»Er wird der Fotze eine Lektion erteilen, nehme ich an.«

»Aber hallo. Schon mal von Joanna Greenlaw gehört?«

Das erregte seine Aufmerksamkeit. »Die vom Aufruf? Die verschwundene Frau?«

»Die Frau, deren Leiche man vor zwei Tagen unter einer Badewanne entdeckt hat, ja. Carvers Ex. Sie hat den Fehler gemacht, ihn zu verlassen.« Das setzte Rossiter offensichtlich zu. Da erst schien ihm zu dämmern, welcher Gefahr er seine Tochter ausgesetzt hatte.

»Tja, Sarah Jane ist erwachsen. Die trifft ihre eigenen Entscheidungen.«

»Das hat Isabelle auch von sich behauptet.«

»Die beiden kann man wohl kaum vergleichen.«

»Wieso nicht?«

»Isabelle hatte ein Leben. Eine Zukunft. Sarah Jane war …«

»… ein Niemand?«

»Das habe ich nicht gesagt.«

Ich betrachtete ihn.

»Na gut, sie ist ein nettes Mädchen, und ich bin ein Ungeheuer, bla, bla.« Tränen standen ihm in den Augen. »Ich glaube nicht daran, dass alle Menschen gleich sind. Diese Auffassung teilen nur die Schwachen. Wohin soll dieses Gespräch eigentlich führen?«

»Wussten Sie, dass Ihre Tochter sich regelmäßig selbst verletzt hat?« Er nickte unwillig. »Akkurate Schnitte, in den Oberschenkel geritzt.«

Es machte ihn offenbar wütend, dass ich sie gesehen hatte. Seine erste väterliche Reaktion an diesem Abend. »Zählstriche«, erklärte er. »Es hat vor ein paar Jahren begonnen. Mit der Pubertät. Ihr Arzt meinte, es hätte was mit besonders schwierigen Zyklen zu tun.«

»Ich glaube, dass sie sich jedes Mal geschnitten hat, wenn sie sexuell missbraucht wurde. Achtzehn oder neunzehn Mal, dann ist sie gestorben.«

»Verschwinden Sie!«, sagte Rossiter.

Kernick erhob sich und wandte sich stumm zu mir um. Sein Gesicht war gezeichnet, seine Miene finster. Das einzig Lebendige an ihm war seine blutige Nase.

Ich ignorierte ihn. »Es dauert nicht mehr lange. In der Nacht, bevor sie starb, hatte Isabelle eine Panikattacke, weil sie dachte, dass ich für Sie arbeite. Sie hat mir erzählt, dass Sie sie ausspionieren, ihre Freunde verhören und ihr die Aufnahmen vorspielen, um sie damit zu erpressen. Um sie einzuschüchtern, zu bedrohen.«

Er runzelte die schweißnasse Stirn und schüttelte den Kopf. »Das stimmt nicht …«

Kernick trat vor und schubste mich in Richtung Tür. »Du bist hier fertig, Waits.«

»Noch nicht ganz«, sagte ich. Dann, an Rossiter gewandt: »Wie sind Sie an ihre Handynummer gekommen, David?«

»Was?«, fragte er abwesend. »Sarah Jane hat sie mir …« Er hielt inne und korrigierte sich. »Ich habe Sarah Jane gezwungen, sie mir zu geben.«

»Wieso haben Sie sie nach Isabelles Tod der Polizei verschwiegen?«

»Dann hätten sie's rausgefunden. Das von Sarah Jane und mir.«

»Sie hätten uns 'ne Menge Ärger ersparen können.«

Kernick stieß mich erneut. »Das müssen wir uns nicht anhören.«

»Ich hab das Handy gefunden.«

Die Welt blieb stehen.

Um uns herum nur die leuchtende Stadt, die uns alle verschlang. Kernick wich zurück, Rossiter erhob sich. Sah auf mich herab, durch mich hindurch.

»Das hat mich wahnsinnig gemacht. Ich habe sie in der Nacht vor ihrem Tod mit dem Handy gesehen, aber als ich ihre Leiche gefunden habe, war es aus der Wohnung verschwunden.«

Ich zog es aus der Tasche.

»Für mich gab es nur eine Erklärung: Der Mörder hatte es mitgenommen. Weil etwas darauf ihn überführen würde. Doch es war jemand anderes. Jemand von der Organisation, der Angst hatte, sein Name könnte mit Drogenhandel in Verbindung gebracht werden.«

»Was ist drauf?«, wollte Rossiter wissen.

»Ich zeig's Ihnen gleich.«

»Hör nicht auf ihn«, sagte Kernick. »Der erzählt dir irgendwelchen Mist.«

»Was ist auf dem Handy?«, wiederholte Rossiter.

Ich funkelte Kernick an, bis der zur Seite wich. Dann stellte ich mich neben Rossiter, hielt ihm das Handy hin und spielte das Video ab.

Drückte es ihm in die Hand. Ihrem Vater.

Isabelles Wohnung, undeutlich, verwackelt. Dann kam sie ins Bild. Sie atmete hektisch. Legte das Handy ab. Wahrscheinlich aufs Sofa. Schob es zurecht, damit die Kamera einen bestimmten Bereich der Wohnung filmte. Ein Klicken. Isabelle schloss die Tür auf. Sie ging auf den Schreibtisch zu, immer noch in der Ausgehkleidung vom Abend zuvor.

Sie wartete.

Nach ein paar Minuten ertönte ein weiteres Geräusch. Sie zuckte zusammen. Die Tür. Auf und zu. Isabelle wandte den Blick ab und sah zur Wand. Schritte. Ein Mann trat ins Bild. Er ging auf sie zu, griff ihr ins Haar. Isabelle versteifte sich. Dann küsste er sie. Zuerst den Nacken, dann weiter bis zum Kinn. Er drückte die Lippen auf ihren geschlossenen Mund, bis sie seinen Kuss schließlich erwiderte. Ich stand neben Rossiter, sah aber nicht mehr zu. Irgendwann wandte auch er den Blick ab.

»Springen Sie weiter zur dreizehnten Minute.«

Rossiter reagierte automatisch. Isabelle lief direkt auf die Kamera zu. Ergriff das Handy und nahm es mit ins Bad. Sie filmte den Spiegel, die Nachricht, die der Mann dort mit Lippenstift hingeschmiert hatte.

Niemand darf es erfahren

Dann wurde das Bild unscharf. Das Handy fiel zu Boden, als sie etwas zerschlug. Das Geräusch von zersplitterndem Glas, gefolgt von ihrer Stimme: *»Beim ersten Mal war ich fünfzehn …«*

Rossiter senkte die Hand.

Starrte Kernick an.

Kernick rührte sich nicht vom Fleck.

»Du.«

Kernick blieb einfach stehen.

Rossiter stürzte sich auf ihn. Da reagierte Kernick, trat einen Schritt zur Seite und ließ seinen Widersacher mit voller Wucht gegen die Wand laufen. Als Rossiter sich wieder aufrappelte, wankte er wie ein angeschlagener Boxer.

»Bitte, tu das nicht«, sagte Kernick. Rossiter verpasste ihm eine kräftige Ohrfeige. Kernick wehrte sich nicht.

»Schluss«, sagte ich.

Beide standen voreinander, schwitzend, zitternd, unfähig, einander anzusehen. Das Handy lag auf dem Boden zwischen ihnen. Kernick wischte sich über die Augen, dann stieß er Rossiter hart gegen die Wand. In einer fließenden Bewegung hob er das Handy auf, stieg über seinen Chef hinweg und ging zur Tür. Bevor er ging, wandte er sich noch einmal um, ein Bild des Elends. Sein Chef saß am Boden und keuchte.

Dann schlug sich Rossiter die Hände vors Gesicht und weinte.

»Wo willst du hin?«, fragte ich Kernick. Er schaute mich an, als hätte er meine Anwesenheit komplett vergessen.

»Es war nicht so, wie du es darstellst.«

»Isabelles Botschaft auf dem Video ist ziemlich eindeutig, Alan. Wo willst du hin?«

Er atmete schwer, knetete das Handy. »Nach Hause.«

»Ich fürchte …«

»Was?« Er hielt das Handy hoch. *»Du hast nichts.«*

»Du auch nicht.«

Er sah mich fragend an.

»Vor drei Stunden habe ich deiner Frau und Tochter das Video gezeigt.« Er sah aus, als würde er gleich zusammenbrechen. »Ich fürchte, sie wollen dich im Moment nicht sehen.«

»Du bist …« Er lächelte, schüttelte den Kopf und brach in schallendes Gelächter aus. »Du laberst doch Scheiße!«

»Hast du dich nicht gefragt, wie ich in dein Auto gekommen bin? Kris hat mir den Zweitschlüssel gegeben.« Er kniff die Augen zusammen, und ich zog etwas aus der Jackentasche. »Sie hat mich auch gebeten, dir das hier zu geben.«

»Was ist das?«

»Hier, nimm.«

Er schüttelte den Kopf. »Nein, danke.«

»Nimm schon.« Ich spürte, dass er wieder runterkam. Der Adrenalinspiegel sank. »Dann kannst du sicher sein.« Er trat auf mich zu, ließ mich aber nicht aus dem Blick. Mit seinen kleinen, schwarzen Augen.

Ich öffnete die Hand. Zeigte ihm den Ehering seiner Frau. »Sie konnte ihn sich gar nicht schnell genug vom Finger ziehen.« Er nahm ihn, untersuchte ihn genau und sackte schließlich in sich zusammen. »Wahrscheinlich siehst du sie nie wieder.«

»Was?«

»Du wirst im Gefängnis sterben, Alan. Das weißt du selbst am besten. An jedem Ausgang stehen Polizisten. Wenn du versuchst zu fliehen, stirbst du eben früher.«

Er stand mit gesenktem Kopf vor mir, ließ sich das Handy einfach abnehmen. Ich half Rossiter auf. Sein Blick wanderte von mir zu Kernick.

»Seine Familie?«, fragte er. »War das wirklich nötig?«

»Nein, aber die Leute erfinden die abenteuerlichsten Ausreden, um ihren Kopf aus der Schlinge zu ziehen – bis man bei ihnen zu Hause auftaucht.« Rossiter trat einen Schritt zurück und sah mich entsetzt an. »Ich werde nie vergessen, wo Sie wohnen, David.«

Mit diesen Worten wandte ich mich wieder Kernick zu und führte ihn aus der Wohnung. Keiner von uns warf einen Blick zurück. Ich bugsierte ihn zum Aufzug, und als die Türen aufglitten, stieg er widerstandslos ein. Ich drückte den Knopf nach unten, und die Türen schlossen sich. Er hatte die Finger zur Faust geballt, und als er sie wenig später entspannte, hielt er noch immer den Ehering seiner Frau in der Hand. Erst auf halbem Wege wurde ihm offenbar schlagartig bewusst, wen er da neben sich hatte und welche Möglichkeiten sich dadurch eröffneten. Da wischte er sich übers Gesicht und rang sich ein Lächeln ab.

»Natürlich … hab ich Geld …«

Ich sah ihn schweigend an, umklammerte das Geländer, so fest ich konnte, bis er sich abwandte und die Wand anstarrte. In der Stahlverkleidung sah ich sein Spiegelbild. Er hatte die Augen geschlossen, um seine Visage nicht sehen zu müssen. Als wir endlich unten waren, riss er sich zusammen und stellte sich dicht vor die Tür. Bereit, die Flucht zu ergreifen. Ich beobachtete ihn, die Hände fest am Geländer. Die Türen glitten auf, und um die zehn Polizisten traten vor. Kernick sackte wieder in sich zusammen.

Ich packte ihn am Arm und schob ihn auf den erstbesten Mann zu.

Der trat einen Schritt vor. »Detective Alan Kernick, ich verhafte Sie wegen sexuellen Missbrauchs von Isabelle Rossiter. Sie müssen jetzt keine Aussage machen, aber es wird sich vor Gericht nachteilig auswirken, wenn Sie uns während Ihrer Befragung etwas verschweigen, auf das Sie bei der späteren Verhandlung Bezug nehmen. Sollten Sie allerdings eine Aussage machen, wird diese bei der Beweisaufnahme berücksichtigt.« Kernick nickte abwesend.

»Bringen Sie ihn weg«, sagte ich.

Der Polizist führte Kernick unter den neugierigen Blicken einiger elegant gekleideter Leute zum Ausgang. Doch kaum waren die Polizisten gegangen, widmeten sie sich wieder ihren Beschäftigungen, als wäre nichts geschehen. Superintendent Parrs stand in einer Ecke und trieb langsam auf mich zu. Wie Rauch.

Ich gab ihm Isabelles Handy. »Da ist alles drauf.«

Er musterte mich eingehend.

»Gute Arbeit, das mit Laskey«, sagte er mit einem listigen Grinsen. »Am Ende jedenfalls.«

Er nickte und ging.

KAPITEL 11

Einige Wochen später sah ich das Mädchen wieder. Gegen Mittag an einem Wochentag, welcher, weiß ich nicht mehr. Ich war zu Fuß unterwegs, den Kopf klar kriegen. Seit der Sache im Beetham Tower hatte ich schlimme Nächte erlebt. Meine Träume waren anstrengend, bedrängend.

Ich war meist allein darin, nur gelegentlich umgaben mich Menschen, von denen ich wusste, dass sie tot waren. Ich gewöhnte mir an, mit eingeschaltetem Radio einzuschlafen, wichtige, todernste Mitteilungen bildeten eine sonore Geräuschkulisse. Nach einiger Zeit träumte ich dann nur noch vom aktuellen Weltgeschehen.

Krieg. Hungersnöte. Politik.

Von allem, nur nicht von den Mädchen.

Die Tage waren eine ganz andere Nummer. Zuerst fuhr ich zu den Hauptverkehrszeiten in die Stadt und wieder hinaus. Stand im Stau und beobachtete die Leute. Doch es war nie mehr so friedlich wie beim ersten Mal. Also begab ich mich wie zuvor auf Wanderschaft. Heute hatte ich nicht genau aufgepasst, mir waren sämtliche Fehler passiert, die einen in die Fußgängerzone bringen können – und noch dazu an einem Tag Ende Dezember.

Oft hatte ich mir überlegt, Sarah Jane zu folgen. Sprichwörtlich, denn ich wusste ja gar nicht, wo sie gelandet war: einfach ihrem Beispiel folgen.

Die Koffer packen und in den Zug steigen, irgendwohin.

Als ich in die Strömung der Straße geriet, stemmte ich mich mit aller Macht dagegen. Doch die Leute schoben mich einfach weiter, in eine Richtung, die ich nicht einschlagen wollte. Am Ende ließ ich mich mittreiben. Das Leben, ein Fluss.

Fast hätte ich sie nicht erkannt, ein Gesicht in der Menge. Sie hatte sich verändert, war blass, kränklich und mager.

Wie verwandelt.

Keiner von uns nahm vom anderen Notiz. Erst als sie fast an mir vorbei war, erhaschte ich ihren Blick aus dem Augenwinkel, ein kurzes Aufblitzen, dann war sie verschwunden. Mein Kopf fuhr herum, ich sah ihr nach.

Blieb einfach stehen.

Auch sie war stehen geblieben, aber die Menge trieb uns auseinander. Nur mit Mühe verharrte ich kurz auf der Stelle, und wie ich erkennen konnte, erging es ihr nicht anders. Um uns herum dröhnte die Stadt, zu laut, um miteinander zu sprechen, aber sie hielt meinen Blick.

Sie überlegte offensichtlich, woher sie mich kannte.

Als sich ein Mann an ihr vorbeidrängte, entdeckte ich den umgeklappten und festgesteckten Ärmel. Lydia Hargreaves. Das Mädchen vom Sycamore Way. Die zuerst ihr Spiegelbild betrachtet hatte und dann über Glasscherben gelaufen war. Hin und her, immer wieder. Man hatte ihr den Arm amputiert, sie war die einzige Überlebende.

Das verband uns.

Die entgeisterte Miene, weder glücklich noch traurig. Die Menge schob sie weiter. Ich kämpfte mich zu ihr vor, doch am Ende verlor ich und kapitulierte. Marschierte mit der Parade. Als sie mich erkannte, riss sie überrascht die Augen auf. Es freute mich, sie gesehen zu haben.

Der Menschenstrom trieb mich mit solcher Macht weiter, dass ich die anderen erst zu spät bemerkte. Im Gedränge waren sie mir nicht aufgefallen, eine Hand packte mich an der Schulter, die andere am Arm. Erst als sich die Menge etwas ausdünnte, blickte ich auf.

Und erkannte Billy zu meiner Rechten.

Seinen Freund zu meiner Linken.

Zwei junge Burnsider. Ich wand mich, doch die beiden hatten mich fest im Griff und bugsierten mich in einen Transporter, der schon am Straßenrand wartete. Mein nächster Fluchtversuch resultierte lediglich darin, dass einer der beiden mir den Arm nach hinten verdrehte. Die Seitentür glitt auf. Jemand packte mich am Bein.

»Nein!«, rief ich. »Nein, nein!«

Sie rammten mir die Tür mit voller Wucht gegen das Schienbein. Ich hörte ein feuchtes Knirschen, dann einen Schrei. Danach stießen sie mich ins Innere. Ich stand völlig unter Schock. Sie kletterten hinterher, und einer knallte die Tür zu.

Es war dunkel, der Boden verdreckt, es stank nach Motoröl. Drei, nein, vier Leute saßen neben mir. Der Gestalt und dem Geruch nach zu urteilen, waren es ausschließlich Männer. Alles lief in Zeitlupe ab. Völlig surreal. Mein Bein konnte ich zwar nicht sehen, aber es fühlte sich an, als ginge es nur bis zum Knie. Unter mir spürte ich etwas Warmes, Nasses. Es stank nach Pisse, eine ganze Pfütze.

Als ich die Zähne zusammenbiss, schmeckte ich Galle. Panik. Einer der Männer kletterte nach vorn.

Startete den Motor und fuhr los.

Immer wieder bog er unvermittelt ab und katapultierte mich damit quer durch den Transporter. Irgendwann ging ein Licht an.

»Hallo Aidan.«

»Zain ...«

»Guck nicht so überrascht, Bruder.« Ich schwieg. Ein neuerliches Abbiegemanöver. Ich stemmte mich gegen die Seitenwand. »Billy und Alex kennst du ja bereits.«

Ich nickte. »Wie lange arbeiten die schon für dich?«

»Noch nicht lange. Erst seit unserem kleinen Abstecher in die Burnside.« Er feixte. »Ischwör.«

»Was ist mit Sheldon White?«

»Was soll mit dem sein? Haben deine Leute kassiert. Sind doch deine Leute, oder, Aidan?«

Wozu lügen, das Spiel war aus. »Ja«, gab ich zu. »Am Anfang schon.«

»Und du hast mir irgend'ne gequirlte Scheiße von einer verdeckten Ermittlung erzählt.«

»Stimmte auch.« Mir war richtig elend. »Es ging darum, Laskey auffliegen zu lassen.«

Und sie war erfolgreich gewesen.

Nach meinem Anruf war Parrs direkt zu Riggs gegangen und hatte ihn gedrängt, gegen seinen Kollegen zu ermitteln. Als sie Laskey damit konfrontierten, war der gerade beim Packen gewesen. Er hatte Geld, konnte aber nicht erklären, woher. Einen Pass mit seinem Foto, auf einen anderen Namen ausgestellt. Smithson hatte ihm dann den Rest gegeben.

Er war erledigt.

»Wäre interessant zu erfahren, was er weiß«, sagte ich, die Hände gegen den Boden gestemmt, um mein Bein vor Erschütterungen zu schützen.

Carver zuckte die Achseln. »Wäre interessant zu erfahren, wie lange er im Knast überlebt.« Dann wurde er auf einmal ernst. »Erzähl mir von Isabelle.« Alles drehte sich, und vor meinen Augen tanzten schwarze Flecken.

»Sie wurde missbraucht. Ein Sicherheitsmann vom Special Branch. Als sie jünger war, hat sie versucht, sich umzubringen. Später ist sie abgehauen. Aber er hat sie gefunden, hatte sie immer unter Beobachtung. Hat sie terrorisiert, wenn sie allein war …«

»War er das? Hat er ihr das Zeug gegeben?«

»Keine Ahnung. Vielleicht hat er sie so zur Verzweiflung getrieben, dass sie bereit war, es zu nehmen. Aber ich glaube, sie hat den Brick geklaut, um ihn zu Geld zu machen und richtig abzuhauen.«

»Wieso?«

Ich schluckte und besah mein verdrehtes, blutiges Bein. »Wegen mir. Als ich sie in der Nacht vor ihrem Tod nach Hause gebracht hab, hat sie mich zur Rede gestellt. Sie dachte, ich arbeite für Kernick. Ich konnte sie nicht vom Gegenteil überzeugen. Wahrscheinlich hat sie den Brick in der Burnside verkauft und ein bisschen für sich behalten. Als Kernick ihr am nächsten Tag einen Besuch abstattete, hat sie sich wohl völlig verraten gefühlt. Das hat ihr den Rest gegeben. Danach hielt sie einen Schuss sicher für eine gute Lösung.« Ich hielt inne und dachte über meine Worte nach. »Sie hat sich danach nicht mal angezogen.« Der Transporter ruckelte. Ich versuchte krampfhaft, nicht umzukippen.

»Was hatte ich damit zu tun?«, fragte Carver. »Wieso ist sie überhaupt zu mir gekommen?«

Sarah Jane. Ihre Affäre mit Rossiter. Ich hatte ihr zwar gedroht, diese Information an Carver weiterzugeben, aber damit nur sicherstellen wollen, dass sie nie zurückkehrte und sich für immer von ihm fernhielt. In Wahrheit hätte ich sie nie im Leben irgendeiner Gefahr ausgesetzt. Das musste er schon selber rauskriegen. Oder eben nicht.

»Es war ziemlich schlau von ihr. Fairview war der einzige Ort, an dem Kernick keinen Zugriff auf sie hatte. Dort war sie sicher. Aber dann hast du sie in die Wohnung gesteckt.«

»Und was ist mit Cath? Mit Sarah?«

»Keine Ahnung. White meinte damals, wenn du seinem Angebot nicht vor zehn Uhr zustimmst, wäre es so, als hätte es Cath nie gegeben. Aber ich habe es nicht rechtzeitig geschafft.« Ich nickte den Burnsiders zu. »Die hier wissen genau, was mit Catherine passiert ist.«

Die beiden schwiegen, aber Carver antwortete für sie. »Sie behaupten, White hätte sie gehen lassen.«

Ich schluckte. »Das wär zu schön, um wahr zu sein.«

Als der Transporter über einen Höcker rumpelte, schoss mir ein unerträglicher Schmerz durchs Bein. Da musste ich an Joanna Greenlaw denken, zehn Jahre lang in eine feuchte Öffnung gezwängt, bis man sie endlich fand.

Ich musste die Unterhaltung am Laufen halten. »Du hast gesagt, White sei verhaftet worden. Wofür?«

»Den Mord an Grip. Überall auf seiner Leiche haben sie schwarz-weiße Farbe gefunden, Whites Fingerabdrücke und seine DNA.«

»Wie praktisch.«

Carver grinste. »Könnte man so sagen, ja.«

»Und die Leiche haben sie direkt vor meiner Wohnung abgestellt, damit die Polizei sie garantiert findet …«

»Ach, echt? Ich weiß nicht mal, wo deine Wohnung ist.«

»Und wie hättest du auch an Whites DNA kommen sollen?« Ich musterte die beiden Burnsiders. »Ach nee, dumme Frage.« Carver reagierte nicht. »Doppelt praktisch, dass du zu dem Zeitpunkt in Haft warst und ein stichfestes Alibi hattest. Wer hat dich eigentlich hochgenommen?«

»Ein Detective Laskey, glaube ich. Ja, ein günstiger Zufall. Du glaubst doch nicht etwa, ich hätte was damit zu tun gehabt? Meinen besten Freund zu killen?«

Ungefähr zu der Zeit, als Sheldon aus der Haft entlassen wurde, hatte Grip aus dem Geschäft aussteigen wollen. Carver hatte einfach ein Problem genutzt, um ein anderes zu lösen, und White den Mord angehängt.

»Ich weiß, dass du es warst.«

Der Transporter kam plötzlich zum Stehen, und der Motor verstummte.

Ich war fest überzeugt, dass mein letztes Stündlein geschlagen hatte, deshalb brach die Frage aus mir heraus: »Ist dasselbe auch mit Joanna Greenlaw passiert?«

»Darüber weiß ich nichts.«

Die Tür glitt auf, und die Burnsiders warfen mich auf die Straße. Der Schmerz war unglaublich. Carver stieg aus, stellte sich über mich.

»Eins verrate ich dir noch: Sie hat dir das Leben gerettet.«

»Was?«, fragte ich. Schweiß trat mir aus allen Poren. »Wer?«

»Cath.« Carver machte eine Kopfbewegung in Richtung Transporter. »Die anderen meinten, White wollte dich in der Nacht unbedingt killen. Aber sie hat wohl angeboten, sich von der ganzen Truppe ficken zu lassen, wenn er dich leben lässt.«

Billy schenkte mir ein anzügliches Grinsen.

Ich rappelte mich auf.

Als ich unter meinem Gewicht zusammenklappte, lachte Carver mich laut aus.

»Man sieht sich, Aid.«

Mit diesen Worten stieg er in den Transporter, die Tür glitt zu, und der Motor startete. Erst als ich nichts mehr hörte, riskierte ich einen Blick.

Diese Straße kam mir bekannt vor.

Hier hatte ich die letzten Monate gewohnt. Ich lag im Rinnstein und betrachtete den Himmel. Er bewegte sich. Zuerst im Uhrzeigersinn, dann blieb er stehen. Setzte sich wieder in Bewegung, diesmal in die Gegenrichtung, schnell und immer schneller. Ich schloss die Augen, schlug mir die Hände vors Gesicht und weinte, bis mir alles wehtat.

Teil VI

PERMANENT

KAPITEL 1

Danach landete ich wieder beim Nachtdienst. Bei Tageslicht war mir offenbar nicht mehr zu trauen. Also nahm ich um vier Uhr morgens Anrufe entgegen, stand auf menschenleeren Rolltreppen und schaltete mein Hirn auf Durchzug. Darin war ich richtig gut. So kam es, dass mich einige Monate später der Anblick der Atemwolke vor meinem Gesicht überraschte. Schon wieder November.

Mit der Festnahme von Laskey und Kernick rettete Superintendent Parrs seine Karriere. Mein Name musste natürlich aus der Sache rausgehalten werden, und man teilte mich wieder für die Nachtschicht ein, meine letzte Chance. Zurück an der Seite meines alten Kollegen, Detective Inspector Peter Sutcliffe, seiner sadistischen Freude an meinem niederen Rang auf Gedeih und Verderb ausgeliefert. Als er mir den Zeitungsartikel über die Leiche der jungen Frau zeigte, grinste er mich tatsächlich dabei an.

Aber die Zeit verging. Am Anfang sehr langsam, dann ganz plötzlich. Wochen und Monate zogen vorüber, bis mir alles fast unwirklich erschien. Längere Perioden verbrachte ich in der Reha. Der Bruch war kompliziert. Brutal, wie es mein erster Physiotherapeut ausdrückte. Mein Bein würde nie wieder ganz verheilen.

Ich trank, aber nicht wie ein Irrer, nicht mehr. Carver hatte mir unbeabsichtigt einen Gefallen getan, denn es gab keinen Grund, mir wegen Catherines Einsatz für mein Leben etwas vorzulügen, und dadurch hatte es auf einmal einen anderen Wert bekommen. Sie verdiente es nicht, dass ich mein Leben einfach wegwarf. Also riss ich mich zusammen. Ungefähr ein Jahr später kam der Anruf.

»Ja«, sagte ich überrascht. »In einer Stunde kann ich dort sein.«

Es hatte zwar dringend geklungen, aber Bug trudelte mit fast einer halben Stunde Verspätung ein. Ich sah ihn durchs Fenster, er rauchte seine Zigarette bis auf den Filter runter. Als er in seinem dreiteiligen Anzug ins Café marschierte, hätte man ihn fast für einen Normalo halten können – wäre da nicht die steife Perücke mit Seitenscheitel gewesen. Sie war türkis.

»Meine natürliche Haarfarbe«, sagte er, als er sich setzte und eine völlig skurrile Kaffeekreation bestellte. Ich lachte und fragte, wie es ihm ging.

»Wie immer.«

»Das solltest du im Auge behalten.«

»Ich wünschte nur, es wäre mir schon früher aufgefallen.«

»Ein Bulle, ein Vater und ein Vergewaltiger kommen in eine Bar. ›Hallo Alan‹, sagt der Wirt.« Bug betrachtete die Tischplatte. »Ganz so einfach ist es nicht, oder?«

»Ich muss immer wieder drüber nachdenken.«

Er schnaubte.

»Nicht jeder von uns kann sich zwei Persönlichkeiten zulegen.«

Er sah mich überrascht an. Offenbar amüsierte ihn meine Einschätzung. »Aber sicher, wieso nicht?« Zwinkernd schob er mir einen Zettel hin und erhob sich.

»Was ist das?«

Er zuckte die Achseln. »Fünftausend erschienen mir doch etwas viel für eine Tour nach London und zurück. Vielleicht solltest du noch mal hinfahren?« Mit diesen Worten verließ er das Café nur Sekunden bevor sein aufwendig kredenzter Designerkaffee eintraf.

»Danke«, sagte ich zum Barista und trank hastig einen Schluck, um seine Gefühle nicht zu verletzen. Auf dem Zettel stand eine Adresse: 28B West Square, London. Ich googelte sie. Es handelte sich um eine Wohnung im ersten Stock eines georgianischen Stadthauses. Der erste Eintrag informierte mich darüber, dass sie zum Verkauf stand. Ohne lange nachzudenken, wählte ich die Nummer des Maklers und machte einen Besichtigungstermin am selben Abend aus. Mit etwas Glück käme ich zu spät zu meiner Schicht mit Sutty.

KAPITEL 2

Ich war früh dran, parkte um die Ecke und ging den Rest zu Fuß. Vier Reihen georgianischer Stadthäuser umstanden einen großen, laubgrünen Park. Kinder aus einer nahe gelegenen Schule saßen im Kreis auf der Wiese: Biologieunterricht in der freien Natur. Ich hatte keine Ahnung, was ich eigentlich hier zu suchen hatte. Langsam und auf Umwegen spazierte ich zum Haus Nummer 28.

Der Makler erwartete mich schon vor der Tür, unverwechselbar im Anzug, mit rosafarbener Standardkrawatte und einer Fönwelle, die selbst der Schwerkraft widerstand. Wir gaben uns die Hand. Er sei Marcus, sagte er. Offensichtlich war er gut in seinem Job, denn er hatte mich mit einem Blick durchschaut. Schwarzer, abgetragener Anzug. Das entsprechende Hemd. Ringe unter den Augen, die selbst mit viel Schlaf nicht wegzubekommen waren. Die Vorstellung, ich könnte mir eine Wohnung in dieser Straße, in dieser Stadt leisten, war geradezu lächerlich.

Trotzdem führte er mich über die kurze Steintreppe ins Haus, plauderte über die Nachbarn, die Geschichte des Platzes, die georgianischen Stilelemente. Ich hörte kaum zu, inspizierte stattdessen das Klingelschild. 28B gehörte einer *Cat G.*

Als ich vor der Tür zögerte, legte er mir freundlich die Hand auf die Schulter und drückte auf die Klingel.

»Nur, damit sie weiß, dass wir da sind«, sagte er, während er in der Jacke nach dem Schlüssel kramte. Dann schloss er auf und führte uns durch einen eleganten, gut ausgeleuchteten Flur mit Regalen voller juristischer Bücher, der direkt aus dem National Trust gestammt haben könnte.

»Hier ist Marcus aus der Harvey Street!«, rief er.

Von oben kamen Geräusche.

»Bin gleich da«, flötete eine muntere Stimme.

Und das war sie auch.

Munter. Lebendig. Gesund. Strahlend. Erst sah ich die Riemchensandalen, dann ihre nackten Beine, den Saum ihres leichten, cremefarbenen Kleides und schließlich ihr Gesicht. Es war wie ein Wunder, als sich unsere Blicke trafen. Sie blieb auf den Stufen stehen, trat einen halben Schritt zurück. Als wäre meine Anwesenheit ein Schlag für sie.

Marcus bemerkte es sofort. Er sah sie an, dann auf seine Uhr. »Sind wir zu früh dran?«

»Nein, nein, kein Problem«, sagte sie.

Er musterte mich. »Kennen Sie sich?«, fragte er schließlich.

»Von früher. Ist schon lange her«, sagte ich. »Catherine Greenlaw, richtig?« In ihren Augen lag derselbe Ausdruck von Ausweglosigkeit, den ich in Isabelles Wohnung gesehen hatte. Und bei *Rubik's*.

»Ja, richtig«, sagte sie.

Wie oft hatte ich mir diesen Moment ausgemalt – doch jetzt fehlten mir die Worte. Wie sollte ich das Schweigen brechen? Marcus übernahm das Ruder.

»Und das hier ist Aidan, ähm …«

»Waits«, sagte sie. »Ja, ich erinnere mich.«

»Ah. Dann möchten Sie uns vielleicht selbst herumführen?«

»Nein, tut mir leid, ich hab zu tun.« Sie war schon wieder auf dem Rückzug. »Wenn Sie mich brauchen, rufen Sie einfach.«

»Danke, Cat«, sagte Marcus.

Es dauerte nicht lange. Das Haus hatte vier Etagen, das Untergeschoss nicht eingerechnet, und Nummer 28B befand sich im ersten Stock. Eine Zweizimmerwohnung, minimalistisch eingerichtet. Geschmackvoll, diskret.

Als wir die Küche betraten, wandte Catherine sich zu uns um. Sie stand am Fenster zum rückwärtigen Garten.

»Ideal für Kinder«, sagte Marcus.

»Haben Sie Kinder, Miss …?«

»Greenlaw«, sagte sie mit derselben trotzigen Haltung, mit der sie Sheldon White behandelt hatte. Das Winterlicht fiel durchs Fenster auf ihr Gesicht. Sie sah nicht aus wie eine Drogendealerin, eher wie eine Kunststudentin. Wieso war mir das nicht schon früher aufgefallen?

»Nennen Sie mich doch Cat. Bitte.«

Ich wartete, aber sie sagte nichts mehr.

»Haben Sie Kinder, Cat?«, beharrte ich. Marcus verrutschte das aufgesetzte Lächeln.

»Nein«, sagte sie schließlich, bedachte uns mit einem verkniffenen Lächeln und ging hinaus. Marcus führte mich in die andere Richtung und setzte den Rundgang fort. Catherine bekamen wir nicht mehr zu Gesicht, und eh ich michs versah, standen wir schon wieder an der Haustür. Marcus rief ihr noch was nach oben, dann traten wir hinaus auf die Straße, als wäre nichts passiert. Er sprach mit mir, ich nickte abwesend, doch ich wollte ihn einfach schnell loswerden.

»Mr Waits«, sagte er schließlich zum Abschied. Wir reichten uns die Hände, ich ging in Richtung Park, er zu seinem Wagen. Noch bevor ich an der Ecke war, hörte ich ihn davonfahren.

Dann herrschte Ruhe, nur ferne Kinderstimmen drangen aus dem Park. Ich marschierte sofort zurück und wollte gerade klingeln, als die Tür sich einen Spaltbreit öffnete und Catherine mich ansah. »Komm rein«, sagte sie.

KAPITEL 3

Ich folgte ihr durch den Flur nach oben. Zuerst dachte ich, sie wollte Zeit gewinnen, um sich eine Geschichte zurechtzulegen. Doch mit ihren mechanischen Bewegungen erinnerte sie mich an die Menschen, denen ich eine Todesnachricht überbracht hatte. Sie stand unter Schock.

Neben der Wohnungstür sah ich einen gepackten Koffer. Wie ferngesteuert führte sie mich in die Küche und stellte die typische Frage, die auch oft eine Todesnachricht begleitet.

»Kann ich dir was zu trinken anbieten? Tee? Kaffee?«

»Ich dachte, du wärst tot«, sagte ich statt einer Antwort.

Sie wandte sich um. »Das solltest du auch.«

»Was ist passiert?«

Sie suchte offenbar nach den richtigen Worten. Es sollte so harmlos wie möglich klingen. »Nach der Sache bei *Rubik's* …«

»Was ist mit dem Baby passiert?«

»Ach.« Sie schaltete den Wasserkocher ein. Holte Becher aus dem Schrank. »Es gab kein Baby.« Sie war eine gute Schauspielerin, fast hätte ich ihr die Lüge abgenommen. Ich schloss die Augen. »Ich hatte Angst. Die Polizei stand praktisch vor der Tür, da musste ich was tun. Den Schwangerschaftstest hatte ich in Isabelles Wohnung gefunden. War sie …?«

Ich nickte.

»Wer war der Vater?«

»Weiß ich nicht. Neil behauptet, er wäre nie so weit gekommen. Wahrscheinlich Alan Kernick.« Catherine runzelte die Stirn, der Name sagte ihr nichts. »Der Sicherheitsmann ihres Vaters.«

»Der Typ auf dem Video?«

Ich nickte erneut.

Sie zupfte welke Blätter von einer Zimmerpflanze. »Ist sie deshalb von zu Hause abgehauen?«

»Mehr oder weniger. Wo hast du das Handy gefunden?«

»In ihrer Wohnung, als wir ihre Leiche entdeckt haben und ich ins Klo gerannt bin, weil mir schlecht war.« Sie hielt kurz inne. »Ich wusste, dass sie manchmal Sachen im Wasserkasten versteckte.«

»Sachen?«

»Weed, Blow … nichts Hartes. Ich wollte es nur wegspülen, sie sollten keine Drogen bei ihr finden.«

»Und was hast du da entdeckt?«

»Geld. Jede Menge. Und Drogen. Darunter eine zugeklebte Plastiktüte mit ihrem Handy drin. Mir war klar, dass da auch Bilder und Nachrichten von mir drauf waren, deshalb hab ich es mitgenommen.« Sie holte tief Luft. »Später hab ich es eingeschaltet und das Video gesehen. Ich wollte es dir erzählen, damals bei *Rubik's*, aber dann ist das mit Sheldon White passiert. Ich musste mir schnell was einfallen lassen. Hat das funktioniert?«

»Joanna Greenlaw war deine Mutter«, sagte ich statt einer Antwort.

Sie schüttelte den Kopf. »Eigentlich nicht. Sie hat mich nach der Geburt weggegeben. Ich kam in Pflege.« Sie sah direkt durch mich hindurch. »Du kannst dir nicht vorstellen, wie das ist, besonders für ein Mädchen. Da lernt man schauspielern. So tun, als ob. Wenn man sich lange genug was vormacht, glaubt man es irgendwann selbst.«

»Tut mir leid«, sagte ich.

»Irgendwann haben sie das Gesetz geändert. Ich hatte ein Recht darauf, den Namen meiner Mutter zu erfahren. Bis zu dem Zeitpunkt hatte ich gar nicht drüber nachgedacht, aber als ich rausbekam, dass sie vermisst wurde, hat mich das tief getroffen. Trotzdem bin ich nicht zu Zain Carver gegangen, um mich zu rächen. Irgendwas anderes hat mich dorthin gezogen. Und er mochte mich.« Sie lachte. »Hielt viel von mir und meiner Arbeit für die Organisation. Ich habe ihn wahrscheinlich an Mum erinnert.« Sie hielt inne. »Mir war klar, dass sie tot sein musste, aber ich wollte wissen, wo sie steckte. Sie finden …«

Ich wartete.

Sie hatte sich komplett von mir abgewandt. »Ich wollte ihm eins auswischen. Ihn betrügen. Ihm drohen, dass ich zur Polizei gehen würde, nur um zu sehen, wie er reagiert. Damit ich rauskriege, was mit Mum passiert ist. Manchmal, im Traum, hatte er die Hand an meiner Gurgel. Als ich aufwachte, war ich glücklich, denn wenigstens im Traum hatte ich Gewissheit.«

»Aber dann hast du deine Meinung geändert?«

»Ja, leider. Zain und Grip haben oft ihren Stoff getestet. Troubleshooting nannten sie das.«

»Da kam dir die Idee, ihnen was unterzujubeln?«

»Es ist erstaunlich, was man im Internet so alles findet – Blausäurekapseln, Strychnin, verbotene Pestizide …«

Ich dachte an die arme, tote Isabelle. »Was hast du reingemischt?«

»Einen ganzen Cocktail. Was ich eben kriegen konnte«, erwiderte sie ungerührt. Doch dann regte sich etwas in ihr. »Als ich Grip sah, hab ich es sofort bereut. Und Zain hat das Zeug nicht mal angerührt. Ich wusste nicht, dass er es behalten hatte. Dann hat Isabelle den Brick geklaut und was davon genommen. Den Rest verkauft. Die ganzen Kinder«, sagte sie. »Sycamore Way …«

»Das konntest du ja nicht ahnen. Hast du die schwarz-weiße Farbe in Fairview hinterlassen?«

»Sie sollten sich an sie erinnern, *verdammt.*«

»Wie hast du rausgekriegt, wo Joanna war?«

»Grip hat es mir gesagt. So ganz nebenbei, als er aus dem Koma aufgewacht ist. Zain hatte sie aufgespürt, nachdem sie sich als Zeugin gemeldet hatte.«

»Und nach der Nacht bei *Rubik's* hast du die Stadt verlassen?«

Sie nickte, senkte den Blick. Mir fiel ein, was Zain mir erzählt hatte. *Sie hat dir das Leben gerettet.*

»Ich habe nach dir gesucht«, sagte ich.

»Das wäre nicht nötig gewesen.« Sie sah mich an. »Tut mir leid, aber das hättest du nicht tun sollen. Ich hab's dir gesagt. Dass du mich nicht genauer kennenlernen sollst. Aber das ist ja auch nicht passiert. Steht die Polizei schon vor der Tür, Aidan?«

»Natürlich nicht. Aber du solltest jetzt verschwinden, ganz weit weg. Wenn ich dich finde, kann er's auch.«

»Ich … ich verstehe nicht …«

»Du musst weg. Sofort. Sag mir nicht, wohin. Der Makler macht das auch ohne dich, falls dir die Wohnung gehört.«

Sie neigte den Kopf zur Seite. Dann trat sie einen Schritt näher, suchte nach der Grausamkeit in meinen Augen. Der Lüge.

»Wieso soll ich's dir nicht erzählen?«

»Man weiß nie, wer mich fragt.« Ein dumpfer Schmerz durchfuhr mein Bein. »Oder wie.«

Sie berührte mein Gesicht wie eine Blinde. Nach dieser Berührung hätte sich mein ganzes Leben ändern können. Dann küsste sie mich sanft auf die Wange. Ich sah ihr in die Augen. So standen wir voreinander, keiner von uns wagte den nächsten Schritt. Der Augenblick verstrich, sie löste sich von mir, ging zur Tür und verschwand. Ihr Duft hing noch eine Weile im Raum. Ich trat ans Fenster und wartete. Zwielicht, irgendwo zwischen Tag und Nacht.

Wie Carver vorhergesehen hatte, war Laskey noch vor der Verhandlung gestorben. Detective Alan Kernick hatte man unter anderem wegen Unzucht mit Minderjährigen verurteilt, und er war für den Rest seines Lebens ins Gefängnis gewandert, was sich als kurze Stippvisite herausstellte, denn kurz danach war auch er tot. Die Autopsie an Danny Gripe – Grip – hatte ergeben, dass er schon an schwarz-weißer Farbe erstickt war, bevor das vergiftete Eight Wirkung zeigen konnte. Ob das gut oder schlecht war, konnte ich nicht beurteilen. Bei der Feuerbestattung war ich der einzige Trauergast gewesen. Sheldon White wurde wegen Mordes verurteilt, Zain Carver hingegen war frei und bester Dinge.

Sarah Jane setzte ihre Karriere als Hure fort.

Das erfuhr ich aber erst ein Jahr nachdem ich sie zum Zug gebracht hatte, als Sutty mir den Zeitungsartikel zeigte. Man fand sie in der grässlichen Industriestadt, aus der sie stammte. Man hatte sie in einen Koffer gestopft. Sie war erstickt. Das hübsche Mädchen, das ich gekannt hatte.

Ich stand am Fenster, die Hand gegen das Glas gepresst, und sah Catherine hinterher. Es sollte ein Wort dafür geben. Dieser Phantomschmerz, der aus der Brust aufsteigt, wenn man etwas will, aber es nie bekommt. Mit eleganten Schritten überquerte sie die Straße. Ich werde mich immer fragen, wohin sie gegangen ist. Das letzte Sonnenlicht glitzerte auf ihrem Haar, als sie um die Ecke bog. Ein Beginn und ein Ende. Dann die Dämmerung. Ich habe sie nie wiedergesehen.